WIDERSPENSTIGES MEDIUM

SASHA URBAN SERIE: BUCH 3

DIMA ZALES

Übersetzt von

GRIT SCHELLENBERG

♠ MOZAIKA PUBLICATIONS ♠

Veröffentlicht von Mozaika Publications, einem Impressum von Mozaika LLC.
www.mozaikallc.com

Cover von Orina Kafe
www.orinakafe-art.com

e-ISBN: 978-1-63142-427-4
ISBN drucken: 978-1-63142-428-1

KAPITEL 1

EIN HÖLLISCHES GERÄUSCH reißt mich aus den willkommenen Armen Orpheus'.

Mit hämmerndem Herzen setze ich mich abrupt hin.

Ich brauche einen Moment, um die Quelle des störenden Lärms zu lokalisieren.

Es ist mein Telefon.

Ich schnappe mir das miese Stück und starre auf die Anrufer-ID.

Anstelle einer Nummer steht da »Unbekannt«.

»Nein«, sage ich zu dem unbekannten Telefonmarketing-Service – oder wer auch immer der Störenfried ist. »Ich gehe nicht ran, wenn ich nicht weiß, wer anruft.«

Das Telefon klingelt hartnäckig, und ich klopfe auf den Bildschirm, um den Anruf abzuweisen und abzuwarten, ob eine Nachricht auf der Mailbox hinterlassen wird.

Nein.

Dann werfe ich einen Blick auf die Uhrzeit und werde so wütend, dass ich fast das Telefon gegen die Wand werfe. Es ist meine übliche Weckzeit, zu der ich zur Arbeit muss, aber heute muss ich nicht zur Arbeit gehen – einer der wenigen Vorteile daran, einen hochbezahlten Job zu kündigen.

Was die Dinge noch schlimmer macht, ist meine extreme Benommenheit. Ich schulde mir eindeutig noch Schlaf für diese Nachtschicht für Nero.

Dieser manipulative Bastard.

Mein Magen knurrt.

Da ich sowieso schon wach bin, kann ich genauso gut schnell einen Happen essen.

Ich stehe auf und ziehe mir eine Jogginghose und ein bequemes T-Shirt an, um meine Arbeitslosigkeit zu feiern, bevor ich ins Badezimmer gehe, um mich fertig zu machen.

Die Prellung von dem Ork auf meiner Schulter sieht im Badezimmerspiegel violettgelb aus, aber sie schmerzt nicht stark – zweifellos ein Verdienst des TK-Erbsen-Kühlpacks.

Leckere Gerüche strömen aus der Küche, und meine Nase zieht mich dorthin, um der Sache auf den Grund zu gehen.

»Es ist nicht einfach nur Zeug«, sagt Felix zu Fluffster, dessen kleine Untertasse mit Haferflocken neben Felix' Pfannkuchen steht. »Ich wurde fast getötet.«

»Morgen.« Ich gehe schnell zum Tresen, schnappe

mir einen Teller und lege ein paar Pfannkuchen darauf. »Wie läuft es?«

»Felix bemitleidet sich selbst«, antwortet Fluffster mental, und der Gesichtsausdruck meines Chinchillas und Domovois ist so nah an einem Grinsen, wie Nagergesichter es sein können. »Zuerst hat er sich beschwert, dass er auf der Couch schlafen musste, dann hat er gesagt, dass er nie eine Frau bekommen wird, und jetzt ärgert er sich darüber ...«

»Das war eine private Unterhaltung.« Felix zeigt drohend mit seiner Gabel auf Fluffsters pelzigen Körper.

Ich schaue ungläubig auf die Gabel. Hat Felix die letzte Nacht vergessen, in der Fluffster den vor Sexenergie strotzenden Sukkubus in einen blutigen Smoothie verwandelt hat?

»Sasha weiß, was passiert ist«, antwortet Fluffster, als gäbe es keine Gabel. »Also, wieso ist das privat?«

»Und ich denke, du *wirst* eine Frau bekommen, Felix«, sage ich und setze mich mit meinen Pfannkuchen hin. »Irgendwann«, füge ich mit einem Augenzwinkern hinzu und spieße die kohlenhydratgeladene Köstlichkeit mit meiner Gabel auf. »Besonders, wenn wir die Wörter *bekommen* und *weiblich* locker definieren.«

Die Wohnungstür öffnet sich und schneidet die Antwort von Felix ab. Er schaut auf sein Telefon, wahrscheinlich, um die Sicherheitskameras zu überprüfen, und informiert uns: »Es ist Ariel.«

»Endlich«, sagt Fluffster in meinem Kopf, und ich

verspüre einen Hauch von Neid, dass er mit seinem Mund voller Haferflocken so redegewandt sein kann. »Sie ist gestern Nacht nicht nach Hause gekommen.«

»Wir sind in der Küche«, schreie ich, um sicherzustellen, dass Ariel nicht denkt, dass sie in ihr Schlafzimmer schleichen und so tun kann, als sei alles in Ordnung. »Es gibt Pfannkuchen.«

Endlich schiebe ich mir ein Stück Pfannkuchen in den Mund, und die Geschmacksexplosion lässt mich vor Zufriedenheit aufstöhnen.

»Aus Kartoffeln gemacht«, erklärt Felix schroff, und sein trübseliger Ausdruck lässt ein wenig nach. »Es ist ein traditionelles russisches Gericht.« Düsterer fügt er hinzu: »Nachdem ich fast getötet wurde, hatte ich Lust, etwas zu essen, was meine Mutter für mich gemacht hat, als ich klein war.«

»Hallo, alle zusammen«, sagt Ariel mit der Begeisterung eines hyperaktiven Kindes auf Schokolade und Amphetaminen. »Schön zu sehen, dass es Fluffster so gut geht. Wie geht es dem Rest von euch?«

Sie trägt die Kleidung von gestern Abend, aber sie muss etwas mit ihrem Make-up gemacht haben, denn sie scheint von innen zu leuchten.

»Das ist eine lange Geschichte«, sagt Felix und tauscht einen verwirrten Blick mit mir aus.

Wenn er denkt, was ich denke, hat er das Recht, verwirrt zu sein. Das ist das seltsamste beschämte Verhalten von ihr, das wir je gesehen haben.

Könnten Ariel und Gaius verliebt sein? Schließlich

sagen Filme, dass man sich, wenn man sich in diesem Zustand befindet, irgendwie verrückt verhält.

Oder vielleicht probiert sie etwas Neues aus zur Selbstmedikation ihrer posttraumatischen Belastungsstörung?

So als wolle sie meine Überlegungen bestärken, wirbelt sie wie ein Tornado durch die Küche – zweifellos mit Hilfe ihrer Cogniti-Kräfte, so schnell, wie sie sich bewegt. Bevor ich das Wort *Reisekrankheit* buchstabieren kann, sitzt sie bereits am Tisch mit einem Teller voller Pfannkuchen, einer Gabel, einem Messer und einem gespannten Ausdruck auf ihrem perfekten Gesicht.

»Erzählt mir, was passiert ist«, sagt sie aufgeregt und stopft sich einen Pfannkuchen in den Mund. Sogar ihr Kauen scheint im Schnellverfahren zu erfolgen.

Ich räuspere mich. »Also, erinnerst du dich an Harper, das Ding, das Sex benutzte, um mich im Earth Club fast umzubringen? Nun, er – oder, wie sich herausstellte, *sie* – war gestern Nacht hier.«

Ariel starrt mich an und schluckt hörbar ihren dritten Pfannkuchen herunter. »Ich wusste, dass sie eine *Sie* war. Aber was wollte sie hier?«

»Du wusstest, dass sie eine *Sie* ist, und du hast es mir nicht gesagt?« Ich halbiere kraftvoll einen Pfannkuchen mit meiner Gabel.

»Ich wusste nicht, dass du es nicht wusstest.« Ariel zuckt mit den Schultern. »Für mich war es offensichtlich, dass sie es war.«

»Es spielt keine Rolle.« Felix rückt seinen Teller

zurecht. »Der wichtige Teil ist, dass sie gestern Abend versucht hat, uns zu töten. Fast erfolgreich, bis Fluffster uns gerettet hat.«

Fluffster plustert stolz seinen Schwanz auf und setzt sich gerade hin – was ihn wie ein flauschiges Erdmännchen aussehen lässt, anstatt ihm die Würde zu verleihen, die er wahrscheinlich ausstrahlen wollte.

Ariel lässt ihre Gabel fallen und starrt mich und Felix mit unterschiedlich starkem Vorwurf an. »Ihr habt das Haus verlassen, nachdem ich euch abgesetzt habe? Aber wie hat Fluffster dann …«

»Nein«, sage ich. »Sie war *hier*, in der Wohnung, gleich nachdem du mich abgesetzt hast.«

Ariel erblasst. »Wie konnte ein Sukkubus eingeladen …« Sie schaut Felix an und schlägt sich gegen ihre Stirn. »Sie war dein Date?« Ihre Stimme erhebt sich. »Du hast einen Sukkubus in unser Zuhause eingeladen?«

»Ich wusste nicht einmal, dass sie zu den Cogniti gehört«, entgegnet Felix. »Sie hatte keine Aura. Woher sollte ich das wissen?«

»Der Geruch«, antworten Ariel und ich unisono.

»Welcher Geruch?« Felix schnüffelt an der Luft, so als ob Harpers Geruch noch vorhanden wäre. »Sprecht ihr von ihrem Parfum? Es war außergewöhnlich gutriechend, aber …«

»Vergiss es«, sagt Ariel, und ihre Schultern hängen so sehr herunter, dass ich erwarte, dass sie auf ihre Knöchel fallen. »Du gehst nicht in Klubs, also hast du noch nie jemanden dieser Art getroffen. Das ist alles meine Schuld. Ich hätte hier sein sollen.« Sie bedeckt ihr Gesicht mit ihren Händen. »Es tut mir so leid.«

»Sieh mal«, sage ich tröstend, da ich ihre plötzlichen Stimmungsschwankungen beunruhigend finde, »es geht uns gut. Mit Fluffster in der Nähe kann uns nichts Schlimmes passieren. Nicht in dieser Wohnung.«

Fluffsters Schwanz plustert sich so sehr auf, dass er jetzt größer ist als der Rest seines Körpers.

»Erzählt mir genau, was passiert ist.« Ariel senkt ihre Hände, aber ihr Gesicht ist immer noch untypisch blass. »Jedes noch so kleine Detail.«

Felix und ich wechseln uns beim Erklären ab. Er beginnt damit, wie er Harper kennenlernte, sich verliebte und sie zu Netflix und Chillen einlud, wie von Ariel selbst vorgeschlagen. Dann erzähle ich ihr, wie ich die Wohnung betrat, den Feind roch und versuchte, ihn zu bekämpfen – und wie Fluffster den Deal besiegelte.

»Es tut mir so leid«, sagt Ariel noch einmal, als wir fertig sind. »Ich hätte hier sein sollen. Das ist nicht zu entschuldigen. Wenn das anders ausgegangen wäre …«

Sie hört auf zu reden, und eine echte Träne läuft über ihre Wange.

Felix und ich tauschen äußerst besorgte Blicke aus. Felix hatte wahrscheinlich gedacht, genau wie ich, dass Ariels Tränenkanäle sich vor langer Zeit aus dem Geschäft zurückgezogen hatten.

»Könnte sie bipolar sein oder so?«, fragt Fluffster – vermutlich nur in meinem Kopf. Der kleine Kerl ist eindeutig auf meiner Wellenlänge. »Ich habe etwas über diesen Zustand auf YouTube gesehen.«

Ich antworte dem Chinchilla mit einem Achselzucken.

»Es tut mir leid«, murmelt Ariel wieder, dann stopft sie sich einen Pfannkuchen in den Mund.

»Ich habe eigentlich eine Frage«, sage ich, um sicherzustellen, dass sie sich nicht wieder entschuldigt. »Können wir wegen Harpers Ableben Schwierigkeiten mit dem Rat bekommen?«

Ariel schluckt ihr Essen hinunter. »Ihr habt in Notwehr gehandelt. Noch wichtiger ist: Sie hatte keine Aura, also stand sie nicht unter dem Schutz des Mandats.« Ihre Stimme beruhigt sich ein wenig. »Wenn menschliche Behörden herumschnüffeln würden, könnten wir sogar den Rat auffordern, die Polizei dazu zu bringen, die Sache zu vergessen.«

»Ach?« Ich hebe eine Augenbraue.

»Stell dir vor, ein langlebiger Cogniti bekommt eine lebenslange Freiheitsstrafe«, stimmt Felix frohlockend ein. »Sein langsames Altern könnte nach einer Weile bemerkt werden – ganz zu schweigen davon, was passiert, wenn die Gefängnisstrafe unnatürlich lange dauert.«

»Aber das ist keine Entschuldigung, um menschliche Gesetze zu brechen.« Ariels Augenbrauen ziehen sich zusammen. »Wenn du dich zum Beispiel in die Datenbank einer wichtigen Bank hackst«, sie schaut Felix pointiert an, »könnte der Rat durchaus beschließen, dich für eine Weile im Gefängnis verrotten zu lassen, besonders wenn du keine tollen Kräfte hast …«

»Was ist nur los heute, dass alle fröhlich vertrauliche Dinge ausplaudern?«, meckert Felix. »Einmal erzähle ich dir etwas, und schon …«

»Du prahlst immer mit deinen Hackerkünsten«, sage ich zu Ariels Verteidigung. »Erst neulich hast du mir gesagt, dass du ins DMV gekommen bist.«

Felix sieht mich verärgert an und stopft sich auch einen Pfannkuchen in den Mund.

»Warum war Harper nicht unter dem Mandat?«, frage ich. »Sie wirkte nicht zu jung dafür. Ist ihre Art auch eine Persona non grata wie die Nekromanten?«

»Nein«, sagt Ariel. »Nur sehr wenige Arten der Cogniti sind das.«

Felix räuspert sich. »Es ist wahrscheinlich, dass sie beide aus den Otherlands hierhergekommen sind. Als du mir von dem Gespräch zwischen Chester und Beatrice in deiner Vision erzählt hast, sagte er etwas über ›hier‹ und ›liberale Einstellungen‹ – weshalb ich mich frage, ob unsere Übeltäter aus einer Welt ohne Mandat stammen. Diese Orte haben manchmal eine negative Einstellung zu Beziehungen zwischen verschiedenen Arten von Cogniti – und manchmal, wie in konservativeren Gesellschaften hier, zu gleichgeschlechtlichen.«

Ich habe kurz Mitleid mit Beatrice und Harper. Wenn Felix recht hat, wollten sie nur in Frieden zusammenleben, aber Chester nutzte das aus und lenkte Beatrice auf ihren tödlichen Weg.

Andererseits ist es kein Grund, nur weil man Opfer von Vorurteilen in einer fernen Welt ist, sich bereit zu erklären, *mich zu töten.* Diese Entscheidung, was auch immer Beatrices Gründe dafür waren, hat zu ihrem Tod geführt. Dasselbe gilt für Harper – obwohl ich zugeben muss, dass ich ihre Beweggründe noch leichter verstehen kann.

Wenn jemand einen Menschen getötet hätte, den ich liebe, würde ich dann nicht auch Rache wollen?

Felix sieht ebenfalls düster aus, als er weiterspricht. »Eine alternative Erklärung, falls sie von hier sind, wäre, dass Harper vielleicht nicht unter das Mandat gegangen ist, weil ihre Freundin eine Nekromantin war und deshalb nicht zugelassen wurde.«

Ariel sieht nachdenklich aus. »Das macht Sinn.«

»Tut es das?«, frage ich.

»Stell dir vor, du hast einen Partner, mit dem du nicht über das Wichtigste in deinem Leben sprechen kannst«, sagt Felix.

Ich nicke und erinnere mich an Ariel, die aus Nase, Augen und Ohren geblutet hat, als ich ihr gezielte Fragen über die Welt der Cogniti stellte, bevor ich unter dem Mandat stand.

Ariels Telefon zwitschert und durchbricht die momentane Stille.

Sie blickt darauf, dann schaut sie mit einem schuldbewussten Blick nach oben. »Ich muss los.«

»Arbeit?«, frage ich so beiläufig wie möglich. »Oder …«

»Bis später«, sagt sie, so als ob sie mich nicht gehört

hätte. Dann wiederholt sie ihre Verkörperung eines Tasmanischen Teufels, räumt hinter sich auf und verlässt die Küche schnell genug, um einige Geschwindigkeitsbegrenzungen auf der Autobahn zu überschreiten.

Felix und ich essen schweigend, bis wir die Tür von Ariels Zimmer knallen hören – was hoffentlich bedeutet, dass sie gerade ihre Kleidung gewechselt hat. Dann schlägt die Vordertür zu, gefolgt von dem Geräusch von Schlüsseln, die die Tür abschließen.

Ich schaue Felix an. »Bin ich es, oder ist Ariels Kommen und Gehen in letzter Zeit etwas seltsam? Sie hat nicht einmal geduscht.«

»Sie geht normalerweise um diese Zeit ins Krankenhaus, also könnte es das sein«, sagt er nicht überzeugend.

»Ich mache mir Sorgen«, sagt Fluffster mental und fasst meine Gefühle perfekt zusammen.

»Behalten wir sie im Auge.« Felix isst den Rest seines Essens auf und sagt: »Ich muss jetzt dringend los. In meinem Fall definitiv zur Arbeit.«

»Ich räume auf.« Da mein Appetit ruiniert ist, spieße ich gedankenlos meinen letzten Pfannkuchen auf. »Danke, dass du das Frühstück gemacht hast.«

»Fluffster hat mir von Nero erzählt«, sagt Felix und steht auf. »Ich bin sicher, du kannst einen anderen Mentor finden – und einen Job.«

Ich nicke, aber als Felix den Raum verlässt, sage ich. »Ich wusste nicht, dass du so eine Tratschtante bist, Fluffster.«

»Ich habe mir nur Gedanken wegen der Finanzen gemacht«, antwortet das Chinchilla verblüfft. »Du hast es mir und Ariel gesagt, also dachte ich, Felix könnte es auch wissen.«

»Ich habe nur einen Spaß gemacht.« Ich kraule ihn hinter dem Ohr. »Ich wollte es Felix natürlich sagen.«

Dann beende ich mein Essen und beginne mit dem Aufräumen.

Als ich mit der Küche fast fertig bin, breitet sich ein seltsames flaues Gefühl in meiner Magengrube aus, und eine Welle der Angst rollt über meinen Körper. Es erinnert mich daran, wie ich mich fühlte, als Neros Orks neulich diese Unfälle für mich inszenierten – außer, dass ich weiß, dass ich mich hier in Fluffsters Gegenwart in Sicherheit befinden sollte.

Das Telefon klingelt in meinem Zimmer.

Könnte das die Ursache für mein Unwohlsein sein?

Ich stehe vorsichtig auf, um nicht über etwas zu stolpern und eine sich selbst erfüllende Prophezeiung zu schaffen, eile in mein Zimmer und schaue mir die Anrufer-ID an.

Die Nummer wird nicht angezeigt.

Genau wie heute Morgen.

KAPITEL 2

ICH GREIFE nach dem Telefon und überlege, ob ich den Anruf annehmen soll.

Die Angstsymptome verschlimmern sich.

Ist das ein Alptraum? Bin ich in *Ring*?

Ich habe mir kürzlich eine Videokassette angesehen …

Ich lasse den Anruf wieder auf die Mailbox gehen, und die Angst nimmt ab.

Offensichtlich will meine Intuition nicht, dass ich mit demjenigen spreche, der anruft.

Ich will aber wissen, was los ist, also muss ich herausfinden, wer der Anrufer ist.

Ich renne zur Tür und fange Felix ab, als er gerade gehen will.

»Gibt es eine Möglichkeit, herauszufinden, wer ohne Absenderkennung anruft?«, frage ich und wedele mit meinem Handy herum.

»Sicher. Es gibt eine Reihe von Apps dafür. Einige

blockieren unbekannte Anrufe, und einige versuchen, die Nummer zu entlarven. Warum?«

»Jemand hat mich heute mit einem solchen Anruf geweckt und jetzt gerade wieder angerufen«, erkläre ich. »Ich hatte beide Male ein seltsames Gefühl dabei.«

»Wahrscheinlich ein Telefonverkäufer«, sagt Felix. »Probier ein paar Apps aus, und wenn das nicht funktioniert, lass es mich wissen.«

Er geht, und ich verbringe ein paar Minuten damit, auf meinem Handy eine Reihe von Apps zu installieren, die versprechen, unterdrückte Nummern zu entlarven und sie zu blockieren, wenn ich möchte.

Nachdem ich die technische Falle gestellt habe, warte ich auf einen weiteren mysteriösen Anruf.

Nachdem ich zwei Minuten auf mein Handy gestarrt habe, bemerke ich meinen Fehler. Wenn ich es so ansehe, wird es nie klingeln; Murphys – beziehungsweise Chesters – Law wird dafür sorgen.

Also tue ich dasselbe, was ich tun würde, wenn ich auf einen Wasserkocher warten müsste: Ich tue so, als sei ich an der ganzen Sache überhaupt nicht interessiert.

Ich beginne meine Scharade, indem ich die Küche noch etwas aufräume und danach im Bad weitermache.

Ich beginne mit dem Abfluss der Wanne – mit einem riesigen Haarballen, einer Mischung aus Felix' und meinem Haar.

Felix verliert Haare wie ein Beagle und wird wahrscheinlich kahl sein, wenn er vierzig ist. Ich verliere eine damenhafte Menge, alles in allem. Interessanter ist dagegen Ariel, die nie ein einziges Haar von ihrem Kopf – oder anderswo, soweit ich weiß – zu verlieren scheint.

Ist das ein Teil ihrer Superkraft?

Ich werfe den ekelhaften Haarballen in den Müll, wasche mir die Hände und untersuche Ariels Haarbürste.

Keine Haare, wie immer.

Ich habe immer gedacht, dass sie eine Zwangsstörung hat, was das Entfernen ihrer Haare nach dem Bürsten und Duschen betrifft, aber das war, bevor ich über die Cogniti und ihre Fähigkeiten Bescheid wusste. Jetzt frage ich mich, ob das stimmt.

Ohne einen bestimmten Grund gehe ich in Ariels Zimmer und schaue nach Haaren auf ihrem Kissen und anderen möglichen Stellen.

Nichts.

Sieht ihr Haar deshalb immer so aus, als sei sie einer Shampoo-Werbung entstiegen?

Für einen Moment fantasiere ich darüber, mit Ariel die Macht zu tauschen. Wie fantastisch wäre es, superstark zu sein?

Als ich meine Aufräumarbeiten fortsetze, nehme ich die Müllsäcke aus der Küche und dem Badezimmer und gehe aus der Wohnung, um sie in den Müll zu werfen.

Zwei Dumme – ein Gedanke, denn Rose ist auch gerade zum gleichen Ziel unterwegs. Wie immer ist sie schick angezogen.

»Sasha.« Sie strahlt mich mit einem warmen Lächeln an. »Wie fühlst du dich heute Morgen?«

»Okay«, sage ich vorsichtig. »Und jetzt habe ich noch mehr verrückte Abenteuer, die ich dir erzählen kann.«

»Du schuldest mir immer noch die Geschichte, wie du dich unseren Rängen angeschlossen hast.« Sie stopft ihre Müllsäcke in den Schacht und rümpft angeekelt ihre Nase. »Wir sollten demnächst essen gehen, da du im Moment nicht so sehr mit der Arbeit beschäftigt bist.«

»Sicher.« Ich werfe meine eigenen Beutel weg. »Denkst du an einen bestimmten Ort?«

»Wie wäre es mit etwas im Le District? Dort gibt es viele Möglichkeiten.« Sie hält ihre Hände weit weg von ihrem Körper.

»Abgemacht.« Ich schließe den Müllschacht. »Wann?«

»Wie wäre es mit heute um eins?«, fragt sie und geht auf ihre Wohnung zu.

Ich hole sie ein. »Das passt mir gut. Wollen wir zusammen dorthin gehen?«

»Nein.« Sie ergreift ihren Türgriff ungeschickt mit ihrer linken Hand – wahrscheinlich, weil sie mit dieser Hand nicht den Müllschacht berührt hat. »Ich werde davor einen Spaziergang machen.«

Sie geht hinein und schließt die Tür hinter sich, so dass ich nicht die Möglichkeit habe, einen gemeinsamen Spaziergang anzubieten – was wahrscheinlich das Beste ist, da ich vor dem

Mittagessen ein paar Dinge erledigen muss.

Ich gehe zurück in meine Wohnung, wische noch etwas mehr Staub an den offensichtlichsten Stellen weg und gehe gähnend zurück in mein Zimmer.

»Wirst du mit der Jobsuche beginnen?« Fluffster, der neben meinem Laptop sitzt, klopft mit seiner pelzigen Pfote darauf. »Miet- und Nebenkostenrechnungen zahlen sich nicht von allein.«

Mein Blutdruck steigt sofort an. »Ich schätze, ich beginne *gerade* eine Jobsuche.« Während ich den Laptop öffne, murmele ich »pelziger Sklaventreiber« vor mich hin.

Ich aktualisiere meinen Lebenslauf und betrachte danach meine düstere Finanzlage. Ich habe neunzigtausend von Neros unerwartetem Bonus übrig, plus einige Ersparnisse von davor. Überall außer in Manhattan würde diese Art von Bargeld eine Weile reichen, aber in dieser Stadt muss ich mir Sorgen machen – besonders angesichts der unvermeidlichen Anrufe von Mama, teurer Massakeraufräumarbeiten mit freundlicher Unterstützung von Pada, illegaler Waffenkäufe und wer weiß was sonst noch.

Natürlich könnte ich, wenn es hart auf hart kommt, immer noch die teuer aussehende Halskette verpfänden, die Nero mir zum Jubiläum geschenkt hat. Andererseits sind die Diamanten darin vielleicht nicht echt, und ich weiß nicht, was der Stein im Herzstück – derjenige, den Nero während meiner Ratssitzung magisch in einen Lügendetektor verwandelt hatte – wert wäre. Ich habe auch ein paar sehr seltene magische Bücher, die meinem Vater einen Arm und ein Bein gekostet haben, und wenn ich gezwungen wäre, sie zu verkaufen, würde ich wahrscheinlich weinen.

Also passe ich meinen Lebenslauf schweren Herzens auf eine Stelle in der Finanzbranche an, das kleinere Übel.

Ich hatte mir immer vorgestellt, dass mein nächster Job der eines Vollzeit-Fernsehillusionisten sein würde, aber dieser Traum ist vorbei. Stattdessen werde ich erfahren, ob andere Unternehmen an der Wall Street so übel sind wie Neros Fonds – oder noch schlimmer.

Mein Wissen über die Finanzbranche – oder meine hellseherischen Fähigkeiten – sagt mir, dass sie in der Tat schlimmer sein könnten.

Als ich auf der Jobseite bin, klingen Dutzende von Angeboten, als würden sie zu meiner Ausbildung und Erfahrung passen. Tatsächlich gibt es so viele von ihnen, dass ich es bald satthabe, mich auf alle zu bewerben.

»Ich werde mich später weiterbewerben«, sage ich laut, für den Fall, dass mir mein Chinchilla über die Schulter schaut, bereit, seine Monsterform anzunehmen, um sicherzustellen, dass ich meine Einstellung zur Arbeitssuche ändere.

Fluffster ist jedoch nirgendwo in Sicht, also belohne ich mich für meinen Job-Such-Einsatz, indem ich eine gute Illusion plane, um sie Rose beim Mittagessen zu zeigen. Es dauert ein paar Minuten, bis mir etwas Passendes einfällt, aber danach bereite ich alles vor, was ich brauche, einschließlich eines Outfits. Meine durch die Jobsuche versaute Laune bessert sich spürbar, als ich die Kartenspiele in die Taschen der Hose stecke, die ich zum Mittagessen tragen werde.

Ich stelle mir Roses Gesichtsausdruck vor und lächele innerlich.

Da ich vor dem Mittagessen noch Zeit habe, beschließe ich, den Meditationsteil der Videokassette, die mir Darian geschickt hat, erneut anzuschauen. Wenn ich die bewusste Kontrolle über meine Kräfte übernehmen könnte, könnte ich mehr Kontrolle über mein Leben im Allgemeinen haben.

Ich schalte den Fernseher ein und drücke auf *Play*.

»Kurz gesagt musst du eine besondere Art der Meditation lernen«, sagt Darian erneut vom Bildschirm. »Zum einen musst du lernen, deinen Kopf freizubekommen, und zum anderen musst du ohne einen Hauch von Zweifel an deine Kräfte glauben. Das ist nichts, von dem ich erwarte, dass du es in naher Zukunft meisterst, und ich würde es auch nicht mit deinem derzeitigen Schlafentzug versuchen. Um zu beginnen, musst du lernen, ein- und auszuatmen, wobei du jeweils bis fünf zählst.«

Ich merke, dass ich immer noch nicht ganz den fehlenden Schlaf nachgeholt habe, aber die Neugierde ist stärker als meine Müdigkeit, und ich versuche, den Rest der Anweisungen zu befolgen.

»Setze dich in irgendeine Position, in der dein Rücken gerade ist.« Darian streicht nachdenklich über seinen Spitzbart. »Es kann der stereotype Lotussitz oder einfach ein Stuhl sein«, er schaut unheimlicherweise vom Bildschirm auf meinen Stuhl, »oder sogar die Kante deines Bettes.« Er schaut vom Bildschirm auf mein Bett. »Der Schlüssel ist, in einer guten Haltung zu sitzen.«

Ich halte inne und experimentiere mit verschiedenen Sitzmöglichkeiten. Letztendlich entscheide ich mich für den Lotussitz, kreuze die Beine, lege jeden Fuß auf den gegenüberliegenden Oberschenkel und strecke meine Wirbelsäule so gerade wie möglich.

Meine Atmung wird langsamer, als ich wieder auf *Play* drücke.

»Schließe deine Augen und folge deiner Atmung«, sagt Darian. »Pausiere die Aufnahme jetzt und versuche es.«

Ich tue, was er sagt, und konzentriere mich auf die Luft, die in meine Lunge eintritt und wieder ausgestoßen wird.

Als ein verirrter Gedanke – sagen wir, ein Bild von Neros durchdringendem Blick – in meinem Kopf aufsteigt, lasse ich ihn einfach verschwinden und konzentriere mich wieder auf meine Atmung.

Dank ein paar Yogakursen und den Atemübungen, die Lucretia mir beigebracht hat, ist dieser Teil des Trainings für mich nicht so schwer, wie er für andere New Yorker sein könnte. Sehr bald fühle ich mich so ruhig wie eine hinduistische Kuh auf Valium.

Ich lasse die Aufnahme weiter abspielen und schließe die Augen erneut, bereit, den nächsten Schritt des Trainings zu versuchen.

»Dieser Schritt ist nicht jedes Mal nötig«, sagt Darian. »Nur am Anfang.« Ich schaue durch meine Wimpern, und er zwinkert mir tatsächlich auf dem Bildschirm zu – so als ob er wüsste, dass ich das in diesem Moment tun würde. »Du musst fest an deine Kräfte glauben. Werde zu diesem Glauben. Sei eine Seherin. Atme es. Lebe es.«

»Leichter gesagt als getan«, murmele ich und halte das Band wieder an.

Ich schließe wieder die Augen und konzentriere mich auf die Realität, etwas Besonderes zu sein.

Ich greife meine natürliche Skepsis mit der besten Waffe an – Beweise. Die Wahrheit ist, dass ich zahlreiche Visionen hatte, die wahr wurden – zu viele, um sie zu ignorieren. Ich hatte auch unzählige Intuitionen, die sich als richtig erwiesen haben, und dank Neros böser Machenschaften habe ich sogar die unvorhersehbaren Kräfte des Marktes vorhergesagt.

Mit jedem Atemzug lasse ich mich auf diese neue Realität ein, und wenn irgendwelche Zweifel aufkommen, konfrontiere ich sie mit mehr unwiderlegbaren Beweisen.

Es dauert eine Weile, aber es kommt der Moment, an dem ich keinen Zweifel an meinen Fähigkeiten habe. Ich kann mich nun zuerst als Seherin und danach mit sehr großem Abstand als Illusionistin wahrnehmen.

Als ich mich bereit dazu fühle, fahre ich mit dem Video fort.

»Jetzt musst du deinen Kopf komplett leeren.

Verwandle ihn in einen ruhigen See«, sagt Darian und gibt mir einige Tipps, wie ich das erreichen kann. »Irgendwann wirst du den Leerraum betreten«, fährt er fort, »was der Schlüssel zur bewussten Prophezeiung ist.«

»Woher weiß ich, ob ich erfolgreich war?«, murmele ich leise vor mich hin.

»Du wirst wissen, wenn du dein Ziel erreicht hast, glaub mir«, sagt Darian vom Bildschirm. »Ich wünschte, ich könnte dir auch detaillierte Anweisungen für den Leerraum selbst geben, aber ich kann es nicht. Wenn du dich tatsächlich im Leerraum befindest, wirst du verstehen, warum. Alles, was ich dir sagen kann, ist: Gib nicht auf. Während die meisten Seher Jahrzehnte oder länger brauchen, um dieses Niveau zu erreichen, solltest du es viel früher tun können. Mit deiner natürlichen Fähigkeit und dem Schub, den du durch den Fernsehauftritt erhalten hast, bist du stärker, als du dir vorstellen kannst.«

»Großartig«, entgegne ich und merke, dass ich meine hart verdiente Ruhe verliere. »Lass es mich mal versuchen.«

Ich halte das Band wieder an und konzentriere mich auf meine Atmung, gemäß Darians Anweisungen. Als Nächstes führe ich das durch, was er *den Körperscan* genannt hat – wo ich mein Bewusstsein von meinen Füßen bis zur Mitte meiner Stirn bewege.

»Tu so, als hättest du ein neues Auge«, hat er hinzugefügt, also tue ich genau das und stelle mir mein

Gesicht so vor wie eine der Sehermasken im Ritual – die mit einem Auge auf der Stirn.

Nichts passiert.

Außer natürlich wenn der Leerraum wäre, sich extrem müde zu fühlen – denn das ist das einzige Ergebnis.

Ich sitze eine weitere gefühlte Stunde im Lotussitz, und mein Rücken beginnt zu schmerzen.

Ich versuche, die Rückenschmerzen irgendwie in meine Meditation einzubeziehen, aber dann verkrampfen sich meine Beine.

Bald bin ich es leid, meine Atmung zu kontrollieren, fange an zu dösen und kippe fast auf die Seite.

»Vielleicht muss ich das noch einmal versuchen, wenn ich genug geschlafen habe«, sage ich zum angehaltenen Bildschirm. »Oder vielleicht passiert der Leerraum, wenn man schlafen geht?«

Darian hat keine Antworten darauf, also gähne ich und verlasse die Meditationspose.

»Vielleicht nur ein kurzes Nickerchen«, sage ich und strecke mich auf meinem Bett aus.

Ich erwarte, dass ich Schwierigkeiten beim Einschlafen habe, da das Licht durch das Fenster hereinströmt, aber sobald sich meine Augen schließen, zieht mich eine Welle angenehmer Schläfrigkeit in die Bewusstlosigkeit.

———

MEIN MAGEN KNURRT LAUT. So laut sogar, dass ich aufwache.

Ich liege träge da und denke darüber nach, wieder einzuschlafen. Das scheint aber nicht zu passieren, also öffne ich die Augen.

Ich bin in meinem Zimmer, und es ist Mittag.

Das war ein schönes Nickerchen. Ich könnte mich an diese Seite der Arbeitslosigkeit gewöhnen.

Als ich aufstehe, wird mir klar, dass ich im Schlaf keine Traumvisionen hatte. Ich schätze also, dass der Leerraum kein Traumraum ist, was wiederum bedeutet, dass ich meine Meditation nicht richtig abgeschlossen habe.

Na ja.

Ich schaue auf mein Telefon.

Es ist 12.35 Uhr, was bedeutet, dass ich zu spät zu meinem Mittagessen mit Rose komme.

Ich setze mich in Bewegung, mache mich schnell fertig und begebe mich auf den Weg.

———

WÄHREND ICH AN DEN Geschäften von Le District vorbeigehe, entdecke ich einen Fehler in unserem Plan. Wir haben uns nicht auf ein bestimmtes Restaurant geeinigt, und es gibt viele hier.

Zu allem Überfluss mag Rose auch keine Mobiltelefone, also kann ich ihr nicht einfach eine SMS schicken, um herauszufinden, wo sie ist.

Ich denke mir, dass dies ein guter Zeitpunkt ist, um

mich auf meine Intuition zu verlassen, und lasse mich von meinen Beinen dorthin tragen, wohin sie wollen.

Meine Sehkräfte sind gesund und munter. Ich brauche nur eine Minute, um Rose zu finden. Sie steht in der Schlange vor einem Restaurant, aus dem die himmlischsten Gerüche strömen, und ich merke, dass vielleicht meine Nase und nicht meine hellseherischen Kräfte die Suche bestimmt hat.

Ich betrachte die Schlange, in der sie steht, und muss ein zweites Mal hinschauen.

Rose ist nicht allein.

Hier, inmitten all dieser Menschen, steht Vlad, Roses mürrischer, viel jünger aussehender Vampirliebhaber.

Und er ist am wenigsten mürrisch von all den Malen, die ich ihn gesehen habe. Seine Augenwinkel sind mit einem Hauch von einem Lächeln in Falten gelegt, als er dem zuhört, was Rose sagt.

Ich gehe zu Rose und umarme sie zur Begrüßung.

Als ich mich zurückziehe, wirft Rose besorgt ihren Blick von mir zu Vlad. Ich strecke meine Hand aus, damit Vlad sie schütteln kann, und sie entspannt sich sichtlich.

Anmerkung für mich selbst: Roses besserer Hälfte nicht zu nahe kommen.

»Also kannst du tagsüber draußen sein?«, frage ich Vlad und lasse seine eisige Hand los.

Dann bemerke ich, dass ich mich in der Öffentlichkeit auf seine Natur beziehe. Das Mandat fügt mir jedoch keine Schmerzen zu, also ist die

Aussage vielleicht zu zweideutig, um Probleme zu machen.

»Glaub nicht alle Gerüchte, die du hörst«, sagt Vlad unverbindlich. Der frühere Hauch eines Lächelns ist weg, aber er klingt immer noch höflich.

»Definitiv«, sage ich und schaue Rose an. »Wie war dein Spaziergang?«

»Sehr reizend.« Sie greift hinüber, um Vlads Hand zu nehmen. »Wir werden ihn wahrscheinlich nach dem Mittagessen fortführen.«

»Wo wollt ihr sitzen?«, frage ich und schaue auf die Menschen um uns herum. »Ich wollte dir etwas recht Privates erzählen.«

»Wir können einen Tisch da drüben nehmen.« Rose zeigt auf die Reihe leerer Tische mit schlechterer Aussicht, aber geschützterer Privatsphäre. »Außerdem«, sie drückt Vlads Hand, »habe ich gerade einen Teil der Geschichte gehört.«

Natürlich.

Vlad war dabei, als der Rat mich verhört hat, also weiß er einiges über die Geschehnisse.

Wir unterhalten uns für den Rest unserer Wartezeit in der Schlange über unwichtige Dinge. Dann bestellt Rose ein paar herzhafte Crêpes, ich nehme ein Croque-Madame-Sandwich, und Vlad bekommt einen Kaffee.

»Nehmen Vampire ausschließlich flüssige Nahrung zu sich?«, flüstere ich, sobald wir beim entferntesten Tisch außerhalb der Hörweite nicht-übernatürlicher Ohren ankommen.

»Ich werde das nicht wirklich trinken.« Vlad stellt

den Kaffee vor Rose ab. »Ich wollte nur etwas bestellen.«

»Das ist aufmerksam von dir.« Ich schneide hungrig mein Sandwich auf und lasse das weiche Eigelb über meinen Teller laufen.

»Du lenkst vom Thema ab«, sagt Rose. »Erzähl mir deine Geschichte.« Sie salzt ihren Crêpe und handelt sich einen tadelnden Blick von Vlad ein. Macht er sich Sorgen um ihren Blutdruck?

Mir läuft bereits das Wasser im Mund zusammen, also rassele ich eine kurze Version der Ereignisse von dem Fernsehauftritt mit der ersten Vision von den Zombieangriffen, gefolgt vom Showdown mit Beatrice, bis hin zu den beiden Variationen meiner Begegnung mit dem Rat – Vision und real – herunter.

Als ich erwähne, dass Gaius Ariels Leben bedrohte, um mich dazu zu bringen, über seine und Darians Beteiligung am Fernsehauftritt zu schweigen, verdunkelt sich Vlads Gesichtsausdruck.

Mist.

Vlad ist Gaius' Chef – der höchste Vollstrecker –, und Gaius hatte zugegeben, dass er nicht in offizieller Funktion handelte, als er Darian half. Er tat es, um eine Vision zu bekommen.

Habe ich es gerade vermasselt?

»Du glaubst doch nicht, dass er Ariel jetzt etwas antun wird, oder?«, frage ich unsicher und schaue Rose nach Unterstützung suchend an.

»Vlad wird ihn nicht zur Rede stellen. Stimmt's,

Liebling?« Rose legt eine beruhigende Hand auf Vlads Unterarm.

Vlads Mund spannte sich an. »Gaius ist zu ehrgeizig für sein eigenes Wohl.«

»Wenn er etwas versucht, wirst du ihn wieder in seine Schranken weisen«, sagt Rose beruhigend. »Wenn ich dir eine …«

»Lass Sasha mit ihrer Geschichte weitermachen«, unterbricht Vlad. »Ich werde Gaius nicht darauf ansprechen. Zumindest noch nicht.«

Ich möchte wissen, was Rose sagen wollte, als er sie unterbrach, aber ich weiß, dass es unhöflich wäre, zu fragen. Also beiße ich endlich in mein Sandwich. Die Kombination aus Schinken, geschmolzenem Käse und knusprigem Brot ergänzt die Sauce und das Ei so perfekt, dass ich schwöre, diesem Restaurant eine glühende Rezension zu schreiben.

Und vielleicht heirate ich sogar ungesehen den Koch.

»Du hättest nicht zugelassen, dass der Rat Sasha tatsächlich tötet, wenn die Abstimmung wie in ihrer Traumvision verlaufen wäre, oder?« Rose wirft Vlad einen strengen Blick zu, während ich mir weiterhin das Essen in den Mund stopfe.

»Ich bin mir sicher, dass Nero die Hinrichtung bereits gestoppt hätte, bevor ich etwas hätte sagen können«, entgegnet Vlad, und die Falte auf seiner Stirn kehrt in ihre natürliche düstere Position zurück.

Hat er recht?

In meiner Vision trat Nero nach vorne, um direkt

nach dieser Abstimmung etwas zu sagen. Vielleicht wollte er sagen: *Ratsmitglieder, das ist mein Goldesel, für dessen Tod ihr gerade gestimmt habt. Das ist ein No-Go. Nur ich quäle sie, und jeder, der etwas dagegen hat, wird in Stücke gerissen …*

»Du nimmst deine Verantwortung als Vollstrecker viel zu ernst«, meint Rose zu Vlad, bevor sie einen großen Bissen von ihrem Crêpe nimmt.

Ich betrachte Vlad neugierig. »Warum glaubst du, dass Nero mich beschützt hätte?«

»Er hat angeboten, dein Mentor zu sein.« Vlads dunkle Augen scheinen das Licht der Halogenlampen um uns herum einzusaugen. »Das war das erste Mal, dass er das getan hat.«

»Und wahrscheinlich das letzte«, sage ich und steche in die Reste meines Sandwichs. »Wie gesagt, ich habe seine dumme Mentorenschaft zurückgewiesen.«

Vlad wirft Rose einen unleserlichen Blick zu.

Ich nutze diese Gelegenheit, um einen weiteren himmlischen Leckerbissen in den Mund zu nehmen.

Niemand sagt etwas, während ich kaue. Ist Neros Mentorenschaft ein Tabuthema?

Um das unangenehme Schweigen zu brechen, fahre ich mit meiner Geschichte fort und fülle alle Lücken, die sie im Zusammenhang mit dem, was mit den Orks passiert ist, haben könnten. Dann erzähle ich ihnen zum Schluss von der verstorbenen Harper.

Vlads Gesicht ähnelt nun einem tropischen Himmel vor einem Hurrikan. »Gaius hätte mir den Vorfall im Klub melden müssen.« Seine Stimme ist beißend.

Rose runzelt ebenfalls die Stirn, aber legt wieder eine Hand auf seinen Arm und massiert sanft die angespannten Muskeln. »Es war nicht auf der Erde, mein Lieber. Wenn er es jemandem gemeldet hätte, dann den Behörden von Gomorrha.«

Seine Nasenlöcher beben. »Schön. Aber wir werden uns eines Tages trotzdem unterhalten müssen.«

Ich schlucke die letzten Stücke meines Sandwichs herunter und versuche, die düstere Atmosphäre zu vertreiben. »Also«, sage ich mit erzwungener Helligkeit, »Vlad, du bist tagsüber draußen. Du konntest es vorher nicht erklären. Kannst du es jetzt tun?«

Rose und Vlad tauschen einen kurzen Blick aus, und sie sagt: »Seine Art kann tagsüber ohne negative Auswirkungen draußen sein.« Sie lächelt ihn schüchtern an. »Sie jagen nachts, wie viele andere Raubtiere, bzw. haben es getan, also stammen die menschlichen Legenden wahrscheinlich daher.«

»Wir sind normalerweise tagsüber zu beschäftigt für solche Dinge«, erklärt Vlad. »Da wir nicht schlafen müssen, machen wir unsere Arbeit tagsüber und genießen Freizeitaktivitäten«, er schaut Rosa bedeutungsvoll an, »nachts.«

»Außer, wenn du tagsüber hier bist«, merke ich an.

»Ich bin wann immer es möglich ist mit Rose zusammen«, sagt er mit dem Hauch eines zurückkehrenden Lächelns.

Oh nein.

Machen sie gleich wieder rum?

So glücklich ich auch für sie bin, es war wirklich unangenehm, als ich das letzte Mal dabei war.

»Kanntest du Rasputin?«, frage ich Vlad, zum Teil, um die öffentliche Darstellung von Zuneigung zu verhindern, und zum Teil, weil ich es wirklich wissen will. »Oder warst du zu seiner Zeit in Frankreich?«

»Ich kannte ihn, als ich in Russland lebte.« Vlads schwarze Augen nehmen einen abwesenden Blick an. »Aber ich war in Frankreich, als er mit dem Rat von St. Petersburg in Schwierigkeiten geriet …«

»Warte«, sage ich. »Welche Schwierigkeiten?«

»Man wird nicht ohne Folgen berühmt in der menschlichen Welt«, sagt Vlad. »Wie du selbst herausgefunden hast.«

Das stimmt. Rasputin wurde zu einer fast mythischen Gestalt – was den Bestimmungen des Mandats zuwiderläuft und wahrscheinlich die Cogniti verärgert hat.

»Also, was ist passiert?«, frage ich und treffe Vlads ausdruckslosen Blick.

»Soweit ich gehört habe, täuschte Grigori seinen Tod vor und ging irgendwo ins Exil.« Vlad zuckt mit den Schultern. »Offensichtlich würde sich ein Seher – vor allem ein mächtiger – nicht von bloßen Menschen vergiften, geschweige denn von ihnen erschießen, dann schlagen und ertränken lassen, wie es in den Geschichtsbüchern steht.«

»Aber wie täuscht man etwas so Kompliziertes vor?«, frage ich. »In allen Online-Artikeln steht …«

»Wie konnten die Leute in diesem Fernsehstudio

den Zombieangriff vergessen?« Rose zwinkert Vlad zu, bevor sie zu mir zurückblickt. »Wie haben die Leute in diesem Hotel in Vegas die Schüsse erklärt, als du und Ariel gegen Beatrice gekämpft haben?«

»Natürlich.« Ich tupfe meine Lippen mit einer Serviette ab. »Wenn Rasputin Hilfe von einem Vampir bekommen hätte, hätte man durch Bezirzen die Menschen dazu bringen können, jede Geschichte zu glauben.«

»Das erklärt, warum die Legende von Rasputins Mord so weit hergeholt klingt«, sagt Rose. »Glaube nichts, was du in menschlichen Aufzeichnungen liest. Die sind höchst unzuverlässig.«

Vlad fühlt sich sichtbar unwohl dabei, so offen über die Macht seiner Art zu sprechen, aber er nickt zustimmend.

»Also ist alles über Rasputin gefälscht?«, frage ich, während ich Vlad ansehe. »Oder nur sein Tod?«

»Man kann alles vortäuschen«, sagt er. »Aber einige Informationen sind es nicht wert, vertuscht zu werden, also bezweifle ich, dass sie es wurden.«

»Was ist mit Kindern?«, frage ich. »Die menschliche Geschichte sagt, dass er welche hatte.«

»Darauf würde ich mich nicht verlassen«, sagt Rose. »Wenn er Kinder hat, hätte er Schritte unternommen, um ihre Identität zu verbergen, bevor er ins Exil ging.«

»Er könnte sie auch mitgenommen haben«, sagt Vlad.

»Hast du eine Ahnung, wohin er gegangen ist?«, frage ich ihn.

»Nein.« Vlad reicht Rose einige Servietten. »Wenn solche Informationen bekannt wären, wäre Grigori tot. Er hat wirklich ein Chaos in St. Petersburg hinterlassen.«

Ich schaue Rose hoffnungsvoll an.

Sie zuckt mit den Achseln und wischt sich die Hände ab. »Wenn Vlad es nicht weiß, dann ich schon gar nicht«, sagt sie. »Ich kannte Rasputin nur vom Hörensagen.«

Ich seufze enttäuscht – und das ist der Moment, in dem das Gefühl von Gefahr wiederkehrt, stärker denn je.

Rose runzelt die Stirn, und Vlad zieht fragend eine Augenbraue in die Höhe.

Ich muss so blass aussehen, wie ich mich fühle.

»Mir ist gerade ein eiskalter Schauer über den Rücken gelaufen«, erkläre ich leise, als mein Telefon erneut klingelt.

ICH SCHAUE AUF DAS »UNBEKANNTER ANRUFER«, atme tief durch und entsperre das Telefon.

Eine der von mir installierten Apps enthüllt eine Nummer mit der lokalen Vorwahl 718, die ich nicht kenne.

»Eine Sekunde«, sage ich zu Vlad und Rose und gebe die Nummer bei Google ein.

Ich habe kein Glück.

Ich leite die Nummer zusammen mit einer SMS an Felix weiter.

Die App hat die unbekannte Nummer herausgefunden, aber ich weiß immer noch nicht, wem sie gehört. Kannst du mir helfen?

Felix antwortet fast sofort.

Ich habe gerade eine Menge Arbeit zu erledigen, aber werde das so schnell wie möglich in Angriff nehmen.

Ich danke ihm und richte meine Aufmerksamkeit wieder auf Vlad und Rose. »Jemand ruft mich aus irgendeinem Grund ohne Rufnummernübertragung an«, erkläre ich. »Es ist wahrscheinlich nichts, aber Felix ist trotzdem dran.«

»Sag uns Bescheid, wenn es Probleme gibt.« Rose legt ihre Hände um die Tasse Kaffee, die Vlad bestellt hat. »Du hast schon genug durchgemacht. Ich will nicht, dass dir noch einmal jemand wehtut.«

»Oh, danke. Du bist so lieb.« Ich schüttele den Kopf in der Hoffnung, die Adrenalinüberlastung zu beseitigen, und erinnere mich dann daran, dass ich heute die beste Entspannung der ganzen Welt bei mir habe.

»Wollt ihr etwas Cooles sehen?«, frage ich meine Begleitung.

»Einen Zaubertrick?« Roses Gesicht leuchtet auf und gibt mir einen Einblick in ihre Kindheit vor langer Zeit.

Vlad zieht beide Augenbrauen hoch.

»Ich weiß, dass der Rat mir verboten hat, vor Menschen aufzuführen«, sage ich zu Vlad. »Aber wenn ich euch beiden einen Effekt zeige, sollte es doch okay sein.«

Rose wirft Vlad einen beschwörenden Blick zu.

»Wenn es etwas ist, das nur wir sehen können«, sagt er, »gibt es kein Problem.«

»Es ist ein Effekt aus der Nähe«, verspreche ich. »Nun, Rose, willst du meine Assistentin sein oder soll Vlad mir helfen?«

»Ich«, ruft Rose mit der Stimme einer Zehnjährigen. »Nimm mich!«

Ich schaue Vlad an, und er nickt, wobei das winzige Lächeln zurück in seinen Augenwinkeln ist.

»Rose«, sage ich, und meine Hände wandern in meine Taschen, »Bitte nenn jetzt laut irgendeine Spielkarte.«

»Kreuz sieben«, sagt Rose sofort.

Innerlich tanze ich einen Freudentanz, aber äußerlich nicke ich nur zustimmend und nehme meine rechte Hand aus der Tasche.

»Bitte mische diese durch«, sage ich Vlad und stelle pantomimisch ein Riffle Shuffle für ihn dar.

Vlad nimmt die Karten aus der Verpackung und riffelt sie fachmännisch.

»Danke. Jetzt leg sie wieder in die Verpackung und gib sie Rose, damit sie sie zwischen ihren Händen hält.«

Ich mache Rose ebenfalls vor, wie sie die Karten halten soll, und Vlad legt sie sanft in ihre ausgestreckten Hände. Ich kann nicht umhin, zu bemerken, wie er diese Gelegenheit nutzt, um mit seinen Fingern über ihre Handfläche zu streicheln.

»Ich möchte euch noch einmal darauf hinweisen, dass ich jetzt, da Rose sie hat, nichts mehr an den Karten verändern kann, obwohl das natürlich offensichtlich ist«, sage ich.

Rose nickt.

»Jetzt«, sage ich und kämpfe darum, die Aufregung aus meiner Stimme herauszuhalten – für mich der schwierigste Teil daran, eine Illusionistin zu sein –,

»nenne mir eine Zahl zwischen eins und zweiundfünfzig.«

»Zweiundvierzig«, sagt Rose, wieder sofort.

»Bist du sicher?«, frage ich. »Du hast es nicht gesagt, weil es, sagen wir, die Antwort auf das Leben, das Universum und alles in einem berühmten Buch ist?«

»Kann ich sie zu vierundzwanzig ändern?« Rose hält die Karten fester in den Händen.

»Hmm.« Ich kratze mir das Kinn und tue so, als würde ich es mir überlegen. »Ich sage dir was … Ich lasse dich deine Auswahl ändern, wenn es das ist, was du willst.« Sie schaut mich erwartungsvoll an, während ich weiterrede. »Ich werde dich sogar deine Vierundzwanzig durch etwas anderes ersetzen lassen, wenn du willst, aber nur, wenn du es in den nächsten fünf Sekunden tust.«

Ich fange an, lautlos mit meinen Fingern zu zählen.

»Ich mag vierundzwanzig«, sagt Rose nachdem sie einen Moment lang darüber nachgedacht hat. »Ich bleibe dabei.«

»Bist du sicher?« Ich setze mein bestes Pokerface auf.

»Ja«, sagt Rose. »Vierundzwanzig.«

»Okay. Also sind deine freie Wahl die Kreuz sieben und die Vierundzwanzig. Richtig?«

»Ja.« Wie viele Menschen in dieser Situation beginnt Rose, unbehaglich auszusehen.

»Und du hättest deine Meinung ändern können«, erinnere ich sie.

Sie nickt, und ihr Unbehagen wächst sichtbar.

Ich gebe meine beste Personifizierung eines Illusionisten, als ich betont auf ihre Hände starre.

Roses Finger umklammern das Kartenspiel, als ob ihr Leben davon abhinge.

»Nein«, sagt sie. »Das wäre unmöglich.«

»Bitte nimm die Karten aus der Verpackung und zähle bis zur vierundzwanzigsten«, sage ich. »Mal schau'n, ob wir sehen können, wie das Unmögliche möglich wird.«

Rose nimmt die Karten heraus und beginnt zu zählen.

Bei zehn beginnen ihre Hände entweder vor Angst oder Aufregung zu zittern – das ist schwer zu sagen.

Als sie bei vierundzwanzig ankommt, kann ich sehen, dass sie die Karte nicht umdrehen will, also stoße ich sie an und sage: »Bitte dreh die Karte um. Ich will sie nicht berühren und beschuldigt werden, mit meiner Hand etwas manipuliert zu haben.«

Rose dreht die vierundzwanzigste Karte um.

Es ist die Kreuz sieben.

Roses Augen werden so groß wie Teetassen, aber Vlad sieht alles in allem ärgerlich ruhig aus.

»Wie?«, murmelt Rose. »Meisterst du deine Kräfte schon?«

»Vlad hat diese Karten gemischt«, erinnere ich sie, aber das Hochgefühl, das ich von Roses anfänglicher Reaktion hatte, ist ruiniert. Ich muss kein Seher sein, um zu wissen, dass ihre Theorie die übliche ist, mit der jeder einen großen Teil von allem, was ich tue, erklären wird. »Du hättest der Seher sein müssen, nicht ich, um so einfach zu erraten, wo sich die Karte befindet.«

Sie nickt, aber unsicher.

»Ich war sowieso noch nicht fertig«, sage ich, und es ist die Wahrheit. »Dieser nächste Teil kann überhaupt nicht durch Seherkräfte erklärt werden.« Ich nehme die Kreuz sieben in meine rechte Hand und drehe sie anmutig.

Die Karte verschwindet aus meiner Hand.

Rose keucht.

»Sie ist nicht wirklich verdunstet.« Ich zeige beide Seiten meiner Hand und zwinkere verschwörerisch. »Die Karte ist teleportiert.«

Ich starre auf Roses Tasche, und als sie sieht, wohin ich schaue, legt sie ihre Hand auf ihre Brust, als ob sie gleich ohnmächtig wird.

»Bitte steck deine Hand in die Tasche.« Ich zeige darauf.

Rose gehorcht behutsam, und als sie die Karte im Inneren berührt, springt sie wie von der Tarantel gestochen auf.

»Nimm sie raus«, befehle ich. »Mal sehen, welche Karte es ist.«

So als befände sie sich unter Wasser, nimmt Rose die Karte heraus und dreht sie um.

Die Karte ist die Kreuz sieben.

Rose keucht hörbar. »Ich glaube nicht, dass ich wissen *will*, wie du das gemacht hast. Und ich bin eine Hexe.«

Ich lächele, und mein Dopaminspiegel von eben kehrt zurück.

»Bist du nicht beeindruckt?«, fragt Rose Vlad, nachdem sie sich wieder beruhigt hat.

Ich kann es ihr nicht verübeln, dass sie nachfragt. Vlads Gesicht war während der gesamten Vorstellung völlig ausdruckslos, so als ob ich nur das Menü vorgelesen hätte, anstatt einige der besten Effekte aus meinem Repertoire vorzuführen.

Vielleicht ist er einer von denen, die das Gefühl der Ehrfurcht eher innerlich spüren, wie mein Vater, anstatt es auf seinem Gesicht zu zeigen wie Ariel und Rose?

»Ich weiß, wie du das gemacht hast«, sagt Vlad, und sein Gesicht ist genauso leer wie vorher. Wenn er Felix wäre, würde er jetzt triumphierend aussehen. »Da Rose jedoch gesagt hat, dass sie nicht wissen will, wie es gemacht wird, werde ich nichts sagen.«

»Ich habe gerade meine Meinung geändert«, sagt Rose. Sie wendet sich Vlad zu, macht Welpenaugen, und fügt mit einer übertrieben flehentlichen (und etwas verstörenden) Stimme hinzu: »Bitte. Bitte sag es mir.«

»Wie kann ich da Nein sagen.« Vlad wirft mir einen entschuldigenden Blick zu. »Darf ich?«

»Das ist ein freies Land«, sage ich so ruhig wie möglich. Ich sammele die Karten ein, schiebe sie in ihre Verpackung, stecke sie ein und murmele: »Außerdem, wie hoch stehen die Chancen, dass du weißt, was ich getan habe?«

»Die Karte in Roses Tasche.« Vlad klopft sanft auf Roses Seite. »Du hast sie dort platziert, als du sie umarmt hast.«

»Hat sie das?« Rose sieht mich bewundernd an. »Ich dachte, du seist einfach nur froh, mich zu sehen.«

»Man müsste sehr geschickt sein, um diese Karte so schnell, und ohne dass Rose etwas merkt, da hineinzustecken«, sage ich unverbindlich zu Vlad. »Bist du dir bei dieser Theorie sicher?«

Er verschränkt seine Arme und nickt.

Verdammte Vampire.

Sie müssen Details übernatürliche Aufmerksamkeit schenken, denn ich habe genau das getan, was er gesagt hat. Es nennt sich Reinschmuggeln und ähnelt einem Taschendiebstahl, nur dass man nichts nimmt, sondern etwas hinterlässt. Sowohl das Hereinschmuggeln als auch das Herausschmuggeln gehören zu den Kernkompetenzen, die ich im Laufe der Jahre entwickelt habe, um über meine eigene Show zu fantasieren, und obwohl Vlad mich erwischt hat, bin ich immer noch froh, dass ich die Gelegenheit hatte, sie zu üben.

»Jetzt lass mich erklären, wie deine Karte bei der von dir gewählten Nummer war«, sagt Vlad und schaut Rose anstelle von mir gezielt an. »Das verwendete Kartenspiel bestand aus zweiundfünfzig identischen Kreuz sieben – also hätte jede Zahl, die du genannt hättest, zu dem gleichen Ergebnis geführt.«

»Nochmal bist du dir da sicher?« Ich lächele

selbstsicher und nehme das Kartenspiel aus meiner linken Tasche heraus.

So cool wie eine antarktische Gurke nehme ich die Karten aus der Schachtel und fächere sie stylisch auf, so dass beide die verschiedenen Zahlen und Farben sehen können.

»Das ist nicht das Kartenspiel, das ich gemischt habe«, sagt Vlad mit unerschütterlicher Zuversicht. »Das ist in deiner rechten Tasche.«

Wenn ich jemals eine Show für die Cogniti zusammenstelle, werde ich eine neue Regel haben – keine Vampire im Publikum. Oder vielleicht keinen Vlad. Ich muss herausfinden, ob andere Vampire genauso widerlich aufmerksam sind wie er.

Ich bin versucht, zu leugnen, ein Kartenspiel in meiner rechten Tasche zu haben, aber das würde die Möglichkeit eröffnen, dass Vlad mich filzt.

Rose würde so viel Körperkontakt nicht wollen. Nicht einmal ansatzweise.

Ich beschließe, dem Problem auszuweichen. »Ein ganzes Spiel mit Kreuz-Siebenen in meiner Tasche zu haben würde bedeuten, dass ich wusste, dass Rose genau diese Karte nennen würde, und das Gleiche gilt für das Einstecken der Kreuz sieben in Roses Tasche während der Umarmung. Aber woher sollte ich wissen, dass sie die Kreuz sieben nennen würde? Habe ich sie dazu gebracht, sie zu nennen?«, füge ich hinzu: »Sie hatte die Chance, ihre Meinung zu ändern.«

»Das stimmt«, sagt Vlad nachdenklich – und ich lächele innerlich.

Ich gab Rose nicht wirklich die Chance, die *Karte* zu ändern, nachdem sie sie genannt hatte; ich war zu glücklich, dass sie sagte, was ich von ihr hören wollte, um so etwas zu riskieren. Stattdessen machte ich eine große Sache daraus, dass sie die Zahl ändern könnte, die sie ausgewählt hatte.

»Also«, sage ich zu Vlad, »deine ganze logische Abfolge zerfällt.«

»Du hast deine Seherfähigkeiten benutzt«, sagt Vlad, aber ohne die frühere Überzeugung. »Du hast vorausgesehen, welche Karte sie nehmen würde.«

»Falsch.« Ich grinse. »Ich habe es dir schon gesagt; ich habe meine Kraft nicht für diesen Effekt eingesetzt.«

»Aber würdest du das nicht sowieso sagen?« Rose reibt sich die Schläfen.

»Ich habe meine Kräfte nicht benutzt«, wiederhole ich. »Ich kann jeden Eid schwören, den du willst. Was das betrifft, würde ich dich deine Kräfte nutzen lassen, damit du sehen kannst, ob ich die Wahrheit sage.«

Das ist kein Bluff. Der Grund, warum ich wusste, dass Rose diese Karte nennen würde, ist so viel einfacher, dass ich nicht glauben kann, dass sie es nicht merkt. Vor einem Jahr bin ich für Rose aufgetreten und habe sie gebeten, eine Karte zu benennen. Sie nannte die Kreuz sieben. Dann, ein paar Monate später, führte ich einen anderen, ähnlichen Effekt vor, und sie nannte die gleiche Karte. Also beschloss ich heute, es darauf ankommen zu lassen. Hätte sie eine andere Karte genannt, hätte ich das normale Kartenspiel mit den unterschiedlichen Karten genommen und einen weiteren der unzähligen Kartentricks aus meinem Repertoire aufgeführt.

Dann fällt mir etwas auf. Vlad hat nicht kommentiert, wie ich die Kreuz sieben aus meiner Hand verschwinden ließ. Heißt das, ich war so gut, dass mich nicht einmal ein Vampir erwischt? Ich benutzte eine Kombination aus einer nach hinten gedrehten Handfläche und ein paar Bewegungen, die ich selbst erfunden habe, und es ist toll zu wissen, dass es so gut funktioniert.

»Ich denke, sie sagt die Wahrheit«, sagt Vlad nach einer langen Pause. War das ein Hauch von Frustration in seiner Stimme?

»Also, sind wir wieder an dem Punkt, nicht zu wissen, wie sie das gemacht hat, was sie gemacht hat?« Rose schaut zu Vlad, und ich könnte sie wegen ihres logischen Irrtums küssen. Sie denkt, dass, wenn er mit einem Element des Effekts falschlag, er mit allen falschlag.

»Kannst du die ganze Sache noch einmal machen?«, fragt Vlad jetzt definitiv frustriert.

»Das wäre enttäuschend.« Ich zwinkere ihm zu. Dann, als ich erkenne, dass Rose eifersüchtig werden könnte, zwinkere ich ihr auch zu. »Außerdem, wie man in meinem Geschäft sagt, ist das erste Mal Magie und das zweite Mal Bildung.«

»Das ist wahrscheinlich das Beste«, sagt Rose und steht auf. »Ich wollte noch einen Spaziergang machen.«

Sie schlingt ihre Hand durch Vlads Ellbogen. »Um die Verdauung zu fördern.«

»Ich gehe auch besser«, sage ich, und fliehe, bevor es den beiden Turteltauben wieder einfällt, sich intensiv mit sich selbst zu beschäftigen.

———

ANSTATT NACH HAUSE ZU GEHEN, laufe ich herum und kaufe ein wenig für später ein.

Als die Natur ruft, mache ich mich auf den Weg zur Damentoilette, stelle meine Einkaufstasche unter dem Spiegel auf dem Waschbecken ab und probiere die Tür der am nächsten gelegenen Toilette aus.

Die Tür ist verschlossen, ebenso wie die daneben.

Ich spüre eine leichte Welle des Unbehagens.

Wird mein Telefon gleich wieder klingeln?

Stattdessen ertönt ein Klickgeräusch eines Telefons einer anderen Person hinter der Tür, gefolgt von Kichern.

Schreiben Teenager jetzt auf den Toiletten Nachrichten?

Kein Wunder, dass die Hersteller so sehr darauf bedacht sind, die Elektronik wasserdicht zu machen.

Die letzte Toilette ist frei, also schiebe ich das unbehagliche Gefühl beiseite und benutze sie schnell – ohne im Geringsten versucht zu sein, mein eigenes Telefon herauszuziehen, während ich mein Geschäft verrichte.

Ich wasche mir die Hände und schaue mich im

Spiegel an, als die beiden Türen hinter mir aufschwingen.

Ich starre die Mädchen an, die herauskommen, und verstehe sofort die Quelle meines Unbehagens.

Ich kenne diese Mädchen, obwohl ich mich nur an den Namen von einer von ihnen erinnern kann.

Roxy.

Der zweite ist entweder Maddie oder Ashley, aber der Name spielt keine Rolle. Das Entscheidende ist, dass sie, zusammen mit Roxy, Teil der der Mobberinnen-Clique aus meiner Einführung ist.

Sie sind buchstäbliche Bitches – weibliche Werwölfe.

Roxy sieht mein Gesicht im Spiegel, und ihr Lächeln verwandelt sich in einen bösen Wolfsblick.

Offensichtlich ist sie immer noch verärgert über den Tag, an dem ich Maya gerettet habe, indem ich Russisches Roulette mit Roxy und ihrem B-Rudel gespielt habe.

Leider habe ich derzeit keine Waffe, und wir sind die Einzigen in der Toilette.

Sie können sich in Ruhe in ihre Wolfsformen verwandeln und mich angreifen.

Etwas in ihren Augen sagt mir, dass ein Angriff genau das ist, was gleich passieren wird.

Ohne einen zweiten Gedanken daran zu verschwenden, stürme ich zur Tür.

KAPITEL 3

MEINE SCHUHE RUTSCHEN auf den Fliesen, als ich von den Waschbecken wegrenne.

Ich schnappe mir den keimbeladenen Türknauf, reiße die Tür auf, husche hindurch und dann schlage ich sie hinter mir zu – direkt in Ashley-Maddies selbstgefälliges Gesicht.

Ohne zurückzublicken, sprinte ich zur nahegelegenen Rolltreppe.

In der reflektierenden Oberfläche einer Säule, an der ich vorbeikomme, sehe ich, dass sie mich in ihrer menschlichen Gestalt verfolgen.

War es ein Fehler, wegzulaufen? Sind sie wie Hunde, die alles jagen, was wegrennt, weil der bloße Akt des Wegrennens einen als Beute markiert?

Nun, ich habe immer die Möglichkeit, es wie eine Katze zu machen – und so furchterregende Posen einzunehmen, dass sie anfangen, sich zu fragen, warum sie mich überhaupt verfolgen.

Wenn ich nur eine Waffe hätte.

Egal.

Ich werde die Katzenstrategie für die gleiche Situation aufheben wie die Katzen – falls ich in die Enge getrieben werde.

Ein unausgegorener Plan bildet sich in meinem Kopf, und ich laufe die Rolltreppe hinunter und weiche den Leuten auf meinem Weg zum Battery Park aus.

Das B-Rudel folgt mir und holt tatsächlich auf, obwohl beide Mädchen auf hohen Absätzen laufen.

Ich nehme einen Joggingpfad und laufe zu meinem Ziel – einem abgelegenen Pavillon, der Roses Lieblingsplatz ist.

Die Hoffnung ist, dass sie und Vlad da sind und mir helfen können.

Ein Radfahrer fährt mich fast um, weicht aber gerade noch rechtzeitig aus.

Ich beschleunige und renne fast ein kleines Mädchen auf einem Skateboard um.

Ich blicke zurück. Das B-Rudel hat sich seiner hohen Absätze entledigt und holt mich immer schneller ein.

Ich laufe eine scharfe Kurve durch die perfekt gepflegten Sträucher und renne den grasbewachsenen Fleck hinunter, der zu meinem Ziel führt.

Eine Sekunde lang frage ich mich, ob sie mich nicht von der Straße abbiegen sehen haben, aber dann lässt ein Rascheln der Sträucher hinter mir diesen Gedanken platzen.

Zu keinem Zeitpunkt sehe ich einen Hauch von

Rose und Vlad – was schlecht ist. Aber sie könnten drinnen sein. Oder, da der Pavillon zwei Eingänge hat, kommen sie vielleicht gerade aus der Seite gegenüber von mir heraus.

Als ich mich dem Pavillon nähere, fordere ich meine Muskeln bis zum Anschlag.

Mein Herz hämmert in meiner Brust.

Ich fliege auf den Eingang zu.

Rose und Vlad sind nicht hier.

Mist. Hoffentlich kann ich sie auf der anderen Seite erwischen.

Ich sprinte dorthin, aber ich höre ein Keuchen direkt hinter mir.

Ich drehe mich um und sehe, dass Ashley-Maddie mich gleich erwischen wird.

Sie schnaubt und schaut hinter mich.

Ich folge ihrem Blick.

Roxy betritt den Pavillon auf der anderen Seite – so dass ich zwischen beiden stehe.

Es scheint, als wäre jetzt Zeit für diese Katzenstrategie.

»Was glaubst du, was du da machst?« Ich schenke Roxy einen vernichtenden Blick. »Habt ihr eure Lektion beim letzten Mal nicht gelernt?«

Ich greife hinten in meine Hose – so als wollte ich eine Waffe hervorholen.

Sie folgen der Bewegung meiner Hände mit den Augen, weichen aber nicht zurück.

Als ich keine echte Waffe hervorhole, krümmt sich Roxys Mund zu einem räuberischen Lächeln, und sie beginnt, sich mit beeindruckender Geschwindigkeit auszuziehen.

Ich drehe mich zu Ashley-Maddie um und sehe, dass sie bereits nackt ist.

Das ist meine Chance.

Ist es nicht einfacher, mit einem nackten Teenager fertigzuwerden als mit einem angezogenen?

Wenn ich an ihrer Stelle wäre, würde ich mich verletzlich fühlen – aber sie sehen alles andere als das aus.

Ein Energieblitz sagt mir, dass es zu spät ist.

Sie haben sich beide in Wölfinnen verwandelt.

Mit einem immer unguteren Gefühl ziehe ich mich zurück.

Beide Bestien zeigen mir ihre Zähne, und Roxy springt auf mich zu.

KAPITEL 5

ICH SPRINGE ZUR SEITE, und Roxys knirschende Zähne schnappen direkt neben meinem Knöchel zu.

Ich bemerke eine Bewegung hinter den Wölfen, aber ich konzentriere mich darauf, Ashley-Maddies Versuch, in mein Knie zu beißen, auszuweichen.

Roxy verlagert ihr Gewicht auf ihre Hüften und springt.

Eine blasse Hand schnappt Roxys Hals in der Luft, als sei sie ein Kätzchen, und zur gleichen Zeit stellt sich ein gestiefelter Fuß auf den Schwanz des zweiten Werwolfs.

»So verhalten sich Damen?«, knurrt Vlad, und seine perfekten Gesichtszüge verwandeln sich von mürrisch zu wütend.

Rose taucht hinter Vlad auf und zeigt mit jedem ihrer Zeigefinger auf eine Gefangene ihres Geliebten.

Blendende Energieströme treffen sie, und mit

einem weiteren Blitz verwandeln sich die Wölfe zurück in nackte Jugendliche.

Vlad entfernt seinen Fuß von Ashleys-Maddies Hintern, hält aber weiterhin Roxys Hals fest, scheinbar ohne Rücksicht auf ihren unbekleideten Zustand. »Hat dein Vater dich dazu angestiftet?«, fragt er sie streng.

Sich plötzlich in Vlads Griff wiederzufinden muss für Roxys winziges Gehirn zu überwältigend sein, denn sie steht einfach da und starrt erst auf ihn, dann auf Rose, dann auf mich.

Schließlich dreht sie sich aus Vlads Griff heraus und verschränkt ihre Arme, um sich zu bedecken. »Was hat mein Vater damit zu tun?«, fragt sie gereizt.

»Er und Sasha kennen sich.« Vlads Stimme ist streng. »Deine Schauspielkunst reicht nicht aus, um so zu tun, als wüsstest du nichts darüber.«

»Aber das tue ich nicht.« Roxys Arroganz scheint so sehr erschüttert zu sein, dass ich fast Mitleid mit ihr habe. »Er erzählt mir nie etwas …«

»Wer ist ihr Vater?«, frage ich, obwohl ich es anhand des Kontextes erraten kann.

»Chester«, sagt Vlad und bestätigt meinen Verdacht. »Das ehemalige Ratsmitglied, das …«

»Oh, ich weiß, wer das ist«, sage ich und schaue Roxy an.

Ja.

Jetzt, da Vlad mich darauf hingewiesen hat, kann ich sehen, dass Roxy Chesters Wangenknochen und Kinn hat.

Nur, dass er kein Werwolf ist.

Dann erinnere ich mich an unsere letzte Einführungsstunde.

Roxy hob ihre Hand, als Dr. Hekima fragte, wessen Eltern verschiedene Arten von Cogniti sind. Ich dachte damals scherzhaft, dass ihr Nicht-Werwolf-Elternteil eine Harpyie oder der entfesselte Kraken sein müsste – und es scheint, dass ich nah dran war, da Chester schlimmer ist als die beiden zusammen.

Hat sie doppelte Kräfte?

Kann sie wie Chester Wahrscheinlichkeiten manipulieren?

Dr. Hekima sagte, dass das selten vorkommt, aber er sagte auch, dass Wahrscheinlichkeitsmanipulatoren in dieser Hinsicht einen Vorteil haben.

Wenn sie Chesters Kräfte hätte, könnte das erklären, warum ich so viel Pech hatte, auf sie und Ashley-Maddie zu treffen.

Dann erinnere ich mich an etwas anderes – etwas, was mir Gaius vor meinem Ritual gesagt hat.

Chesters Streit mit Darian beruht auf einer toten Frau. Einer toten *Werwolfsfrau*, die als Reaktion auf eine Prophezeiung, in der sie die Ursache für den Tod ihrer Tochter sein sollte, Selbstmord begangen hatte. Ist Roxy diese Tochter? Weiß sie es? Ich hoffe nicht. Das würde die Psyche eines jeden Kindes durcheinanderbringen. Vielleicht hätte ich netter sein sollen zu –

»Ich habe keine Ahnung, wovon du redest«, sagt Roxy und bekommt ihren Mut zurück. »Wir haben uns letzte Woche bei der Einführung getroffen, und als wir sie wiedersahen, beschlossen wir, etwas Spaß zu haben.«

Roses glatte Stirn verwandelt sich in einen ausgewachsenen bösen Blick. »Ich habe die Macht, für Tage zu verhindern, dass du dich verwandelst, junge Dame – vielleicht sogar Wochen, wenn ich will.« Sie streckt ihre Hände in Richtung Roxy aus, und die Energie beginnt um ihre Finger zu knistern.

Roxy erblasst, aber aus welchem Grund auch immer wirft sie *mir* einen tödlichen Blick zu.

Als ob Roses Androhung meine Schuld wäre.

»Sasha«, sagt Vlad zu mir. »Du gehst besser nach Hause, während Rose und ich mit diesen Mädchen über damenhaftes Verhalten sprechen.«

Das muss er mir nicht zweimal sagen.

Mit hocherhobenem Haupt gehe ich so stolz wie möglich aus dem Pavillon und beeile mich dann, nach Hause zu kommen.

———

ALS ICH ZU HAUSE ANKOMME, bin ich relativ ruhig. Trotz ihrer tödlichen Wolfsform ist es schwer, Roxy und ihre Gang als etwas anderes als verzogene Teenager anzusehen. Außerdem kann ich nicht anders, als Roxy zu bemitleiden. Mit dem Selbstmord ihrer Mutter und Chester als Vater hat das arme Mädchen das Recht, ein wenig kratzbürstig zu sein.

Fluffster begrüßt mich an der Tür, also schnappe

ich ihn mir und mache eine Haustiertherapie, während ich ihm erzähle, was passiert ist.

Als ich entspannt genug bin, beschließe ich, Darians Anweisungen noch einmal zu folgen.

Um zu vermeiden, dass ich das Band andauernd pausieren und wieder anmachen muss, schaue ich es mir an, bis ich jeden Schritt der Meditation im Kopf habe.

Ich erinnere mich an meine Rücken- und Beinbeschwerden vom letzten Mal und setze mich lieber auf einen Stuhl, anstatt mich in den Lotussitz zu begeben, und schließe die Augen.

Ich halte mich an die empfohlene Atemtechnik und lasse mein Bewusstsein um meinen Körper fließen, bis es mein *drittes Auge* umgibt.

Mein Verstand ist jetzt so gelassen wie der eines Zen-Mönchs.

Selbst wenn ich den Leerraum nicht erreiche, ist das sicher gut für meinen Stresslevel.

»Nicht ablenken lassen«, erinnere ich mich und konzentriere mich wieder auf das dritte Auge.

Ich bin so in diesen Moment vertieft, dass der Lauf der Zeit schwer zu verfolgen ist. Ich schwebe auf einer Wolke der Entspannung, als ich spüre, dass meine Handflächen warm werden.

So warm, dass sie fast heiß sind.

Nach dem, was ich gelesen habe, sind warme Handflächen und Füße klassische Zeichen der *Entspannungsreaktion* – so wie kalte Gliedmaßen die Reaktion des Körpers auf Stress sind.

Ich atme weiter und leere meinen Geist erneut.

Meine Handflächen sind so warm, dass sie sich anfühlen, als würden sie brennen.

Eine Intuition lässt mich die Augen öffnen, und ich sehe, wie sich Blitze auf meinen Handflächen bilden.

Ich keuche.

Sofort verwandelt mein autonomes Nervensystem meine Tiefenentspannungsreaktion in das genaue Gegenteil.

Ich atme mit hundert Meilen pro Stunde, mein Herz hämmert mit 160 Schlägen pro Minute gegen meinen Brustkorb.

Die Wärme verlässt meine Handflächen – und der Blitz versiegt.

Meine Kampf-oder-Flucht-Reaktion verschwindet jedoch nicht. Stattdessen übersteuert sie, als ich bemerke, was der nächste Schritt der Meditation gewesen wäre.

Der Blitz wäre mir in die Augen gegangen.

KAPITEL 6

ICH ATME einen beruhigenden Atemzug ein, aber es funktioniert nicht.

Die Idee, dass ein Blitz meine Augen trifft, beunruhigt einen uralten Teil meines Gehirns – den Ort, der für die Angst vor Spinnen, Stürzen und Schlangen verantwortlich ist.

Diese Angst ist offensichtlich irrational und wird wahrscheinlich durch das Adrenalin, das nach der Begegnung mit dem B-Rudel in meinem Körper schwimmt, noch verstärkt. Als ich gestern meine erste Wachvision hatte, strömte ein Blitz aus meinen Handflächen in meine Augen. Felix hat mir ein Video gezeigt, das es beweist.

Leider hilft es kaum, zu wissen, dass der Blitz harmlos ist. Ich war schon immer sensibel, was Dinge angeht, die in meine Augen gehen. Ich habe sogar Glaukomtests nach dem ersten, der schrecklich war, abgelehnt und mich entschieden, das Risiko der Krankheit einzugehen.

Warum hat Darian nichts über den Blitz gesagt?

Er hat mit Sicherheit viel über alles andere erzählt.

Was das betrifft, was will er eigentlich wirklich? Warum bringt er mir das bei?

Ich kaufe ihm die Erklärung mit dem Jubiläumsgeschenk nicht ab. Ich wette, es ist alles Teil eines seiner Pläne – eines Plans, der irgendwie in uns beiden gipfelt … vorausgesetzt, er hat nicht gelogen, dass er diese Vision hatte.

So oder so, diese Vision wird nicht wahr werden – nicht bei meiner derzeitigen Wut auf und Frustration über ihn.

Dann kommt mir eine Idee – eine, die mir gestern hätte einfallen sollen.

Aus Sorge, dass ich zu spät komme, eile ich zur Tür, um zu sehen, ob der Karton, in dem Darian mir den Videorekorder geschickt hat, noch da ist.

Ich atme erleichtert aus.

Der aufgerissene Karton ist an dem Platz, an dem ich ihn letzte Nacht fallen gelassen habe. Es ist gut, dass meine frühere Säuberung nicht so gründlich war – oder dass meine Mitbewohner sich nicht an dem Müll stören, der im Flur liegt.

Auf dem Versandetikett, direkt unter Darians Namen, steht eine Adresse.

Im Gegensatz zu dem Päckchen mit der Videokassette, bei dem Darian vorgab, es aus dem Fernsehstudio geschickt zu haben, wo er angeblich gearbeitet hat, befindet sich diese Adresse an der Upper East Side, nur eine vierzigminütige U-Bahnfahrt entfernt.

Ich gebe die Adresse in mein Telefon ein, ziehe mich schnell an und gehe los.

Es ist an der Zeit, dass ich Darian einige sehr gezielte Fragen stelle.

ÜBERRASCHUNG. Darians schickes Gebäude hat einen Türsteher mit einem langen Mantel, weißen Handschuhen und einem Hut.

»Nehmen Sie den Aufzug in den vierzehnten Stock«, erklärt er mir, als ich sage, wen ich hier treffen möchte. »Lassen Sie mich Ihnen helfen.«

Während ich dem Mann folge, springe ich vor Aufregung fast auf und ab. Bis zu diesem Zeitpunkt bestand die reale Chance, dass Darian einfach eine zufällige Adresse auf das Paket geschrieben hat. In diesem Fall hätte der Türsteher nicht gewusst, wer Darian ist – aber er weiß es.

Demnach muss ich mich jetzt wohl fragen, ob Darian seine echte Adresse dort eingetragen hat, weil er wollte, dass ich zu ihm komme.

Das Gebäude hat vier Aufzüge, aber nur einen Knopf. Der Pförtner drückt ihn für mich, und die Türen ganz links öffnen sich langsam.

Ich steige ein, drücke den Knopf für mein Ziel, und die Türen schließen sich genauso langsam.

Dann – genau wie neulich, als ich vor Felix' Zimmer stand – explodieren Blitze vor meinen Augen.

———

ICH BIN KÖRPERLOS in einem Korridor eines schicken Gebäudes.

Direkt vor mir steht Nero. Er hält Darian an der Kehle und hebt ihn mit einer Hand leicht vom Boden ab.

Neros freie Hand verschwimmt zu dieser krankhaft vertrauten Klaue, die ich gestern während des Ork-Massakers gesehen habe.

Mit einer Stimme, die unter anderen Umständen komisch tief und kehlig wäre, aber in diesem Zusammenhang eine Gänsehaut hervorruft, knurrt Nero: »Du wusstest, dass der Ork sie verletzen würde. Und was ich deshalb mit allen von ihnen machen würde. Und dass sie zu mir kommen würde, während ich sie abschlachte. Und wie sie reagieren würde.«

»Du wolltest wissen, ob sie leben würde, wenn du die Orks engagierst, und ich sagte dir, dass es ihr gut gehen würde. Und es geht ihr gut«, würgt Darian hervor, und sein Gesicht nimmt einen ungesunden lila Farbton an.

Neros Kralle fliegt zu Darians Brust.

Darian quiekt, und ich erwarte voll und ganz, dass Teile von ihm in alle Richtungen fliegen.

Aber er ist intakt.

Neros Krallen haben direkt vor Darians Hemd angehalten.

»Du hast geschrien«, sagt Nero, und wenn ich einen Körper hätte, würde ich wegen der Grausamkeit in dieser tiefen Stimme zittern. »Bedeutet das, dass du nicht vorausgesehen hast, ob du leben oder sterben wirst?«

»Hör sofort damit auf«, presst Darian hervor, und seine Augen wölben sich aus ihren Höhlen. »Sie ist dabei, aus dem Aufzug zu steigen.« Sein Blick schweift zu den Türen ganz links. »Wenn du mich jetzt tötest, wird sie es sehen – und ihre Reaktion wird diesmal noch schlimmer sein.«

Nero kann sagen, ob die Leute ihm die Wahrheit sagen, also muss ich davon ausgehen, dass Darian ehrlich war, weil Nero ihn fallen lässt, auf die betreffende Tür schaut und knurrt: »Wenn du noch einmal in ihre Nähe kommst, wirst du sterben. Wenn du ihr noch einmal etwas schickst, sei es eine weitere Videokassette, eine Schallplatte, eine E-Mail, eine DVD oder eine beschissene Brieftaube, wirst du sterben.«

Darian sieht aus, als wolle er etwas sagen, aber dann erscheint ein heller Blitz in der Nähe seines Gesichts, und er schweigt. Bedeutet das, dass der Seherblitz gerade in seine Augen eingedrungen ist und Darian vorausgesehen hat, was passieren würde, sollte er antworten?

Was auch immer Darian in seiner Vision erblickt hat – vorausgesetzt, ich habe mir dieses Flackern des Blitzes nicht eingebildet, muss es ihn wirklich beeindruckt haben, denn er nickt seine Zustimmung so heftig, dass die Chance eines Schleudertraumas besteht.

»Verschwinde«, knurrt Nero.

Darian dreht Nero den Rücken zu und bohrt seinen Finger in den Fahrstuhlknopf, als ob sein Leben von der Geschwindigkeit seiner Ankunft abhängt – was, wie ich vermute, wohl auch der Fall ist.

Die Türen des rechten Aufzugs öffnen sich, und Darian springt hinein.

———

ICH KOMME WIEDER zur Besinnung und schaue mich verwirrt im Aufzug um.

Das muss eine weitere Wachvision gewesen sein.

Das bedeutet, dass Nero und Darian im Begriff sind, dieses Gespräch zu führen.

Ich drücke kräftig den Knopf zum vierzehnten Stock, aber das scheint die Kriechgeschwindigkeit des Aufzugs nicht zu verbessern.

Mir fällt etwas ein.

Wie beim letzten Mal fühlte sich der Beginn der Vision an, als würde ein Blitz aus meinen Händen direkt in meine Augäpfel fließen – und das war nicht so schlimm. Wenn ich das nächste Mal die Meditation mache, muss ich mich daran erinnern, wie schmerzlos die ungezwungene Vision war.

Andererseits fühlt es sich unter bewusster Kontrolle vielleicht anders an.

Nach einer gefühlten Stunde hält der Aufzug an.

Ich trete von einem Bein auf das andere und drücke immer wieder auf den Knopf zum Öffnen, aber die gleichgültigen Türen kriechen im Tempo einer betrunkenen Schnecke auseinander.

Ich springe aus dem Aufzug – und stehe Nero gegenüber.

»Sasha.« Er neigt seinen Kopf zur Seite. »Wie geht es dir?«

»Tu das nicht. Ja genau, *du*«, zische ich und springe zurück in den Aufzug.

Ich drücke den Knopf für den ersten Stock so schnell wie möglich und halte einen Finger auf dem Schließknopf, in der Hoffnung, dass die Türen schnell genug schließen, damit ich Darian unten noch erwischen kann.

Die Türen bewegen sich kaum.

Nero starrt mich an, und seine durchdringenden blaugrauen Augen erinnern mich an die Mythen über Schlangen, die ihre Beute hypnotisieren können.

Ich hebe mein Kinn in einer wortlosen Herausforderung an.

Seine Limbi scheinen sich sichtbar zu verdicken und erzeugen die Illusion, dass die dunklen Kreise das Weiß seiner Augen und der Iris wegfressen.

»Du wirst es nicht schaffen«, scheinen seine Augen zu sagen. »Und selbst wenn du es tust, werde ich ihn töten, wenn er mit dir spricht.«

»Das würdest du nicht wagen«, antworten meine eigenen Augen. »Wenn du ihn tötest, werde ich …«

Die Türen schließen sich endlich und beenden unseren Starrwettbewerb.

Die Fahrt nach unten fühlt sich noch länger an als die Fahrt nach oben.

Können die Menschen in diesem überteuerten Gebäude nicht auf einen besseren Aufzug bestehen? Der könnte nützlicher sein als ein Türsteher.

Der Aufzug hält an.

Die Türen beginnen aufzukriechen.

In der Ferne sehe ich Darians Rücken. Er rennt so schnell aus dem Gebäude, dass seine Sohlen blitzen.

Sobald ich durch den Spalt zwischen den sich öffnenden Türen passe, schiebe ich mich hindurch und beginne zu rennen.

Der Türsteher beobachtet mich mit verwirrter Faszination.

Darian ist draußen und ruft gerade ein Taxi, als ich die Tür erreiche.

Ich eile aus dem Gebäude.

Er steigt in das Taxi.

Ich renne, um ihn zu erwischen, oder, noch besser, um in das gleiche Taxi zu steigen.

Mit quietschenden Reifen macht das Taxi einen Satz nach vorne, während ich nach dem Türgriff greife.

Darian starrt geradeaus und weigert sich, mich anzusehen.

Ich versuche, ein Taxi zu rufen, da ich ihm unbedingt folgen will, aber Murphys oder Chesters Law schlägt wieder zu, und die nächsten drei Taxis haben bereits Passagiere.

Als endlich eines anhält, habe ich Darians Spur völlig verloren.

»Nach Hause bitte«, sage ich dem Taxifahrer frustriert.

»Und wo wäre zu Hause?«, fragt der Typ mit einem Lächeln voller Zahnlücken.

Ich gebe ihm meine Adresse und sitze mürrisch da, während ich verarbeite, was gerade passiert ist.

Nero will nicht, dass Darian mich trainiert oder gar mit mir spricht. Das könnte daran liegen, dass Nero Pläne mit mir hat oder weil er sich immer noch als mein Mentor sieht, und die Regeln der Cogniti besagen, dass es ein großes Zeichen von Respektlosigkeit ist, den Mentee eines anderen zu unterrichten.

Oder vielleicht hat es etwas damit zu tun, dass ich Nero von der Zukunft erzählt habe, die Darian angeblich vorausgesehen hat – der, in der Darian und ich ein Liebespaar werden. Aber das würde bedeuten, dass Nero eifersüchtig ist, was wiederum bedeuten würde, dass er menschliche Gefühle hat – etwas, was weit hergeholt zu sein scheint.

Aus welchem Grund auch immer, Nero hat gerade sichergestellt, dass ich Darian nicht um Hilfe bitten kann.

So verwirrend Neros Motive auch sein mögen, es gibt andere Fragen, die genauso interessant sind.

Wie wurde Darian überhaupt von Nero erwischt?

Er ist ein Seher, ein mächtiger, aber er hat sich in

eine Situation bringen lassen, in der er an seiner Kehle in der Luft baumelte.

War das Teil eines Plans oder haben seine Sehfähigkeiten ihn dabei enttäuscht, genau wie beim Kuss mit Kit – alias mein falsches Ich – neulich im Klub?

Vielleicht wusste er, dass er wegen meiner rechtzeitigen Ankunft mit einer Verwarnung davonkommen würde – was nicht passiert wäre, wenn er seine Adresse nicht auf das Paket geschrieben hätte.

Vielleicht war diese Begegnung tatsächlich das beste Szenario für Darian. Schließlich wurde am Ende nur sein Stolz verletzt. Soweit ich weiß, könnte Darian eine Vielzahl von Zukunftsaussichten gesehen haben und sich für diejenige entschieden haben, bei der Neros Angriff zum Katalysator für etwas Größeres wird. Zum Teufel, dieses »etwas Größere« könnte auch einfach meine Einstellung zu Nero sein.

Vielleicht wollte Darian, dass ich Nero in seiner rücksichtslosesten Form sehe, um das zu eliminieren, was er als Konkurrenz in der Liebe empfindet.

Kein Wunder, dass die Leute die Seher so sehr hassen. All diese Plots innerhalb der Plots sind anstrengend.

Dann trifft mich die wichtigste Frage von allen wie ein Vorschlaghammer.

Woher wusste Nero von dem Videorekorder und dem Band, was Darian mir geschickt hat? Ich habe beide Artikel mit der Post bekommen und sie gestern in meinem Zimmer angesehen, ganz allein.

Mit einem flauen Gefühl erinnere ich mich an die Theorien darüber, dass Nero Kameras überall im Fonds hat –Theorien, die erklären, woher Nero von dem blauen Fleck wusste, den ich von dem Ork bekommen hatte.

Ist es möglich, dass Nero eine ähnliche Überwachung in meiner Wohnung hat?

In meinem Schlafzimmer?

Das Blut weicht aus meinem Gesicht, als ich mich an all die Male erinnere, als ich in diesem Raum nackt war, oder schlimmer noch, an meine Begegnungen mit Copperfield – meinem magischen Hitachi-Massagestab.

Nein. Nicht einmal Nero wäre so …

Ich halte inne. Wem mache ich etwas vor? Wenn die letzten Tage etwas bewiesen haben, dann, dass Nero zu allen möglichen schrecklichen Dingen fähig ist.

War es *das,* was Darian beabsichtigte? Nero als einen perversen Spanner zu entlarven?

Ich hole mein Handy heraus und schreibe Felix eine Nachricht.

Wann kommst du nach Hause?

Seine Antwort kommt wenige Augenblicke später.

Ich bin fertig mit meiner Arbeit und versuche gerade, diese Telefonnummer für dich herauszufinden.

Ich überlege, ob ich ihm sagen soll, dass er alles stehen und liegen lassen und nach Hause kommen soll, aber das Problem mit der Telefonnummer ist wichtig, also antworte ich mit:

Danke! Bitte lass mich wissen, wenn du etwas herausfindest.

Felix schreibt zurück, dass er das tun wird, und den Rest der Taxifahrt übe ich das Atmen für die Sehermeditation – was den netten Bonus hat, dass ich mich gleichzeitig beruhige.

Das muss ich auf jeden Fall.

Ich gehe in unser Gebäude, als Felix' Nachricht kommt.

Ich habe herausgefunden, wem diese Nummer gehört. Oder genauer gesagt, welchem Unternehmen. Es ist Izbushka Na Kurih Nojkah. Es ist nicht ihre Hauptnummer, aber trotzdem ihre. Ich komme jetzt nach Hause. Bis gleich.

Wie benebelt betrete ich den Aufzug.

Aus dem Russischen übersetzt bedeutet *Izbushka Na Kurih Nojkah* »eine Hütte auf Hühnerbeinen«. Es ist der Name des Restaurants, das Baba Yaga gehört – der Hexe, die Fluffster geholfen hat, sich an seinen letzten Besitzer, Rasputin, zu erinnern, im Austausch dafür, und ich zitiere sowohl die Hexe als auch den Paten, »… irgendwann, möglicherweise auch nie, werde ich dich bitten. mir eine kleine Gefälligkeit zu erweisen …«

Sieht so aus, als wäre »irgendwann« heute, der Tag nach unserem Treffen.

Toll.

Jetzt, da ich mehr geschlafen habe und seit ein paar Stunden keine Nahtod-Erfahrungen mehr hatte, bin ich mir sicher, dass es eine schlechte Idee war, Baba Yaga eine »Gefälligkeit« zu versprechen. Nicht, dass ich gestern Abend eine andere Wahl gehabt hätte, aber trotzdem. Ich habe darauf bestanden, dass sie mich nicht darum bitten darf, etwas Illegales zu tun, aber mit meinem jetzt klareren Verstand kann ich mir leicht eine Reihe von unangenehmen Dingen vorstellen, die nicht unbedingt illegal wären, wie zum Beispiel das Essen von Bandwurm-Larven.

Mit diesem fröhlichen Gedanken betrete ich meine Wohnung.

Fluffster spaziert zu mir und sagt mental Hallo.

»Hey, Süßer.« Ich beuge mich hinunter und kraule ihn unter seinem Kinn. »Hast du Hunger?«

»Ich könnte etwas essen«, sagt er, also gebe ich ihm in meinem Zimmer etwas Bio-Heu.

Trotz der früheren Gedanken an Bandwürmer knurrt mein Magen, als Fluffster sich über seine Schale hermacht. Ich gehe in die Küche, toaste ein paar Bagels und belege sie mit Frischkäse und Lachs.

Während ich das tue, formt sich eine Idee in meinem Kopf.

Ich hole mein Handy heraus und schreibe Felix noch eine Nachricht.

Lass uns ein kleines Picknick im Battery Park machen.

Die Antwort von Felix ist ein einzelnes Zeichen – ein Fragezeichen –, also schreibe ich zurück: *Es ist Zeit für mich, dich zur Abwechslung mal mit Essen zu versorgen.*

Sobald wir uns auf einen besonders malerischen Ort geeinigt haben, packe ich die Bagels und ein paar Wasserflaschen in eine große braune Tasche und ziehe meine Schuhe an.

Gerade als ich die Haustür öffne, überkommt mich

die mittlerweile vertraute, aber nicht minder unangenehme Angst, und ich hole das Telefon heraus.

Wie erwartet klingelt das höllische Gerät ein paar Herzschläge später.

Es ist Baba Yaga.

Wieder einmal.

KAPITEL 7

Stattdessen lege ich das Telefon auf den Schuhständer und gehe zur Tür hinaus, während ich mich die ganze Zeit frage, ob meine Kräfte bei mir immer noch Panikattacken auslösen werden, wenn Baba Yaga anruft, obwohl sich das Telefon weit weg von mir befindet.

Auf dem Weg zu unserem Treffpunkt in der Nähe eines malerischen Grillrestaurants, in das uns Ariel immer schleppt, plane ich im Kopf mein Gespräch mit Felix.

Felix ist noch nicht da, also setze ich mich auf eine Bank und versuche angestrengt, mich zu beruhigen.

»Du bist allein?«, fragt Felix ein paar Minuten später – und erschreckt mich damit zu Tode. Als er meine Hand auf meiner Brust sieht, zieht er seine Monobraue in die Höhe. »So schreckhaft?«

»Du kannst dich nicht einfach an Leute

heranschleichen«, erwidere ich, während er neben mir auf der Bank Platz nimmt. »Und ja, nur du und ich. Ariel war nicht zu Hause.«

»Hmm.« Felix nimmt seinen Rucksack ab und legt ihn auf die Bank, bevor er in die braune Tasche greift und sich einen Bagel nimmt. »Ariel sollte inzwischen zu Hause sein.«

»Ich war noch nie an einem Dienstag um diese Zeit zu Hause, also wusste ich das nicht.«

»Verständlich.« Felix beißt in seinen Bagel und schaut sich um, als ob er sichergehen will, dass sich Ariel nicht hinter ihm versteckt. »Es gibt kein Muster in ihrem neuen, von Gaius verseuchten Zeitplan.«

Ich nehme mir auch einen Bagel. »Dieses Ding, das Eltern einem immer über schlechte Einflüsse erzählen – da ist wohl doch etwas dran.«

Felix schüttelt den Kopf und kaut nachdenklich, während er auf die beruhigende Aussicht, den New Yorker Hafen, starrt.

Ich folge seinem Blick zur Freiheitsstatue. »Danke, dass du die Telefonnummer herausgefunden hast.«

Er blickt zu mir zurück, und sein Gesicht ist ungewöhnlich ernst. »Was auch immer Baba Yaga will, es ist nichts Gutes. Hier.« Er gibt mir ein Telefon. »Das ist brandneu. Es sollte eine Weile dauern, bis sie diese neue Nummer herausgefunden hat – vorausgesetzt, sie tut es jemals. In der Zwischenzeit hast du eine plausible Ausrede. Schließlich brichst du dein Versprechen, ihr eine Gefälligkeit zu erweisen, nicht, wenn sie dich nicht erreichen kann, um sie einzufordern.«

»Das ist eine tolle Idee. Jetzt, da ich darüber nachdenke, fällt mir auf, dass mein aktuelles Telefon mein altes Arbeitstelefon ist. Ich hätte es Nero zurückgeben sollen, als ich gekündigt habe. Jetzt aber werde ich genau das tun, und das wird deine hervorragende Ausrede perfekt machen.«

»Ich wusste, dass du in diesem hinterhältigen Spiel gut sein würdest«, sagt Felix stolz. »Also, was ist der Grund für dieses Picknick?«

Ich erzähle ihm von meiner Begegnung mit dem B-Rudel und mit Nero, und wie Letzteres mich zu dem Schluss führte, dass ich eine Kamera in meinem Zimmer habe.

Felix sieht nachdenklich aus, während er seinen Bagel abwesend in zwei Hälften zerbricht. »Warum glaubst du, dass es Videoüberwachung ist? Im Gegensatz zu einem reinen Abhörgerät, meine ich.«

»Ich schätze, ich habe an deine Überwachungskameras in unserem Flur gedacht und angenommen, Neros würden dasselbe tun.« Ich hole eine der Wasserflaschen heraus und nehme einen großen Schluck. »Außerdem wusste er von Darians Videokassette, also dachte ich mir ...«

»Wenn Nero ein Abhörgerät hätte, hätte er Darians Stimme erkennen können, als du das Band abgespielt hast.« Felix nimmt einen Bissen von der Bagelhälfte in seiner rechten Hand. »Auf jeden Fall finde ich die ganze Theorie eines Überwachungsgerätes – ob mit Video oder ohne – unwahrscheinlich.«

»Aber du selbst …«

»Ich weiß nicht, ob du das über mich weißt, aber ich bin sehr paranoid, wenn es um WLAN-Geräte geht.« Obwohl das Bagelstück in seiner rechten Hand noch nicht aufgegessen ist, beißt Felix jetzt in die Hälfte in seiner linken Hand. »Ich weiß, was jedes drahtlose Gerät im Gebäude macht und zu wem es gehört. Deshalb bin ich ziemlich sicher, dass es kein Abhörgerät gibt, oder zumindest keins, das WLAN benutzt.« Er beißt in seine rechte Bagelhälfte. »Das macht Neros Job umso schwieriger«, sagt er mit vollem Mund. »Denk mal darüber nach: Wann hätte er so etwas hineinschmuggeln sollen?«

»Als wir bei …« Ich beende den Gedanken nicht, weil ich merke, dass Fluffster es unmöglich macht, dass jemand in unserer Abwesenheit etwas in unserer Wohnung anbringt. »Vielleicht war es da, bevor wir eingezogen sind?«, schlage ich stattdessen vor. »Nero gehört das Gebäude.«

»Woher wusste er, welcher Raum für dich bestimmt war?« Felix schaut sich die beiden angebissenen Hälften in seinen Händen an, zuckt mit den Achseln und stopft sich das, was von der rechten Hälfte übrig ist, in den Mund.

»Alle unsere Räume könnten verwanzt sein«, sage ich. »Das würde ich tun, wenn ich Nero wäre.«

Felix schüttelt den Kopf, als er mit dem Kauen fertig ist. »So etwas gab es in meinem winzigen

Zimmer nie«, sagt er mit unerschütterlicher Zuversicht. »Und ich kann es überhaupt kaum glauben, dass er die ganze Zeit über Hardware in unserer Wohnung hatte, die Informationen aufnahm und weitergab, ohne dass ich es bemerkte. Wie du weißt, kenne ich mich mit Überwachungsgeräten bestens aus.«

Bestens auskennen ist eine Untertreibung. Felix könnte in einem James-Bond-Film für Q einspringen, wenn es um Technik geht. Wie beim Hacken hat es mit seiner Macht als *Technomant* zu tun.

»Ich bin froh, dass du das angesprochen hast«, sage ich. »Weil es eigentlich deine Fähigkeiten sind, über die ich mit dir außerhalb von Neros möglicher Hörweite sprechen wollte.« Ich drücke versehentlich meinen Bagel zusammen, und etwas Frischkäse tropft auf den Boden zu unseren Füßen. Eine gierige Taube frisst ihn auf, während ich weitermache. »Ich denke, es ist an der Zeit, dass wir bei Nero den Spieß umdrehen und seinen Arsch hacken. Nicht nur, um herauszufinden, ob er uns ausspioniert hat, sondern um seine Geheimnisse zu erfahren, falls einige von ihnen nützlich sind.«

Felix starrt mich an, als ob ich Hörner bekommen hätte, während er gleichzeitig versucht, in seinen Bagel in der rechten Hand zu beißen – erfolglos, da er stattdessen seine leere Handfläche trifft. »Du willst, dass ich in Neros Sicherheitsbereich eindringe?«

Ich versuche, Ruhe zu verbreiten, beiße in meinen Bagel, nehme einen Schluck Wasser und nicke beiläufig. »Ja.« Mit einem falschen Lächeln füge ich hinzu: »Ich möchte, dass du in Neros Privatestes eindringst.«

Felix lacht humorlos. »Mit anderen Worten: Du willst mich tot sehen.«

»Warum solltest du tot sein?«

»Weil wenn Nero mich beim ›Hacken seines Arschs‹ erwischen würde, wie du es ausdrückst, würde er mich töten.« Felix rückt auf der Bank von mir ab.

»Warum geben wir nicht mir die ganze Schuld? Kannst du den Hack nicht so einrichten, dass es so aussieht, als sei ich die einzige Verantwortliche?«

»Damit er dich an meiner Stelle tötet? Das heißt, bis er herausfindet, dass ich beteiligt war, und mich dann auch umbringt.«

»Ich glaube nicht, dass er mich töten würde.« Ich nehme noch einen Bissen, aber der Bagel hat keinen Geschmack mehr. »Und wie gesagt, ich würde die *ganze* Schuld auf mich nehmen.«

Felix schraubt eine Wasserflasche auf. »Ich habe das Sicherheitssystem von Nero entworfen. Es ist …«

»Fantastisch. Benutze die Hintertür«, sage ich. »Du hast eine für dich selbst geschaffen, nicht wahr?«

»Ich habe für einen wandelnden, sprechenden Lügendetektor gearbeitet, der mich jederzeit wie eine Kakerlake zerquetschen könnte.« Felix steckt seinen restlichen Bagel wieder in die braune Tasche. »Natürlich habe ich *keine* Hintertür hinterlassen. Und ich bin froh, dass ich es nicht getan habe, denn er fragte mich nach der Fertigstellung, ob ich eine Hintertür eingebaut hätte. Ich habe ihm ehrlich mit Nein geantwortet, und siehe da, ich bin noch am Leben.«

»Aber du predigst immer, dass kein System unknackbar ist.«

»Ich habe nicht gesagt, dass das Setup, das ich für Nero gemacht habe, unknackbar ist.« Felix schluckt etwas Wasser hinunter. »Aber es sind die besten Sicherheitsvorkehrungen, die ich je eingerichtet habe – ohne Hintertür.«

»Also *kannst* du es tun?« Ich beschließe, auf schmutzige Tricks zurückzugreifen, und mache Welpenaugen. »Bitte, bitte! Ich schwöre, ich werde die ganze Schuld auf mich nehmen.«

»Es ist zu schwierig«, sagt er und zeigt eine erstaunliche Widerstandsfähigkeit gegenüber meinem Welpenblick.

»Aber nicht unmöglich.« Jetzt wird mein Gesichtsausdruck zu dem eines hungrigen Basset-Welpen, einem mit großen, hängenden Ohren.

Felix' einzige Augenbraue tanzt auf seiner Stirn, während er für eine gute halbe Minute nachdenkt. Dann schaut er sich wieder um, so als ob Nero in den Büschen lauert. »Man müsste ein physisches Gerät in die Nähe seines Arbeitsplatzes bringen und es dort lassen, bis ich fertig bin, was Stunden dauern könnte.«

»Welche Art von Gerät?«

Felix wühlt in seinem Rucksack, nimmt eine spielkartengroße Schaltkreisscheibe aus Silizium heraus und gibt sie mir.

»Hast du die aus einem Telefon?« Der

Kartenmagier in mir bemerkt, dass das Gerät etwa so viel wie zehn Karten wiegt, so dick wie etwa vier ist, aber die Abmessungen eigentlich kleiner sind, was es in mancher Hinsicht schwieriger und in anderer Hinsicht einfacher machen würde, sie in der Hand zu verbergen.

»Die habe ich gemacht.« Felix setzt sich gerader hin. »Ich nenne es *Felix' Extranet Low Latency Access Trojan Input Output*. Oder abgekürzt F.E.L.L.A.T.I.O.«

Ich suche in seinem Gesicht nach irgendwelchen Anzeichen von Humor – und finde keine. »Damit ich das richtig verstehe: Das Ding heißt *Fellatio*?« Ich lasse den Apparat verschwinden, wie ich es mit der Kreuz sieben für Rose und Vlad gemacht habe, dann lasse ich es mit einem Tusch zurückkommen. »Findest du nicht, dass es schon genug sexuelle Anspielungen beim Hacken gibt? Eindringen. Backdoor …«

»Du bist diejenige, die gesagt hat, wir sollen ›seinen Arsch hacken‹.« Felix schnappt sich das Gerät aus meiner Hand. »Ich kann es mir so einfach leichter merken.« Er kratzt sich am Hinterkopf.

»Natürlich«, sage ich gedehnt, und ein möglicherweise hysterisches Lachen entweicht meinen Lippen. »Und du bist dir sicher, dass das *Fellatio* notwendig ist, um in Neros Privatestes einzudringen?«

»Es müsste sich stundenlang in Neros Nähe befinden, bevor ich *eindringen* könnte«, sagt Felix mit dem Hauch eines Lächelns. »Daher ist das unmöglich.«

»Nehmen wir an, das Ding endet wie von Magierhand in Neros Hosentasche«, sage ich, obwohl ein Haufen nervöser Schmetterlinge sich im Sturzflug in meinem Magen breitmacht, während ich mir lebhaft vorstelle, wie ich eine solche Leistung erbringen sollte. »Würde das helfen?«

Felix nimmt die Reste seines Bagels wieder heraus, nimmt einen kleinen Bissen und spült ihn mit etwas Wasser hinunter, wobei er sehr nachdenklich aussieht. »Ja. Wenn FELL… ich meine dieses Gerät seinen Weg in Neros Tasche finden würde, denke ich, dass ich in sein System eindring… ich meine hineinkommen könnte.« Er starrt auf die Skyline von New Jersey auf der anderen Seite des Hafens. »Vielleicht.«

»Klingt machbar«, sage ich mit einer Sicherheit, die ich nicht fühle. »Aber was passiert, wenn Nero FELLATIO in seiner Tasche findet?«

»Dann werde ich so gut wie tot sein.« Felix schaut zu mir zurück. »Aber ich *kann* meine Macht nutzen, um dem Silizium im Gerät zu befehlen, sich an jeder Stelle, die ich möchte, in Staub zu verwandeln.«

»Dafür müsstest du sehen, wie er in seine Tasche greift.«

»Ich kann Nero ziemlich schnell durch seine eigenen Sicherheitskameras sehen«, sagt Felix, und ein wenig Farbe kehrt in sein Gesicht zurück. »Das Auslösen eines Sicherheitsalarms ist jedoch ein größeres Problem…«

»Aber du hast das Sicherheitssystem geschaffen, also würdest du so etwas nicht auslösen«, sage ich zuversichtlich.

»Wahrscheinlich nicht.« Ich meine, einen Hauch

freudiger Aufregung in diesen schwarzen Augen zu sehen.

»Großartig.« Ich grinse und skizziere die Anfänge meines wahnsinnigen Plans.

»Du hoffst besser, dass du recht hast, wenn du sagst, dass Nero dir nicht wehtun würde«, sagt Felix, als ich fertig bin. »Weil du genau das auf die Probe stellen wirst.«

»Ich glaube nicht, dass er das tun würde«, lüge ich.

»Okay«, sagt Felix und lässt wieder eine Hand in seinen Rucksack gleiten.

Er nimmt seinen Laptop heraus und tippt so schnell darauf, dass ich fast sicher bin, dass er einfach irgendwelche Tasten drückt, um Eindruck zu schinden.

Dann gibt das FELLATIO-Gerät einen lauten Piepton von sich.

»Hier.« Er gibt mir das Gerät. »Nimm es nicht heraus und sprich nicht davon, sobald wir zu Hause sind.«

Ich nicke feierlich, nehme ein Kartenspiel heraus, werfe die Werbekarten und die Joker weg und verstaue FELLATIO im freigewordenen Raum.

»Es wäre vielleicht das Beste, wenn wir nicht einmal zur gleichen Zeit nach Hause zurückkehren.« Ich stecke die Karten ein und stehe auf.

»Du gehst zuerst«, sagt Felix. »Ich werde ein paar Sachen einkaufen gehen, um Zeit totzuschlagen.«

»Hört sich gut an.« Ich fange an, zurückzugehen,

und sage über meine Schulter: »Danke, Felix. Ich schulde dir was.«

»Was Großes«, murrt er und geht.

———

ICH MACHE mich auf den Weg nach Hause und erwische Ariel, als sie gerade die Wohnung verlässt. Sie trägt das Domina-meets-Catwoman-Outfit von unserem Ausflug in den Earth Club und ist offensichtlich nicht glücklich darüber, dass ich sie darin erwischt habe.

»Also hattest du endlich eine Gelegenheit, dich umzuziehen«, sage ich bissig.

Sie weicht meinem Blick aus. »Ich muss los. Wir sehen uns bald.«

»Sicher«, sage ich mit einem tiefen Seufzer und beobachte, wie Ariel zum Aufzug geht.

Meine Mitbewohnerin verhält sich nicht wie sie selbst. Bald werden Felix und ich keine andere Wahl haben, als irgendwie einzugreifen.

Ich gehe in mein Schlafzimmer und gebe Fluffster mehr Heu.

»Wie läuft die Jobsuche?«, fragt er mental, weshalb er auch mit vollem Mund sprechen kann. »Die Rechnungen …«

»Lass mich nachsehen.« So freundlich, wie ich es vortäuschen kann, füge ich hinzu: »Danke, dass du mich daran erinnert hast.«

Ich entdecke bald etwas Seltsames bei meiner

Jobsuche. Mein Posteingang ist prall gefüllt mit Antworten von den Unternehmen, bei denen ich mich beworben habe.

Ich öffne die erste von einem Hedgefonds, der Neros kleinerer Konkurrent und für mich die vielversprechendste Jobmöglichkeit ist.

Die E-Mail teilt mir mit, dass die Stelle bedauerlicherweise bereits besetzt ist.

Das ist seltsam. Normalerweise bekommt man keine Absage, wenn man sich für einen Job bewirbt und aus irgendeinem Grund nicht genommen wird.

Vielleicht haben sie gesehen, wo ich arbeite, und wollten extra nett sein, falls sie mich später einstellen wollen?

Ich öffne die nächste E-Mail.

»Wir bedauern, Ihnen mitteilen zu müssen, dass die Stelle bereits besetzt ist«, schreibt der Personalchef einer großen Investmentbank.

Das ist seltsam.

Hektisch öffne ich die nächste E-Mail, dann eine weitere und dann noch eine.

Sie *alle* informieren mich darüber, dass die Stellen bereits besetzt sind.

Ich gehe online und schaue mir einige dieser Stellenangebote nach dem Zufallsprinzip an.

Sie sind alle noch auf der Jobseite veröffentlicht.

Angesichts der Tatsache, dass es gutes Geld kostet, wenn man eine Ausschreibung postet: Warum bewerben so viele Unternehmen Stellenangebote, die sie bereits besetzt haben? Und wie haben so viele Unternehmen ihre Positionen gleichzeitig besetzt?

Noch wichtiger ist: Warum sind sie so untypisch reaktionsschnell und auskunftsfreudig?

Eine unmögliche Erklärung kommt mir in den Sinn. Könnte Nero mich irgendwie auf eine schwarze Liste gesetzt haben? Könnte er andere Unternehmen beauftragt haben, mir mitzuteilen, dass die Stelle bereits besetzt ist, sollte ich mich bewerben?

Nein.

Das ist sehr schwer zu glauben.

Er *hat* auf jeden Fall viel Macht im Finanzsektor, aber kann jemand so viel Einfluss haben?

Ich knirsche mit den Zähnen und suche mir einige Positionen außerhalb der Finanzbranche. Ich finde einen Job als Qualitätssicherungstester auf Einsteigerniveau in einem Medienunternehmen. Es wird nur ein Bachelor-Abschluss verlangt, also bewerbe ich mich. Als Nächstes suche ich ähnliche Angebote in der Gesundheitsbranche sowie bei einigen Softwareunternehmen, für die man sich leicht qualifizieren kann.

Ich teile Fluffster, der glücklich auf seinem Heu kaut, nicht mit, was mir gerade passiert ist. Er macht sich bereits Sorgen um unsere Finanzen, und das könnte einen Herzinfarkt bei ihm auslösen.

Stattdessen sitze ich da und starre ausdruckslos auf den Bildschirm des Laptops.

Was würde ich tun, wenn meine verrückte Hypothese stimmt? Was, wenn Nero mich wirklich auf eine schwarze Liste gesetzt hat? Würde ich einen dieser Einstiegsjobs annehmen, auf die ich mich gerade beworben habe? Oder könnte ich, vorausgesetzt, ich beherrsche meine Kräfte, damit einfach im Lotto gewinnen?

Würde das die Regeln des Mandats brechen?

Ja, entscheide ich. Angesichts meiner fünfzehn Minuten Ruhm unter den Menschen könnte der Gewinn der Lotterie tatsächlich als eine öffentliche Ausübung meiner Kräfte wahrgenommen werden – also scheidet das aus.

Geld mit dem zu verdienen, das ich liebe, ist auch nicht möglich; der Rat hat mir ausdrücklich verboten, als Illusionistin aufzutreten.

Ich könnte mich im Tagesgeschäft versuchen. Meine Kräfte sollten dabei ganz sicher helfen. Aber sollte mich meine Intuition, was unwahrscheinlich ist, irreführen, könnte ich meine Ersparnisse verlieren. Ganz zu schweigen davon, dass man, um erfolgreich von den täglichen Aktienschwankungen leben zu können, einiges an Kapital braucht, um überhaupt zu beginnen, etwas, wofür meine mickrigen Ersparnisse nicht in Frage kommen. Wenn ich zu gut bin, könnte ich auch auf das Radar der SEC kommen, was an sich schon schlimm genug wäre, aber noch viel schlimmer, wenn es zu Problemen mit dem Rat führt.

Ich stelle mir vor, dass ein übermäßig erfolgreicher Tageshändler in ihren Augen ein Lotteriegewinner sein könnte – ein Cogniti, der die Offenlegung seiner Macht riskiert.

Oh, und außerdem, wenn ich mit einer der Aktien, die ich für Nero recherchiert habe – und das sind viele Aktien –, handele, würde ich die Klausel, nicht privat mit den Aktien zu handeln, in dem Vertrag brechen, den ich unterzeichnet habe, als ich beim Fonds anfing.

Ich durchforste meine E-Mails und finde die Vereinbarung. Jep, kein Handel mit diesen Aktien für mich für mindestens ein Jahr, es sei denn, ich bin bereit, zu riskieren, von Nero verklagt zu werden – und wenn er Arschloch genug ist, um mich auf eine schwarze Liste zu setzen, wäre er bestimmt mehr als bereit, mich auch zu verklagen.

Plötzlich bin ich viel begieriger darauf, meinen Plan mit Nero umzusetzen. Ich muss jetzt viel weniger schauspielern, da ich wirklich wütend auf Nero bin.

Der Plan ist jedoch für morgen angesetzt. Heute ist das Beste, was ich erreichen kann, meine Kräfte zu beherrschen. Wenn ich die Zukunft verlässlich sehen könnte, gäbe es sicherlich Möglichkeiten, das finanziell oder anderweitig zu nutzen.

Ich dusche, ziehe mir bequeme Klamotten an und nehme die Meditationsposition ein.

Zu meinem Ärger finde ich heraus, dass das Klären meines Kopfes, wenn ich sauer auf einen selbstgefälligen, manipulativen Bastard bin, eine sinnlose Übung ist.

Nach einigen Stunden gebe ich auf und surfe im Internet nach mehr Informationen über Rasputin. Angesichts dessen, was Rose und Vlad mir gesagt haben, ist es wahrscheinlich Schwachsinn, also schaue ich mir, als ich auf den Disney-Film *Anastasia* stoße, ein paar Clips an, in denen Rasputin als Bösewicht gezeigt wird.

Der Handlung des Zeichentrickfilms ist genauso wahrscheinlich wie das, was auf Wikipedia steht.

Frustriert beschließe ich, extra früh ins Bett zu gehen.

Je früher ich morgen aufstehe, desto früher kann ich in Neros Fonds stürmen.

KAPITEL 8

ALS ICH MEIN ehemaliges Bürogebäude betrete, gehe ich durch die lange, elegante Lobby zum Wachmann, erkläre ihm, dass ich nicht mehr hier arbeite, und fordere einen Gästepass an, um »der Personalabteilung mein altes Handy zurückzugeben«.

Ich denke, wenn ich ihm sage, dass mein eigentlicher Plan darin besteht, ins Büro des Chefs zu stürmen, er mich wohl nicht sehr respektvoll wegschickt.

»Sie brauchen keinen Pass«, sagt mir der Wächter, nachdem er meinen Führerschein überprüft hat, als ob er sehen wollte, ob es sich um eine Fälschung handelt. »Ihr Ausweis wurde nicht deaktiviert. Sie können einfach durchgehen.«

Ich verifiziere seine Worte, indem ich die ID-aktivierten Drehkreuze ohne Probleme durchquere.

Das ist merkwürdig.

Will Nero meine Kündigung nicht wahrhaben?

Sollte das der Fall sein, werde ich ihn dazu bringen.

»Sasha«, sagt eine vertraute weibliche Stimme, während eine Hand sanft meine Schulter berührt.

Als ich mich umdrehe, sehe ich Lucretia, die Psychologin des Fonds und eine der wenigen Personen, die ich vermissen könnte, wenn ich alle Brücken zu diesem Ort abbreche.

»Hallo.« Ich lächele sie an.

»Stimmt etwas nicht?«, fragt Lucretia. Sie lehnt sich so weit nach vorn, dass ihre Lippen fast mein Ohr berühren, und flüstert: »Ich spüre einen riesigen Tumult von widersprüchlichen Gefühlen in dir. Ist alles in Ordnung?«

Stimmt. Ich habe kürzlich erfahren, dass Lucretia nicht nur ein Pre-Vampir ist, sondern auch eine Empathin – eine seltene Kombination verschiedener Mächte der Cogniti.

»Komm mit mir in den Aufzug«, sage ich, und sie nickt.

Wir lassen eine Gruppe von Leuten den nächsten Aufzug nehmen und springen dann in einen darauffolgenden leeren. Sobald sich die Türen schließen, sage ich: »Nero hat mir keine andere Wahl gelassen als zu kündigen.«

Dann drücke ich den Stopp-Knopf und gebe ihr eine kurze Version der Ereignisse, eine, die davon ausgeht, dass sie sich nicht an die Arzt-Patienten-Schweigepflicht hält, sondern alles, was ich sage, an Nero weitergeben wird – oder dass es Wanzen im Aufzug gibt.

Sie hört mit einem leicht ungläubigen Stirnrunzeln zu. »Nero hat mehr zu bieten als das«, sagt sie, als ich fertig bin. »Ich kann dir natürlich nichts Genaues sagen, aber wenn er mit mir spricht, kann ich seine Emotionen spüren, und ich bezweifle, dass er so rücksichtslos ist, wie du sagst. Besonders, was dich betrifft.«

Ich verschränke die Arme vor meiner Brust. »Verteidigst du ihn gerade?«

»Nein. Das war nicht meine Absicht.« Ihre großen, blauen Augen blicken auf den Boden. »Ich spüre nur deine eigenen Emotionen gegenüber Nero und ...«

»Dieses Gespräch scheint gerade zu nichts zu führen«, sage ich und steche in den Stopp-Knopf, um weiterzufahren. »Ich gehe besser.«

»Es tut mir leid, wenn ich zu weit gegangen bin.« Lucretia sieht wirklich bedauernd aus und streicht sich eine lange schwarze Haarsträhne hinter das Ohr. »Nur, damit du es weißt, du kannst jederzeit meine Patientin sein, unabhängig von deinem Anstellungsverhältnis in dieser Firma.«

»Danke«, sage ich und fühle mich ein wenig schlecht, dass meine Wut auf Nero mich dazu gebracht hat, die Frau anzufauchen. »Ich glaube nicht, dass ich mir das leisten kann – aber ich bin sehr gern deine Freundin, wenn das kostenlos ist.«

Sie lächelt. »Sicher. Ruf mich an, wenn du etwas brauchst.« Sie gibt mir ihre Karte und verlässt den Aufzug im nächsten Stockwerk.

Ich programmiere ihre Nummer in mein neues

Telefon, stelle es auf Vibration und verbringe den Rest der Fahrt damit, meine Nerven zu beruhigen – erfolglos.

Als ich auf Venessa zustolpere – meiner am wenigsten geliebten Arbeitssklavin in Neros Armee von Assistenten – will mein Herz aus dem Brustkorb springen.

»Ja?«, fragt Venessa langsam, und ihre Knopfaugen starren mich an, als ob ich aus irgendeinem anderen Grund hier sein könnte als Nero zu sehen.

»Ich werde erwartet«, lüge ich und ignoriere die empörten Proteste der Frau, während ich an ihr vorbeigehe.

Ich verberge FELLATIO in meiner Hand, während ich wütend in Neros Büro marschiere. Beim Betreten versuche ich, die Tür hinter mir zuzuschlagen, nur um festzustellen, dass das dumme Ding automatisch mit kaum einem Luftzug geschlossen wird.

Neros schicker Schreibtisch ist in der Stehposition, und für eine Sekunde verliere ich fast die Nerven, als ich ihn dort sehe.

Normalerweise trägt er keine Anzüge, aber er hat heute einen an. Es muss eine wahnsinnig teure Maßanfertigung der besten italienischen Designer sein, denn sie umspielt seine muskulöse Gestalt wie Spandex und bringt mich dazu, ihn in stummer Faszination anzustarren.

Ich bekomme mich besser wieder in den Griff.

Und was soll's, wenn er einen Anzug trägt? Das ist

hervorragend für den Plan. Jackentaschen sind für meine Zwecke viel besser geeignet als Hosentaschen.

Nero zeigt keine Anzeichen dafür, dass er mich bemerkt hat. Entweder ist er hochkonzentriert auf das, was er tut, oder er spielt nur mit mir.

Ich räuspere mich laut.

Er schaut immer noch nicht vom Bildschirm auf.

»Nero. Tu nicht so, als ob du nicht wüsstest, dass ich hier bin.«

Er blickt von seinem Bildschirm auf und zieht eine dunkle Augenbraue in die Höhe. »Das ging aber schnell.« Er kommt um den Schreibtisch herum und breitet seine Arme aus, so als ob er mich umarmen wollte. »Willkommen zurück.«

Der selbstgefällige Ausdruck auf diesem symmetrischen Gesicht macht mich wütend – und auch das ist eigentlich gut für den Plan.

»Hier kommt der selbstmörderische Teil«, denke ich mir und gehe auf ihn zu.

KAPITEL 9

ES DAUERT EIN PAAR SEKUNDEN, bis ich die Entfernung zwischen uns überbrückt habe.

Als er eine Armlänge von mir entfernt ist, stoppe ich meinen Vormarsch, nehme hastig einen beruhigenden Atemzug und inhaliere seinen sauberen, holzigen Duft mit einem leichten Hauch von Limette. So nah bei ihm zu sein erinnert mich an dieses eine Mal, als ich mit Kit in Neros Gestalt getanzt habe – und an den Kuss, den sie sich erschlichen hat.

Seine blaugrauen Augen starren spöttisch auf mich herab und bringen mich zurück zu meinem Plan.

»Wie kannst du es wagen?«, zische ich und schlage ihm ohne weitere Vorwarnung mit der rechten Hand auf die Brust, während meine linke heimlich das Gerät in seine Jackentasche schmuggelt.

Einen Moment lang sieht er verwirrt aus, also nutze ich das aus und schlage ihm diesmal mit beiden Händen auf die Brust. Zum Teil liegt es daran, dass ich wirklich wütend bin, aber vor allem soll er die Illusion haben, dass meine beiden Handflächen immer in seinem Blickfeld gewesen sind.

Mit einer Bewegung, die zu schnell ist, um sie zu sehen, fängt Nero meine Handgelenke mit einem schraubstockartigen Griff ein und drückt meine Handflächen gegen seine Brust. Ich versuche, mich zurückzuziehen, aber es ist, als würde ich versuchen, einer Zementmauer zu entkommen.

Unsere Blicke treffen sich.

Wird er mich gleich küssen?

Oder wird er mir gleich den Kopf abbeißen?

Beides scheint im Moment gleich wahrscheinlich zu sein.

»Du tust mir an den Handgelenken weh.« Ich unternehme einen weiteren vergeblichen Versuch, mich zurückzuziehen. Sogar durch seine Anzugjacke und sein Hemd können meine Handflächen das kraftvolle Schlagen seines Herzens spüren.

Oder ist das mein eigener Puls, der in meinen Händen widerhallt?

Als ich weiterhin in diese blaugrauen Tiefen starre, taucht in meinem Kopf ein Zitat von Nietzsche auf: »… wenn du lange in einen Abgrund blickst, blickt der Abgrund auch in dich hinein.«

Neros Griff lockert sich.

Meine Finger werden wieder durchblutet.

Jetzt fühlt es sich eher an, als würde er meine Handgelenke liebkosen, und seine starken, schwieligen

Handflächen fühlen sich jetzt heiß auf meiner sensibilisierten Haut an.

»Lass los.« Ich lege meine ganze Frustration in meine Worte.

Daraufhin starrt er mich so intensiv an, dass ich wegblicken muss und mich ziellos im Raum umschaue.

Seine Malerei fällt mir wieder ins Auge. Es ist die surreale Landschaft, mit dem silbernen Bergrücken, ähnlich dem Grand Canyon, unter unbekannten Sternformationen mit sieben unterschiedlich schattigen Monden und einer Aurora Borealis.

Zu meiner Überraschung lässt er meine Handgelenke los.

Ich mache den Fehler, zu ihm zurückzublicken – und es fühlt sich an, als ob er meinen Blick mit dem seinem gefangen nimmt.

Warum fühle ich mich immer wie ein Kaninchen, das von einer Schlange hypnotisiert wird, wenn wir uns in die Augen schauen?

Ich trete einen Schritt zurück und sammele meinen verstreuten Verstand.

»Wie kannst du es wagen«, wiederhole ich mit frischer Wut. »Wer bist du, dass du mir sagen kannst, mit wem ich sprechen darf und mit wem nicht?«

Er neigt seinen Kopf. »Du kannst sprechen, mit wem auch immer du willst«, murmelt er und tritt auf mich zu.

»Solange es nicht Darian ist.« Diesmal mache ich zwei Schritte zurück.

»*Du* kannst sprechen, mit wem auch immer du

willst«, sagt er und betont jedes Wort. »Ich würde es nicht im Traum ›wagen‹, etwas anderes zu sagen.«

»Aber Darian kann nicht mit *mir* reden.«

»Das ist die Entscheidung dieses Feiglings.« Nero macht einen weiteren Schritt in meine Richtung.

Mein Handy vibriert in meiner Tasche, während ich sage: »Du hast ihm keine Wahl gelassen.«

Unsere Augen kämpfen noch einmal, was es mir sehr leicht macht, so zu tun, als wüsste ich nicht, was ich mit meinen Händen machen soll, also stecke ich sie beide in meine Taschen.

»Weißt du«, sagt er nachdenklich, »Ich fange an zu denken, dass Darian es zugelassen hat, dass ich ihn erwische, nur damit wir dieses angenehme Gespräch führen können.«

Ich hatte vorher eine Variante desselben Gedankens, aber das sage ich Nero nicht. Stattdessen nutze ich diesen Moment, um das neue Telefon in meiner Hand zu verstecken und es so herauszunehmen, dass Nero nicht sehen kann, wie ich daraufschaue.

Es ist eine Nachricht von Felix.

Ich habe jetzt Zugriff auf die Kameras. Verschwinde von dort.

»Es ist mir egal, was Darians Motivation war«, sage ich und blicke Nero wütend an, während ich das Telefon wieder in meine Tasche schiebe. »Es ist deine Motivation, die ein Problem darstellt.«

Neros Augenbrauen ziehen sich zusammen. »Ich

habe Darian nichts gesagt, was nicht mein Vorrecht als dein Mentor ist.«

»Hast du den Teil vergessen, wo ich aufgehört habe, dein Mentee zu sein?«

Nero schaut mich von oben bis unten an, und ich gehe noch einen Schritt zurück, als er sagt: »Das ist nicht deine Entscheidung.«

Ich bekämpfe den Drang, ihn wirklich zu schlagen, als er mit gespielter Höflichkeit fragt: »Gab es sonst noch etwas?«

Mein Kiefer spannt sich an. »Hast du mich auf eine schwarze Liste gesetzt?« Der Plan verlangt nicht mehr, dass wir reden, aber ich werde verdammt sein, wenn ich Nero nicht meine Meinung sage.

»Was soll ich getan haben?« Er macht einen weiteren Schritt in meine Richtung.

Ich trete wieder zurück – und mein Rücken trifft auf die Glaswand. »Hast du meine Jobsuche sabotiert?« Ich schiebe mich von der Wand weg, und meine Hände ballen sich an meinen Seiten. »Hast du allen in der Finanzbranche befohlen, mich nicht einzustellen?«

»Du hast bereits einen Job.« Nero schwenkt seine Hand, als ob er sein Gebäude umspannen wollte. »Es gibt keinen besseren Job im Finanzsektor.«

Mein Wunsch, ihn zu schlagen, wird immer größer. »Blödsinn.« Als ich mich an den anderen Grund für diesen Besuch erinnere, ziehe ich mein altes Telefon aus der anderen Tasche und schiebe es ihm zu. »Ich habe gekündigt. Erinnerst du dich?«

»Du machst eine Pause«, sagt er abweisend und

zeigt keine Anzeichen dafür, dass er das Telefon von mir nehmen möchte. »Bisher hast du dir einen Kompensationstag für dein Arbeiten am Sonntag genommen, aber wenn du so weitermachst, wirst du deine Urlaubstage aufbrauchen.« Er hält inne, als ob er schnell etwas im Kopf ausrechnen würde. »Du hast noch zwölf Tage.«

Bevor ich verstehe, was ich tue, werfe ich ihm das alte Telefon an den Kopf.

Mit einer weiteren Demonstration seiner übernatürlichen Geschwindigkeit fängt er das Telefon und lächelt.

»Ich habe mir ein neues Handy besorgt«, sage ich und koche vor Wut.

»Gib mir deine neue Nummer«, antwortet er mit einer Ruhe, die mich noch wütender macht.

»Ich hasse dich, *wirklich*.« Ich drehe mich auf den Fersen um und gehe zur Tür.

»Du vergisst etwas«, sagt Nero zu meinem Rücken, und ich höre ein Grinsen in seiner Stimme. »Ich merke, wenn du lügst – und es spielt keine Rolle, ob du kurzzeitig selbst an deine Lüge glaubst.«

Ich öffne die Tür ruckartig, und es bedarf einer gewaltigen Willenskraft, um nicht wie ein wütendes Kleinkind herauszustürmen.

Ich habe meine Lektion vom Betreten des Zimmers offensichtlich vergessen, als ich versuche, die Tür hinter mir zuzuknallen, aber das böse Ding stattdessen nur diesen impotenten Lufthauch erzeugt.

Venessa steht mir im Weg. In ihrem zickigsten Ton sagt sie: »Du bist …«

Etwas in meinem Blick muss den Selbsterhaltungstrieb der Frau aktivieren, denn sie hört auf zu sprechen und geht mir aus dem Weg.

Ich koche immer noch, nachdem ich bereits ein paar Blocks gelaufen bin.

Ich nehme mein Handy heraus und rufe Felix an.

»Du sagst mir besser, dass du im System dieses Arschlochs bist«, sage ich anstelle eines »Hallo«.

»Leider nicht. Nero verwendet sehr sichere Passwörter, genau so, wie ich es ihm geraten hatte. Ich hatte gehofft, dass er nicht auf mich gehört hat, wie viele andere Benutzer.«

»Sag mir nicht, dass ich umsonst in dieses Büro gegangen bin.« Ich drücke das neue Telefon so fest, dass der Kunststoff knarrt.

»Das sage ich auch nicht«, sagt Felix defensiv. »Ich werde nur mehr Zeit brauchen.«

»Gut.« Ich lockere meinen Todesgriff um das arme Gerät. »Sag mir Bescheid, sobald du es herausgefunden hast.«

»Das werde ich«, sagt Felix. »Oh, deine Mutter hat mich gerade angerufen, also habe ich ihr deine neue Nummer gegeben.«

Ich kämpfe gegen den starken Wunsch, mein Handy auf den Asphalt zu schleudern. »Ich wünschte, du hättest vorher mit mir darüber gesprochen.«

»Sie hat gesagt, dass sie sich Sorgen macht«, sagt Felix verwirrt. »Ich wusste nicht …«

»Vergiss es.« Ich atme tief durch. »Konzentriere deine ganze Aufmerksamkeit darauf, in Neros System einzudringen.«

»Abgemacht«, sagt Felix und legt auf.

Ich nehme mir ein Taxi und versuche, mich zu beruhigen.

Mein Telefon klingelt.

Diese Nummer erkenne ich.

»Hi, Mom.« Ich gebe mein Bestes, um auch letzte Spuren von Irritationen aus meiner Stimme herauszuhalten. »Wie läuft es?«

»Sasha.« Meine Mutter klingt, als würde sie hyperventilieren. »Ich wollte dich anrufen, damit wir über die Verlängerung meines Aufenthaltes in Paris reden können«, ich übersetze das in meinem Kopf von der Muttersprache in die normale *Sie will mich um mehr Geld bitten*, »als Beverly mich anrief.«

Sie hält inne, und ich kann sie genug Luft einatmen hören, um für ein paar Minuten nonstop zu sprechen.

Beverly ist diese klatschsüchtige Freundin von ihr, die mich neulich beim Mittagessen mit Papa gesehen hat. Wenn sie Mama angerufen hat, kann ich leicht erraten, worum es in diesem Gespräch gehen soll. Meine Mutter will sich beschweren, dass ich *hinter ihrem Rücken mit dem Feind kooperiere*, was ein total egozentrischer Mist ist, dem ich jetzt ein Ende setzen werde.

»Ich habe Beverly neulich gesehen«, sage ich, bevor sie ihre Tirade fortsetzen kann, da ich mir denke, dass meine beste Verteidigung in diesem Fall der Angriff ist.

»Als ich mit Papa zu Mittag gegessen habe … erinnerst du dich, dass ich dir neulich davon erzählt habe?«

In Wirklichkeit habe ich sie angerufen und sie dazu gebracht, zu denken, dass der Anruf unterbrochen wurde, aber im Gegensatz zu Nero ist sie keine Lügendetektorin.

»Du hast mich angerufen.« Mama stößt hörbar den großen Atemzug wieder aus. »Hast etwas von Sushi gesagt. Aber du hast mir nicht gesagt …«

»Das habe ich«, sage ich selbstsicher. »Warum hörst du mir nie zu?«

Auf der anderen Seite der Leitung gibt es eine sehr lange Pause. Ich will gerade nachfragen, ob sie immer noch dran ist, als sie sagt: »Du versuchst, mich zu verwirren. Wichtig ist, dass du dich auf die Seite dieses betrügerischen Schurken gestellt hast und wir nichts mehr zu besprechen haben.«

Wenn sie mir das an einem anderen Tag gesagt hätte, wäre ich vielleicht eingebrochen, aber heute ist nicht dieser Tag.

»Mit meinem Vater zu reden ist nicht dasselbe wie auf der Seite von jemandem zu stehen«, sage ich streng. »Und damit das klar ist, ›nichts mehr zu besprechen‹ beinhaltet offensichtlich auch Gespräche über die Verlängerung deines Aufenthalts in Paris.«

Es folgt eine Stille.

»Ich versuche nur, auf dich aufzupassen«, sagt meine Mutter schließlich mit zittriger Stimme. »Er wird dein Herz brechen, so wie er meines gebrochen hat.«

»Danke, Mama«, sage ich mit falscher Aufrichtigkeit. »Ich bin ein großes Mädchen und kann selbst auf mein Herz aufpassen.«

Es folgt eine weitere Stille. »Was die Verlängerung meines Aufenthalts betrifft«, sagt sie nach einem Moment. »Es wäre toll, wenn …«

»Eigentlich wollte ich dich gerade anrufen«, sage ich und beschließe, zum Todesschlag auszuholen. »Ich habe gerade meinen Job verloren und könnte selbst etwas Hilfe gebrauchen, aber wenn …«

»Oh. Also hast du deinen Vater nach Geld gefragt?« Sie klingt erleichtert.

»Das ist nicht das, was ich gesagt habe.« Ich verdrehe die Augen so sehr, dass mir schwindelig wird. »Nicht einmal ein bisschen.«

»Sag nichts mehr«, sagt Mama konspirativ. »Ich verstehe das vollkommen.«

»Wirklich?«

»Du musst dir offensichtlich einen anderen Job suchen, besser früher als später. Dein Vater ist nicht zuverlässig …«

»Ich habe mich eigentlich gerade auf einige Jobs beworben, als du angerufen hast«, lüge ich. »Ich sollte wohl am besten schnell damit weitermachen.«

»Das ist eine gute Idee«, sagt sie. »Es tut mir leid, wenn ich dich gestört habe.«

»Du hast mich nicht gestört. Ich freue mich immer, von dir zu hören.«

»Trotzdem lasse ich dich besser weitermachen«, sagt Mama. »*Au revoir.*«

»Tschüss, Mama.« Ich lege auf und starre auf das Telefon.

Als ich aus Neros Büro kam, dachte ich nicht, dass ich nicht noch mehr aus der Fassung gebracht werden könnte, aber ich lag falsch.

Vielleicht sollte ich meine Mutter irgendwie auf Nero loslassen?

Der Bastard hat es definitiv verdient.

Aber nein. Das kann ich nicht. Er würde sie wahrscheinlich wie einen Ork zerfetzen, und solche Unter-der-Gürtellinie-Taktiken könnten gegen die Genfer Konvention verstoßen.

Ich schüttelte den Kopf, ich schreibe Felix eine Nachricht: *Wie kommst du mit Nero voran? Bist du schon drin?*

Er antwortet sofort.

Sowohl mein Job als auch meine Mitbewohnerin lenken mich ab. Das erschwert es mir, mich zu konzentrieren.

Das ist ein guter Punkt, also antworte ich nicht.

Stattdessen übe ich meditatives Atmen und gebe dabei alles – und als das Taxi mich an meinem Haus absetzt, bestätigt sich, was sowieso offensichtlich sein sollte: Mit Nero und Mama zu reden ist nicht meditativ.

Als ich nach Hause komme, ist das Erste, was ich tue, Fluffster zu streicheln.

Sein Fell zu berühren ist so beruhigend, dass ein ganzer Zweig der Haustiertherapie mit Chinchillas geschaffen werden sollte.

Etwas ruhiger, überdenke ich mein Treffen mit Nero. Und was, wenn Nero sich weigert, zu akzeptieren, dass ich aufgehört habe? Das ist sein Problem, nicht meins. Er wird sich mit der neuen Realität abfinden müssen, sobald ich einen anderen Job annehme. Vielleicht nehme ich sogar einen dieser Einstiegsjobs, nur um ihn zu ärgern.

Als ich das beschließe, schnappe ich mir meinen Laptop und gehe zum nächsten Starbucks, um vor möglichen Nero-Schnüffeleien geschützt zu sein.

Der Starbucks ist um diese Zeit schön leer, also hole ich mir einen Venti-Kaffee und parke meinen Hintern auf der bequemsten Couch mit Fensterblick.

Vorsichtig nippe ich an dem heißen Getränk, öffne meinen Laptop, verbinde mich mit dem WLAN und überprüfe, ob ich Antworten auf meine Bewerbungen erhalten habe.

Meine Atmung beschleunigt sich.

Ich habe Antworten bekommen. *Von allen Firmen, bei denen ich mich beworben habe.*

Sie alle entschuldigen sich und informieren mich, dass die Stelle bereits besetzt ist.

Die Wirkung meiner Haustiertherapie geht umgehend den Bach runter, und ich kann mich kaum zurückhalten, den Laptop auf den Fliesenboden zu schleudern.

Wie macht Nero das?

Hat er einen Vampir dazu gebracht, alle Jobbörsen zu durchsuchen und alle Personalabteilungen dieser Unternehmen zu bezirzen, um meine Bewerbungen abzulehnen? Oder ist er in *allen* diesen Branchen so einflussreich?

Mein Telefon klingelt, und ich springe auf, bevor ich mich wieder hinsetze und erst einmal auf die Anrufer-ID schaue.

Zu meiner Erleichterung ist es nur Felix.

»Hey«, sagt er. »Ist es sicher, zu reden?«

»Ich bin im Starbucks. Ist das okay?«

»Ja, das sollte sicher genug sein. Ich habe gute und schlechte Nachrichten.«

»Sag mir zuerst die gute Nachricht.« Ich erwärme meine Hände, indem ich die Kaffeetasse umgreife.

»In Ordnung«, sagt er. »Ich bin in Neros System, und ich habe herausgefunden, woher er von Darians Band und vielen deiner anderen Gespräche wusste.«

»Das sind tolle Neuigkeiten.« Ich schütte vor Aufregung fast den Becher um. »Was sind die schlechten Nachrichten?«

Er schweigt für einen Moment. »Leider habe ich meine Arbeit zu gründlich gemacht, als ich sein Sicherheitssystem eingerichtet habe, und jetzt kann ich keine meiner üblichen Methoden anwenden, um mehr Informationen zu erhalten. Am schlimmsten ist, dass ich ein wirklich saftiges, freigegebenes Laufwerk mit vielen Dateien sehen kann, aber es ist passwortgeschützt, und ich habe Probleme, hineinzukommen. Deshalb rufe ich dich auch an. Ich hatte gehofft, du könntest mir helfen.«

»Ich dir helfen?«, frage ich, während ich versuche, Felix' schlechte Nachrichten zu verarbeiten. »Wie?«

»Warte«, ruft er in einem besorgten Tonfall. »Hast du Nero dein altes Handy zurückgegeben?«

»Ja. Warum?«

»Puh.« Felix atmet laut aus. »Lass uns einen Videoanruf machen, und ich erkläre es dir.«

»Warte, wie hast …«

Felix legt auf.

Sowohl mein Telefon als auch mein Laptop benachrichtigen mich über einen Videoanruf, also nehme ich schnell an meinem Laptop ab.

Ich sehe Felix' Arbeitsplatz von der Seite. Sein schwarzer Stuhl und seine geteilte Tastatur sind identisch mit denen zu Hause, die wiederum genauso aussehen wie die Setups in den Hovercrafts von *Matrix*.

Felix sieht konzentriert aus, als er auf alle Bildschirme starrt. Es gibt kleine Fenster mit auf allen seinen Monitoren außer einem. Auf diesem Bildschirm befindet sich ein großes Fenster, das die Übertragung von der Überwachungskamera in Neros Büro anzeigt.

Im Gegensatz zu unserer letzten Begegnung hat Nero seinen Schreibtisch in die Sitzposition gebracht. Er schaut noch konzentrierter als zuvor auf den Bildschirm, während seine langen Finger auf seiner Tastatur mit der Anmut eines Klavierwunders tanzen.

»In diesem PuTTY-Fenster versuche ich, das Passwort zu bekommen.« Felix zeigt auf eine grünliche Box mit schwarzer Schrift.

»Warte mal«, sage ich. »Du hast mir noch nicht erklärt, wie er mich ausspioniert hat.«

»Oh.« Er schaut vom Bildschirm weg und in die

Kamera seines Telefons, so dass er mich direkt ansieht. »Das ist einfach. Es war das Telefon, das du ihm zurückgegeben hast.«

»Dieser Bastard.« Ich schüttele langsam den Kopf. »Das macht irgendwie Sinn. Er hat mir das Ding persönlich gegeben.«

»Genau.« Felix richtet seine Tastatur neu aus. »Es war dein Arbeitshandy. Unternehmen geben nicht einmal vor, die Privatsphäre auf Arbeitsausstattung zu gewähren. Als du dem Fonds beigetreten bist, hast du wahrscheinlich ein Papier unterschrieben, das es Nero erlaubt, an jedem Telefon zu spionieren, das er dir gibt …«

»Oh, ich bezweifle, dass ein Mangel an Legalität ihn aufgehalten hätte.« Ich starre auf den Bildschirm, auf dem Nero ahnungslos tippt. »Das erklärt aber einiges. Das Telefon *war* in meinem Zimmer, als ich mir die Videokassette angesehen habe. Es ist wie mit dem Geheimnis eines magischen Effekts; jetzt, wo ich weiß, wie Nero es gemacht hat, frage ich mich, warum ich nicht selbst darauf gekommen bin.«

»Und warum ich nicht?« Felix sieht wirklich zerknirscht aus. »Das Entscheidende ist, dass du ihm das Telefon zurückgegeben und keinen Ersatz genommen hast.«

Ich atme einen schnellen Atemzug ein, als mich eine neue Erkenntnis trifft. »Meine Kräfte müssen aktiv gewesen sein, bevor wir das Picknick hatten«, flüstere ich. »Zum Teil dank Baba Yagas unaufhörlichen Anrufen hatte ich das Telefon zu Hause auf dem

Schuhständer zurückgelassen, bevor ich mich mit dir getroffen habe. Wenn ich es nicht getan hätte …«

Felix drückt seine Hände in seine Achseln, als ob er sich selbst umarmen würde. Er muss gerade bemerkt haben, dass, wenn ich das Telefon nicht dort gelassen hätte, wo ich es tat, Nero unsere Picknickpläne belauscht hätte und von dem Versuch, in sein System einzudringen, gewusst hätte.

»Zurück zu den schlechten Nachrichten«, sage ich, begierig darauf, Felix von krankhaften Gedanken abzulenken. »Warum kannst du nicht deine Technomanten-Kräfte nutzen, um in diese Datei oder den Ordner oder was auch immer zu kommen? Hast du keine Hacker-Tools oder etwas anderes Technisches, was dir hilft?«

»Ich habe meine Kräfte bereits genutzt, um dieses System zu sichern.« Felix reibt sich die rötlichen Augen. »Nero hatte mich gezwungen, es ›felixsicher‹ zu machen, aus Mangel an einem besseren Begriff, also kämpfe ich irgendwie gegen mich selbst. Ein besseres Selbst in gewisser Weise – ein Selbst, das monatelang Zeit hatte, um das Sicherheitssystem zu erschaffen. Also bin ich auf die einfachste Methode reduziert – den Versuch, das Passwort zu erraten. Aber was es schwieriger macht, ist, dass, wenn ich es mehr als dreimal pro zehn Minuten falsch eingebe, das Spiel vorbei ist.«

»Also rate es seltener«, sage ich, und weiß nicht wirklich, wie ich dem mächtigen Felix ausgerechnet in diesem Bereich helfen kann.

»Genau.« Er kratzt sich an der Oberseite seines Kopfes. »Das Problem ist, dass eine solche Vorgehensweise eine Ewigkeit dauern wird.«

»Hmm.« Ich trommele mit meinen Fingern auf dem Tisch vor mir, ohne die zweifelhafte Sauberkeit zu bemerken. »Ich weiß immer noch nicht, wie ich dir helfen kann.«

»Du kennst Nero besser als ich.« Felix blickt auf den Bildschirm mit meinem tippenden Ex-Chef. »Vielleicht können wir mit *deinen* besten Vermutungen beginnen?«

»Ich kenne ihn nicht *so* gut«, sage ich bitter. »Nein, warte. Vergiss das. Versuche ›Arschloch‹ als Passwort. Oder vielleicht ›herzlos‹, ›böse‹, oder …«

Felix gibt etwas in den grünen Bildschirm ein und drückt Enter.

Nichts passiert.

»Hey, das war ein Witz. Hast du die gerade ernsthaft ausprobiert?«

»Ich habe keine besseren Ideen, die ich ausprobieren könnte.« Felix sieht mich ernst an. »Könntest du irgendwie deine Kraft nutzen, um an das Passwort zu kommen?«

»Ich habe keine Ahnung, wie ich das machen soll«, antworte ich.

Plötzlich lässt etwas meine gerade erwähnten Kräfte beunruhigend kribbeln.

»Scheiße«, sage ich zu Felix. »Irgendwas wird gleich passieren.«

Meine Stimme muss ihn erschreckt haben, denn ich sehe, wie sich seine Nackenhaare aufstellen.

Venessa kommt in Neros Büro und legt ein Blatt Papier vor ihn.

Er hört auf zu tippen, schaut auf das Papier und sagt etwas Unfreundliches zu Venessa.

Obwohl wir keinen Ton haben, kann ich erraten, was er sagt. So etwas wie: »Du Schwachkopf. Warum zum Teufel bringst du mir ein Stück von einem toten Baum?«

Nero ist auf einem so lächerlichen Niveau besessen von einem papierlosen Büro, dass er Drucker aus seinem ganzen Gebäude verbannt hat.

Das Blatt Papier, das Venessa ihm gebracht hat, muss mit der Post gekommen sein – und ich wette, ein Teil seines Vorwurfs ist, warum sie es nicht einfach gescannt und ihm per E-Mail geschickt hat.

Es geht hin und her, und zu meinem Schrecken schafft es Venessa, sich nicht in Fleischstücke zerfetzen zu lassen.

Meine Vermutung ist, dass sie Nero sagt, dass der Zettel dringend ist, oder etwas in der Art.

Schließlich sieht Nero besänftigt aus und sucht auf seinem makellos leeren Schreibtisch nach etwas – wahrscheinlich nach einem Stift, um das Blatt Papier zu unterschreiben.

Da er das, was er sucht, nicht findet, schaut er erwartungsvoll auf Venessa, die zu schrumpfen scheint. Sie hat offensichtlich nicht damit gerechnet, dass eine Unterschrift einen Stift erfordern könnte. Zu ihrer

Verteidigung: In unseren Büros gibt es auch keine Stifte.

Nachdem Nero etwas Kurzes zu Venessa gesagt hat, beginnt er, über seine Taschen zu streichen.

In dem Moment trifft mich eine Angstwelle – eine, die Baba Yagas Anrufe wie eine kleine Unannehmlichkeit erscheinen lässt.

Ich verstehe, was gleich passieren wird.

Nero wird in seine Tasche greifen und das Gerät finden.

Und wenn er das tut, sind wir tot.

KAPITEL 10

»FELIX!« Ich schreie so laut, dass mich die Starbucks-Mitarbeiter anstarren. »Zerstöre FELLATIO.«

Mit zitterndem Kinn springt Felix auf und zeigt mit der Hand auf die Bildschirme vor sich.

Ein magentafarbener Energiestrahl fließt von seinen Fingern in die Bildschirme, gerade als Nero in seine rechte Jackentasche greift – die mit dem Apparat.

Ich starre ohne zu blinzeln auf den Bildschirm.

Neros Hand kommt wieder heraus und hält etwas.

Einen Stift.

»Er muss den Stift als Geschenk von einem Lieferanten bekommen haben«, sage ich Felix mit leiser Stimme. »Ich wusste nicht, dass er ihn in der Tasche hat.«

»Das ist in Ordnung. Ich habe die FELLATIO rechtzeitig zerfallen lassen«, sagt Felix und springt zurück in seinen ultra-ergonomischen Stuhl. »Das war knapp.« Er klingt so erleichtert, wie ich mich fühle.

»Wir müssen es noch einmal versuchen«, sage ich, als sich mein hektischer Herzschlag verlangsamt. »Du musst mir ein neues Gerät geben.«

»Okay.« Felix befeuchtet seine Lippen. »Aber wir werden immer noch das Problem mit dem Passwort haben. Außerdem, wie willst du noch einmal so nah an ihn rankommen?«

Bei dem Gedanken, Nero nahezukommen, fließt ein warmes, seltsam prickelndes Gefühl durch meinen Körper. Es verstärkt sich, als mir auffällt, dass wir mehr Glück haben könnten, wenn ich das Gerät in seine *Hosen*tasche stecke.

Das muss an meinen dummen Nerven liegen.

»Überlass das Positionieren von FELLATIO mir«, sage ich entschlossen, um meine Nervosität zu überdecken. »Du kümmerst dich um das Passwort. Vielleicht kannst du sehen, wie er es erneut eingibt, sollte er sich anmelden müssen, nachdem er sich abgemeldet hat?«

»Ich müsste warten, bis er auf diese spezifischen Dateien zugreifen will«, sagt Felix und betrachtet Neros Bildschirm mit einem besorgten Ausdruck. »Außerdem ist die Kamera zu weit weg, um genau zu erkennen, welche Tasten er drückt.«

»Ich bin sicher, dass du einen Weg finden wirst«, sage ich und strahle ihn mit meinem sichersten Lächeln an. »Bitte denk darüber nach. In der Zwischenzeit höre ich auf, dich abzulenken. Lass uns später reden.«

Bevor Felix widersprechen kann, lege ich auf und trinke meinen jetzt abgekühlten Kaffee.

———

DA ich schon einmal draußen bin, gehe ich auch gleich ins Fitnessstudio, um etwas von meiner nervösen Energie abzubauen.

Schicker als die meisten Spas wirbt mein Fitnessstudio mit »Fitnessstudio für Führungskräfte«, und dass ich die exorbitanten Mitgliedsbeiträge nicht zahlen muss, ist ein weiterer Vorteil daran, für Nero zu arbeiten. Da er meine Kündigung eben abgelehnt hat, bin ich nicht überrascht, als sich herausstellt, dass meine Mitgliedschaft noch aktiv ist.

Ich gehe in die Umkleidekabine und ziehe mir die Marken-Trainingskleidung, die das Fitnessstudio anbietet, an.

Ich hebe einige Gewichte und fahre auf einem stationären Fahrrad, aber insgesamt ist mein Training ohne Ariels metaphorische Peitsche eher oberflächlich. Sie ist diejenige, die mich überhaupt in das Fitnessstudio geschleppt hat, und was auch immer ich jetzt an Muskeltonus und Ausdauer habe, habe ich ihr zu verdanken. Was mich daran erinnert: Sie hat mich nicht mehr zu diesem Ort geschleppt, seit sie Gaius getroffen hat.

Ich schätze, was auch immer für »freundschaftliche« Aktivitäten sie zusammen machen, ist für sie Bewegung genug.

Ich gehe gerade zur Umkleidekabine und wische mir den Schweiß von der Stirn, als ich sehe, wie sich die Yogaklasse hinter dem Glas versammelt.

Ich habe nur einige Male in meinem Leben Yoga gemacht, aber ich erinnere mich daran, dass es als »Bewegungsmeditation« bezeichnet wird und dass der Lehrer gesagt hat, wie großartig es ist, Yoga vor einer richtigen Meditation zu machen.

Vielleicht kann mir dieser Kurs mit dem helfen, was Darian mich gelehrt hat?

Ich gehe hinein, schnappe mir eine Matte weiter hinten und tue mein Bestes, um einen offenen Geist zu bewahren und allen anderen zu folgen.

Wie als ich es andere Male ausprobiert habe, erinnert mich Yoga nicht an Meditation, sondern daran, gleichzeitig Twister und Kommando Pimperle zu spielen. Dennoch bin ich am Ende angenehm müde und begierig darauf, die Meditation erneut zu versuchen.

Nachdem ich mich mit einer Runde Dampfbad und Whirlpool belohnt habe, dusche ich und gehe nach Hause.

FLUFFSTER SCHLÄFT, als ich hereinkomme, also gehe ich auf Zehenspitzen in mein Zimmer, ziehe mir bequeme Kleidung an, begebe mich in den Lotussitz und folge noch einmal Darians Meditationsanweisungen.

Das Yoga oder das Training, oder vielleicht die Spa-Anwendungen, müssen dabei wirklich helfen. Meine Handflächen werden in Rekordgeschwindigkeit warm, und ich gebe mein Bestes, um mich auf die Atmung zu konzentrieren, anstatt mich um Blitze zu kümmern, die meine Augen treffen könnten.

Ich atme eine weitere gefühlte Stunde lang ein und aus, und dann explodieren wie erwartet Blitze in meiner Vision.

———

ICH ERWARTE EINE VISION, finde mich aber an einem unbeschreiblichen Ort wieder.

Ist es das, was Darian als Leerraum bezeichnet hat?

Kein Wunder, dass er es nicht erklären konnte.

Ich bin körperlos, wie in einigen Visionen, aber diesmal sind auch meine Sinne weg.

Oder, wie ich bald bemerke, sie sind doch nicht weg.

Sie wurden durch Sinne ersetzt, die ich nur schwer verstehen kann.

Dennoch zwinge ich mich dazu, mich selbst eingehend zu betrachten, und entscheide bald, dass ich schwebe.

Ich schwebe natürlich nicht wirklich, denn das impliziert Luft, die hier fehlt. Es gibt nicht einmal ein Vakuum, eine Raumzeit oder etwas anderes aus dem Physikunterricht.

Schweben bedeutet auch, dass ich die Sinne

Bewegung und Gleichgewicht habe, aber das tue ich nicht.

Also pseudo-schwebe ich eine Weile und versuche zu verstehen, wo ich bin. Eigentlich ist »eine Weile« auch eine Annäherung, ebenso wie das Konzept von »wo«.

Wo und zu welchem Zeitpunkt ich auch immer bin, ich bezweifele, dass es Teil der regulären dreidimensionalen Realität ist – oder sind es vier?

Obwohl mir das Sehvermögen fehlt, beginne ich, etwas in der Art zu erleben, auch wenn es nur Elemente von Geschmack und Geruch sowie Wärme- und Kälteerkennung enthält. Es erinnert mich an die Echoortung einer Fledermaus oder die Fähigkeit eines Hais, Strom zu spüren.

Also *sehe* ich eine warme Wolke aus bunten Formen, die Geschmack und Geruch haben. Diese Formen trotzen der Geometrie, und wenn ich einen Kopf hätte, würde er wehtun, wenn ich versuchen würde, das alles zu verstehen.

Einige der *Formen* sehen aus wie Widersprüche mathematischer Definitionen – wie ein Würfel, der gleichzeitig auch eine Kugel ist, während andere mich an visuelle Illusionen erinnern, die von Künstlern wie M. C. Escher berühmt gemacht wurden.

Keine einzige der Formen ist identisch mit irgendeiner anderen, obwohl die in der Nähe – mangels eines besseren Begriffs – einander ähnlicher sind als die *weiter entfernten*.

Ein anderer Sinn, der dem Hören am nächsten

kommt, lässt mich erkennen, dass jede dieser Formen auch so etwas wie Musik ausstrahlt, aber anstatt die Luft vibrieren zu lassen, erzeugen diese Pseudo-Sounds Wellen von Vorahnung und Ruhe.

Irgendwann wird mir so etwas wie ein Tastsinn bewusst – obwohl Tastsinn bedeuten würde, dass ich Gliedmaßen habe, die mir fehlen.

Sofort möchte ich unbedingt die lauwarme, braune, nach Ananas schmeckende, schneeflockenartige Form neben mir *berühren*, aber die unheilvolle Musik, die von ihr ausgeht, lässt mich innehalten.

Ein neuer Sinn sagt mir, dass ich es nicht mögen würde, wenn ich diese Schneeflocke berühren würde – also tue ich es nicht und entscheide mich dafür, eine andere, sicherere Form zu suchen, die ich berühren kann.

Aber alle Formen in meiner Nähe spielen die gleiche gruselige Melodie.

Nach einer Weile finde ich heraus, wie ich meine Perspektive an diesem Ort ändern kann. Was ich tue, ist eine Mischung aus Bewegung und Heran- und Herauszoomen mit einem Fernglas – alles ohne Arme, Beine und Augen.

Als ich auf eine Form zoome, sehe ich, dass sie aus anderen ähnlichen, aber nicht identischen Formen besteht. Als ich auf eine dieser inneren Formen zoome, sehe ich, dass sie aus ihren eigenen kleineren Formen gemacht ist.

Beim Herauszoomen sehe ich, dass das gleiche rekursive Muster in einem größeren Maßstab repliziert wird. Gruppen ähnlich aussehender Formen entpuppen sich als Ziegel – oder vielleicht Moleküle –, die immer wieder eine größere Form bilden.

Ich bin es leid, die Formen an einer Stelle zu untersuchen, und versuche, mich *vorwärts zu bewegen*, und sobald ich weiter weg bin, untersuche ich eine brennend heiße, grüne, runde Pyramidenform mit Erdbeergeschmack, die eine ruhige Melodie spielt.

Diese Form ist auch von ähnlichen umgeben, einige mehr oder weniger rund, andere mit unterschiedlichen Temperaturen, Geschmäckern und Gerüchen. Alle spielen jedoch Musik, die mich an Schlaflieder erinnert.

Überwältigt vor Neugierde, wähle ich eine der Formen und berühre sie.

Ich fühle nichts bei der Berührung.

Stattdessen saugt mich die Form wie ein schwarzes Loch in sich hinein.

Ich wirbelte in einem Strudel aus sensorischen Daten, bis mein Bewusstsein kurzgeschlossen ist und meine Wahrnehmung verschwindet.

KAPITEL 11

ICH BIN auf dem Weg zur Küche, als ich ein Klappern von Schlüsseln höre, bevor die Eingangstür aufgeht und Felix hereinkommt.

»Hey«, sage ich. »Was machst du so früh zu Hause?«

»Ich versuche, wenn möglich, immer zu Hause mittagzuessen.« Er wechselt seine Sneaker gegen seine Haus-Flipflops. »Ich bin nur für eine Stunde hier.«

Bei der Erwähnung von Mittagessen knurrt mein Magen wie ein mürrischer Zwerg.

Felix grinst. »Ja, ich mache auch etwas für dich.«

ICH BIN WIEDER in meinem Zimmer und sitze wieder im Lotussitz.

Ich habe endlich den Leerraum erlebt.

Jetzt, da ich zurück bin, weiß ich wirklich zu schätzen, wie psychedelisch dieser Ort war.

Es scheint auch so, als hätte ich gerade meine erste bewusste Vision gehabt. Das – oder ich habe die ereignisloseste Halluzination in der Geschichte der psychischen Erkrankungen gehabt.

Ich entwirre meine Beine und stehe auf. Laut meinem Telefon ist es Zeit fürs Mittagessen.

Zeit, den Kühlschrank zu plündern.

Ich bin auf dem Weg in die Küche, als ich es plötzlich verstehe.

Wenn das, was passiert ist, eine Prophezeiung war, werden die Schlüssel gleich klappern.

Tatsächlich klappern Schlüssel, und die Haustür öffnet sich genau so, wie sie es sollte.

Felix tritt ein.

»Hallo«, sage ich und beschließe, nicht dem Drehbuch in der Vision zu folgen. »Kommst du zum Mittagessen nach Hause?«

»Ich versuche, wenn möglich, immer zu Hause mittagzuessen«, sagt Felix genauso wie in der Vision.

Das ist interessant.

Obwohl sich mein Skript geändert hat, hat seines sich nicht. Wahrscheinlich, weil ich die Zukunft gesehen habe und weiß, wie man sie bekämpft, aber er nicht.

Ich frage mich, was das über Felix' freien Willen sagt.

Er wechselt wie eben seine Turnschuhe gegen seine Haus-Flipflops.

»Ich bin nur für eine Stunde hier«, sage ich in meiner besten Nachahmung von Felix' Stimme. »Das wolltest du gerade sagen, nicht wahr?«

»Gut geraten«, sagt Felix, aber er sieht ein wenig erschrocken aus.

»Ich habe nicht geraten.« Mein Magen knurrt genauso laut wie in meiner Vision.

Felix grinst. »Warum erklärst du es mir nicht, während ich uns etwas zu essen mache?«

»Was erklären?«, fragt Fluffsters Stimme in meinem Kopf.

»Du bist aufgewacht?« Ich schaue mir den pelzigen Domovoi an.

Er nickt schläfrig mit seinem kleinen Kopf.

Ich beuge mich hinunter und hebe ihn auf. »Komm, ich erkläre dir, was passiert ist.«

Ich gehe in die Küche und setze Fluffster auf den Tisch.

Während Felix ein großes Omelett macht, berichte ich ihnen alles über meine Meditationsbemühungen und mein heutiges Erlebnis mit dem Leerraum.

»Bist du sicher, dass du kein LSD genommen hast?« Felix wirft drei Scheiben Käse in die Pfanne. »Oder Mescalin oder DMT ...«

»Ich bin mir sicher.« Ich kraule Fluffster hinter seinen Ohren. »Keine Drogen heute.«

»Ich bin neidisch.« Felix klappt das Omelett zusammen, so dass der Käse in der Mitte schmilzt. »Ich würde gerne diese Formen sehen und die Synästhesie erleben oder was auch immer du hattest.«

»Warte mal«, sage ich und laufe in mein Zimmer.

Ich schnappe mir meinen Laptop, lege ihn neben Fluffster auf den Küchentisch und suche ein Werk von M. C. Escher.

»Hier.« Ich zeige ihm eine Lithographie namens *Belvedere*. »Das könnte dir zumindest ein Gefühl für die Formen geben.« Ich zeige auf den Mann, der einen unmöglichen Würfel hält.

»Das tut meinem Gehirn weh.« Fluffster reibt mit seinen kleinen Pfoten über seine Schnurrhaare. »Wie konnte man das überhaupt zeichnen, geschweige denn erschaffen?«

»Man kann es nicht erschaffen«, sage ich. »Zumindest nicht in der realen Welt. Du kannst etwas machen, was aus einigen Winkeln so aussehen würde, aber das war's dann auch schon.«

»Oh, ich liebe Eschers Arbeit«, sagt Felix über seine Schulter.

Ich nicke wissend. Als Magierin liebe ich visuelle Illusionen jeglicher Art, und Escher war einer der wahren Meister der Täuschung. Ich erwähne jedoch nichts davon, denn das könnte sie erkennen lassen, dass ich einige dieser Prinzipien der visuellen Illusion bei meinen Effekten verwende.

Felix bringt die Pfanne zum Tisch und stellt sie in die Mitte. »Hast du sein *Aufsteigend und Absteigend* gesehen?«, fragt er. »Es hat diese endlosen Treppen, die auch in *Treppauf Treppab* zu sehen sind. Sein Werk *Relativität* wurde in einer der Fortsetzungen von *Nachts im Museum* und in *Reise ins Labyrinth* gezeigt.«

Anstatt zu antworten, suche ich die fraglichen Bilder für Fluffster. Seine Knopfaugen fallen bei der seltsamen Schwerkraft der *Relativität* fast heraus und folgen dann den Gestalten, die im endlosen quadratischen Treppenhaus in *Treppauf Treppab* die Treppen steigen, bis er wegschaut und mental sagt: »Das hat mich schwindelig gemacht«.

»Ich habe im Leerraum nicht so etwas Cooles gesehen.« Ich hole große Teller für Felix und mich und eine Teetasse mit Haferflocken für Fluffster.

»Ja.« Felix legt ein großes Stück Omelett auf seinen Teller. »Apropos Christopher Nolans Filme: Hat der Leerraum dich daran erinnert, was am Ende von *Interstellar* passiert ist?«

»Durch ein Wurmloch gehen?« Ich nehme mir etwas zu essen. »Vielleicht, als ich die Form berührte und in die Vision wirbelte.«

»Nein, ich meine den Teil, in dem Matthew McConaughey in dem schwarzen Loch war«, sagt Felix. »Da sollte er außerhalb des vierdimensionalen Raumes sein und konnte in die Vergangenheit sehen und sie beeinflussen.« Er schaut Fluffster an und fügt hinzu: »Spoiler-Alarm«.

»Vielleicht war es spirituell ähnlich«, sage ich nachdenklich. »Ich habe mich auch gefühlt, als sei ich außerhalb der Realität. Der Unterschied ist, dass ich keinen Körper im Leerraum hatte. Aber jetzt, wo du es erwähnst, schätze ich, dass jede dieser Formen ein wenig wie die Struktur des Schwarzen Lochs war, in dem er sich befand.«

Felix kaut aufgeregt, schluckt und sagt: »Ja. Vielleicht entspricht jede der Formen, die du gesehen hast, einer Vision eines Ortes und einer Zeit. Möglicherweise sind ähnliche Formen ähnliche Orte zu unterschiedlichen Zeiten. Vielleicht sind die kleineren Formen kürzere Zeitintervalle – deshalb bestehen sie aus größeren Formen und umgekehrt. Millisekunden ergeben Sekunden, und Sekunden ergeben Minuten und so weiter.«

»Vielleicht.« Ich stochere gedankenlos in meinem Essen, weil mein Hunger verschwunden ist. »Und die unheilvolle Musik war vielleicht nichts, was ich hätte vermeiden sollen. Ich habe eine ruhige Form gewählt und eine langweilige Vision gesehen, in der du nach Hause kommst. Vielleicht sind die furchterregenden eine Gefahr für mein Leben – und das ist es, was ich in einer Vision sehen möchte, damit ich es in der realen Welt verhindern kann.«

»Dein Leerraum erinnert mich an eine Art Benutzeroberfläche«, sagt Felix. »Die Formen sind wie Symbole, die man anklicken muss; die Visionen sind eine Art virtuelle Realität. Ich wette, als Seher geht es darum, wie viele Symbole man hat und wie gut man die seltsame Benutzeroberfläche bedienen kann.« Er grinst vor Aufregung. »Das ist ein weiterer Beweis für meine Simulationstheorie. Vielleicht ist der Leerraum außerhalb unserer simulierten Welt – deshalb konntest du ihn mit deinen normalen Sinnen nicht verstehen. Ich wette, deshalb sind Seher in der Lage …«

Fluffster gähnt in meinem Kopf – und Felix'

Gesichtsausdruck nach zu urteilen tat der Domovoi das auch in seinem.

»Können wir über etwas Wichtigeres reden?« Fluffster schiebt seine halbfertige Untertasse zur Seite. »Ariel hat wieder nicht zu Hause geschlafen.«

Felix und ich tauschen schuldbewusste Blicke aus.

»Sie war noch überdrehter, als ich sie das letzte Mal gesehen habe«, sagt Felix. »Aber ich bin mir nicht sicher, was wir tun können.«

»Vielleicht könnte ich mit Vlad und Rose reden«, sage ich nachdenklich. »Um mehr über Vampirbeziehungen zu erfahren.«

»Das ist eine tolle Idee.« Felix stopft sich den Rest seines Omeletts in den Mund.

»Ich werde gleich nach dem Essen bei Rose vorbeigehen«, sage ich.

»Und ich muss zurück zur Arbeit.« Felix schiebt seinen Teller weg.

»Du gehst, und ich räume ab«, sage ich. »Lass mir aber noch einen FELLATIO da, bevor du gehst.«

Felix sieht extrem unbehaglich aus. »Wir wissen sein Passwort immer noch nicht.«

»Du solltest daran arbeiten.« Ich nehme seinen Teller und stelle ihn in die Geschirrspülmaschine.

»Nun.« Er steht auf. »Ich bin ihm kein Stück näher gekommen.«

»Ich werde Nero nicht so schnell wieder gegenübertreten«, sage ich und unterdrücke die fanatischen Schmetterlinge, die den Gedanken begleiten, mich in eine Taschendieb-Nähe von

Nero zu begeben. »Du hast Zeit, es herauszufinden.«

»Du solltest versuchen, deine Kräfte zu benutzen, um das Passwort herauszufinden«, sagt Felix. »Versuche, eine Vorstellung davon zu bekommen, was passieren würde, wenn ich ›apple‹ als Passwort ausprobieren würde, dann versuche es mit ›app1e‹, dann ›app13‹ und so weiter, ein wenig wie das, was ich mache, wenn ich das Passwort mit roher Gewalt errate. Nur du würdest das im Leerraum tun, ohne die Gefahr, entdeckt zu werden.«

»Ich habe keine Ahnung, wie ich eine so spezifische Vision verwirklichen soll.« Ich bringe meinen eigenen Teller weg. »Auch wenn ich könnte, muss ich lange meditieren, um eine Vision zu bekommen. Wenn ich das Passwort so erraten sollte, würde das ewig dauern.«

Felix seufzt. »Kannst du wenigstens in die Zukunft schauen und sicherstellen, dass ich am Leben bin, nachdem wir diesen Hack noch einmal versucht haben?«

»Das könnte einfacher sein.« Als Nächstes stelle ich die Pfanne in die Geschirrspülmaschine. »Das werde ich versuchen.«

»Großartig«, sagt er und geht aus der Küche.

Ich räume weiter auf, bis Felix mit einem neuen FELLATIO zurückkommt. »Ich habe es bereits aktiviert.« Er gibt mir den Apparat.

Ich nehme ihn mit in mein Zimmer und verstecke ihn wie beim letzten Mal in einem Kartenspiel.

»Bis später«, schreit Felix aus dem Flur, und ich höre, wie die Tür zuschlägt.

Ich gehe zurück in die Küche, um weiter sauberzumachen.

Als die Theke makellos ist, beschließe ich, mit Rose über Vampirbeziehungen zu sprechen.

———

SIE BEGRÜSST MICH ÜBERSCHWÄNGLICH. Bevor ich die Gelegenheit bekomme, ein einziges Wort zu sagen, muss ich meinen Hintern auf ihrer Wohnzimmercouch parken und eine Tasse Tee nehmen.

Luzifer nutzt dies als Chance, um mich damit zu ehren, an meinen Beinen entlangzustreifen.

»Es geht um Ariel«, erkläre ich Rose, als sie mir gegenüber auf einem Sessel Platz nimmt.

Ich erkläre die »Freundschaft« meiner Mitbewohnerin mit Gaius. Während ich spreche, wird Roses Gesichtsausdruck dunkler. Was auch immer sie darüber weiß, ich habe das Gefühl, dass es mir nicht gefallen wird.

Als ich fertig bin, sagt Rose: »Ich kann nicht darüber reden, ohne dass Vlad hier ist.« Sie beißt sich auf die Lippe. »Ich habe geschworen, dass ich es nicht tun würde, weißt du, und ich will meinen Eid nicht brechen …«

»Das ist in Ordnung.« Ich lächele sie an. »Ich kann zurückkommen, wenn Vlad hier ist, und dann mit ihm reden.«

»Tagsüber ist er selten hier, und ich denke nicht, dass du nachts hierherkommen solltest.« Rose errötet.

»Sag nichts weiter.« Mein Gesicht muss so rot sein wie ihres. »Sag mir einfach, wann er tagsüber hier sein wird, und ich komme vorbei.« Ich rufe die Kalender-App in meinem Handy auf.

Rose gibt mir ein paar Tage und Zeiten, an denen Vlad da sein sollte, und ich trage sie alle ein.

Als Nächstes berichte ich ihr von meinem Leerraum-Abenteuer. Am Ende meiner Erklärung sieht Rose genauso stolz aus wie meine Eltern, als ich das College beendet habe.

»Das ist ein ausgezeichneter Fortschritt«, sagt sie. »Du solltest deine Kräfte weiter trainieren. Ich weiß, ich würde es tun, wenn ich an deiner Stelle wäre.«

Sie hat recht, also trinke ich schnell meinen Tee aus, mache einen großen Schritt über ihre Katze und gehe zurück in meine Wohnung.

———

»DARF ICH ZUSEHEN?«, fragt Fluffster, nachdem ich wieder meine Meditationspose eingenommen habe.

»Sicher«, sage ich und schließe die Augen.

Ich sitze da und atme eine Weile, aber nichts passiert.

Ariels Situation taucht immer wieder in meinem Kopf auf, ebenso wie meine Arbeitslosigkeit und die Anrufe von Baba Yaga.

Muss ich jedes Mal, wenn ich in den Leerraum will,

ins Fitnessstudio gehen und Yoga machen? Das wäre toll für meinen Körper, aber nicht sehr praktisch, um meine Kräfte tatsächlich zu nutzen.

»Meine Gedanken schweifen zu sehr ab«, erkläre ich Fluffster nach ein paar Minuten, als ich offiziell aufgegeben habe und aufstehe, um meine Beine zu strecken.

»Warum schaust du dir nicht etwas auf YouTube an?«, schlägt Fluffster vor. »Das tue ich, wenn ich mich entspannen will.«

Ich stelle mir vor, wie er sich Katzenvideos anschaut, und grinse.

Auf dem Weg zur Wohnzimmercouch schalte ich den Fernseher ein und wähle Pen and Tellers *Fool Us* aus. In diesem Programm bieten zwei berühmte Magier aufstrebenden Illusionisten die Möglichkeit, sie zu täuschen und dafür einen Auftritt in einer Performance in Vegas zu bekommen.

Nach ein paar Episoden merke ich, dass ich so gut bin wie die Moderatoren, wenn es darum geht, herauszufinden, wie die Effekte gemacht werden.

Einige weitere Episoden später habe ich einen hypothetischen Plan, wie ich sie täuschen würde, wenn ich die Chance dazu hätte. Natürlich lohnt es sich nicht, sich für dieses kurze Vergnügen vom Rat umbringen zu lassen.

Irgendwann kommt Felix nach Hause, wir essen Abendbrot, und danach zieht er sich in sein Zimmer zurück und überlässt mir den Wohnzimmerfernseher.

Ich schaue noch ein wenig weiter, bevor ich merke,

dass ich gar nicht mit der Meditation weitergemacht habe. Jetzt ist es zu spät. Gähnend gehe ich ins Bett, und mir ist schmerzhaft bewusst, dass Ariel immer noch nicht zu Hause ist.

Ich nehme mein Handy heraus und schreibe ihr eine SMS: *Ich vermisse dich.*

Dann erinnere ich mich daran, dass ich ein neues Telefon habe und füge hinzu: *Hier ist Sasha. Ich habe eine neue Nummer.*

Ich warte auf eine Antwort, bis meine Augenlider schwer werden, und dann gebe ich auf und gehe schlafen.

———

AM NÄCHSTEN TAG macht Felix wieder Frühstück für mich und geht danach zur Arbeit.

Als ich danach mein Telefon checke, sehe ich, dass Ariel mir um drei Uhr morgens eine Nachricht geschickt hat.

Hey, Sasha. Tut mir leid, dass ich in letzter Zeit so beschäftigt war. Wir müssen bald etwas unternehmen.

Ich denke über einige Antworten nach und entscheide mich schließlich für:

Sicher. Ich kann jetzt jederzeit.

Sie reagiert nicht sofort, also gehe ich an meinen Computer.

Es ist an der Zeit, herauszufinden, wie weit Neros Einfluss reicht.

Ich navigiere zur Homepage der Federal Reserve

und schaue mir ihre Stellenangebote an. Einige wenige Stellen entsprechen vage meinen Fähigkeiten und Erfahrungen, so dass ich mich auf sie bewerbe. Wenn Nero in der Lage ist, diese Menschen zu manipulieren, wäre ich sehr beeindruckt.

Als Nächstes bewerbe ich mich auf eine Reihe von Regierungsjobs und ein paar Angebote außerhalb des Staates New York – nicht, dass ich sie annehmen würde, sondern nur, um zu sehen, ob Neros Reichweite so allumfassend ist.

Dann bewerbe ich mich für einige völlig unrealistische Angebote. Der Cirque du Soleil braucht einen Schlangenmenschen, warum also nicht? Ein Labor im Hinterland braucht einen Schlangenmelker – na klar, darauf bewerbe ich mich auch gleich. Nachdem ich in der Finanzbranche gearbeitet habe, habe ich das Gefühl, dass ich qualifiziert bin, Gift aus Giftschlangen zu extrahieren.

Müde von der Jobsuche, beschließe ich, Meditation zu praktizieren und Fluffster zu sagen, dass er mich beobachten kann, wenn er immer noch will – und das tut er.

Ich sitze im Lotussitz, schließe die Augen und atme kontrolliert.

Meine Handflächen werden langsam warm.

Ich konzentriere mich stärker, da ich diesmal weniger besorgt über die Blitze bin, die meine Augen treffen werden.

Mein Telefon klingelt.

Die Welle der Angst ist nicht mehr so stark wie

vorher, aber ich bin definitiv so erschrocken, dass ich aus meinem meditativen Zustand gerissen werde.

Die Nummer ist nicht unterdrückt, aber ich kenne sie auch nicht, also nehme ich nicht ab.

»Könnte das wieder Baba Yaga sein?«, fragt Fluffster – offensichtlich enttäuscht, dass er nicht gesehen hat, wie sich der Blitz an meinen Händen gebildet hat. »Wenn ja, woher hat sie deine neue Nummer?«

»Ich habe keine Ahnung.« Ich nehme mein Telefon, gehe zum App-Store und installiere die Nummernaufdeckungs-App erneut – falls ich später noch einen privaten Anruf bekommen sollte. »Eines ist sicher: Weitere Meditation wäre sinnlos.«

»Du solltest dich entspannen und es dann noch einmal versuchen«, sagt Fluffster und kuschelt sich an mich heran.

»Mit dir zu kuscheln wird da leider nicht reichen.« Ich kraule ihn unterm Kinn, dann stehe ich auf und fange an, mich umzuziehen. »Ich gehe ins Fitnessstudio, erst trainieren, dann zum Yoga, und danach versuche ich noch einmal zu meditieren.«

Fluffster billigt meinen Plan, also mache ich mich auf den Weg ins Fitnessstudio.

———

NACHDEM ICH MIT Gewichten trainiert habe, gibt es eine Kickboxing-Stunde, an der ich teilnehme.

Selbstverteidigung kann bei meinem neuen Lebensstil voller unglücklicher Zwischenfälle nützlich sein.

Mit schmerzenden Muskeln nehme ich als Nächstes an der fast leeren Yogastunde teil. Es fühlt sich gut an, sich nach dem ganzen Training zu dehnen. Danach belohne ich mich mit einem Besuch im Dampfbad und einem Bad im Whirlpool und einem schönen, gesunden Mittagessen in der Cafeteria des Fitnessstudios.

Auf dem Heimweg gehe ich federnden Schrittes, und ich bin mir sicher, dass ich problemlos in den Leerraum gelangen werde.

Als ich die Tür öffne, höre ich Geräusche aus der Küche.

Angesichts dessen, was Fluffster einem Eindringling antun kann, weiß ich, dass das einer meiner Mitbewohner sein muss, also rufe ich »Hallo«.

»Sasha«, ruft Ariel aufgeregt aus der Küche, »bist du das?«

»Ja.« Ich eile in die Küche.

»Da bist du ja.« Sie lässt ihr Sandwich sinken und strahlt mich an. »Ich bin froh, dass wir ein paar Minuten Zeit zum Reden haben, bevor ich wieder wegmuss.«

Ich betrachte ihre perfekten Gesichtszüge.

Sie sieht toll aus. Sogar noch besser als sonst. Sie könnte leicht auf dem Cover eines Modemagazins sein.

Ist das eine Art Liebesglühen?

Machen wir uns Sorgen um nichts?

Während Ariel an ihrem Sandwich kaut,

überschüttet sie mich mit Fragen über meine neuesten Erlebnisse. Ich bringe sie auf den neuesten Stand, während sie ihr Mittagessen beendet.

»Ich bin so neidisch«, sagt sie und streicht sich die Krümel von den Handflächen. »Ich will auch ins Fitnessstudio gehen. Hättest du meinen Anruf vorhin angenommen, hätten wir zusammen gehen können.«

»Du hast mich angerufen?« Ich nehme mein Telefon heraus und schaue meine verpassten Anrufe durch.

Alles, was ich sehe, ist diese unbekannte Nummer.

»Ich habe nicht von meinem Handy aus angerufen«, erklärt mir Ariel und holt ihr Handy heraus. »Meinem ist der Saft ausgegangen.«

»Von Gaius' Handy also?«

»Vielleicht« Sie lächelt schelmisch. »Hey, kannst du mir einen Gefallen tun und seine Nummer von deinem Handy löschen? Er wäre verärgert, wenn er wüsste, dass ich sie dir einfach gegeben habe, ohne ihn vorher zu fragen.«

»Sicher«, sage ich und lösche den verpassten Anruf.

»Danke.« Sie geht in ihr Zimmer, und ich folge ihr.

Dort angekommen, schließt sie ihr Handy ans Ladegerät an und öffnet ihren Schrank. Sie nimmt eine Jeans und ein T-Shirt heraus und beginnt, sich auszuziehen.

»Wir können morgen ins Fitnessstudio gehen«, sage ich und untersuche ihren Körper heimlich auf Anzeichen von Bissen.

Zu meiner Erleichterung finde ich keine.

»Das ist eine tolle Idee.« Sie streift sich ihre Jeans mit der Anmut einer Ballerina über. »Und vielleicht können wir beim Schießstand anhalten und dir eine neue Waffe besorgen.«

»Sicher, das geht.«

»So, jetzt muss ich los«, sagt sie entschuldigend, als sie sich fertig umgezogen hat. »Aber wir haben Pläne für morgen. Super!«

Dann verwandelt sie sich in einen Wirbelwind, frischt ihr Make-up auf, schnappt sich ihre Tasche und eilt aus der Wohnung, bevor ich sie nach ihrer Beziehung zu Gaius fragen kann.

Fluffster nimmt gerade sein Staubbad, als ich wieder in mein Zimmer komme.

»Ariel war hier«, erzähle ich ihm.

»Ich weiß«, sagt er. »Ich kann es immer spüren, wenn Leute die Wohnung betreten und verlassen.«

»Ich glaube, ich werde noch einmal versuchen, zu meditieren. Willst du zusehen?"

»Das wäre toll.« Er legt sich auf den Boden vor mir »Leg los.«

Diesmal sitze ich auf einem Stuhl, aber ansonsten folge ich wie bisher den Anweisungen von Darian.

Bald werden meine Handflächen wärmer, also verdopple ich meine Anstrengungen.

Blitze explodieren in meiner Vision, und ich befinde mich wieder im Leerraum.

KAPITEL 12

ICH ORIENTIERE mich diesmal viel schneller und schwebe einfach auf der Stelle, während ich die unmöglichen Formen um mich herum pseudoanstarre.

In meiner unmittelbaren Nähe sind sich die meisten Formen ähnlich und sehen aus wie eine Wolke aus grünen, kalten, nach Haferflocken schmeckenden Würfeln mit mehr als sechs Flächen und mehr als zwölf Kanten. Sie alle strahlen so Unheil verkündende Musik aus, dass sie als Filmmusik für einen Horrorstreifen verwendet werden könnten.

Ich ignoriere die Musik und versuche, einen dieser Würfel zu berühren.

Ich kann es nicht.

Was auch immer hier als meine Gliedmaßen dient, zuckt einfach vor Angst – metaphorisch gesprochen. Ich schätze, ich bin noch nicht bereit, eine so beängstigende Zukunft zu sehen.

Ich bewege mich vorwärts und finde einen Schwarm warmer, kükengelber, nach Marshmallows schmeckende Hybride zwischen einem Sechseck und einem Zylinder. Sie spielen eine sanftere, aber auch beängstigende Melodie.

Ich wähle einen nach dem Zufallsprinzip aus und versuche, ihn zu berühren – aber ich kann mich nicht mehr bewegen.

Ich entscheide mich dafür, stur zu sein, und schwebe einfach vor mich hin und versuche immer wieder, die Form zu berühren.

Jedes Mal stehe ich an der Schwelle zum Erfolg. Es ist, als würde man versuchen, sich an etwas zu erinnern, das einem auf der Zunge liegt.

Ich reiße mein immaterielles Selbst zusammen und konzentriere meine ganze Aufmerksamkeit darauf, die verbleibende Zurückhaltung zu überwinden.

Etwas scheint zu reißen, und die Berührung verbindet sich schließlich mit meinem Ziel.

Genau wie beim letzten Mal tauche ich in die Vision ein.

ICH BIN IN MEINEM ZIMMER, sitze auf einem Stuhl und bin überwältigt von der vertrauten Angst.

Das Telefon klingelt.

Die Anrufer-ID ist unterdrückt, aber dank der von mir installierten App sehe ich sie.

Es ist Baba Yagas Restaurant, das mich wieder belästigt.

Wie haben sie die Nummer zu meinem neuen Telefon bekommen?

Ich lasse den Anruf auf die Mailbox gehen und notiere mir die Tageszeit – 15.21 Uhr.

Als die Mailbox klingelt, rufe ich sie auf und höre sie ab.

»Sasha«, sagt Koschei mit seiner leichenhaften Stimme. »Als Teil der Abmachung, die du getroffen hast, musst du heute Abend um zehn vor Baba Yaga erscheinen.«

Ich ziehe das Telefon von meinem Ohr weg, und meine Angst wird immer panischer.

Auf keinen Fall werde ich heute nach Brighton Beach gehen …

———

DIE VISION BRICHT AB, und ich schaue auf Fluffster.

»Das war unglaublich«, sagt er in meinem Kopf. »Ich habe gesehen, wie ein Blitz von deinen Händen in deine Augen floss. Er war extrem kurz und leicht zu übersehen, aber ich habe ihn gesehen …«

Ich ignoriere den Rest seines aufgeregten Geplappers und versuche angestrengt, mich in der Realität zu orientieren.

Meine abgehackten Atemzüge schmerzen nach dem ganzen langsamen Atmen in meiner Brust.

Ich ergreife mein Handy und überprüfe die Uhrzeit.

Es ist 15.12 Uhr.

In neun Minuten wird das Telefon klingeln, und Koschei wird diese Sprachnachricht hinterlassen.

Mein Verstand rast, während ich einen Browser auf meinem Handy öffne.

Ich finde eine Aufzeichnung der berühmten Nachricht »Kein Anschluss unter dieser Nummer«, die ertönt, wenn man eine Nummer anruft, die nicht vergeben ist. Mit zitternden Händen mache ich sie schnell zur Ansage meiner Mailbox.

Es ist 15.20 Uhr.

Mein Finger ist bereit, und ich zähle die Sekunden bis 15.21 Uhr herunter.

Das Telefon klingelt, und ich gehe sofort auf »Anruf ablehnen«, um ihn zur Mailbox weiterzuleiten.

Dann warte ich.

Wenn Koschei meine Illusion durchschaut, wird er auf das Ende der Nachricht »ungültige Nummer« warten, dann den normalen Signalton der Mailbox hören und wie in der Vision eine Nachricht hinterlassen. Aber wenn ich es geschafft habe, ihn zu täuschen, sollte er aufgeben, lange bevor die Mailbox piept.

Während ich warte, frage ich mich wieder, wie Baba Yaga und ihre Diener meine neue Nummer bekommen haben. Nur Felix und Ariel haben sie. Na ja, und Gaius, weil Ariel sein Telefon benutzt hat, um mich anzurufen, aber das ist immer noch eine sehr kleine Anzahl von Leuten.

Hat Baba Yaga einen Technomanten wie Felix auf

der Gehaltsliste? Oder gibt es eine andere Art von Cogniti, der so etwas erahnen kann? Wenn es Letzteres ist, könnte er nützlich sein, was Neros Passwort betrifft.

Nach einer Minute atme ich erleichtert aus.

Ich habe keine Nachricht auf der Mailbox.

Ich muss mein Handy so oft wie möglich ausgeschaltet haben, damit der Anruf, sollte er es noch einmal versuchen, direkt auf die Mailbox geht, ohne dass ich wie ein Ninja reagieren muss.

Fluffster sieht mich mit einer Mischung aus Sorge und Verwirrung an, also erkläre ich ihm, was ich in meiner Vision gesehen habe.

»Was auch immer Baba Yaga will, es ist besser eine kleine Gefälligkeit«, sagt Fluffster, als ich fertig bin. »Ich habe immer noch keine neuen Erinnerungen wiedererlangt – und nicht, weil ich es nicht versucht habe.«

»Ich habe das Gefühl, dass es keine kleine Gefälligkeit ist. Aber das erinnert mich an etwas.« Ich nehme meinen Laptop. »Ich muss noch etwas genauere Nachforschungen über Rasputin anstellen.«

»Wirklich?« Fluffsters Antwort klingt in meinen Augen eher missbilligend. »Was ist mit deiner Jobsuche?«

»Du bist schlimmer als meine Mutter«, murmele ich und öffne trotzdem meinen Posteingang.

Mein Herzschlag beschleunigt sich, als ich auf meine E-Mails starre. »Das wird langsam lächerlich.«

Fluffster huscht hinüber und schaut mit mir auf den Bildschirm.

Es gibt eine »Entschuldigung, diese Stelle wurde bereits besetzt«-Antwort der Federal Reserve sowie von den Regierungsjobs, auf die ich mich beworben habe. Auch die nichtstaatlichen Unternehmen haben mir ihre Absagen geschickt.

Am lächerlichsten ist, dass ich eine E-Mail vom Cirque du Soleil und vom Upstate Labor bekommen habe. Anstatt zu sagen »Hey, du kannst kein Schlangenmelker sein«, informieren mich beide wie alle anderen ebenfalls darüber, dass die Stellen bereits besetzt sind.

Ich stehe auf und balle die Fäuste. »Nero gibt an dieser Stelle nur noch an.«

Wenn er in meiner Nähe wäre, würde ich ihm in sein selbstgefälliges Gesicht schlagen, das ich mir so anschaulich vorstellen kann.

»Was bedeutet das?«, fragt Fluffster.

Ich erkläre es ihm, während ich hin und her gehe, und Fluffster sieht so wütend aus wie ein Chinchilla eben aussehen kann. »Wenn er so weitermacht, werden wir unter einer Brücke leben.«

»Du weißt nicht einmal die Hälfte davon«, knurre ich. »Dem Bastard gehört dieses Gebäude, also selbst wenn ich auf magische Weise Geld verdienen würde, könnte er sich entscheiden, unseren nächsten Mietvertrag nicht zu verlängern … und: ›Hallo Brücke, wir kommen‹.«

»Du solltest ihn hierher einladen«, sagt Fluffster

bedrohlich. »Es ist mir egal, wie mächtig er da draußen ist. Hier würde ich ihm Manieren beibringen.«

Die Idee von Nero in meinem Schlafzimmer sendet meine Gedanken in eine völlig unangemessene Richtung, und mein Gesicht brennt unkontrolliert.

Um mir meine fehlgezündeten Hormone und Neuronen nicht anmerken zu lassen, lehne ich mich vor meinem Computer zurück und logge mich in mein Bankkonto ein, um zu sehen, wie verzweifelt die Situation wirklich ist.

Schockiert starre ich auf die Zahlen.

Auf meinem Girokonto wurde Geld gutgeschrieben.

Es ist eine bekannte Summe, aber ich überprüfe sie noch einmal, nur für alle Fälle.

»Dieser Bastard.« Ich springe wieder auf die Beine. »Er hat mich bezahlt. So als ob sich nichts geändert hat.«

Fluffster zuckt mit seinem hasenartigen Ohr. »Wovon redest du?«

»Nero«, erkläre ich grimmig. »Er weigert sich, zu akzeptieren, dass ich gekündigt habe. Und jetzt habe ich meinen üblichen Gehaltsscheck für letzte Woche *und* diese Woche erhalten, obwohl ich diese Woche bereits gekündigt hatte.«

»Ist das nicht gut so?« Fluffster stellt sich auf seine Hinterpfoten. »Das ist zusätzliches Geld.«

»Nein, ist es nicht«, sage ich so wütend, dass der Domovoi auf Abstand geht.

Mit knirschenden Zähnen ziehe ich mir ein paar

Klamotten an, packe das Kartenspiel mit Felix' Apparat in meine Tasche und stürme aus der Wohnung.

Es ist an der Zeit, dass Nero und ich uns unterhalten.

Wieder einmal.

KAPITEL 13

»FELIX, ES GEHT WIEDER LOS«, zische ich in mein Telefon, als ich in mein nicht so ehemaliges Arbeitsgebäude stürme.

»Ich habe immer noch kein Passwort«, sagt er. »Du hast gesagt, dass du versuchen würdest, eine Vision davon zu bekommen, erinnerst du dich?«

»Ich erinnere mich, dass ich versprochen habe, in der Zukunft nachzusehen, ob du noch am Leben sein wirst. Wenn du mir nicht hilfst, wirst du es definitiv nicht sein.« Ich benutze meinen alten Ausweis, und er funktioniert. Natürlich tut es das. »Wir müssen die ganze Sache einfach beschleunigen.«

»Ich glaube nicht, dass es eine so gute Idee ist«, sagt Felix verzweifelt. »Warum machen wir nicht …«

»Ich steige jetzt in den Aufzug«, lüge ich. Ich warte eigentlich noch auf ihn. »Mach dich bereit. Alles wird so ablaufen wie beim letzten Mal.«

Ich lege auf, als Felix versucht, noch etwas zu sagen.

Als ich schließlich im Fahrstuhl bin, wirbelt wie bei meiner Taxifahrt hierher das Gegenteil von Meditation in meinem Kopf herum. Ich koche vor Wut auf Nero und überlege mir Beleidigungen, die ich ihm an den Kopf werfen kann. Ich fantasiere davon, ihn – diesmal wirklich – zu schlagen.

Auf irgendeiner Ebene weiß ich, dass meine Reaktion in keinem Verhältnis zu seinem Fehlverhalten steht – das mir schließlich Geld einbringt.

Es ist nur, dass das der Wassertropfen ist, der das Fass zum Überlaufen bringt.

Und es geht ums Prinzip.

Wer zum Teufel glaubt er, wer er ist?

Endlich öffnen sich die Aufzugstüren.

Ich stürme hinaus, schaue Venessa an und warne sie in Gedanken davor, sich mir heute in den Weg zu stellen.

»Er ist nicht da«, sagt sie mit unleserlichem Gesichtsausdruck. »Er ist für ein paar Tage in Europa.«

»Blödsinn«, rufe ich aus, und schaue mich dann um.

Neros Bürowände sind aus Glas, und er scheint nicht darin zu sein.

Ich stürze trotzdem hinein und ignoriere Venessa, die mir auf den Fersen folgt.

Nein.

Er ist wirklich nicht hier.

Während ich zurück in den Aufzug stürme, versuche ich, meine überlasteten Nerven zu beruhigen.

Als ich den Aufzug verlasse, rufe ich Felix noch einmal an.

»Dein Wunsch hat sich erfüllt. Wir verschieben die Mission.«

»Was ist passiert?« In seiner Stimme höre ich einen lästigen Hauch von Erleichterung.

Während ich es ihm erzähle, verwende ich einige Schimpfwörter, was dazu führt, dass einige meiner nicht so ehemaligen Kollegen mir besorgte Blicke zuwerfen, als ich durch die Lobby stampfe.

»Es ist wirklich das Beste«, sagt Felix beruhigend. »Ich denke, wir müssen zuerst das Passwort bekommen und dann diesen Wahnsinn noch einmal versuchen.«

»Schön.« Ich rufe ein Taxi. »Wir hören uns später.«

———

ICH BIN VIEL RUHIGER, als ich nach Hause komme, aber als ich versuche zu meditieren, scheitere ich kläglich.

Ich setze mich auf das Sofa vor dem Fernseher, aber anstatt den Fernseher einzuschalten, sitze ich einfach nur da und versuche zu überlegen, wie ich Geld verdienen könnte, sollte es mir jemals gelingen, meinen Job loszuwerden.

Fluffster muss meine schlechte Laune spüren, denn er springt auf meinen Schoß und lässt mich sein therapeutisches Fell streicheln.

Meine Atmung wird gleichmäßig, und Ideen beginnen einzutrudeln.

Glücksspiel ist eine naheliegende Option. Wenn mich jemand zu einem Untergrund-Pokerspiel mitnehmen würde, könnte ich nicht nur meine Seherfähigkeiten nutzen, sondern auch die verschiedenen Bewegungen aus meinen Effekten, die ursprünglich von Kartenbetrügern erschaffen wurden.

»Wie wäre es, wenn du dir Wege ausdenkst, um Geld zu verdienen, die deine Knochen, Finger und Zehen intakt lassen?«, schlägt Fluffster vor, als ich ihm meine Idee mitteile. »Du kannst zum Beispiel online Poker spielen oder auf Pferderennen wetten.«

»Du hast recht.« Ich lächele und denke in der gleichen Richtung weiter. »Leute verdienen Geld damit, Wahlergebnisse vorherzusagen – etwas, worin ich gut bin. Es gibt auch Dinge wie Fantasy Football …«

»Sicher.« Fluffster kuschelt sich in meine Hand. »Aber – und bitte schrei nicht – warum behältst du nicht einfach Neros Geld? Wenn du ihn nicht magst, ist es dann nicht eine Art Strafe, sein Geld zu nehmen?«

»Ich glaube nicht, dass ich es erklären kann«, antworte ich ihm. »Ich weiß nicht einmal, ob ich selbst es verstehe.«

Um zu verhindern, dass Fluffster das Thema vertieft, schalte ich den Fernseher ein und schaue mir ein paar Filme an – nur um herauszufinden, dass ich noch besser darin geworden bin, jede Handlung und das Ende vorauszusehen. Danach gebe ich einige

Vorhersagen für das Good Judgement Project ab, und dann kommt Felix nach Hause.

Wir essen Abendbrot, und dann lese ich erneut meine Lieblingsbücher über Kartenmagie, bis ich ins Bett gehe.

———

»WACH AUF, DU FAULTIER«, schreit jemand durch einen riesigen Lautsprecher. »Der Schießspaß erwartet uns.«

Ich öffne ein Augenlid einen kleinen Spalt breit und spähe hindurch.

Ariel springt neben meinem Bett von einem Fuß auf den anderen.

Ich muss wirklich ein Schloss an meiner Tür anbringen.

»Endlich«, sagt sie in einem widerlich fröhlichen Tonfall. »Jetzt steh auf und lass uns los.«

Sie öffnet grausam meine Vorhänge, rennt weg und schlägt die Tür so fest zu, dass jede verbleibende Hoffnung, wieder einzuschlafen, stirbt.

Ich krieche unter meiner warmen Decke hervor und schaue nach, wie spät es ist.

Es ist halb zehn.

Letzte Woche hätte ich Glück gehabt, wenn ich so lange hätte schlafen dürfen. Wie bin ich so leicht in den Arbeitslosenmodus hineingerutscht?

Ich mache mich fertig, und Ariel wartet mit einem Sandwich an der Eingangstür.

»Wir sollten schnell losfahren.« Sie drückt mir das Essen in die Hände. »Das kannst du unterwegs essen.«

Sie sprudelt vor Aufregung über.

Zu viel Aufregung.

Als wir uns auf den Weg nach unten machen, frage ich sie vorsichtig: »Wie fühlst du dich? Du scheinst sehr gute Laune zu haben.«

»Ich fühle mich großartig.« Ihr Megawatt-Grinsen könnte ein kleines Dorf mit Strom versorgen. »Aber du musst mir erzählen, was mit dir passiert ist. Fluffster hat mir erzählt, du hättest verrückte Ideen.«

Ich gebe ihr das neueste Update und versuche, das Gespräch auf sie zurückzubringen, aber sie weicht geschickt meinen Fragen aus, bis wir in das Auto steigen und sie in ihren offiziellen schweigenden Fahrmodus verfällt.

———

WIR FAHREN DURCH EINEN VERTRAUTEN, schäbigen Teil von New Jersey und parken vor dem Haus des Schreckens, wo Ariel mir schon die letzte illegale Waffe besorgt hat.

»Ich möchte diesmal etwas Kleineres«, sage ich, als sie ihren Sicherheitsgurt öffnet. »Es sind keine Orks mehr hinter mir her, also schätze ich, dass das Kaliber nicht so wichtig ist.«

»Wie wäre es mit einer Glock 19?«, fragt Ariel und beginnt ein so gründliches Verkaufsgespräch, dass ich vermute, dass die guten Leute bei Glock ihr Provision zahlen.

»Ich habe eine hier«, sagt sie abschließend, greift nach vorne, öffnet ihr Handschuhfach und nimmt eine beigefarbene Waffe heraus. »Sieh sie dir an.«

Ich halte die Waffe behutsam in der Hand. Sie besteht teilweise aus Kunststoff und fühlt sich fast wie eine Spielzeugpistole an – besonders in dieser Farbe.

»Kannst du mir eine schwarze besorgen?«, frage ich, nachdem ich einen Moment lang darüber nachgedacht habe. »Damit sie mehr wie eine echte Waffe aussieht?«

»Beleidige Schatz nicht«, sagt Ariel in ihrer besten Nachahmung von Gollums Stimme, als sie sich die Waffe aus meinen Händen schnappt und sie liebevoll an ihre Brust hält.

»Es tut mir leid, Schatz«, sage ich todernst zur Pistole. Zu Ariel sage ich: »Ich hatte eigentlich wieder an einen Revolver gedacht.«

»Diese Waffe wird einfacher zu verbergen sein«, meint Ariel. »Sie ist …«

»Ich vertraue dir«, sage ich schnell und bin bereit, auf den Russisch-Roulette-Effekt zu verzichten, wenn mich das vor einer weiteren Waffenlektion bewahrt.

Ariel steckt ihren Schatz zurück ins Handschuhfach und geht in den asbestverseuchten Rattenpalast, der ihr Waffenhändler ist.

Genau wie beim letzten Mal schließe ich die Autotüren ab.

Während ich warte, übe ich meditatives Atmen.

Meine Hände beginnen, sich warm anzufühlen, als Ariel zurückkommt.

Entweder war sie eine ganze Weile weg, oder ich werde besser mit diesem Meditationszeug.

»Leg sie erst einmal ins Handschuhfach«, sagt sie und gibt mir eine schwarze Version ihres Schatzes. »Sobald wir auf dem Schießplatz sind, mieten wir dir die gleiche, und sie werden dir beibringen, wie man damit umgeht.«

———

NACHDEM DER SCHIESSSTAND-TYP fertig ist mit seiner Erklärung, wie man eine Glock 19 benutzt, denke ich, dass ich sie meinem verstorbenen Revolver vorziehe.

Mein warmes Gefühl für die Glock verstärkt sich, sobald ich ein paar Schüsse auf mein Ziel abfeuere. Der Rückstoß ist viel weicher, sie ist leichter, und sie fühlt sich einfach besser in meinen Händen an.

Außerdem ist es praktisch, mehr Schüsse zu haben; mit dem Revolver musste ich viel häufiger nachladen.

Eine halbe Stunde später bin ich mir sicher, dass dies die bessere Waffe für mich ist.

Was wirklich toll ist, ist, dass sich meine Treffsicherheit mit jedem neuen Ziel, das sie aufstellen, verbessert. Aber natürlich wird es wahrscheinlich Jahre dauern, bis ich mich der wahnsinnigen Trefferquote von Ariel annähern werde.

»Das hat so viel Spaß gemacht«, sagt Ariel, als wir

zu unserem Auto zurückgehen. »Willst du ins Fitnessstudio gehen?«

Meine Muskeln schmerzen leicht von meinen letzten Trainingseinheiten, aber mich zu weigern, mitzukommen, wäre, wie dem Fitness-Junkie-Baby seine Süßigkeiten wegzunehmen, also kann ich nicht anders, als zuzustimmen.

Außerdem, wenn ich etwas Yoga mache, wird es mir meine Leerraum-Übungen erleichtern, die ich später noch machen möchte.

WIR KOMMEN NACH HAUSE, ziehen uns um und joggen ins Fitnessstudio.

Wie immer ist ein Training mit Ariel wie ein Bootcamp für Spezialeinheiten. Am Ende bin ich völlig außer Atem und habe Schmerzen an Stellen, an denen eine richtige Dame nicht einmal Muskeln haben sollte.

Danach kommt Ariel mit zum Yoga, und obwohl es ihr erstes Mal überhaupt ist, ist sie zehnmal besser darin als ich – eine Leistung, die ich eher ihren Superkräften als meiner Trägheit zuschreibe.

»Wollen wir irgendwo Mittagessen gehen?«, schlägt Ariel vor, als wir uns mit einigen Post-Workout-Spa-Behandlungen verwöhnen lassen. »Oder möchtest du lieber zu Hause essen?«

»Wie wäre es mit Kubanisch?«, frage ich. »Es gibt ein tolles Restaurant auf dem Weg.«

Als wir das Fitnessstudio verlassen und in die

abgelegene Seitenstraße einbiegen, in der sich das kubanische Restaurant befindet, überkommt mich ein vertrautes Gefühl.

Angst.

Riesige Angst.

Da mein Telefon zu Hause ist, ist das, worauf mich meine Kräfte aufmerksam machen, kein Anruf.

»Es wird gleich etwas passieren«, flüstere ich Ariel zu und scanne verzweifelt die zugemüllte Straße. »Aber ich weiß nicht, was.«

Ariel spannt sich sichtbar an. »Scheiße. Meine Pistole ist im Auto.«

»Ich habe meine zu Hause gelassen.« Meine Herzfrequenz steigt weiter an.

Ariel schaut sich wachsam wie ein Raubvogel um.

Ich schaue zurück.

Blitzschnell biegt ein schwarzer Van mit getönten Scheiben so scharf in unsere kleine Straße ein, dass die Reifen Abdrücke auf dem Bürgersteig hinterlassen.

Mit einem Aufheulen des riesigen Motors kommt er mit quietschenden Reifen vor uns zum Stehen.

Wir springen zurück.

Die Türen des Vans öffnen sich.

Wie ein Löwenrudel strömen riesige, grimmige Männer aus dem Auto und kommen auf uns zu.

KAPITEL 14

INSGESAMT SIND ES VIER MÄNNER, von denen jeder Gesichtszüge hat, die sich großartig auf Fahndungsfotos machen würden. Keine Mandatsaura, was bedeuten könnte, dass sie menschlich sind.

Alle tragen Anzüge, außer demjenigen, der sich uns am schnellsten nähert.

Er ist auch der Größte – so riesig, dass er als ein Ork durchgehen könnte. Mit diesem Feinrippunterhemd und den Jeans muss er der Einzige gewesen sein, der das Memo zum Casual-Friday bekommen hat. Ich bemerke auch Tattoos von Epauletten im Militärstil auf seinen Schultern.

Was ist er? Ein Admiral?

Er greift hinten in seinen Hosenbund.

Seine bekleideten Verbündeten greifen in das Innere ihrer Jacken.

Ariel beginnt, sich zu bewegen, und schlägt dem Admiral auf die Brust.

Er fliegt in einen bekleideten Typen hinter sich und nimmt ihn mit auf die Reise. Sie knallen mit einem harten Schlag in den Van und gleiten in Löffelchenstellung zu Boden.

Verdammt.

Ariel hat eindeutig ihren Spinat gegessen.

Als sie gegen die Waffenhand des anderen bekleideten Kerls schlägt, hole ich tief Luft und springe auf den Schläger zu, der mir am nächsten steht.

Der Kerl hat bereits seine Waffe gezogen, als ich meine Schulter mit all meiner Kraft in seinen Bauch ramme – so als ob ich versuchen würde, einen NFL-Scout zu beeindrucken.

Die darauffolgende Schmerzexplosion erinnert mich daran, meine arme Schulter erst einmal vollständig auszukurieren, bevor ich das wieder tue.

Die Waffe des Kerls fällt klappernd auf den Bürgersteig, aber er erholt sich schnell und packt mich an meinen Haaren, als wären wir beim Mud Wrestling

Ich trete die Waffe weg, und während er abgelenkt ist, setzt mein Fuß seinen Bogen in Richtung seiner Leiste fort.

Mein Turnschuh trifft auf etwas Weiches, und mein Gegner grunzt und zerrt so stark an meinen Haaren, dass Sterne vor meinen Augen tanzen.

Als mein Sehvermögen zurückkommt, sehe ich, wie Ariel den haareziehenden Arm meines Angreifers ergreift.

Etwas knirscht und bricht.

Der Typ heult auf und lässt mich gehen.

Mit klopfendem Herzen wirbele ich herum.

Der Admiral ist ein paar Meter von uns entfernt und hebt seine Waffe.

»Tritt zu«, befiehlt Ariel und packt mich an den Unterarmen.

»Warte«, möchte ich sagen, aber sie fängt bereits an, mich zu schwingen – wie ein menschliches Lasso.

Ich verstehe ihren wahnsinnigen Plan. Sobald meine Stiefel in der Nähe des Ziels sind, führe ich einen Tritt aus, den ich im Kickboxing-Kurs gelernt habe.

Mein Fuß prallt gegen das Handgelenk des Admirals.

Seine Waffe kommt klirrend auf dem Bürgersteig auf.

Ariel verlangsamt den Schwung, lässt mich hinter sich herunter und springt auf den knurrenden Admiral zu.

Er schwingt seine massive Faust auf ihren Kopf zu, aber sie weicht geschickt aus.

Er schlägt mit seinem anderen Arm, aber Ariel blockiert seinen Schlag und entfesselt dann einen verheerenden Aufwärtshaken, der genau auf dem Kinn des Admirals landet.

Er fliegt hoch, bevor er wie ein personifizierter Kartoffelsack mit seinem Rücken auf dem Bürgersteig aufschlägt.

Da Ariel seiner Bewusstlosigkeit nicht traut, tritt sie ihm zusätzlich gegen den Kopf. Dann wiederholt sie die Vorsichtsmaßnahme mit jedem der vier, bevor sie in den Taschen des Letzten kramt.

»Kein Ausweis«, sagt sie, als sie fertig ist und zum nächsten Kerl geht.

Ich beschließe, dies zu beschleunigen, und durchsuche auch den unbewussten Admiral nach einem Ausweis, aber das Einzige, was in seinen Taschen ist, ist etwas, was wie ein schwarzer Messergriff aussieht.

Ich untersuche das Objekt. Es ist ein sehr ausgefallenes Spielzeug – ein automatisches Messer, bei dem die Schneide vorne herausgefahren wird. Ich teste es aus, indem ich die Klinge automatisch ausfahre und wieder einziehe.

Ohne viel darüber nachzudenken, schiebe ich den Griff in meine Tasche.

Das ist kein Diebstahl.

Ich beschlagnahme es im Grunde genommen.

»Nichts, bei keinem von ihnen«, sagt Ariel.

»Genau wie hier«, sage ich ihr.

Sie schüttelt den Kopf, geht dann zum Van und schaut sich in der leeren Straße um, während ich einfach dastehe und versuche, zu Atem zu kommen.

Sie schiebt ihre Handflächen unter das Auto, nimmt eine Deadlift-Position ein und spannt alle ihre Muskeln an.

Nein.

Sie tut nicht gerade das, was ich denke.

Selbst mit ihren Kräften kann sie nicht stark genug sein. Oder?

Oder.

Der Van hebt vom Boden ab und fällt auf die Seite.

»Damit sie uns nicht folgen können«, erklärt Ariel – die eindeutig den ungläubigen Ausdruck auf meinem Gesicht missversteht.

Dann hebt sie alle Waffen auf, und ich erwarte fast, dass sie ihre frühere Kraftdemonstration schlägt, indem sie die Waffen zu Brezeln biegt. Aber nein, sie entscheidet sich für die sanfte Variante, entfernt die Clips und steckt die Kugeln ein.

»Verschwinden wir von hier«, sage ich, als meine Mitbewohnerin das Schlachtfeld auf weitere Gegenstände untersucht, die sie ihrer To-do-Liste hinzufügen kann.

»Bist du okay?« Sie runzelt die Stirn und schaut mich an.

»Ja.« Ich fahre mit meinen feuchten Handflächen über mein T-Shirt, als würde ich andauernd Männer, die doppelt so groß sind wie ich, ausschalten. »Lass uns verschwinden, bevor jemand anderes versucht, uns anzugreifen.«

Ariel eilt aus der Gasse, und ich folge ihr.

Sobald wir in eine belebtere Straße kommen, verlangsamen wir unser Halb-Joggen auf einen sozialverträglichen Speed Walk und ahmen New Yorker nach, die spät dran sind – ein extrem häufiger Anblick.

Wir kommen nach fünf Minuten ohne eine weitere unerwünschte Begegnung zu Hause an.

Ich verriegele beide Schlösser an der Tür und lege die Sicherheitskette davor – eine Premiere für mich.

»Worum ging es überhaupt? Hast du diese Männer schon mal gesehen?«, frage ich und sacke auf der Wohnzimmercouch zusammen.

»Nein.« Ariel ist nicht so höflich, nach dem ganzen Training wenigstens so zu tun, als sei sie kaputt. »Ich hatte gehofft, dass du vielleicht weißt, wer sie sind.«

Fluffster huscht in den Raum und sieht uns beide an. »Ist alles in Ordnung?«

Zwischen beruhigenden Atemzügen erzähle ich ihm, was gerade passiert ist.

»Du hättest einen mit nach Hause bringen sollen.« Fluffsters Nageraugen schimmern bedrohlich und erinnern mich an die urbanen Mythen über Riesenratten und Alligatoren in den New Yorker U-Bahnen. »Ich hätte ihm ein paar gezielte Fragen gestellt.«

»In Anbetracht der jüngsten Geschichte können wir davon ausgehen, dass sie hinter *mir* her waren.« Ich wische mir den Schweiß von der Stirn. »Vielleicht hat Chester sie geschickt, oder Baba Yaga. Oder vielleicht war das eine weitere ›Lektion‹ von Nero.«

»Du warst in zwei Kämpfe mit Chesters Tochter verwickelt.« Ariel geht zum Fernseher und zurück. »Nicht, dass er dich davor mochte.«

»Sie hat damit angefangen.« Als ich erkenne, dass ich gerade mein Kindergarten-Ich zitiert habe, sage ich in einem ruhigeren Ton: »Du hast vielleicht recht.«

Fluffster steht auf seinen Hinterbeinen und schaut

mich eindringlich an. »Egal, wer hinter dem Angriff steckt, wir müssen Vorkehrungen treffen.«

»Ich stimme zu.« Ariel setzt sich neben mich auf den Rand des Sofas. »Wir haben Glück, dass du arbeitslos bist. Du kannst unter Fluffsters Schutz zu Hause bleiben und nur unter meiner Aufsicht rausgehen.«

»Ich stehe unter Hausarrest?« Ich übertreibe meine schlechte Laune. Ich bin sowieso gerade nicht in der Stimmung, irgendwo hinzugehen, aber ich weiß auch, wie schnell mir die Decke auf den Kopf fällt.

»Es steht dir offensichtlich frei, dich umbringen zu lassen.« Ariel verdreht die Augen. »Wir mögen es einfach, dich um uns zu haben.«

»Schön.« Ich kippe die Couchlehne nach hinten und lehne mich zurück. »Ich werde mich nicht unnötig hinauswagen. Oder wenn ich das tue, nehme ich eine Waffe mit.«

»Und mich.« Ariel setzt sich zurück.

»Und dich«, stimme ich zu. »Vorausgesetzt, du bist in der Nähe.«

»Ich werde in der Nähe sein«, sagt sie. »Sag mir einfach, wo du hinwillst und wann.«

»Sonntag habe ich eine weitere Einführungsstunde. Da werde ich hingehen.«

»Kein Problem.« Ariel sieht mich entschlossen an. »Ich bringe dich hin.«

»Ich möchte morgen auch wieder Yoga machen«, sage ich.

»Ich würde gerne …«

Es klingelt an der Tür.

Wir alle tauschen Blicke aus.

»Ich erwarte niemanden«, sagt Fluffster in meinem Kopf, und sein Tonfall ist so trocken, dass man meinen könnte, er unterhalte Unmengen von Besuchern.

»Ich hatte auch nicht gedacht, dass es dein Freund, das Meerschweinchen, ist.« Ich springe auf, gehe in mein Zimmer und hole meine neue Waffe.

Ariel muss die gleiche Idee gehabt haben, denn als ich zurückkomme, hat sie auch eine Waffe in der Hand – eine andere als in ihrem Auto.

Sie übernimmt die Führung, schließt die Tür auf und öffnet sie, so weit es die Sicherheitskette zulässt.

»Hallo«, sagt eine hypnotische Stimme durch die kleine Öffnung. »So paranoid?«

Ariel atmet hörbar erleichtert aus und entfernt die Kette.

Als sie die Tür öffnet, gebe ich der Stimme einen Namen.

Gaius, Ariels Vampir-*Freund*, steht vor der Tür.

Sein hübsches, blasses Gesicht verwandelt sich in ein selbstgefälliges Lächeln, als er uns betrachtet.

Wenn ihn die Waffen stören, zeigt er es nicht.

Fluffster tritt vor mich, und sein Schwanz wedelt aggressiv von Seite zu Seite.

Gaius' Lächeln versiegt, als er den nagetierförmigen Domovoi bemerkt. Seine arktischen Augen starren in die meinen und wenden sich dann Ariel zu. »Die jungen Menschen in diesem Alter haben keine Manieren, oder?« Er schaut Fluffster für eine Reaktion an, bekommt aber keine. »Will mich niemand hereinbitten?«

Ariel schaut mich entschuldigend an und formt mit dem Mund: »Ich muss los.«

»Warte …«

Bevor ich meinen Gedanken beenden kann, verlässt sie die Wohnung und schließt die Tür hinter sich.

Ich schaue Fluffster an, und er zuckt mit den pelzigen Schultern.

Ich gehe zur Tür und halte mein Ohr an das Schlüsselloch, aber ich kann nichts hören.

Als ich durch den schmutzigen Türspion schaue, sehe ich, dass weder Ariel noch Gaius vor der Tür stehen, also schiebe ich sie auf und sehe, wie die beiden in den Aufzug steigen.

»Sie ist mit ihm gegangen.« Ich schließe die Tür. »Einfach so.«

»Vielleicht *hättest* du ihn hereinbitten sollen«, antwortet Fluffster mit einem deutlich boshaften Unterton. »Wir hätten mehr über ihre Beziehung erfahren können.«

»Vielleicht hätte ich das tun sollen.« Ich schließe die Tür ab, lasse aber die Kette weg. »Gaius hat Darian bei unserem ersten Treffen geholfen, also weiß er vielleicht, wo Darian ist.«

»Vorausgesetzt, du willst den Feigling finden«, sagt Fluffster. »Kannst du nicht Ariel, wenn sie zurückkommt, bitten, Gaius zu fragen?«

»Ich bezweifle, dass sie gerne die Vermittlerin sein

möchte, aber ich könnte es versuchen«, sage ich und gehe ins Badezimmer.

Um mich zu entspannen und den Schweiß vom Laufen und dem Stress abzuwaschen, nehme ich ein Bad – das Wunder für meine schmerzende Schulter wirkt.

Als meine Haut ganz schrumpelig ist, suche ich Fluffster, und wir beide essen nett zu Mittag.

Als Nächstes versuche ich, auf den Leerraum zuzugreifen.

Ich weiß, dass Adrenalinüberreste ein Hindernis für die Meditation sind, aber deshalb möchte ich es jetzt gleich versuchen. Damit meine Kräfte nützlich sind, muss ich sie in Stresssituationen benutzen können.

Der atmende Teil von Darians Anweisungen dauert viermal so lange wie beim letzten Mal, aber schließlich strömt ein Blitz aus meinen Handflächen in meine Augen, und ich befinde mich wieder im Leerraum.

———

ICH SCHWEBE ZWISCHEN DEN FORMEN. Diejenigen, die mir am nächsten sind, haben Raumtemperatur und sind magentafarbene, nach Mango schmeckende Hybride zwischen einem fünfeckigen Prisma und einem Kegel. Jede spielt eine beängstigende Symphonie, die eine gute Halloween-Musik abgeben würde.

Ich versuche, den nächstgelegenen zu berühren.

Es funktioniert nicht.

Ich versuche, meine metaphysischen Gliedmaßen mit meinem ganzen Wesen dazu zu zwingen, die Form zu berühren, aber ich könnte mir genauso gut wünschen, der Schwerkraft zu trotzen und in der realen Welt am Himmel zu schweben.

Wenn ich eine Lippe hätte, würde ich frustriert in sie beißen.

Warum funktioniert das nicht?

Könnte es sein, dass einige Visionen nicht gesehen werden sollten?

Oder bin ich nicht mächtig genug? Nicht erfahren genug?

Oder könnte es sein, dass diese Formen nichts mit mir zu tun haben und meine Kräfte mich davor schützen, eine möglicherweise beängstigende, aber für mich völlig nutzlose Vision zu sehen?

Vielleicht war diese Vision eine Operation an einem kleinen Baby in Weißrussland – ein Ereignis, das ich unmöglich von den Vereinigten Staaten aus ändern könnte.

Was ich brauche, ist, mit Darian oder einem anderen Seher darüber zu sprechen, aber das muss warten, bis ich außerhalb des Leerraums bin. Im Moment muss ich üben, meine Kraft zu nutzen, indem ich nach zugänglichen Visionen suche.

Das erinnert mich an etwas.

Felix wollte einige Vorhersagen haben. Er wollte, dass ich herausfinde, wie Neros Passwort lautet, oder auch, ob Nero ihn für den Hack in ferner Zukunft töten wird.

Ich konzentriere mich so weit wie möglich auf diese beiden Konzepte und bewege mich vorwärts, wobei ich mich bald in einer neuen Reihe von Formen wiederfinde.

Flüssigwasserstoffkalte, schwarze, nach BBQ schmeckende Ellipsoide mit unmöglichen Winkeln, die eine Musik spielen, die viel ruhiger ist als die früheren Formen, aber dennoch mit einem gefährlichen Unterton.

Mein Gedächtnis funktioniert jedes Mal eindeutig besser, wenn ich den Leerraum betrete, weil ich mich an einen weiteren Punkt erinnere, den Felix vorhin angesprochen hat.

Er meinte, dass die Größe der Form die Zeitdauer der Vision bestimmen könnte.

Ich beschließe, ein paar zusätzliche Fliegen mit einem einzigen Test zu schlagen und zoome ein paar Mal heran. Wenn Felix' Theorie stimmt, sollte meine Vision kurz und knackig sein.

Diese Molekül-Ellipsoide sind etwas weniger kalt und klingen noch ruhiger, so dass, als ich das berühre, das mir am nächsten ist, die Vision sofort beginnt.

———

ICH STARRE auf einen Ordner mit zwei seltsamen Wörtern.

Hinter mir höre ich ein Geräusch …

———

DIE VISION IST in weniger als einer Sekunde vorbei.

Ich versuche, die seltsame Schrift, die ich gerade in meinem Kopf gesehen habe, im Gedächtnis zu behalten, während ich mich beeile, einen Stift und Papier zu holen.

Der erste Stift, den ich mir schnappe, ist leer, also gehe ich zur Schublade, wo ich meine magischen Requisiten aufbewahre, und finde einen Permanentmarker. Dann kann ich kein Papier finden und muss eine Geburtstagskarte nehmen, die ich von Dad bekommen habe.

Ich bin bereit zu schreiben; aber jetzt habe ich Zweifel an dem, was ich gesehen habe.

Das erste Wort begann mit dem Großbuchstaben »C«, dann kamen zwei »a« mit einem seltsamen Buchstaben dazwischen, der wie ein abgeflachtes »w« aussah.

Ich schreibe es, so gut ich kann, und zerbreche mir den Kopf über das zweite Wort.

Ich denke, es gab einen Großbuchstaben »Y«, gefolgt von einem »p«, dann eine »6«, dann ein »a« und dann ein »H«, aber aus irgendeinem Grund in einer kleinen Schrift geschrieben. Ich schreibe das, woran ich mich erinnere, auf die Karte.

Cawa Yp6aH.

Das könnte Neros Passwort sein – eine Theorie, die durch die Tatsache gestützt wird, dass eines meiner Ziele im Leerraum darin bestand, genau das zu bestimmen.

Ich überlege, Felix ein Bild davon zu schicken, aber halte mich zurück.

Es kann warten, bis Felix nach Hause kommt. Sollte Nero Felix' Telefon überwachen, will ich nicht, dass er weiß, dass ich sein Passwort habe.

In der Zwischenzeit kann ich vielleicht die Leerraum-Sache wieder machen?

Ich begebe mich in die Meditationsposition und konzentriere mich.

Eine Stunde vergeht.

Zwei.

Drei.

Ich bin ruhiger als je zuvor, aber der Blitz erscheint nicht auf meinen Handflächen.

Ich versuche es noch eine Weile, bevor ich aufgebe.

Die Visionen müssen auf eine pro Tag beschränkt sein – etwas, was Darian nicht erwähnt hat. Oder vielleicht ist es für jeden Seher anders, und das ist meine persönliche Grenze. Alternativ brauche ich vielleicht mehr Übung, bevor ich den Leerraum zweimal am Tag betreten kann.

Während ich über die Grenzen meiner Macht nachdenke, gehe ich in die Küche und esse Abendbrot. Als ich auf dem Weg zurück in mein Zimmer bin, betritt Felix die Wohnung.

»Wir haben viel zu besprechen«, sage ich statt eines Hallos, und während er seine Schuhe wechselt und sich ein Sandwich macht, erzähle ich ihm von dem ganzen Spaß, den er verpasst hat.

»Kannst du mir das Passwort zeigen?«, fragt er und beginnt zu essen.

Ich gehe in mein Zimmer und hole die Geburtstagskarte.

Als ich sie Felix zeige, zieht er seine Monobraue hoch.

»Das ist kein Passwort«, sagt er. »Zumindest glaube ich das nicht.«

»Oh? Was denkst du dann, was da steht?«

»Da stehst *du*.« Er zeigt mit dem Rest des Sandwichs auf mich. »Es ist dein Name, geschrieben in kyrillischen Buchstaben – höchstwahrscheinlich Russisch.«

»Ist es das?« Ich schaue mir die Karte noch einmal an und erwarte, das ikonische »R« zu sehen, das in die falsche Richtung schaut.

»Ja«, sagt er. »Das ›C‹ ist ein S, gefolgt von einem ›a‹, das in beiden Sprachen ähnlich ist. Dann ist das hier ein einziger Buchstabe für das ›sh‹ und ein weiteres ›a‹ – das ergibt Sasha. Beim Nachnamen ist das auch so, wobei das ›Y‹ das ›u‹ ist, ›p‹ ist ›r‹, ›6‹ ist ein ›b‹, ›a‹ ist wieder dasselbe, und ›H‹ ist ein ›n‹.«

Unter mein Gekritzel schreibt er seine Version: »Саша Урбан.«

»Ja.« Ich lasse mich auf einen Stuhl fallen. »Das sieht genauso aus, wie ich es in der Vision gesehen habe, aber warum sollte Nero das zu seinem Passwort machen? Spricht er überhaupt Russisch?«

»Mit einem Nachnamen wie Gorin könnte er theoretisch Russe *sein*, aber ich stimme dir zu. Ich glaube nicht, dass das Neros Passwort ist.« Felix nimmt den Rest seines Sandwichs in Angriff.

»Aber wenn es nicht Neros Passwort ist, wie lautet es dann?« Ich drehe die Karte auf den Kopf, aber so herum ergibt es auch keinen Sinn.

»Ich befürchte, das könnte ein Beweis dafür sein, dass Baba Yaga doch noch mit dir reden wird«, murmelt Felix mit vollem Mund. »*Sie* ist definitiv Russin, und sie könnte deinen Namen auf dieses Papier geschrieben haben. Vielleicht, um dich zu einem bindenden Vertrag zu zwingen oder so.«

»Rose hatte mich davor gewarnt, etwas für Baba Yaga zu unterschreiben, aber ich erinnere mich nicht an ein einziges Stück Papier in ihrem Büro.« Ich massiere meine Schläfen mit kreisförmigen Bewegungen und versuche, mir eine alternative Erklärung auszudenken. »Warum kann es nicht etwas anderes sein?«, frage ich verzweifelt. »Etwas Gutes? Wie, sagen wir, dass ich meine russische Geburtsurkunde finde?«

Felix wischt seine Hände an einem Papiertuch ab. »Die Männer, die dich auf dem Weg ins Fitnessstudio angegriffen haben, waren Russen, also arbeiten sie wahrscheinlich für Baba Yaga.« Er steht auf.

»Warte.« Ich stehe auch auf. »Woher weißt du, dass es Russen waren?«

»Der Typ, den du Admiral genannt hast.« Felix geht ins Wohnzimmer. »Diese Epauletten auf seiner Schultern sind etwas für hochstehende Kriminelle in russischen Gefängnissen. Du hast gesehen, welche Art von Leuten in Baba Yagas Etablissement rumhängen. Zähl doch mal zwei und zwei zusammen.«

Er lässt sich in den Sessel plumpsen und greift in einem Anfall von typischen Ehemannallüren nach der Fernbedienung des Fernsehers.

Ich starre ihn ungläubig an. »Willst du jetzt ernsthaft fernsehen?«

Felix schaut auf die Fernbedienung in seiner Hand, dann auf mich. »Was soll ich deiner Meinung nach tun? Wenn ich dir sagen würde, dass du das Haus nicht verlassen sollst – der einzige Weg, weitere Begegnungen mit Baba Yaga zu verhindern – würdest du auf mich hören?«

»Vielleicht«, lüge ich. »Obwohl du zugeben musst, dass Einsiedler zu werden keine Lösung ist.«

»Es ist keine gute langfristige Lösung, nein.« Er gestikuliert mit der Fernbedienung. »Alternativ *könntest* du deinen Stolz herunterschlucken und dich mit Nero versöhnen, so dass …«

»Vergiss es.« Ich drehe mich um. »Schau dir dein blödes Fernsehen an.«

Ich stürme in die Küche, hole die Karte und gehe in mein Zimmer.

Fluffster ist auch dort, also zeige ich ihm die Karte und erkläre ihm Felix' Theorie.

Er schaut auf die Karte, und seine Knopfaugen weiten sich. »Ich besitze mehr Erinnerungen, als ich dachte. Ich kann das lesen. Bedeutet das, dass ich Russisch sprechen kann?«

»Ich weiß nicht.« Ich lehne mich zu Fluffster und

kraule ihm die Seite. »Vielleicht versuchst du mal, mit Felix zu reden? Wenn das nicht funktioniert, sollten wir dir ein russisches Buch besorgen. Oder vielleicht kannst du dir etwas Russisches auf YouTube ansehen?«

»Das sind alles tolle Ideen«, sagt er und läuft zur Tür.

Wieder allein, stelle ich fest, dass ich Felix' Baba-Yaga-Theorie auf die Probe stellen kann. Alles, was ich tun muss, ist, zurück in den Leerraum zu gehen und die gleiche Vision für eine längere Zeit anschauen.

Ermutigt beginne ich, zu meditieren.

Und meditiere.

Und meditiere.

Egal wie sehr ich es versuche, der Leerraum bleibt mir versagt.

Meine Theorie über eine Vision pro Tag muss stimmen.

Bevor ich mir Gedanken darüber machen kann, was ich jetzt tun sollte, kommt Fluffster zurück in den Raum gerannt.

»Ich spreche fließend Russisch«, sagt er in meinem Kopf. »Felix hat gesagt, er würde mir ein paar Bücher besorgen, und er hat mir eine russische Suchmaschine namens Yandex.ru gezeigt. Dort haben wir nach Domovoi gesucht, und ich habe einige wirklich interessante Dinge erfahren.«

Fluffster erzählt mir die Märchen über seine Art und beschreibt die Handlungen eines Zeichentrickfilms mit einem Domovoi.

»Vielleicht erinnerst du dich doch an mehr, je mehr

Zeit vergeht«, sage ich, als ihm die Luft ausgeht. »Vielleicht sollte ich den Anruf von Baba Yaga annehmen und ihr danken.«

Fluffster schüttelt seinen pelzigen Kopf. »Ich habe gerade russische Originale über sie gelesen. Selbst wenn sie sich diesen Namen nur geliehen hat, ist sie ein Alptraum.«

»Ich habe nur einen Scherz gemacht. Außerdem muss sie denken, dass meine Telefonnummer nicht existiert – was wahrscheinlich der Grund dafür ist, warum sie jetzt ihre Schläger hinter mir herschickt.«

»Wahrscheinlich«, sagt Fluffster und gähnt. »Ich werde jetzt erst einmal ein Nickerchen machen, wenn es dir nichts ausmacht.«

»Ich gehe jetzt auch schon ins Bett«, erwidere ich. »Je früher ich aufwache, desto eher kann ich versuchen, eine weitere Vision zu haben.«

KAPITEL 15

ICH BIN an einem Samstag um sechs Uhr morgens wach, zum ersten Mal überhaupt. Ich schätze, das passiert, wenn man so früh ins Bett geht.

Ich mache mich fertig und ziehe mich an, bevor ich ein Haferflockenfrühstück mit Fluffster teile.

»Ist Ariel gestern Abend nach Hause gekommen?«, frage ich, als wir fertig sind.

»Nein«, sagt er. »Ist sie nicht.«

»Wir wollten heute ins Fitnessstudio gehen. Ich hoffe, sie lässt mich nicht hängen.«

Fluffster schüttelt missbilligend den Kopf und kommt mit mir mit, als ich zurück in mein Zimmer gehe.

Er rollt sich auf meinem Bett zusammen, und ich beschließe, an einer weiteren Vision zu arbeiten.

Die Meditation verläuft reibungsloser denn je; ich werde deutlich besser darin.

Meine Handflächen werden in Rekordzeit warm, und Blitze treffen meine Augen.

———

ICH BIN von einem unbekannten Satz von Formen umgeben.

Wie entscheide ich – oder der Leerraum oder wer auch immer – wo ich lande, wenn ich hier auftauche? Sollte ich diesen Formen mehr Aufmerksamkeit schenken?

So oder so, heute habe ich ein anderes Ziel vor Augen. Ich muss die Vision mit der russischen Schrift wiederfinden und herausbekommen, ob sie etwas mit Baba Yaga oder Nero zu tun hat.

Ich schwebe vorwärts und versuche, an exakt die gleichen Dinge zu denken wie gestern.

Es gibt Horden verschiedener Formen um mich herum, aber nicht die unmöglich winkeligen Ellipsoide, die ich brauche. Tatsächlich sehe ich keine einzige Form, die auch nur annähernd ellipsoid ist.

Ich versuche, mich auf die Form selbst zu konzentrieren, und wünsche mir ganz fest, sie zu finden.

Nichts passiert, und schließlich gebe ich auf.

Die Passwortformen sind eindeutig außerhalb meiner Reichweite.

Vielleicht hat man nur eine Chance, eine Vision zu sehen, die an einem bestimmten Ort und zu einer bestimmten Zeit spielt?

Wenn ja, sollte ich in Zukunft sehr vorsichtig mit diesen Zeitintervallen sein.

Apropos Zeitintervalle, ich kann zumindest eine Theorie über sie testen. Alles, was ich tun muss, ist, eine Form zu finden, die mir gefällt, dann ein paarmal herauszoomen, um zu sehen, ob das zu einer langen Vision führt.

Die warmen, weißen, nach sauren Gurken schmeckenden, rundlichen Prismen spielen eine einladend sichere Musik, also entscheide ich mich für sie.

Ich zoome einmal heraus.

Zweimal.

Dreimal.

Beim vierten Mal wähle ich ein Prisma nach dem Zufallsprinzip aus und berühre es.

———

EINE FAUST SCHLÄGT mir ins Gesicht, dann in meinen Magen. Dann falle ich durch einen Beinschwung mit dem Rücken auf den Boden.

Ich stelle mich mühsam wieder hin, blockiere einen Roundhouse-Kick, versuche einen Schlag und scheitere. Ein Aufwärtshaken lässt mich wie eine Anhäufung von Gliedmaßen fliegen.

»Kein nettes Fräulein Sasha mehr«, knirsche ich durch die Zähne, als ich den nächsten Schlag blockiere und meinen Gegner mit einem Uppercut in die Luft befördere, bevor ich meinen tödlichen

Metallfächer auf ihn werfe – und Flüsse aus Blut hinterlasse.

Ich verringere den Abstand zwischen uns und entfessele eine Kombination aus Bewegungsabläufen, die ich mir zuvor eingeprägt habe.

Als ich fertig bin, hat er kaum noch Kraft übrig.

Ich werde gewinnen und es genießen, ihm diesen selbstgefälligen Ausdruck aus dem Gesicht zu wischen.

Ich springe, entschlossen, es zu beenden.

Er blockiert meinen Tritt, schiebt dann sein Bein unter meine Füße und lässt mich zu Boden stürzen.

Sobald ich versuche aufzustehen, friert er mich mit seinem speziellen Zug ein, geht arrogant auf mich zu und entfesselt eine Reihe von Schlägen und Tritten.

Ich liege mit einem leeren Lebensbalken auf dem Boden.

»Finish her«, sagt eine tiefe Stimme.

Im nächsten Bild stehe ich wackelig da.

Er geht auf mich zu, friert meinen Mittelteil ein, schlägt ein Loch hinein und bricht meine Wirbelsäule, während er meinen Körper über seinen Kopf hebt, und das, was noch übrig ist, in zwei blutige Stücke zerreißt.

»Fatality«, schließt die tiefe Stimme.

»Das war viel besser.« Felix wählt als nächsten Charakter eine Frau mit riesigen Brüsten aus. »Eines Tages wirst du auch mal gewinnen. Du wirst sehen.«

Ich spanne meinen Kiefer an und wähle Sub-Zero – seinen letzten Charakter.

Und verliere wieder.

Dann verliere ich noch schneller.

Dann verliere ich, ohne ihn auch nur einmal zu treffen – ein Zustand, den die tiefe Stimme »Flawless Victory« nennt.

Wenn es um Videospiele geht, bin ich viel zu verbissen. Ich kann es nicht ertragen, zu verlieren.

Wir spielen stundenlang, und ich habe immer das Gefühl, dass ich kurz davor bin, Felix' Technik herauszufinden, aber dann ändert er etwas, und ich verliere wieder. Und noch einmal.

»Spielt ihr immer noch?«, fragt Fluffster nach einer weiteren Stunde voller Niederlagen meinerseits »Kannst du mir mein Staubbad geben?«

»Moment«, sagt Felix. »Lass mich Sasha noch einmal töten.«

———

ICH BEFINDE mich wieder in meinem Zimmer.

Wow.

Das war eine mehrstündige Vision – wenn auch wahrscheinlich die nutzloseste, die ich je hatte.

Klingt so, als würde Felix mich später fragen, ob wir *Mortal Kombat* spielen, und ich werde Ja sagen, nur um stundenlang zu verlieren.

Oder werde ich nicht verlieren? Ich habe gesehen, wie einige dieser Spiele verlaufen sind. Vielleicht kann ich dieses Wissen nutzen?

So oder so, ich muss mich natürlich verhalten. Ich will nicht, dass Felix es herausfindet.

Ich lese eine Stunde lang magische Bücher, danach

schaue ich so lange Fernsehserien, bis Felix aufwacht und frühstückt.

Irgendwann klopft er an meine Tür.

»Hey«, sagt er, als ich ihm öffne. »Tut mir leid wegen gestern Abend. Ich hätte mit dir reden sollen, anstatt fernzusehen. Ich war einfach todmüde – aber wir können jetzt reden, wenn du noch willst.«

Ich lächele. »Das ist schon okay. Ich habe vielleicht auch überreagiert. Es gab nichts mehr zu besprechen. Ich bleibe heute zu Hause, wie du vorgeschlagen hast, und wenn ich mal wieder rausgehe, sorge ich dafür, dass Baba Yaga mich nicht erwischen kann.«

»Gut. Ich habe mich auch gefragt, wie ich dich unterhalten kann – und ich habe eine Idee.«

»Welche?«, frage ich, aber natürlich weiß ich es schon.

»Warum spielen wir nicht ein paar Videospiele?«, fragt er vorhersehbar. »Wir können *Mortal Kombat* spielen. Ich weiß, dass du und Ariel das die ganze Zeit spielt.«

»Bist du sicher, dass du all diese computergenerierten Schwachstellen tolerieren kannst?«, frage ich, und lächele innerlich vor Vorfreude.

»Ich schaffe das«, sagt er und geht ins Wohnzimmer, wo wir Ariels Xbox eingerichtet haben.

Als er das Spiel startet, hat er etwas an der Konsole auszusetzen, aber ich ignoriere es. Er ist ein großer Nintendo-Fan und kann daher keine objektive Meinung zu einem anderen System haben.

Fernseher an, Controller in die Hand, und wir beginnen zu kämpfen.

Ich beginne, indem ich verliere. Wir sind noch nicht bei meiner Vision angekommen.

Dann kommen wir endlich zu dem Teil, den ich vorhergesehen habe: Sein blauer Ninja schlägt mir eine Faust ins Gesicht, dann in den Bauch, dann tritt er meine Beine weg und wirft mich auf den Boden.

Aber jetzt habe ich den Vorteil, zu wissen, was kommen wird – und ich beeindrucke mich selbst damit, wie gut ich mich daran erinnere, was wir beide als Nächstes tun werden.

Also gewinne ich.

Dann gewinne ich wieder.

»Hey«, sagt Felix nach seiner vierten Niederlage in Folge. »Etwas ist faul hier.« Er sieht mich mit zusammengekniffen Augen an. »Benutzt du deine Kräfte, um zu gewinnen?«

»Nein«, lüge ich. »Du?«

Er errötet, und ich will ihn außerhalb des Spiels schlagen.

Warum kam mir das nicht schon vorher in den Sinn?

Er ist ein Technomant, und die Xbox ist ein PC, so dass er sie natürlich genauso leicht manipulieren kann wie die anderen Computersachen.

»Keine Videospiele mehr«, sage ich ihm. »Ich kann nicht glauben, dass du betrügst.«

»Nur weil ich betrogen habe, konnte ich *dich* beim

Betrügen erwischen.« Er wirft den Controller auf die Couch. »Sag mir, wie du es gemacht hast.«

Grinsend erkläre ich es ihm, und sein Zorn verwandelt sich in Ehrfurcht, während ich weiterrede.

»Das ist wirklich interessant.« Er schaltet den Fernseher aus. »So eine lange Vision. Ich frage mich, ob es einen Preis dafür gibt?«

Ich kratze mich am Hinterkopf. »Daran habe ich nicht gedacht. Ich fühle mich nicht besonders müde oder so – also spielt vielleicht die Länge der Vision keine Rolle?«

»Hmm … Du hast gesagt, du kannst so oft rauszoomen, wie du willst, richtig?«

»Ich habe nur ein paarmal rausgezoomt, also wer weiß? Vielleicht gibt es eine Grenze, die ich nicht erreicht habe?«

»Die muss es geben. Was hindert dich sonst daran, eine Vision zu sehen, die ein oder zwei Jahre dauert? Oder ein Leben lang?«

»Ich habe keine Ahnung.« Ich lege meinen eigenen Controller weg. »Vielleicht *sind* solche Visionen möglich.«

»Das wäre unglaublich«, sagt er. »Aber auf jeden Fall, wenn der Leerraum wie ein Computerinterface ist, dann wette ich, dass die Anfangsgröße dieser Formen bereits für die beste Sehdauer optimiert ist.«

»Optimiert von wem?«

»Dir?«, schlägt er vor. »Oder irgendeine Art von Sehergöttern. Wer weiß?«

Wir sitzen einige Augenblicke lang in kontemplativer Stille da; dann stehe ich auf.

»Ich sollte sehen, ob ich wieder in den Leerraum komme«, sage ich zu ihm. »Wahrscheinlich nicht, aber es ist einen Versuch wert.«

»Gute Idee.« Er steht auch auf, nimmt das Spiel aus der Xbox und ersetzt es durch ein anderes. »Mach das. Ich habe dieses Rennspiel, das ich ausprobieren wollte.«

Ich gehe in mein Zimmer und versuche es noch einmal mit Meditation.

Wie ich angenommen hatte, schlägt es fehl.

Nachdem Felix und ich ein frühes Mittagessen gegessen haben, versuche ich es noch einmal, aber erfolglos.

Ich gebe auf und merke, dass Ariel nicht aufgetaucht ist, um mit mir ins Fitnessstudio zu gehen, weshalb ich natürlich umso mehr hingehen möchte.

Ich nehme mein Telefon und wähle ihre Nummer.

Ein bekannter Klingelton ertönt in Ariels Zimmer

Ich gehe dorthin, und tatsächlich hängt ihr Handy immer noch am Ladekabel.

Warum habe ich mich von ihr überzeugen lassen, Gaius' Nummer zu löschen? Wenn ich sie hätte, könnte ich wenigstens *ihn* anrufen.

Da ich weiß, dass sowohl Fluffster als auch Felix mich dafür bestrafen würden, das Haus zu verlassen, mache ich einige Liegestütze neben meinem Bett und betrachte meine körperliche Aktivität als für den Tag erledigt.

Nach dem Abendessen leihen Felix und ich uns ein paar Filme aus, und ich gehe wieder früh ins Bett.

———

UNSERER INOFFIZIELLEN TRADITION FOLGEND, bereitet Felix sonntagmorgens etwas extrem Leckeres zum Frühstück zu – Quark-Käsepfannkuchen namens *Syrniki.*

Während wir essen, informiert Fluffster mich, dass Ariel nicht mehr nach Hause gekommen ist, und ich fange an, mir Sorgen um meine Einführung zu machen.

Sie ist heute, und wenn Ariel nicht auftaucht, bin ich geliefert.

Als ich in mein Zimmer zurückkehre, denke ich darüber nach, wie praktisch es wäre, eine Waffe zu tragen. Meine letzte Waffe lebte in einer großen Tasche, aber ich sollte mir etwas Besseres einfallen lassen.

Ich habe eine Idee, und ich suche das Outfit, das ich entworfen habe, damit ich ein Handy verschwinden lassen kann.

Jep.

Die Geheimtasche, die der Schlüssel zur Methode dieses Effekts ist, funktioniert ebenso gut als Holster für die Glock.

In einer Zwickmühle kann ich es auch benutzen, um eine Waffe verschwinden zu lassen, obwohl das Gegenteil viel besser wäre.

Dann habe ich eine weitere Idee. Ohne Ariel kann eine Vision mir helfen, meine Fahrt zur Einführung sicherer zu machen. Vielleicht kann ich sogar das wiederholen, was gestern passiert ist, und eine mehrstündige Prophezeiung sehen.

Ja, das wäre es.

Auf diese Weise könnte ich in meiner Vision, anstatt in der realen Welt zur Orientierung gehen – und die Fahrt vermeiden, es sei denn, die Vision zeigt mir, dass ich ohne Zwischenfälle hin- und zurückkomme.

Ganz aufgeregt wegen dieser schönen Lösung nehme ich den Lotussitz ein und konzentriere mich auf meinen immer langsamer werdenden Atem.

Nichts passiert.

Ich sitze, mein Geist ist so klar wie möglich, aber der Blitz auf meinen Handflächen erscheint nicht.

Vielleicht ist das der Preis, den Felix erwähnt hat?

Wenn ja, dann ist der Typ ein totaler Unglücksbringer, aber er könnte recht haben. Sieht so aus, als hätte mich die längere Vision von gestern so erschöpft, dass ich heute keinen Leerraum erreichen kann.

Oder zumindest hoffe ich, dass es nur für heute ist. So süß es auch war, Felix in *Mortal Kombat* zu schlagen, es wäre scheiße, meine Kräfte für lange Zeit wegen eines Videospiels zu verlieren.

Unabhängig davon brauche ich einen Backup-Plan für die Einführung, wenn Ariel nicht in letzter Minute erscheint.

Ich ziehe mich an, verstecke meine Waffe in der Geheimtasche, schiebe das Admiralsmesser in eine normale Tasche und gehe ins Wohnzimmer.

Als Felix und Fluffster mich bemerken, frage ich: »Was ist, wenn ich die Waffe mitnehme und mit dem Taxi hin- und zurückfahre?"

»Es wäre mir lieber, wenn du zu Hause bleiben würdest.« Fluffster läuft halb, hüpft halb in einem Kreis um mich herum. »Ich denke nicht, dass du *jemals* rausgehen solltest.«

»Großartig.« Mein Tonfall ist voller Sarkasmus. »Felix?«

Er steht auf. »Ich weiß, wie wichtig die Einführung ist. Deshalb werde ich mit dir im Taxi mitfahren.«

»Das wirst du?« Ich betrachte skeptisch seinen dünnen Körper. »Nein. Wirst du nicht. Warum solltest du dich in Gefahr bringen?«

»Wenn du gehst, gehe ich auch.« Mit leiser Stimme fügt er hinzu: »Ich wollte eigentlich sowieso dorthin gehen, also wäre es albern, nicht zusammen zu gehen.«

»Wolltest du?«, fragen Fluffster und ich gleichzeitig.

»Das ist keine große Sache«, sagt er defensiv. »Ich begleite nur eine Freundin.«

»Eine Freundin?« Ich schaue in seine schwarzen Augen, um zu sehen, ob er Witze macht, aber kann keine Anzeichen dafür entdecken. »Eine Freundin, die nicht ich bin?«

Felix errötet. »Es ist Maya.« Er schaut zu Boden. »Sie und ich haben einen Pakt geschlossen. Wenn diese Werwolf-Bitches sie wieder bedrohen sollten, würde

Maya mir eine Nachricht schreiben, und ich würde sie zur Einführung begleiten.« Er nimmt sein Handy heraus und schwenkt es in der Luft. »Sie hat geschrieben.«

»Maya?«, wiederhole ich einfallslos. »Du wolltest Maya zur Einführung begleiten und erzählst mir erst *jetzt* davon?«

Maya ist meine zierliche Klassenkameradin und neue Freundin, die, ich zitiere, »in ein paar Monaten achtzehn wird«. Zum Teil, weil sie so winzig ist, ist sie Roxy und ihrem Bitch-Rudel zum Opfer gefallen und wird jetzt von ihnen tyrannisiert.

Dass Felix einen solchen Pakt mit ihr eingeht, ist im höchsten Maße galant. Außer, dass ich irgendwie bezweifele, dass Roxy Maya auf dem Weg *zur* Einführung bedrohen würde. Es ist viel wahrscheinlicher, dass es ein Trick des Mädchens ist, um Zeit mit Felix zu verbringen.

Und ich wette, er weiß das.

Am wichtigsten ist jedoch, dass Felix Maya nicht helfen könnte, mit Roxy fertigzuwerden, wenn es hart auf hart kommt. Ich kann es mir bildlich vorstellen. Roxy oder einer aus ihrem Anhang verwandelt sich in einen Wolf, beißt jemanden, und Felix sieht Blut, wird ohnmächtig, und das war's.

»Ich *kann* auf mich selbst aufpassen«, sagt Felix, als ob er meine Gedanken lesen kann. »Warte hier.«

Ich höre ihn etwas in seinem Zimmer suchen und dann zu Ariel gehen. Als er zurückkommt, hält er zwei Waffen – die, die ich vorhin in Ariels Zimmer gesehen habe, und einen ziemlich funky aussehenden Apparat.

»Diese hier werde ich Maya für die Dauer unserer Fahrt geben.« Er stopft Ariels Waffe in die Rückseite seiner Hose. »Und diese hier«, er zeigt die funky Waffe, »habe ich nach dem ganzen Zwischenfall mit Harper als Schmuggelware erworben. Wenn ich damit erwischt werde, wird der Rat meinen Kopf haben wollen.«

Fasziniert untersuche ich die aufwendigen Schnitzereien an der Seite der Waffe und ihre seltsamen Visiere und den Griff. Es sieht so aus, als hätte jemand eine Muskete genommen, sie geschrumpft und dann als Grundlage für einen futuristischen Laserstrahler verwendet. »Was ist das?«

»Eine Schusswaffe«, sagt Felix. »Aus Gomorrha.«

Ich betrachte sie mit noch größerem Interesse.

»Die Technologie auf Gomorrha ist unserer voraus«, erklärt er begeistert. »Diese Waffe hat mehr Rechenleistung als dein Laptop. Sie kann automatisch zielen, hat auch einen nicht tödlichen Modus, ist leichter als jede Waffe, die hier auf der Erde hergestellt wird, und der coolste Teil ist, dass ich meine Technomancer-Kräfte bei ihr anwenden kann. Bis jetzt habe ich sie so eingestellt, dass sie nur bei mir funktioniert – also selbst wenn ich sie verlieren oder jemand anders sie stehlen würde, wäre sie ein nutzloses Spielzeug für denjenigen.«

Ich greife nach der Waffe und berühre sie. Das Material fühlt sich noch plastischer an als bei meiner

Glock. Aus der Nähe sieht sie eher wie eine Spielzeugpistole aus, noch mehr als manche tatsächliche Spielzeugpistole. »Aber wäre es nicht gegen das Mandat, das auf der Erde zu benutzen?«

»Sie wird der Mandatsschutz nicht aktivieren, nur weil ich sie herausziehe, falls du das meinst.« Er steckt die Waffe in die Rückseite seiner Hose neben Mayas und Ariels Waffe.

»Aber wenn jemand sieht …«

»Tote erzählen keine Geschichten«, sagt er. »Vorausgesetzt, ich benutze die tödliche Option.«

Ich verdrehe die Augen. »Bitte. Du wirst ohnmächtig werden, bevor du das Ding abschießt. Du wirst beim Anblick von Blut ohnmächtig, erinnerst du dich?«

»Das tue ich nicht immer.« Er geht zuversichtlich zur Haustür und zieht sich die Schuhe an. »Wir haben dieses blutige Spiel gespielt, und es ging mir gut.«

»Das war kein echtes Blut«, erinnere ich ihn. »Nicht wie wenn du wirklich jemanden erschießt.«

Er zuckt mit den Schultern. »Es gibt immer die nicht-tödliche Option. Wenn ich sie benutzen würde, wäre die Person nur für ein paar Stunden ohne Bewusstsein. Aber selbst wenn ich auf jemanden mit Vollgas schießen müsste, sollte diese Waffe denjenigen nicht bluten lassen. Zumindest in der Theorie. In jedem Fall würde ich nicht ohnmächtig werden, *bevor* ich den Abzug drücke.«

»Ja klaaar. Du würdest den Bösewicht erschießen und *dann* ohnmächtig werden.«

»Na und? Der Bösewicht wäre keine Bedrohung mehr.«

»Vorausgesetzt, du hast ihn mit einem Schuss getötet«, murmele ich. »Und vorausgesetzt, es gibt nur einen Kerl.«

Felix' Kinn ist so angespannt, wie er es von Ariel gelernt haben muss. »Willst du zur Einführung gehen oder nicht?«

»Gut.« Ich ziehe meine Schuhe an. »Gehen wir.«

Bevor wir das Gebäude verlassen, rufen wir das Taxi und warten mit unseren Händen auf unseren versteckten Waffen, bis es ankommt.

Wir steigen unbehelligt in das Auto und fahren zu Mayas Wohnung, die ganz in der Nähe liegt.

»Hi, Felix. Hi, Sasha«, zwitschert Maya aufgeregt, als sie einsteigt. »Vielen Dank, dass ihr gekommen seid, um mich abzuholen.«

Falls sie enttäuscht ist, dass ich auch hier bin und sie Felix nicht für sich allein haben kann, ist sie sehr gut darin, es nicht zu zeigen.

»Hier.« Felix schiebt diskret Ariels Waffe über den Sitz. »Benutze die, falls etwas Schlimmes passiert.«

Ihre Augen werden so weit, dass sie kaum in den Rahmen ihrer stylischen Brille passen. Sie erholt sich jedoch schnell und versteckt die Waffe in ihrem Rucksack.

Ich hoffe wirklich, dass Felix weiß, was er tut, wenn er dem Kind eine Waffe gibt. Ich muss ihn daran erinnern, sie Maya wieder abzunehmen, bevor wir sie zu Hause absetzen; das Letzte, das wir wollen, ist, dass ihre Eltern sie finden.

Die Fahrt nach Queens ist wegen des Verkehrs langsam, und ich lasse Felix und Maya plaudern. Ihre ungeschickten Flirts sind süßer als neugeborene Kätzchen. Maya ist für ihr Alter ziemlich reif, was in Kombination mit Felix' Unreife ihre Alterslücke schließt, aber sie sind immer noch bezaubernd ungeschickt zusammen.

Verdammt, ich wünschte, Ariel wäre hier und könnte das sehen. Sie liebt es, auf Felix' Kosten Witze über seine Jungfräulichkeit zu machen, und diese Fahrt würde ihr viel Material geben. Andererseits, ist er noch Jungfrau nach dem Sukkubusübergriff?

Wahrscheinlich. Es sah nicht so aus, als wäre er *so weit* mit ihr gekommen.

Als wir zu dem Gebäude hochfahren, in dem die Einführung stattfindet, bemerke ich ein vertrautes Gesicht am Steuer des Jaguars, das uns an der Kreuzung unhöflich schneidet.

»Das ist Chester«, zische ich Felix zu und zeige auf das betreffende Auto.

Chester ignoriert den Verkehr hinter sich und hält mitten auf der Straße an, um Roxy aus seinem Auto aussteigen zu lassen.

Sie sieht verärgert aus. Vielleicht mag sie es nicht, wenn Daddy sie fährt, oder vielleicht wollte sie, dass er am Bordstein parkt, wie ein normaler Mensch.

Ich ducke mich, bevor Chester mich sieht, denn

wenn er es tut, bin ich mir sicher, dass ein LKW ein paar Sekunden später in unser Auto fahren wird.

Glücklicherweise fährt Chester weiter, sobald seine Höllenbrut das Gebäude betritt.

Unser Fahrer parkt.

Wir steigen aus dem Auto aus, und Felix begleitet uns zum Klassenzimmer. Während wir gehen, kann ich fast fühlen, wie sehr Maya will, dass er ihre Hand nimmt – aber er tut es nicht.

»Ich bin gleich wieder da.« Felix schaut Maya an, während er das sagt, und ich behalte im Hinterkopf, ein ernsthaftes Gespräch mit ihm zu führen. Kurz gesagt wäre es: »Bevor du etwas tust, warte wenigstens ›ein paar Monate‹.«

Maya und ich betreten das Klassenzimmer, schnappen uns zwei Stühle und setzen uns so weit weg von Roxy und ihrem Rudel wie mathematisch möglich.

Die Bitch verhält sich normal – was bedeutet, dass sie ihrem Bienenstock Gemeinheiten über uns sagt, aber mit einer Stimme, die zu leise ist, als dass ich das Gesagte verstehen könnte.

Was auch immer Rose ihr im Park erzählt hat, sie hatte eindeutig ihren Atem verschwendet.

Mayas Gehör muss schärfer sein, denn ihre Hand wandert in ihren Rucksack – aber sie sieht meinen strengen Blick und holt die Waffe nicht heraus.

Dr. Hekima kommt herein, und alle halten den Mund.

»Hallo alle zusammen.« Dr. Hekimas Einstein-Haar

ist heute unordentlicher als sonst. »Heute habe ich eine tolle Lektion für euch.«

Er kommt näher und reicht mir und Maya je einen Zettel, bevor er die restlichen an die anderen verteilt.

Der Inhalt des Zettels, der, wenn ich ihn richtig verstehe, eine Einwilligungserklärung dafür ist, dass für die Zwecke der Vorlesung in meinen Verstand eingedrungen wird, ist in Juristensprache verfasst.

Was?

Ich muss das falsch verstanden haben.

»Die Erklärungen sind für später«, sagt Dr. Hekima, nachdem jeder eine Kopie hat. »Zuerst werde ich einfach reden, und das Thema ist etwas, auf das ihr sicher schon lange gewartet habt.« Er hält dramatisch inne und schaut alle mit leuchtenden Augen an. »Die Otherlands.«

Die Teenager zeigen kein Zeichen der Begierde, die er gerade angedeutet hat. Es scheint niemanden zu interessieren, außer mich.

Ich springe beinahe vor Aufregung auf und ab.

»Hebt die Hand, wenn ihr schon einmal den Begriff ›alternative Dimension‹ gehört habt«, sagt Dr. Hekima.

Meine Hand schießt nach oben, und ein paar andere folgen behutsam meinem Beispiel.

»Was ist mit ›andere Welten‹?«

Mehr Hände.

»Was ist mit ›Paralleluniversen‹? Oder ›Multiversum?‹«

So ziemlich alle Hände sind jetzt oben.

»Gut«, sagt er. »Das wird es einfacher machen, zu

erklären, was die Otherlands sind. Das Erste, was ihr wissen müsst, ist, dass es Tore gibt, um in die Otherlands zu reisen – Welten, die sich sehr von unserer eigenen unterscheiden. Wir werden später näher auf die Tore eingehen, da der Schwerpunkt der heutigen Lektion auf den Otherlands selbst liegt.«

Ich höre gespannt zu, als er aufsteht und beginnt, hin und her zu gehen.

»Etwas, was ihr wissen müsst, ist, dass die Erde selbst eines der Otherlands ist«, sagt er und geht im Klassenzimmer herum. »Und wir, die Cogniti, sind hier nicht heimisch.«

Er hält wieder dramatisch inne, und das gibt mir die Gelegenheit, zu erkennen, dass ich die Otherlands als »da draußen« und die Erde als meine Heimat betrachtet habe. Aber wir sind hier in der Tat die Außerirdischen.

Wo kommen wir ursprünglich her?

Weiß das jemand?

Dr. Hekima geht weiterhin auf und ab und berichtet über einige der Dinge, die ich bereits von Ariel und Felix erfahren habe.

Es gibt eine unendliche Anzahl von Welten, und in vielen von ihnen fließt die Zeit unterschiedlich. Die Tore führen nur zu einem winzigen Bruchteil dieser Unendlichkeit, so dass es unzählige Welten gibt, die man durch sie nicht erreichen kann.

Es gibt auch Welten, die Tore hatten und dann starben – einige davon durch einen Atomkrieg, den die Cogniti nicht verhindern konnten, andere durch einen

Asteroiden oder eine andere apokalyptische Katastrophe. Sein Hauptpunkt, und das hat Ariel bereits erwähnt, ist, dass wir nicht einfach so zu diesen kargen Welten gelangen können.

Das wäre, als würde man zum Jupiter oder zur Sonne fliegen.

Einige der zugänglichen Welten haben Menschen, andere nicht, und wenn Menschen in einer Welt fehlen, haben die Cogniti dort keine Kräfte.

»Seht ihr den Zusammenhang zu unserer letzten Stunde?« Dr. Hekima geht immer schneller. »Als wir darüber sprachen, was passieren würde, wenn die Cogniti von Menschen entdeckt werden würden?«

Alle, mich eingeschlossen, blicken verständnislos.

»Welten mit Menschen sind eine wertvolle Ressource«, sagt er. »Wenn Menschen uns töten oder aus ihrer Welt verbannen würden, wäre das offensichtlich schlecht für uns. Aber wenn wir sie töten würden, wäre es eine ganz andere Tragödie. Wir würden einen weiteren Ort verlieren, an dem wir Macht haben können – und natürlich ist Völkermord an sich moralisch verwerflich. Deshalb existiert das Mandat in den Welten, in denen die technologische und kulturelle menschliche Entwicklung es notwendig machte.«

Ich möchte ihn nach dunkleren Szenarien fragen, wie zum Beispiel nach einer Welt, in der die Cogniti die Menschen in einer Art sklavenähnlichem Zustand halten, nur um ihre Kräfte nutzen zu können, aber dann merke ich, dass er deshalb den Teil über die technologische und kulturelle menschliche Entwicklung erklärt hat.

Die modernen Erdenmenschen würden das nicht ohne Kampf zulassen.

Als ich feststelle, dass ich ein paar Sekunden des Vortrags verpasst habe, verschiebe ich meine Gedanken auf später.

»Sorgfältig überprüfte ich kosmologische Daten über eine Reihe von Otherlands und konnte keinen einzigen Stern, Planeten oder eine Galaxie finden, die unter ihnen geteilt wurde.« Dr. Hekima schaut uns verschwörerisch an. »Einige Otherlands scheinen sogar etwas andere Gesetze der Physik zu haben – obwohl die Unterschiede offensichtlich nicht groß genug sind, um das Leben, wie wir es kennen, zu stören.«

Die Idee der verschiedenen Gesetze der Physik überfordert meinen Verstand, und ich wünsche mir, dass ich damals in der Schule Physik eine höhere Priorität zugeschrieben hätte. Auf diese Weise hätte ich am Ende der Vorlesung ein paar gute Fragen stellen können.

Als ich merke, dass ich gerade erneut weggetreten bin, konzentriere ich mich wieder auf die Worte von Dr. Hekima.

»... der begrenzten Zeit, die noch bleibt, dachte ich, ich benutze meine Kräfte, um es euch zu zeigen, anstatt es zu erzählen.« Er setzt sich wieder hin. »Hier kommen die Einverständniserklärungen ins Spiel, also schaut sie euch bitte jetzt an.«

Ich will den Zettel gerade noch einmal durchlesen, als Dr. Hekima sagt: »Für diejenigen unter euch, die es nicht wissen«, er schaut mich an, »ich bin ein Illusionist. Ich kann euch erleben lassen, was ich will. Das ist etwas, was ich lieber nicht ohne Zustimmung tue, daher die Einverständniserklärung.«

Alle um mich herum unterschreiben den Zettel, und ich schließe mich ihnen ohne zu zögern an. Was auch immer wir gleich sehen werden, ich würde es mir nie verzeihen, wenn ich es verpassen würde.

Dr. Hekima geht herum, um die Erklärungen einzusammeln, bevor er sich mitten in die Klasse stellt und seine Arme wie ein Dirigent hebt.

Pulsierende rote Energie strömt aus seinen Fingern und nach und nach in alle Köpfe meiner Klassenkameraden, und als sie mich trifft, verschwindet das schmuddelige Klassenzimmer.

Mit riesigen Augen starre ich auf die unmögliche Landschaft um uns herum.

KAPITEL 16

WIR SIND AM HIMMEL, auf einer riesigen schwimmenden Insel.

Wolken verdunkeln das Land darunter, aber in weiter Ferne sind noch mehr Inseln sichtbar.

Wie schweben diese Dinger?

Ich weiß, dass Dr. Hekima unterschiedliche Gesetze der Physik erwähnt hat, aber sicher meinte er nicht das Fehlverhalten der Schwerkraft.

Auch die Temperatur folgt nicht den Gesetzen der Physik. Es sollte so hoch oben eiskalt sein, aber es ist angenehm mild.

Ich schaue mich um. Wir sind auf allen Seiten von Toren umgeben. Offensichtlich hat Dr. Hekima uns zum Drehkreuz dieser Welt gebracht.

Die Luft ist frisch mit einem Hauch von Ozon, und die hohe Höhe macht das Atmen spürbar schwieriger.

Alle Gebäude in der umliegenden Stadt sehen aus

wie eine Art Kathedrale, nur aus einem hellen, porösen Material und mit viel mehr Fenstern.

Elfenähnliche, in Togas gekleidete Menschen laufen um uns herum. Ich erwarte halb, dass sie anfangen, kleine Harfen zu spielen – oder was auch immer man sonst so im Himmel tut.

Meine Klassenkameraden sitzen alle auf den gleichen Stühlen wie im Unterricht – und jeder sieht so überwältigt aus, wie ich mich fühle.

Das fühlt sich nicht wie eine Illusion an. Ich könnte schwören, dass ich tatsächlich hier bin, im Himmel.

Wenn ich es nicht besser wüsste, würde ich mein Leben darauf verwetten.

»Bereit für ein weiteres Beispiel?«, fragt Dr Hekima, und ohne auf eine Antwort zu warten schnippt er mit den Fingern.

Die Umgebung ändert sich sofort.

Wir sind an einem viel dunkleren Ort.

Die Luft ist frisch und salzig, wie an einem Strand in einer Sommernacht.

Über uns ist eine riesige transparente Blase, wie eine Art Kraftfeld. Und dahinter ist etwas, was Wasser ähnelt.

Sind wir auf dem Meeresgrund?

Das müssen wir sein, es sei denn, in einem Himmel *fliegen* fischähnliche Kreaturen.

Die Bewohner dieser surrealen Welt sind in hautenge Outfits gekleidet, die an Tauchausrüstungen erinnern, aber kein Atemschutzgerät ist in Sichtweite, ebenso wenig wie Kiemen.

Ich schätze, sie verlassen ihren Blasenlebensraum nicht.

Von den Kindern um mich herum höre ich Ahs und Ohs, und sogar Roxy und ihr Rudel sehen beeindruckt aus.

Dr. Hekima lächelt. »Mehr?«

Ohne auf unsere Zustimmung zu warten, wechselt er wieder die Szenerie – und diesmal erkenne ich, wo wir sind.

Das ist Gomorrha.

Ich werde nie diesen mondlosen Himmel mit dem verräterischen Nebel vergessen, der an Feuer und Schwefel erinnert – oder die weitläufige Superstadt, die alle Städte der Erde zusammen in den Schatten stellt.

Ohne ein Wort zu verlieren, wechselt Dr. Hekima die Umgebung erneut.

Der neue Ort ist wunderschön grün und hügelig und erinnert mich an das Auenland aus *Herr der Ringe* – obwohl ich annehme, dass wir uns genauso gut in Neuseeland befinden könnten.

Die nächste Welt habe ich auch schon gesehen. Der leuchtend violette Himmel, rosa Wolken, zwei Monde, der saturnartige Ring und die ungewöhnlich dicke, süße Luft gehören zu der Welt, durch die Ariel und ich auf dem Weg zu Beatrice nach Las Vegas gegangen sind.

Dr. Hekimas Finger beginnen, schneller zu schnippen.

Ich sehe Welten, von denen ich bis jetzt nur träumen konnte, und Welten, die mich an jedes Märchen erinnern, das ich jemals gelesen habe.

Dann tauchen die Beispiele von Otherlands noch schneller auf.

Sie huschen zu schnell durch unser Bewusstsein, um sie vollständig aufzunehmen, vertiefen aber dennoch das überwältigende Gefühl der Ehrfurcht.

Falls es Dr. Hekimas Ziel war, uns durch die Sicht auf diese unzähligen Welten klein und unbedeutend erscheinen zu lassen, ist es ihm wunderbar gelungen. Selbst die egozentrische Roxy sieht in Anbetracht der wundersamen Parade gedämpft aus.

Bis zur kopernikanischen Revolution dachten die Menschen, die Erde sei das Zentrum des Universums. Etwas anderes zu erfahren muss eine genauso demütigende Erfahrung wie diese gewesen sein.

Der Duft von verbranntem Kaffee trifft meine Nasenlöcher, und ich weiß, dass ich wieder auf der Erde bin – im uninteressantesten Raum des uninteressantesten Otherlands von allen, die ich gerade gesehen habe.

»Wir werden dieses Thema nächste Woche fortsetzen«, sagt Dr. Hekima und schaut auf seine Uhr. »Bitte hebt eure Fragen für dann auf.«

Moment, was? Keine Fragen?

Ich erwarte, dass meine Klassenkameraden protestieren, aber sie fangen einfach an, ihre Sachen in ihre Rucksäcke zu stecken.

Bevor ich das Wort ergreifen kann, verlässt Dr. Hekima den Raum.

Ich bereite mich darauf vor, dass Roxy und ihr Rudel etwas anfangen, aber sie gehen auch sehr schnell. Vielleicht werden sie abgeholt und sind spät dran?

Entweder das, oder Rose und Vlad hatten Einfluss auf Roxy.

Maya nimmt ihr Telefon heraus und schickt eine SMS.

Eine Sekunde später klingelt ihr Telefon als Antwort.

»Felix sollte in ein paar Minuten hier sein«, sagt sie.

Als der Letzte der Schüler den Raum verlässt und ich in meine Tasche greife, frage ich: »Kannst du deine Psychometrie darauf anwenden?«

Ich nehme das Messer des Admirals heraus und zeige es Maya.

»Sicher.« Sie nimmt es in die Hände. »Soll ich es jetzt machen?«

»Ja, während wir auf Felix warten.«

»Felix ist hier«, sagt eine bekannte Stimme von der Tür. »Also bitte, fahrt fort.«

Maya grinst den ankommenden Felix breit an, setzt sich auf den Boden und umfasst den Messergriff fest. Eine leuchtende, violett getönte Energie sickert von ihrer Haut in das Objekt, und Mayas Gesichtsausdruck wird tranceartig.

»Er schneidet ihr ins Gesicht«, singt sie leise. »Ihr Blut vermischt sich mit ihren Tränen, aber das verstärkt nur seine Erregung. Er sagt ihr, was er als

Nächstes in sie schnitzen wird, und sie schreit lauter …« Ihre Augen rollen für einen Moment nach hinten; dann atmet sie aus, und ihre Augen werden wieder normal, während sie das Messer auf den Boden fallen lässt, als sei es eine Schlange.

»Sein Name ist Innokentiy Charnetskavoy«, sagt sie und öffnet die Augen. Ihre Stimme zittert, als sie fortfährt. »Er ist ein menschliches Monster der schlimmsten Art. Teil der russischen Mafia. Du solltest dich von ihm fernhalten.« Sie erschaudert sichtlich.

Eine russische Verbindung.

Felix hatte recht mit den Epauletten.

»Dieser Name ist ein Zungenbrecher.« Ich verberge mein Entsetzen, indem ich mich bücke, um das Messer aufzuheben. »Ich denke, ich werde ihn weiterhin ›Admiral‹ nennen.« Ich richte mich auf und stecke das Messer ein. »Was das Von-ihm-Fernhalten betrifft, würde ich nichts lieber tun, aber leider hat jemand diesen Kerl zu mir geschickt, also habe ich keine Wahl.«

Ich schaue Felix an, um seine Reaktion auf all das zu sehen, und bemerke, wie blass er ist. »Hey, wirst du gleich ohnmächtig?«

»Nein.« Seine Stimme ist heiser. »Ich mag es einfach nicht, von Blut zu hören.«

»Es tut mir leid«, sagt Maya. »Ich habe keine Kontrolle darüber, was ich sage, wenn ich das tue.«

»Nicht du solltest es bereuen.« Felix wirft mir einen bedeutungsvollen Blick zu, und ich schaue zu Boden, weiche seinem Blick aus.

Er ist zu Recht verärgert.

Im Nachhinein hätte ich Maya nicht bitten sollen, ihre Kräfte derart zu nutzen. Das arme Mädchen könnte jetzt Alpträume bekommen.

Ich werde sie definitiv haben.

»Wir sollten besser ein Taxi besorgen«, sage ich, um das Thema zu wechseln, und ziehe mein Telefon heraus, um uns eine Fahrt zu organisieren.

Wir gehen in unangenehmer Stille hinunter, um das bereits wartende Auto zu suchen.

Während wir fahren, geht das Gespräch weiter, und als wir Downtown Manhattan erreichen, sind Felix und Maya wieder mit Flirten beschäftigt, was einen Teil meiner Schuldgefühle mindert.

»Setzt mich zuerst ab«, sage ich und unterdrücke ein schelmisches Lächeln. Zu Maya füge ich mit leiser Stimme hinzu: »Dann kann Felix deine Waffe direkt vor deiner Tür einsammeln.«

Keiner von beiden stellt meine zweifelhafte Logik in Frage. Sie wollen eindeutig eine Chance haben, allein zu sein.

»Tschüss, Leute«, sage ich, als das Auto vor unserem Gebäude anhält. »Es war schön, dich zu sehen, Maya. Bis später, Felix.«

»Bis später«, sagt er.

»Danke«, sagt Maya. »Ich meine … tschüss.«

Lächelnd verlasse ich das Fahrzeug und gehe zum Eingang. Während ich den Rest meines Wochenendes plane, betrete ich das Gebäude und rufe den Aufzug.

Genau in diesem Moment ertränkt mich ein Tsunami der Vorahnung in Angst und Schrecken.

Rein instinktiv drehe ich mich auf dem Absatz um, um zum Eingang des Gebäudes zu schauen.

Bedrohlich lächelnd schließt der Admiral die Tür hinter sich.

KAPITEL 17

ICH ERSTARRE, als er mich angreift.

Schon bevor Maya die Waffe gelesen hat, sah dieser Mann groß und beängstigend aus, aber jetzt, da ich weiß, dass er es genießt, mit seinem Messer zu foltern, ist das Entsetzen lähmend.

Irgendwann lösen sich meine Muskeln, und ich greife in meine geheime Tasche, um meine Waffe herauszuziehen.

Der Admiral greift, während er rennt, ebenfalls in seine Tasche und zieht eine Spritze heraus.

Ich atme tief ein, reiße meine Waffe aus ihrem Versteck und schieße.

Meine zitternden Hände müssen den Schuss vermasseln, denn der Admiral kommt immer näher, und, so wie es aussieht, unversehrt.

Er ist jetzt so nah dran, dass ich kein Problem damit hätte, ihn mit der nächsten Kugel zu treffen – aber er bewegt sich zu schnell.

Bevor ich den Abzug drücken kann, schlägt er mir mit dem Rand seiner Handfläche auf die Handgelenke – wie ein Karatemeister, der versucht, einen Stein zu zerbrechen.

Schmerz explodiert in meinen Armen, und meine Waffe fällt klappernd zu Boden.

Er tritt die Waffe weg, packt meine Kehle fast sanft, und hebt dann die Spritze an.

Ich ignoriere die Schmerzen in meinem Handgelenk und schiebe meine rechte Hand in meine Tasche.

Meine Finger schließen sich um sein Messer, und in einer einzigen Bewegung ziehe ich es heraus und drücke den Knopf, um die Klinge herausspringen zu lassen und in seine Brust zu schneiden.

Er grunzt vor Schmerzen, und seine Hand lässt meine Kehle los, um nach der Wunde zu greifen.

Ich steche in seine Schulter.

Er schreit und weicht zurück, also rase ich zur Treppe und lasse das Messer in seinem Fleisch stecken.

Er läuft mir hinterher.

Ich renne noch schneller und beanspruche meine Muskeln bis an ihre Grenzen.

Als ich die Treppe erreiche, nehme ich auf dem Weg nach oben zwei bis drei Stufen auf einmal, da mich die Geräusche, verfolgt zu werden, antreiben.

Die Nachbarn müssen den Schuss gehört haben. Könnte einer von ihnen auf dem Weg sein, um mich zu retten?

Unwahrscheinlich. Wenn ich sie wäre, würde ich die Polizei rufen und in meiner Wohnung bleiben.

Zwei Treppen später ist meine Atmung abgehackt, und der Admiral kommt immer näher.

Wie lange würde es dauern, bis die Polizei hier ist?

Wahrscheinlich zu lange, um mich zu retten.

Wenn ich es nur bis zu meiner Wohnung schaffen könnte, würde Fluffster sich um ihn kümmern.

Ich kann kaum atmen, als ich meine Etage erreiche, und das Geräusch der Schritte des Admirals ist direkt hinter mir.

Ich rieche seinen Knoblauchatem, während ich verzweifelt nach dem Türgriff greife, aber es ist zu spät.

Seine Hand packt meine Schulter in einem schraubstockartigen Griff.

Ich drehe mich um und greife nach dem Messer, das noch in seiner Schulter steckt, als eine Nadel in meinen Arm sticht.

Nein. Ich kann nicht zulassen, dass das passiert. Ich muss bei Bewusstsein bleiben.

Wenn ich ohnmächtig werde, werde ich …

———

ICH WACHE in absoluter Dunkelheit auf. Eine Art Stoff bedeckt mein Gesicht, mein Mund ist schmerzhaft trocken, und mein Kopf fühlt sich an, als wäre er mit fauler Zuckerwatte gefüllt.

Ich versuche, mich zu bewegen, aber ich kann nicht.

Beim Überprüfen meines Körpers bemerke ich, dass meine Hände mit etwas Metallischem gefesselt sind – wahrscheinlich Handschellen – und dass ich Schmerzen an Stellen habe, von denen ich nicht wusste, dass es möglich ist, dort Schmerz zu empfinden. Das Tuch über meinem Gesicht verschiebt sich leicht, während ich versuche, es abzuschütteln.

Es muss ein Beutel sein, der die Funktion einer Augenbinde übernommen hat.

Ich spüre Bewegung um mich herum.

Bin ich im Kofferraum eines Autos?

Meine Atmung beschleunigt sich, und ich atme Benzindämpfe ein.

Ja. Definitiv im Kofferraum eines Autos.

Das ist nicht gut – besonders angesichts der Handschellen und der Augenbinde.

Ich verlagerte mein Gewicht so, wie ich es tun würde, wenn ich eine von Houdini inspirierte Flucht aus einem Kofferraum durchführen wollte.

Meine Arme befinden sich hinter meinem Rücken – kein guter Anfang für eine Fluchtdemonstration.

Ich kanalisiere alle meine letzten Yogakurse und schiebe meine gefesselten Hände unter meinen Hintern, dann weiter meine Beine hinunter. Ich renke mir fast die Schultern aus, als ich mit meinen gefesselten Handgelenken über meine Füße zur Vorderseite meines Körpers ruckele.

Jetzt kann ich mich um die Handschellen kümmern …

Das Auto hält an.

Ich täusche Bewusstlosigkeit vor.

Jemand öffnet den Kofferraum, und ich sehe ein schwaches Licht durch das dicke Tuch, das meinen Kopf bedeckt.

Knoblauchatem nimmt mir erneut die Luft, und raue Hände packen mich unter meinen Schultern und Knien und tragen mich dann irgendwo hin.

Mayas schreckliche Enthüllungen der Psychometrie kommen mir wieder in den Sinn, und ich tue mein Bestes, um gleichmäßig zu atmen, wie es ein bewusstloser Mensch tun würde.

Glücklicherweise hat mein Entführer nicht bemerkt, dass meine gefesselten Hände nach vorne gewandert sind.

Außer, er hat es bemerkt und es ist ihm egal.

Wir betreten einen neuen Ort, der holzig riecht – nach nasser Birke mit einem Hauch von Eukalyptus.

Die Hände setzen mich auf einen Stuhl, und das Tuch wird von meinem Kopf entfernt.

Der Ort ist so hell, dass ich sogar durch die geschlossenen Augenlider geblendet werde.

»Sashen'ka«, sagt eine bekannte, alt und androgyn klingende Stimme mit einem starken russischen Akzent. »Bist du wach, meine Liebe?«

Ich halte die Augen geschlossen und gebe immer noch vor, bewusstlos zu sein.

Ich weiß, was ich sehen würde, wenn ich sie öffnen würde.

Ein Gesicht voller Falten und löwenzahnähnliche Haare.

Baba Yaga.

Ein Mann – der Admiral, schätze ich – sagt ihr etwas auf superschnellem Russisch.

»Innokentiy ist aufgefallen, dass deine Hände von hinten nach vorne gewandert sind«, sagt Baba Yaga auf Englisch. »Du kannst also aufhören, so zu tun, als ob du noch bewusstlos bist.«

»Also hat er es bemerkt.« Ich öffne die Augen und schlucke, um meinen ausgetrockneten Hals zu befeuchten. »Man kann einem Mädchen doch nicht vorwerfen, dass es alles versucht, oder?«

Als sich meine Augen an die hellen Halogenlampen gewöhnen, stelle ich fest, dass es tatsächlich Baba Yaga ist, die mir gegenüber am Tisch sitzt und eine Tasse Tee in ihren knorrigen Händen hält.

Wir scheinen in einem Restaurant zu sein.

»Eigentlich *kann* ich es dir verübeln, dass du versucht hast, mich zu täuschen«, sagt Baba Yaga. »Aber das werde ich nicht. Zumindest noch nicht.«

Sie betrachtet mich, und ich blicke mit dem unschuldigen Gesichtsausdruck zurück, den ich immer benutze, wenn jemand behauptet, dass er mich beim Ausführen einer geheimen Zauberbewegung erwischt hat.

»Ist das das Izbushka?«, frage ich, um das Schweigen zu brechen und gleichzeitig etwas Aufklärung zu betreiben.

Der Ort hat eher Cafeteria-Flair und sieht nicht wie Baba Yagas ausgefallenes Etablissement aus, aber es ist ja nicht so, als hätte ich das letzte Mal jeden Winkel und jede Ritze gesehen.

Die Hexe schlürft ihren Tee, anstatt zu antworten, also schaue ich mich um.

Auf dem Tisch vor mir steht ein großer goldener Teekessel, den ich auch schon in Felix' Elternhaus gesehen habe – ein russischer Samowar.

Links von mir sitzt Baba Yagas rechte Hand – Koschei. In seinen marmorgrünen Augen fehlt der übliche Übermut, als er leer in die Ferne starrt.

Zu meiner Rechten sitzt mein Entführer – Innokentiy alias der Admiral.

Eine Frau in Krankenschwesternkleidung legt letzte Hand an eine Naht an seiner Schulter an, aber er scheint es nicht zu bemerken. Sein wütender Blick ist einzig auf mich gerichtet.

»Sie ist unberührt, richtig?«, fragt Baba Yaga den Admiral, als sie seinen Blick bemerkt.

Die Drohung in ihrer Stimme ist nicht zu überhören.

Koschei muss sie auch hören, denn er tritt auf den Admiral zu, der heftig den Kopf schüttelt und sie auf Russisch anfleht.

»Schön. Ich glaube dir«, sagt Baba Yaga zum Admiral, und Koschei hält inne. »Verschwinde von hier.« Sie schwenkt königlich ihre Hand, und der Admiral und die Krankenschwester verlassen hastig den Raum. »Du auch, Koscheiushka«, fügt sie hinzu. »Sasha und ich müssen über weibliche Angelegenheiten reden.«

»Ich traue ihr nicht«, sagt Koschei, dreht sich aber widerstrebend zum Ausgang.

»Druckmittel sind weit besser als Vertrauen«, sagt Baba Yaga zu seinem Rücken. »Du weißt, dass sie tun wird, was ich sage, wenn ich es ihr sage.«

»Ich bin mir nicht einmal sicher, ob sie ihren Freunden gegenüber überhaupt loyal ist«, sagt er über seine Schulter, und bevor einer von uns ein Gegenargument findet, schlägt er die Tür hinter sich zu.

»Tee?« Baba Yaga grinst und zeigt die wenigen gezackten Zähne in ihrem sonst leeren Mund.

»Ich hätte gerne eine Tasse, danke«, sage ich und tue mein Bestes, um meine Stimme ruhig zu halten.

Tee ist das Letzte, woran ich denke, aber vielleicht nimmt sie mir die Handschellen ab, damit ich trinken kann.

Sie gießt mir Tee ein und bewegt eine Untertasse mit Marmelade und Honig zu mir, aber sie lässt mir die Handschellen um.

Ich nehme die Tasse mit übertriebener Ungeschicklichkeit, puste auf den Tee und nehme einen kleinen Schluck. Als ich aufblicke, toaste ich mit meiner Tasse der alten Frau zu, so dass meine Handschellen klirren. »Das ist ein sehr leckerer Tee.«

»Eine Schmeichlerin bist du auch?« Baba Yaga nimmt wieder ihren eigenen Becher hoch. »Ich habe noch nie einen Seher wie dich getroffen.«

Da keine Antwort erforderlich ist, nutze ich diesen Moment, um meine Optionen zu überdenken. Trotz ihrer Zerbrechlichkeit ist Baba Yaga ein gewaltiger Gegner. Als wir uns das letzte Mal trafen, versuchte sie, einen Gedankenkontrollzauber bei mir anzuwenden – und nur Roses Gegenzauber rettete mich.

Da ich heute keinen solchen Schutz habe, muss ich mich von meiner besten Seite zeigen und zumindest über das nachdenken, was sie von mir will. Andernfalls könnte sie versuchen, mich wieder mit diesem Zauber zu zwingen – und Erfolg haben. Ganz zu schweigen von den anderen üblen Dingen, die sie mir antun kann, wie zum Beispiel mich mit dem Admiral und seinem Messer allein zu lassen.

Was will sie überhaupt? Als wir das Geschäft abgeschlossen haben, habe ich ihr gesagt, dass ich nichts Illegales tun würde, also wie schrecklich kann ihre Forderung schon sein?

»Hast du in die Zukunft geschaut?«, fragt Baba Yaga und missversteht meinen nachdenklichen Ausdruck. »Wenn ja, dann musst du gesehen haben, wie sinnlos Widerstand wäre.«

Ich widerstehe dem Drang, sie darauf hinzuweisen, dass sie die Borg falsch zitiert hat. »Das habe ich.« Ich puste auf meinen Tee und hoffe, dass das hilft, die Lüge gut zu verkaufen. »Ich werde tun, was Sie wollen. Also wie wäre es, wenn Sie mir sagen, was das ist?«

Baba Yaga legt ihren Kopf schief und betrachtet mich, als ob sie versucht, in mein Gehirn zu sehen. »Ich will meinen eigenen Seher«, sagt sie, während ich den etwas kühleren Tee schlürfe. »Nicht einen Angestellten, nicht einer, der mir verpflichtet ist, sondern einer, der mich wie ein Elternteil behandeln würde.«

Der Tee geht in die falsche Röhre, und ich beginne, unkontrolliert zu husten.

Sagt sie, was ich denke, was sie sagt?

Als meine Augen aufhören zu tränen und die würgenden Spasmen nachlassen, fährt sie fort. »Ich möchte, dass du ein Seher-Kind für mich gebärst. Das ist der Gefallen, den ich will.«

Also hatte ich sie richtig verstanden. Rote Flecken entstehen vor meinen Augen, ich vergesse mein höfliches Benehmen und knalle meinen Becher auf der Tisch und benutze dabei all meine Willenskraft, ihr nicht der Hexe an den Kopf zu werfen. »Du willst *was?*«

»Ein Seherbaby«, sagt sie. »Ich nehme an, du weißt, woher Babys kommen?« Ihr Lächeln ist ein grenzwertiges, böses Gackern. »Nur als Hinweis, es sind keine Vögel, Bienen, Kohl oder Störche beteiligt.«

Vor ein paar Minuten hatte ich mich dazu entschieden, dass ich über das, was sie will, nachdenken würde, aber das ist undenkbar.

Die Wut, die in mir wächst, fühlt sich an wie ein Lebewesen.

Ein Kind aufgeben?

Meine Hände ballen sich so fest zu Fäusten, dass meine Nägel in meine Handflächen eindringen.

Ich soll mein Kind von diesem Monster aufziehen lassen?

Es juckt mir in den Gliedmaßen, hochzuspringen und wie Hulk Dinge zu zerstören.

Ich soll meinem Kind seine biologische Mutter vorenthalten?

Ich stelle mir vor, wie meine Zähne Baba Yagas faltige Kehle herausreißen.

Dann ist da noch der Punkt, schwanger zu werden.

Alles Blut verlässt mein Gesicht. »Du hast mich doch nicht von jemandem schwängern lassen, als ich ohnmächtig war, oder?« Ich fühle keine Schmerzen oder so etwas, aber …

»Für wie krass hältst du mich?« Ihre Lippen verziehen sich angeekelt. »Ich dulde keine Vergewaltigung. Das habe ich noch nie. Aber selbst wenn ich kein Vorbild für Tugend wäre, ist der zukünftige Vater in diesem Punkt extrem zimperlich und unkooperativ.«

»*Der zukünftige Vater?*« Ich denke darüber nach, den Tisch umzuwerfen und mich auf sie zu stürzen. Würde sie ihren Zauber rechtzeitig anwenden oder ihre Angestellten rufen können?

Als ob Baba Yaga meine Gedanken spürt, zieht sie eine Waffe unter dem Tisch hervor, und ihre dünnen Lippen krümmen sich wieder zu diesem zahnlosen Lächeln. »Wir sind in einer Banja«, sagt sie ungerührt.

»Eine Banja?« Ich starre sie an, weil sie mich aus dem Konzept gebracht hat.

»Ein russisches Spa, in dem man seine Knochen mit nasser und trockener Hitze erwärmen kann«, erklärt sie hilfsbereit.

»Ich weiß, was eine Banja ist«, zische ich und halte inne, bevor ich hinzufügen kann, dass Felix Ariel und mich einmal dorthin mitgenommen hat. Es ist nicht nötig, Freunde in die Sache hineinzuziehen. Ich atme tief durch und sage in einem ruhigeren Ton: »Was ich nicht verstehe, ist, was eine Banja mit diesem vergewaltigungsverweigerndem zukünftigen Vater zu tun hat.«

Sie neigt ihren Kopf. »Du weißt, was ein Domovoi ist, aber du weißt nichts über die Banniks?«

»Banniks? Nein, ich weiß nicht, was das ist.«

»Nicht ›was‹. *Wer.*« Sie nimmt noch einen Schluck von ihrem Tee. »Ein Bannik ist für eine Banja, was ein Domovoi für ein Zuhause ist.«

Ich starre sie verständnislos an.

»Slawische Mythologie.« Baba Yaga stellt ihre Tasse ab.

Mein verständnisloser Gesichtsausdruck wird noch verständnisloser. Kann Wut mein Hörvermögen durcheinanderbringen?

Das ist möglich. Das Blut pulsiert immer noch heftig in meinen Ohren.

»Um es kurz zu machen, Banniks sind mächtige Seher mit einer großen Einschränkung.« Sie macht eine Handbewegung, um die Cafeteria zu umfassen. »Ihre Macht ist mit einer Banja verbunden, so wie die Macht eines Domovoi mit seinem Zuhause verbunden ist.«

Ein Seher aus der Mythologie, der an ein Spa gebunden ist? Mein Gehirn ist kurz davor, mit Fragen zu explodieren, aber ich konzentriere mich wieder auf meine einzigartige Situation. »Wie genau soll das funktionieren? Die Domovoi nehmen eine tierische Form an, also …«

»Ah.« Sie sieht erleichtert aus. »Ist es das, was dich stört? Kein haariges Unterfangen, versprochen. Die Empfängnis wird überhaupt kein Problem sein. Auf dem Gebiet wirst du nicht von Jaroslaw enttäuscht sein. Keine Frau aus Fleisch und Blut wäre das.« Ihre Wangen röten sich unglaublicherweise. »Wenn ich nicht so alt wäre …«

»Das ist nicht, was mich stört«, fauche ich. Ruhiger füge ich hinzu: »Ich weiß nicht, wie solche Dinge dort gemacht werden, wo du herkommst, aber …«

»Ich bitte dich nicht, ihn zu heiraten.« Sie nimmt ein Smartphone unter dem Tisch hervor und klopft ein paarmal auf den Bildschirm. »Ich werde deine Arztrechnungen bezahlen, dich für die fraglichen neun Monate schützen und sogar einen schönen Bargeldbonus drauflegen.«

Die Erkenntnis, dass sie denkt, dass ihre Forderung vernünftig ist, lässt mich den Samowar nehmen und ihr den kochenden Tee auf den Kopf gießen wollen, ganz langsam.

Bevor ich auf dieses oder andere ähnliche gewalttätige Bedürfnisse reagieren kann, öffnet sich hinter mir die Tür.

»Also?«, fragt Koschei. »Die *Parilka* ist fertig, und ich muss gehen, um mich um unseren Gast zu kümmern.«

»Parilka« nannte Felix die superheißen Dampfbäder in der Banja, erinnere ich mich.

»Innokentiy oder einer seiner Männer kann sie in die Parilka bringen, wenn du so beschäftigt bist, aber apropos Gäste«, Baba Yaga winkt mit ihrem Handy, »ich wollte Sasha gerade ein Angebot machen, das sie nicht ablehnen kann.«

Dies ist das zweite Mal, dass sie den Paten zitiert, aber ich weise sie nicht darauf hin, denn ein Angebot, das ich nicht ablehnen kann, kann nur einige wenige Dingen bedeuten, und keines davon ist gut.

»Ich bin bereit«, lüge ich. »Bring mich zum Bannik.«

Mein Plan ist einfach und verzweifelt. Ich lasse mich von ihnen zu diesem Seher bringen, der angeblich so etwas wie ein Gewissen hat – wenn »Zimperlichkeit« bei Vergewaltigungen sich als Gewissen qualifiziert. Hoffentlich ist es einfacher, vor ihm zu fliehen.

Baba Yaga schaut auf ihren Bildschirm, dann auf mich.

Es ist fast so, als hätte sie ein schreckliches Bild darauf, das sie mir zeigen will – wie zum Beispiel das letzte Mädchen, das sich weigerte, auf ihre Wünsche einzugehen, mit einigen fehlenden Gliedmaßen.

»Es gibt keinen Grund für weitere Drohungen«, sage ich so kühl wie möglich unter den gegebenen Umständen. »Ich würde lieber mit Herrn Koschei gehen, als jemals wieder in der Nähe dieser Innokentiy-Gestalt zu sein.« Ich lasse einige meiner wahren Gefühle für den Admiral auf meinem Gesicht erscheinen, während ich hinzufüge: »Ich finde ihn gruselig.«

Baba Yaga sieht eine Sekunde lang verwirrt aus. Dann breitet sich ein zahnloses Lächeln auf ihrem Gesicht aus. »Du wusstest es bereits.« Sie winkt aufgeregt mit dem Telefon. »Du hast es vorausgesehen?«

»Ob ich gewusst oder vorausgesehen habe, dass du eine Soziopathin bist?«, bin ich versucht zu fragen, aber stattdessen sage ich: »Lass mich diesen Sexgott-Bannik treffen und es hinter mich bringen.«

»Bring sie zu ihm«, sagt Baba Yaga fast übermütig zu Koschei. »Sieht so aus, als hätte ich immer noch ein Händchen für diese altmodischen Deals.«

Koschei hilft mir, vom Stuhl aufzustehen, und führt mich aus der Cafeteria in einen großen Saal.

In der Mitte des Raumes befinden sich ein Pool, ein Whirlpool und eine riesige Badewanne, in der Eis schwimmt. Das muss die Quelle des Chlorgeruchs sein, der auf meine Nase trifft.

Wachen – zumindest nehme ich an, dass diese halbnackten Kerle welche sind – tummeln sich überall.

Koschei ignoriert alle und führt mich durch ein paar labyrinthische Korridore voller Duschstationen und Holztüren.

Durch gelegentliche Fenster sehe ich große verschwitzte Männer, die in den verschiedenen Parilka-Räumen sitzen und Handtücher und lustige Hüte auf dem Kopf tragen. Gelegentlich versohlen sie sich gegenseitig mit Birkenzweigen – eine zweifelhafte Entspannungsbehandlung, die ich auch in der Banja gesehen habe, in die Felix mich mitgenommen hatte.

Diese Banja ist zehnmal größer als die, die ich besucht habe, vor allem, wenn jede dieser Holztüren in ein weiteres Dampfbad führt.

Nachdem wir eine scharfe Rechtskurve genommen haben, stehen wir vor der größten Holztür dieses Ortes.

Koschei öffnet die Tür und bedeutet mir, einzutreten.

Ich gehe hinein.

Der große fensterlose Raum scheint leer zu sein, und die Hitze im Inneren ist so intensiv, dass sie mir kurz den Atem nimmt.

Fühlt sich so die Hölle an?

Felix' Banja war viel weniger heiß, und Ariel wurde schon fast ohnmächtig – auch wenn das zum Teil daran lag, dass sie sich weigerte, zwischen den Saunagängen richtig zu rehydrieren.

Wodka ist schließlich kein Wasser.

Koschei schaut sich um, scheint nicht zu finden, was er sucht, und runzelt die Stirn.

Ich breche ernsthaft in Schweiß aus.

Koschei, der die Hitze anscheinend nicht wahrnimmt, beugt sich über einen Holzeimer mit Wasser, nimmt eine große Holzkelle, die daneben hängt, und gießt Wasser auf die nahegelegenen Steine.

Die Steine zischen wie eine wütende Riesenschlange, und der Raum wird von brennendem

Wasserdampf erfüllt – was die Intensität der Hitze verdreifacht.

Ist das Baba Yagas Vorstellung von *heiß*, oder ist das eine neue Form der Folter?

In Sekundenschnelle schwitze ich genug Wasser aus, um einen Elefanten zu ertränken. Wenn ich von einem echten Hitzschlag ohnmächtig werde, wird das eine Ausrede sein, kein Baby zu machen. Oder könnte dieser Bannik eine Ohnmacht in seinem Zuständigkeitsbereich als eine Form der Zustimmung ansehen?

Und überhaupt, ist diese Hitze eine List, damit ich mich ausziehen will?

Wenn ja, dann funktioniert sie.

»Jaroslaw«, sagt Koschei aus dem Dampf. »Sie ist hier.« Als er merkt, dass ich kaum zu sehen bin, lehnt er sich so nah heran, dass er wieder sichtbar wird. Mit einem schaurigen Lächeln sagt er: »Ich lasse euch beide dann jetzt allein.«

Bevor ich mit etwas Witzigem antworten kann, geht Koschei und schlägt die Holztür hinter sich zu.

Einige Liter Schweiß später spüre ich eine Präsenz im Raum. Zumindest ist das meine beste Beschreibung.

Ich schaue mich verzweifelt um, aber der Dampf macht es unmöglich, zu sehen, ob noch jemand anderes anwesend ist.

Na ja, wenn ich niemanden sehen kann, kann mich auch niemand sehen.

Ich wische mir den Schweiß von den Augen und gehe durch den Dampf, um meine kleineren

Bewegungen zu überdecken. Ich greife in meinen Mund, verwandele meinen Zungenpiercingstab in einen Dietrich, ziehe ihn heraus und mache kurzen Prozess mit den Handschellen.

Das Gefühl einer Gegenwart verstärkt sich.

Ich ignoriere die Haare, die sich in meinem Nacken aufstellen, lege die Handschellen vorsichtig auf die Holzbank und verstecke den Dietrich wieder in meiner Zunge.

Meine komplett durchnässte Kleidung macht es mir schwer, heimlich zum Ausgang zu kriechen, aber ich gebe mein Bestes.

Als ich die Tür im Dunst sehe, nur vier Schritte von mir entfernt, lässt mich ein Gefühl tiefer Vorahnung abrupt innehalten.

»Das ist richtig«, sagt der Dampf um mich herum mit einer melodiösen, männlichen Stimme mit einem russischen Akzent. »Du kannst noch nicht gehen.«

KAPITEL 18

VERÄNDERT DIE HITZE DIE AKUSTIK?

»Wer ist da?« Ich ziehe die sengende Luft in meine Lungen ein. »Zeig dich.«

»Mein Name ist Jaroslaw«, sagt der Dampf im gleichen beruhigenden Bariton. »Ich bin …«

»Der Bannik und der Vater – oder besser gesagt der zukünftige Vergewaltiger«, sage ich und ignoriere das hektische Schlagen meines Pulses. »Aber das wird nicht heute passieren. Und auch zu einem anderen Zeitpunkt nicht.«

Die Temperatur im Raum scheint noch ein paar Grad zu steigen. Ohne die Feuchtigkeit würden die Holzbänke spontan in Flammen aufgehen.

Mit einem Rauschen sammelt sich der umgebende Dampf an einem einzigen Ort, nur wenige Meter von mir entfernt.

Ich wische mir einen weiteren Schweißstrom aus den Augen, um sehen zu können, und als ich die

Bewegung vollendet habe, ist der Dampf weg.

Ein Mann, nur mit einem kleinen Handtuch um die Taille bekleidet, steht genau dort, wo der Dampf kondensiert ist.

Ein sehr beeindruckender Mann.

Baba Yaga hat nicht zu viel versprochen. Der Kerl sieht aus, als ob die Hitze der Banja jedes Gramm Fett auf seinem großen Körper weggeschmolzen und die Art von schlanker und muskulöser Perfektion hinterlassen hat, die man nur in mit Photoshop bearbeiteten Magazinen findet. Allerdings zeigen diese zu perfekten Bilder normalerweise nicht so langes zerzaustes, blondes Haar und so einen wilden Bart wie das, was die wunderschönen Gesichtszüge dieses Exemplars umrahmt.

Ich bin kein großer Fan des Auf-einer-einsamen-Insel-gestrandet-Looks, aber bei ihm ist er mehr als heiß – Wortspiel beabsichtigt.

Er erwidert meinen Blick.

Seine Augen haben einen hellen Grauton, fast so, als seien sie aus Dampf.

Mein Herz schlägt schneller in meiner Brust. Kann diese ganze Hitze einen Herzinfarkt auslösen?

Das ist möglich. Es *gab* in der Banja, in die Felix uns mitgenommen hatte, ein Warnschild für Menschen mit Herzerkrankungen.

Um von diesen Gedanken loszukommen, schüttele ich heftig den Kopf. Wassertropfen fliegen um mich herum, als wäre ich ein nasser Hund.

Das hilft. Ich werde daran erinnert, dass es keine

Rolle spielt, wie der Bannik aussieht. Ich würde nicht zulassen, dass er mich schwängert, selbst wenn er die Verkörperung des Lustgottes wäre. Er könnte genauso gut ein Nekrophiler sein, denn wenn heute ein Baby gemacht wird, wird es über meine Leiche sein.

Anscheinend gewinne ich unseren kleinen Wettbewerb, weil er irgendwann zu Boden schaut und leise sagt: »Ich weiß, dass du wütend bist.«

»Was du nicht sagst.« Ich entferne mich von ihm in Richtung Tür.

»Ich habe deine Wut vorausgesehen.« Er geht zur Holzbank und hebt die Handschellen auf, die ich dort zurückgelassen habe.

»Du hast was?« Ich mache einen weiteren Schritt zurück.

»Ich habe die gleiche Macht wie du.« Er legt eine der Handschellen um sein Handgelenk und schließt sie. »Ich kann die Zukunft sehen.«

Ist das sein Plan? Uns aneinanderzufesseln?

Das ist clever. Auf diese Weise werde ich in Reichweite sein …

Er legt die zweite Handschelle um sein anderes Handgelenk und schließt sie.

Dahin ist mein Verständnis für seine Handlungen. Ist er verrückt? Denkt er, dass, wenn ich Nein zum Kuschelsex sage, ich vielleicht zugänglicher für etwas Ausgefalleneres bin?

Ist das ein Urteil über meinen von Criss Angel inspirierten Kleidungsstil?

Er hebt seine gefesselten Hände. »Fühlst du dich so

sicherer? Ich möchte, dass du dich in meiner Nähe sicher fühlst.«

Ich gehe noch einen Schritt zurück und spüre die zu heiße Holztür an meinen Schulterblättern. »Wir werden uns nicht näher kommen. Bleib, wo du bist.« Ich achte darauf, dass ich mich nicht gegen die Tür lehne, damit sie sich nicht durch meine Kleidung brennt.

»Du musst mir wehtun«, sagt er und kniet sich auf den Boden. »In einigen meiner Visionen trittst du mich. In anderen schlägst du mit der Faust ...«

»Was?« Ich wische mir wieder den Schweißstrom aus den Augen und bekomme eine Ahnung, wohin das führt.

Er ist entweder dabei, mir bei der Flucht zu helfen, oder er braucht dieses komplizierte Setup, um erregt zu werden – was ihn zum lausigsten Vergewaltiger der Welt machen würde.

»Wenn du mir nicht wehtust, wird Baba Yaga meine Geschichte nicht glauben, und die Folgen für mich werden schrecklich sein.« Ein schneller Blitz schießt aus seinen Handflächen in seine Augen, und er sieht einen Moment lang abwesend aus.

Als er wieder zurückkommt, erschaudert er sichtlich.

Hat er gerade in die Zukunft geschaut?

»Welche Geschichte?«, frage ich, nur um sicherzugehen.

»Als Innokentiy deinen unbewussten Körper durchsuchte, hat er einige geschickt versteckte

Dietriche übersehen. Als du diesen Raum betratst, hast du die Dietriche benutzt, um deine Handschellen loszuwerden«, sagt er mit der Sicherheit von jemandem, der eine Lüge bis zu dem Punkt geübt hat, an dem er fast selbst daran glaubt. »Du hast so getan, als würdest du Baba Yagas Anweisungen befolgen, bis ich in deine Nähe kam – dann hast du mir die Handschellen angelegt. Sobald ich hilflos war, hast du mich brutal geschlagen oder getreten und bist danach zur Tür gelaufen.«

»Das ist ein guter Plan«, sage ich. »Vielleicht hätte ich genau das tun sollen.«

»Das hast du«, sagt er. »In einer der Zukunftsaussichten, die ich gesehen habe.«

Zum ersten Mal bemerke ich, dass er überhaupt nicht schwitzt; trotz der Hitze ist sein köstlicher nackter Oberkörper unglaublicherweise trocken. »Also«, ich räuspere mich, weil meine Kehle gerade trocken geworden ist, »hilfst du mir. Du willst, dass ich fliehe.«

»Natürlich.« Er richtet sich auf. »Ich bin kein Vergewaltiger.«

»Es scheint so, als seist du das nicht«, sage ich vorsichtig. »Aber woher weißt du, dass Baba Yaga uns nicht gerade durch eine versteckte Kamera beobachtet?«

»Die Hitze und Feuchtigkeit«, sagt er, und die Temperatur im Raum scheint wieder zu steigen. »Ich stelle sicher, dass keine Kameras in diesem Raum überleben können.«

Ich streiche mein verschwitztes Haar zurück. »Wenn sie nicht zusieht, wie kann sie dann sicherstellen, dass wir nicht darüber lügen, dass wir miteinander schlafen?«

»Alles, was sie braucht, ist das Druckmittel, das sie gegen uns hat.« Er schaut sich im Raum um, und sein Gesicht verdunkelt sich. »Sie wird dich bis zu einem positiven Schwangerschaftstest als Geisel halten – und neun Monate danach. Wenn du zu lange bräuchtest, schwanger zu werden, würde sie Druck ausüben .. und das wäre sehr unangenehm.«

Meine Knie fühlen sich schwach an, und ich frage mich, ob er den Raum kühler machen würde, wenn ich zugäbe, dass ich kurz vor einem Hitzschlag stehe.

»Ich denke, es ist Zeit, dass du mir wehtust.« Er schaut mich an und krümmt seine Schultern. »Manchmal ist das Warten auf Schmerzen schlimmer als der Schmerz selbst.«

Ich starre auf den knienden Bannik.

Das könnte immer noch ein seltsamer Trick sein, aber das glaube ich nicht. Und wenn er wirklich versucht, mir zu helfen, ist das Mindeste, was ich tun kann, barmherzig zu sein und diesen unangenehmen Teil schnell hinter mich zu bringen.

Ich stürze mich auf ihn.

Seine Augen weiten sich.

Mit all meinem Schwung versuche ich, ihm in die Rippen zu treten.

Aber dann rutsche ich auf dem nassen Boden aus und mein Bein verfehlt das Ziel.

Anstatt auf die Rippen schlägt ihm mein Stahlkappenstiefel ins Gesicht.

Ich lande auf meinem Hintern, und mein Steißbein schreit, aber sein Kopf schlägt gegen die Holzbank.

Ich verbrenne meine Handflächen auf dem umliegenden Holz, als ich auf ihn zukrabbele, während er wie ein verwundetes Tier stöhnt und seine gefesselten Hände zitternd an sein verfilztes Haarwirrwarr hebt.

Seine Nase sieht nicht gebrochen aus, aber sie blutet stark überall hin, ebenso wie die Stelle, an der er sich den Kopf gestoßen hat.

»Das«, er zieht seine blutigen Hände weg, »bedeutet, dass wir in einer der gefährlicheren Zukunftsvisionen sind, die ich gesehen habe. Aber es gibt immer noch eine Chance – wenn du genau das tust, was ich dir sage.«

»Es tut mir leid«, sage ich, und mein Magen krampft sich zusammen, während ich das ganze Blut aufnehme. »Ich bin ausgerutscht.«

»Je mehr du mich verletzt hast, desto weniger wird Baba Yaga es tun«, sagt er und begibt sich mühsam in die Hocke. »Kümmere dich besser um deinen verletzten Hintern, der das Herumschleichen und deine Konzentration einschränkt.«

Er hat recht. Mein Steißbein ist ein buchstäblicher *pain in the butt*, als ich aufstehe und ein paar Schritte mache.

»Mir sollte es gut gehen«, sage ich, entschlossen, stoisch zu sein.

»Gut.« Er blutet wie absichtlich alles voll und setzt sich hin. »Wir werden die Eingangstür so stark wie möglich eintreten, und zwar genau in zwanzig Sekunden und zwei Millisekunden nach 18.55 Uhr.«

»Werden wir?« Ich schaue mir die betreffende Tür an, ziehe mein Telefon heraus und wische das beschlagene Display ab. Ich bin beeindruckt, dass das Ding nicht bei der Hitze verendet ist. Hat Felix es mit seinen Kräften verstärkt, bevor er es mir gegeben hat?

Apropos Felix, ich habe einen Haufen verpasster Anrufe und besorgter SMS von ihm. Ich ignoriere sie alle und schaue auf die Uhr.

Wir haben noch fünfundzwanzig Minuten Zeit bis zur Deadline.

»Ja«, sagt er. »Und jetzt kommt, was du danach tun wirst.« Er fährt fort, mir seinen Plan zu erzählen – und trotz der sengenden Luft werden meine Hände und Füße eisig, als ich mir die Millionen Wege vorstelle, wie das schiefgehen kann. Er scheint das mangelnde Selbstvertrauen in meinem Gesicht nicht zu mögen, denn als er fertig ist, sagt er: »Und jetzt wiederhole alles für mich.«

Das tue ich.

Er korrigiert einige Details und geht den Plan noch einmal durch, bevor er das Thema mit »Wenn du zu irgendeinem Zeitpunkt um eine Sekunde daneben liegst, war alles umsonst« beendet.

Ich schaue noch einmal auf mein Handy.

Da wir viel Zeit vor dem ersten Schritt des Plans haben, frage ich: »Warum hilfst du mir wirklich?«

Er geht zu dem Eimer mit Wasser, nimmt die Holzkelle und taucht sie ungeschickt ein.

»Trink das.« Er gibt mir die Schöpfkelle. »Du dehydrierst.«

Ich schaue in die Schöpfkelle. Durch ein Wunder ist es ihm gelungen, nicht ins Wasser zu bluten, also nehme ich vorsichtig einen Schluck.

Das Wasser kocht fast, aber es ist so erfrischend wie Werbespots für Erfrischungsgetränke ihre Produkte erscheinen lassen möchten.

»Du weichst meiner Frage aus«, sage ich, nachdem ich meinen Durst ein klitzekleines bisschen gelöscht habe.

»Unsere Zukunft ist verflochten.« Er setzt sich auf die nahegelegene Bank und schmiert etwas Blut darauf. »Indem ich dir jetzt helfe, eröffne ich mir eine Reihe von Möglichkeiten, die später zu meiner Freiheit führen könnten.«

»Könntest du das näher ausführen?« Ich versuche, mich auf die Bank gegenüber von ihm zu setzen, aber springe vor Schmerzen sofort wieder auf. Mein Steißbein ist immer noch unglücklich, und das Holz ist außerdem zu heiß, um sich daraufzusetzen.

»Je mehr ich sage, desto höher ist die Chance, dass du etwas tust, um meine Visionen zu vereiteln.« Er wischt das Blut ab, das über sein Kinn läuft. »Das ist die Natur unserer Kräfte.«

»Ah.« Ich gehe in der Parilka auf und ab. »So wie ich den Bedrohungen ausgewichen bin, die ich in meinen eigenen Visionen gesehen habe.«

»Genau.« Er bewegt sich auf der Bank entlang und verschmiert mehr Blut darauf. »Einer der Hauptgründe, warum die Zukunft nicht immer so verläuft, wie die Seher sie voraussehen, ist das Szenario, das du beschreibst – der Seher, der die Vision gesehen hat, mag sie nicht und nutzt sein Vorwissen, um sein Schicksal zu ändern.« Er schaut auf die Blutstreifen, schüttelt kurz den Kopf und rutscht weiter die Bank hinunter. »Der zweitgrößte Grund, warum sich die Visionen nicht manifestieren, ist, wenn ein anderer Seher sich einmischt – und, in seltenen Fällen, wenn ein Trickser es tut.«

Das, was er mit seinem Blut macht, würde einen abstrakten Maler stolz machen. Er will wirklich, dass Baba Yaga denkt, er hätte um sein Leben gekämpft.

»Ein Trickser?«

»Ja.« Sein gemeißelter Kiefer spannt sich an. »Ich hasse nicht leichtfertig, aber ich hasse sie dafür.« Er schwenkt mit der Hand um uns herum. »Zumindest hasse ich einen ganz besonders.«

»Es war ein Trickser, der dich unter Baba Yagas Fuchtel gebracht hat?«

»Ja.« Die Temperatur im Raum steigt wieder an, und seine Augen scheinen bereit zu sein, Dampf zu spucken. »Dieser Trickser *Mraz'* sagte Baba Yaga, wen sie unter Druck setzen musste, und der alte Besitzer verkaufte die Banja an sie. Zweifellos hat der Trickser die Wahrscheinlichkeitsmanipulation ausgenutzt, um der Hexe dabei zu helfen, dass ich das Ganze nicht kommen sehe.«

»War es Koschei?«, frage ich. »Ist er ein Trickser?«

»Nein«, sagt der Bannik in einem ruhigeren Ton, und die Hitze sinkt wieder auf einfaches Unerträglich. »Koschei ist etwas ganz anderes. Wenn es dir nichts ausmacht, ziehe ich es vor, den Namen des Tricksers nicht auszusprechen. Es gibt Gerüchte, dass das bloße Denken an oder Erwähnen eines Vertreters dieser Art einen dem Unglück aussetzen kann. Es könnte Aberglaube sein, aber besser sichergehen als etwas zu bereuen, wenn man bedenkt, wie viel Glück du gleich brauchst.«

Uuups. Scheint so, als wären Trickser genau wie Voldemort. In Zukunft werde ich das Murphy-Chester-Law wieder in Murphys Law umbenennen – für alle Fälle.

Aber andererseits habe ich nicht gerade an den Namen gedacht, an den ich nicht denken sollte?

Bedeutet das, dass es noch schlimmer kommen könnte?

Ich schaue noch einmal auf mein Telefon.

Wir sind immer noch ein paar Minuten von meiner unmöglichen Mission entfernt, also sage ich: »Kannst du mir in der Zeit ist, die uns bleibt, ein wenig darüber beibringen, wie man ein Seher ist?«

»Sicher.« Seine Augen strahlen aufgeregt. »Warum fangen wir nicht mit dem an, was du bereits weißt? Auf diese Weise kann ich die Lücken für dich schließen.«

Ich erzähle dem Bannik schnell alles, was mit meinen Kräften zu tun hat, angefangen damit, wie gut ich schon immer bei der Auswahl der Aktien und anderer ähnlicher Aktivitäten war. Dann erkläre ich die Leistungssteigerung durch das Fernsehen und die unbewussten Prophezeiungen, die folgten, wobei ich mit den beiden unaufgeforderten Wachvisionen beginne und mit meinen jüngsten Leerraumerfahrungen ende.

»Ich muss sagen, ich bin extrem beeindruckt«, sagt er, als ich aufhöre zu reden. »Du hast in kurzer Zeit Fortschritte gemacht, für die man normalerweise viele Jahre braucht. Du könntest auf dem besten Weg sein, einer der mächtigsten Seher, oder in deinem Fall Seherinnen, zu werden.«

»Das ist toll, aber wie kann ich es auf die nächste Stufe bringen?« Ich gehe zum Eimer und benutze die Schöpfkelle, um mir einen weiteren brennenden Drink zu holen.

»Übe weiter. Und versuche zu verstehen, was wirklich den Leerraum auslöst – denn es ist nicht die Meditation, wie du zu denken scheinst.« Er schlägt die Beine übereinander, als wolle er meditieren. »Nicht wirklich.«

»Ist es nicht? Was ist es dann?«

»Konzentriere dich.« Er schließt die Augen, und sein Ausdruck ist ruhig. »Meditation ist ein Weg dorthin, ebenso wie Zeit in der Banja oder das Besteigen von Bergen oder extremer Sport – um nur einige Optionen zu nennen. Der Schlüssel ist, dass du deinen Geist frei bekommst und dich auf die richtige Weise konzentrierst.«

Wie um seinen Standpunkt zu veranschaulichen

tanzt das Licht auf seinen Handflächen, schießt dann auf seine Augen zu, hört aber auf, bevor es sein Ziel erreicht.

Wow.

Ich wische ein neues Flüsschen Schweiß ab und versuche mir vorzustellen, wie man die Banja als Weg zum Leerraum benutzen kann.

Es könnte funktionieren. Wahrscheinlich nicht in meinem aktuellen adrenalinübersättigten Zustand, aber normalerweise, wenn sie wie vorgesehen genutzt wird. Als Felix uns die Banja in Manhattan zeigte und uns die ganzen Dampfbäder und Abkühlungen machen ließ, war mein Verstand bewundernswert klar.

»Irgendwann wird es immer einfacher, den Leerraum zu erreichen, und du wirst es ohne Hilfe schaffen«, sagt der Bannik, als das Licht wieder auf seinen Handflächen erscheint.

Angeber.

»Im Moment kann ich den Leerraum nicht einmal mit Meditation erreichen«, beschwere ich mich.

»Richtig.« Er öffnet die Augen und schwingt seine Beine nach unten. »Du solltest vorsichtig sein, wenn es um die Länge der Sehkraft in die Zukunft geht. Längere Visionen entziehen dir tatsächlich Kraft.«

»Ich sah eine Vision, die viele Stunden dauerte. Wie lange werde ich brauchen, um mich zu erholen?«

»Das hängt von deiner Macht ab.« Er steht behutsam auf und macht einen vorsichtigen Schritt zur Tür. »Die Erholungszeit verbessert sich, wenn du mehr Kontrolle über deine Fähigkeiten bekommst – deshalb kannst du erwarten, dass die Wartezeit immer kürzer wird, je mehr du übst. Fürs Erste würde ich die Visionen kurz halten.«

»Vorausgesetzt ich überlebe lange genug, um zu üben«, beschwere ich mich und schaue auf die Uhr auf meinem Handy. »Es ist fast so weit.«

»In der Tat.« Er geht auf die Tür zu, und ich folge ihm.

Er steht in einer übertriebenen Tritt-Pose da, und ich tue mein Bestes, um die seltsame Haltung nachzuahmen.

»In drei, zwei«, flüstere ich. »Eins.«

Wir bewegen uns wie Spiegelbilder und treten die Tür ein.

KAPITEL 19

MEIN FUSS SCHREIT vor Schmerzen bei dem Aufprall.

Die Polizisten in den Fernsehsendungen lassen das zu einfach aussehen.

Die Tür geht nicht kaputt und fliegt auch nicht aus ihren Scharnieren, aber es *gibt* einen Schlag von einem Körper, der auf dem gefliesten Boden draußen aufschlägt.

»Los.« Jaroslaw zieht den Körper des bewusstlosen Admirals in den Raum. »Behalte die Zeit im Auge und tue genau das, was ich gesagt habe.«

»Danke.« Wie von einem bösen Geist besessen lehne ich mich nach vorn und gebe ihm einen Kuss auf die Wange.

Er starrt mich an, als hätte ich ihm wieder ins Gesicht getreten.

»Es ist an der Zeit«, sage ich und springe über den Körper, während ich aus dem Raum schieße.

Die klimatisierte Luft außerhalb der Parilka ist die

erfrischendste, die ich je erlebt habe. Hinter mir ertönt ein Geräusch von Jaroslaw, der dem Admiral gegen den Kopf tritt, um sicherzustellen, dass er nicht so bald zur Besinnung kommt.

Ich eile den Flur hinunter und halte neben der Holztür einer Parilka mit einem Fenster.

Ich drücke mich gegen den Rand der Tür und versuche, meine Atmung zu beruhigen.

Es gibt vage muskulöse Schatten im Dampf des Raumes, aber ich hoffe, sie sehen mich nicht.

Noch vier weitere Sekunden so.

Eine bewaffnete Wache kommt um die Ecke.

Er ist dabei, mir zu folgen.

Habe ich die Vision des Banniks bereits durcheinandergebracht, indem ich an Chester gedacht habe – und damit Unglück über uns gebracht? In einem Moment wird die Wache mich hier wie einen Idioten stehen sehen, und danach wird Baba Yaga nicht mehr die nette Hexe spielen.

Die Tür neben mir öffnet sich genau in dem Moment, in dem sie sich öffnen soll, und blockiert die Sicht des Wächters auf mich.

Ich erlaube mir einen leisen Seufzer der Erleichterung.

»S lyohkim parem«, sagt die Wache zu dem Mann, der die Tür öffnet.

Laut Jaroslaw bedeutet das *mit sanftem Dampf* – ein traditioneller Banja-Gruß, der grob übersetzt bedeutet: *ich hoffe, dass du eine tolle Zeit in der Banja hattest.*

Ich schaue auf mein Handy und gehe mit dem

Rücken gegen die Wand gepresst schnell seitwärts, immer weiter weg von den Männern.

Der Typ, der aus der Tür kam, drückt der Wache mit tiefer Stimme seine Dankbarkeit aus.

Jemand aus dem Inneren der Parilka beschwert sich auf Russisch über etwas. Vielleicht darüber, dass die Tür offen ist und die Hitze entweicht?

Ich bewege mich schneller, schaue auf mein Handy und springe in die nächste Ecke.

Wenn ich auch nur eine Sekunde abweiche, wird mich der Wachmann entdecken.

Da ich keine Rufe höre, nehme ich an, dass er das nicht getan hat.

Ich habe aber keine Zeit, mir selbst zu gratulieren, denn ich muss den nächsten Schritt des Plans umsetzen – meine Verkleidung.

Ich gehe so leise wie möglich und nähere mich einer Duschkabine.

Die Dusche läuft, wie Jaroslaw es gesagt hat, und ich höre eine tiefe Stimme, die ein russisches Lied summt und damit das fließende Wasser übertönt.

Der große Bademantel, den Jaroslaw erwähnt hat, befindet sich am Holzhaken, ebenso wie das Handtuch.

Ich schiebe meine Bedenken wegen der Hygiene beiseite, schnappe mir den Mantel und ziehe ihn über meine schweißgetränkte Kleidung.

Der Typ muss ein Riese sein, weil das Ding mich bis zu meinen Füßen bedeckt.

Dann packe ich das feuchte Handtuch und wickele es um meinen Kopf.

Ich zähle an dieser Stelle zwei Sekunden und renne dann zur Tür am Ende des Ganges.

Dort steht ein Eimer Wasser mit einem besenähnlichen Haufen Birkenäste, die durchnässt sind.

Ich schnappe mir den Haufen, atme so viel kühle Luft wie möglich ein und betrete die Parilka genau in dem Moment, in dem ein Wächter um die Ecke kommt und meinen Rücken in den Raum gehen sieht.

Er schlägt keinen Alarm.

Die Tarnung muss funktioniert haben.

Ein großer, haariger Typ liegt mit dem Gesicht nach unten in der entferntesten Ecke des Raumes. Er sagt etwas auf Russisch. Laut Jaroslaw hat er »Bitte mach es wärmer« gesagt.

Ich schnappe mir eine nahegelegene Schöpfkelle, tauche sie in einen Wassereimer und gieße Wasser in ein kaminähnliches Gerät in der Nähe.

Ich ignoriere das Zischen und füge immer wieder Wasser hinzu, bis ich genug Dampf produziere, um eine alte Lokomotive zu betreiben.

»Das reicht«, sagt der Typ – wieder einmal laut Jaroslaw. »Jetzt schlag mich ab.«

Ich bewege mich mit Hilfe meiner Erinnerung durch den dichten Nebel, beuge mich über den Mann und hebe das Birkenfoltergerät so an, wie Jaroslaw es mir erklärt hat.

Mit einem schnellen Handgriff schnappe ich mir mit den nassen Blättern die heiße Luft und bringe sie auf den Rücken des behaarten Kerls, während ich ihm einen nassen Schlag gebe.

Er grunzt genüsslich.

Die Tür geht auf.

Ich wiederhole meine seltsame Aktion noch einmal.

Der haarige Typ beginnt, unangemessen zu stöhnen.

Vielleicht, wenn ich wirklich Geld bräuchte, könnte ich als High-End-Domina glänzen.

Der Neuankömmling sagt etwas Anerkennendes auf Russisch.

Ich schlage mein Opfer noch ein paar Male.

Mein Arm wird müde, und die zusätzlichen Kleidungsschichten verschwören sich mit der Hitze, um mich dazu zu bringen, die wenige Feuchtigkeit, die ich noch in meinem Körper habe, herauszuschwitzen.

Das war's mit meiner neuen Karriereidee. Leute zu versohlen ist *anstrengend*.

Ich ignoriere alle Unannehmlichkeiten und mache weiter.

Die Genusslaute meines Opfers sind ausgesprochen verstörend, besonders für einen solchen öffentlichen Ort, aber da sie meiner Tarnung helfen, beschwere ich mich nicht.

Die Tür öffnet sich zum dritten Mal, und der Neuankömmling fragt, ob er etwas Dampf hinzufügen soll.

Alle außer mir stimmen zu.

Sobald das Zischen aufhört und eine Wolke aus dickem Dampf den Raum durchdringt, klemme ich mir den Birkenstrang unter die Achselhöhle und renne zur Tür.

Jaroslaws Macht versagt nicht.

Kein einziger Banja-Enthusiast hält mich auf.

Ich gehe hinaus, lasse die Folterausrüstung in einer Eimer fallen und gehe zügig zum Ende des Flurs, während ich mein Telefon checke.

Gleich ist es so weit.

Ich schaue um die Ecke und sehe den Rücken eines Wachmanns verschwinden.

Ich sprinte.

Dieser Teil der Banja hat Kameras, aber mein Bademantel und mein Handtuch sollten mich nicht auffallen lassen.

Hoffentlich.

Das ist der ungewisseste Teil des Plans.

Ich gehe schnell für die erforderliche Anzahl von Sekunden und ziehe mich dann kurz in einem speziellen *Kühlraum* zurück.

Die kühle Luft ist angenehm, aber ich kann hier nur ein paar Sekunden verbringen, bevor ich meine Flucht fortsetze.

Als ich den Kühlraum verlasse, gehe ich für ein paar Sekunden so schnell ich kann, bevor ich in einer Dampfsauna untertauche. Sie ist so voller Dampf, dass es schwer ist, darin zu atmen. Ich warte wie angewiesen anderthalb Minuten und werde von Sekunde zu Sekunde durstiger. Als ich gehe, bin ich kurz davor, die Kondenswassertröpfchen von den

Wänden und der Decke zu lecken. Aber das tue ich nicht. Weil *igitt*.

Ich verlasse den Raum und laufe in den nächsten Gang.

Jetzt kommt der kniffligste Teil der ganzen Flucht.

Am Ende dieses Flurs befindet sich eine Reihe von Türen, die zum Hinterhof führen.

Ich gehe hinaus.

Der Hinterhof ist ein nettes Detail. Wenn ich als Kunde in dieser Banja wäre, würde ich gerne auf einem der Liegestühle chillen. Der Holzzaun schafft eine angemessene Privatsphäre, und die Herbstluft ist nach der ganzen Hitze angenehm.

Zwei Wachen sind hier und rauchen, wie vorhergesagt.

Der Rauch weht mir ins Gesicht, als ich gerade einen tiefen Atemzug frischer Luft einatme, und ich bekämpfe den Hustenreiz.

Ich soll, ohne die Aufmerksamkeit auf mich zu lenken, um die Ecke gehen, wo sie mich nicht sehen können.

Ich bemühe mich verzweifelt, nicht zu husten, während ich an den Wachen vorbeigehe und versuche, mich so natürlich zu bewegen, als würde ich hierhergehören.

Mein Verstand ist so sehr auf den Rauch konzentriert, dass ich über den nahegelegenen Sessel stolpere.

Scheiße.

Das wird Aufmerksamkeit erregen.

Die Wachen sagen etwas auf Russisch zu mir.

Ich grunze mit einer so tiefen Stimme wie ich kann und laufe weiter.

»Stoj!«, ruft eine der Wachen.

Das ist komplett neben dem Drehbuch.

Verdammt. Ich war so nah dran.

Ich renne verzweifelt zum Zaun.

Hinter mir höre ich Rufe auf Russisch.

Ich reiße mir das Handtuch vom Kopf, werfe es über die Oberseite des mit Splittern gefüllten Holzzauns und ziehe mich nach oben.

Ein Schuss ertönt.

Der Zaun neben meinen Arm explodiert in kleine Stücke.

Ich falle auf der anderen Seite hinunter und rolle.

Der Bademantel und meine Jacke dämpfen die Belastung meiner Rippen leicht, aber ich verliere immer noch die gesamte Luft aus meiner Lunge und will nichts anderes, als ein paar Monate hier liegen zu bleiben.

Im Kampf gegen den tödlichen Impuls klettere ich auf die Beine, werfe den Bademantel ab und stürze auf ein nahegelegenes Gebäude zu, weil ich es als das erkenne, das Jaroslaw mir beschrieben hat.

Ich höre Stiefel auf dem Bürgersteig hinter mir aufkommen und weitere russische Rufe.

Die Wachen müssen den Zaun eingerissen haben.

Ein weiterer Schuss ertönt.

Ein Fenster im ersten Stock des Gebäudes zerbricht in winzige Scherben.

Sind die verrückt?

Was, wenn diese verirrte Kugel jemanden getötet hätte?

Und überhaupt, erkennen diese Jungs nicht, dass meine Gebärmutter wichtig für ihre Arbeitgeberin ist? Baba Yagas gruselige Sashas-Baby-Idee würde nicht funktionieren, wenn die zukünftige Mutter eine Kugel in ihr Gehirn bekommt.

Ich laufe in die schmuddelige Lobby des Gebäudes und drücke auf der Gegensprechanlage den Knopf der 11F.

Das war auch Teil des ursprünglichen Plans, außer, dass ich viel zu früh bin – was bedeutet, dass das vielleicht nicht funktioniert.

Ein weiterer Schuss.

Jemand wird die Polizei rufen.

Die Tür geht auf.

Wer in 11F lebt, ist entweder wirklich mutig oder will verzweifelt sein UPS-Paket. Wenn ich draußen Schüsse hören würde, würde ich die Gebäudetür für einige Jahre nicht öffnen.

Ich laufe hinein und mache eine scharfe Rechtskurve, wobei ich mich vom schwachen Geruch von Müll leiten lasse.

Meine Nase versagt nicht.

Es dauert ein paar Sekunden, bis ich den Seiteneingang gefunden habe, wo der Hausmeister die Abfälle aus dem gesamten Gebäude entsorgt.

Ich springe über die schwarzen Beutel und folge

meiner Nase, allerdings konzentriere ich mich diesmal auf den frischen Geruch des Ozeans.

Ohne zurückzublicken, erreiche ich die Uferpromenade in zwei Minuten.

Es gibt hier eine große Menschenmenge, also tue ich mein Bestes, mich in ihr zu verlieren.

Während ich mit den gemütlich schlendernden Menschen spazieren gehe, sehe ich die Coney Island Rides in der Ferne.

Ich schlängele mich durch die Menge und renne zum Park.

Als ich am Thunderbolt und dem Astro Tower vorbeigehe, verstecke ich mich in der Schlange eines Essensverkäufers. Wenn ich mich nicht um meine Dehydrierung kümmere, könnte ich zusammenbrechen, und im Moment sehe ich nirgendwo Wachen.

Andererseits bedeutet das nicht, dass sie nicht in der Nähe herumschleichen.

Während sich die Schlange bewegt, benutze ich mein Telefon, um mir ein Taxi zu besorgen.

Als ich an der Reihe bin, kaufe ich zwei überteuerte Flaschen Wasser, öffne eine mit zitternden Fingern und schütte sie in einem langen Zug hinunter.

Die Leute um mich herum sehen mich mit amüsierten Gesichtsausdrücken an.

»Jeden Penny wert«, sage ich zu ihnen, als ich gehe.

Als ich mich durch die fröhliche Menge schiebe, sagt mir mein Handy, dass mein Taxi bereits in der

Nähe von Nathans Hotdogs auf mich wartet, also gehe ich dorthin.

Die Cyclone-Achterbahn knarrt in der Ferne, als ich mich der Straße nähere, um mein Taxi zu suchen.

Eine Welle der Angst überkommt mich plötzlich.

Ich starre auf die andere Seite der breiten Straße vor mir, von der mich die beiden Wächter bedrohlich ansehen.

KAPITEL 20

Sie springen in den Verkehr.

Würden sie es wagen, mich vor Hunderten von Zeugen zu erschießen?

Sie weichen Autos aus, während sie auf mich zukommen.

Für die Zuschaue könnte es so aussehen, als wollten sie mein Taxi stehlen – eine gängige Sünde in New York City.

Ich erreiche das Taxi, reiße die Tür auf und springe hinein.

In einer der Hände meines Angreifers schimmert etwas Metallisches.

»Ich gebe Ihnen hundert Dollar Trinkgeld, wenn Sie sofort aufs Gas treten«, sage ich der älteren Frau am Steuer. »Und ich schreibe Ihnen die allerbeste Rezension, die Sie je bekommen haben.«

Ich bin mir nicht sicher, ob das Geld oder das

Versprechen einer großartigen Rezension das Wunder bewirkt, aber wir rasen nach vorne – fast über die beiden Wachen.

Ich ducke mich, damit sie mich nicht durch die Fenster sehen können.

Niemand schießt auf uns.

Fünf Blocks später setze ich mich auf und schaue zurück.

Keine Verfolger.

Nach einer weiteren Meile öffne ich meine zweite Wasserflasche und nehme erleichtert einen Schluck.

Immer noch niemand hinter uns.

Als wir auf die Autobahn abbiegen, erlaube ich mir, mich zu entspannen.

Niemand folgt mir.

Ich konnte entkommen.

Es sei denn, jemand wartet wieder am Eingang meines Hauses.

Mein Herz macht einen Satz.

Ich nehme mein Telefon heraus und rufe Ariel an, um sie zu bitten, mich nach oben zu begleiten.

Ihre Mailbox antwortet, und ein seltsames beunruhigendes Gefühl überkommt mich.

Ich schüttele es ab und rufe als Nächstes Felix an.

»Sasha«, sagt er, als er beim ersten Klingeln abnimmt. »Was zum Teufel ist passiert? Ich kam nach Hause, und du warst nicht hier. Neben dem Gebäude waren Polizisten, und die Nachbarn sagten, es ertönten Schüsse. Ich habe mir wie verrückt Sorgen gemacht und mir das Schlimmste vorgestellt.«

»Das Schlimmste ist auch passiert«, erwidere ich. »Unsere alte Freundin aus Brighton Beach zwang mich zu einem Gespräch, das fast zu einer Gräueltat geführt hat. Ich habe Glück, dass ich noch am Leben bin.«

»Baba Yaga? Was hat sie getan?«

»Ich sitze in einem Taxi«, sage ich. »Lass uns reden, wenn ich nach Hause komme.« Ich hoffe, Felix versteht, dass das Mandat es mir sehr schwer macht, etwas vor dem Fahrer zu erklären.

»Natürlich. Kann ich irgendetwas tun?«

»Ich muss sicher sein, dass mich niemand auf dem Weg zur Wohnung überfällt«, erkläre ich ihm. »Ist Ariel zu Hause?«

»Nein, ist sie nicht. Aber ich kann runtergehen und dich abholen.«

»Du bist vielleicht nicht genug. Ist nicht böse gemeint.«

»Ich weiß«, sagt er. »Wann kommst du an? Ich werde eine Ausrede finden, um die Polizei herzuholen. Ich könnte ihnen erzählen, dass es noch einen weiteren Schuss oder so etwas gab.«

Ich starte die GPS-App auf meinem Handy und teile Felix meine voraussichtliche Ankunft mit.

»Ich werde bereit sein«, sagt er. »Aber hast du schon mal darüber nachgedacht, Nero zu kontaktieren? Er könnte …«

»Nein«, sage ich gereizt. »Was Nero tun muss, ist, eine Sicherheitsperson für dieses Gebäude einzustellen, um sicherzustellen, dass das, was mit mir passiert ist, nicht noch einmal passieren kann. Unseres ist wahrscheinlich das *einzige* Gebäude in Downtown ohne Türsteher oder Wächter.«

»Zu Neros Verteidigung könnte das Fehlen eines Türstehers auch den Vorteil haben, dass kein Mensch seine Nase in Angelegenheiten der Cogniti steckt«, sagt Felix. »In unserem Gebäude wimmelt es von Vertretern unserer Art.«

»Verteidigst du gerade tatsächlich Nero?« Ich umklammere das Telefon fester.

Felix seufzt. »Lass mich die Vorbereitungen für deine sichere Ankunft treffen.«

»Danke«, sage ich und lege etwas zu heftig auf.

Für den Rest der Fahrt versuche ich zu meditieren, und obwohl ich den Leerraum nicht erreiche, bin ich bei meiner Ankunft viel ruhiger.

Ich sehe Felix mit Polizisten reden, als ich das Auto verlasse.

Er zwinkert mir zu, als ich an ihnen vorbeigehe. Dann sagt er etwas zu den Polizisten, und sie folgen mir in das Gebäude.

Ich rufe den Aufzug.

»Haben Sie irgendwelche Patronenhülsen gefunden?«, höre ich Felix fragen, als ich in den Aufzug steige.

Die Türen schieben sich zu, so dass ich die Antwort der Polizisten nicht höre.

Ich hoffe, sie finden die Kugel und verbinden sie mit dem Admiral. Da er kein Cogniti ist, kann die Polizei mit ihm umgehen wie mit jedem menschlichen Kriminellen – und ich bezweifele, dass Baba Yaga einem einfachen Lakaien helfen würde.

Als der Aufzug in unserem Stockwerk ankommt, verlasse ich die Sicherheit der Kabine und laufe direkt zu unserer Tür.

Sobald ich in der Wohnung bin, schließe ich die Tür hinter mir, und als ich Fluffster sehe, atme ich endlich erleichtert auf.

Ich würde jeden herausfordern, der versucht, mich *jetzt* zu entführen.

Mein pelziger Beschützer würde sie vernichten.

»Felix hat mir erzählt, dass etwas passiert ist.« Fluffsters mentale Botschaft ist voller Sorgen. »Etwas darüber, dass Baba Yaga dich entführt hat?«

»Ich erkläre es dir gleich«, sage ich und gehe in die Küche. »Wenn Felix zurückkommt.«

Ich stöbere durch den Gefrierschrank und hole eine Packung gefrorene Erbsen heraus. Dann nehme ich die Eisschale und fülle zwei Gläser mit Wasser und Eis.

»Ist Ariel nach Hause gekommen?«, frage ich. Ich lege die Erbsen auf den Stuhl und setze mein noch schmerzendes Steißbein auf den Eisbeutel, während ich ein halbes Glas Wasser trinke.

»Nein.« Fluffster neigt seinen Kopf auf eine fast hundeähnliche Weise, als ich in meinem Bestreben, zu rehydrieren, fast an einem Eiswürfel ersticke.

Huh. Ariel war nicht nur zu spät, um mich zur Einführung zu bringen. Sie ist überhaupt nicht aufgetaucht.

Das sieht ihr nicht ähnlich.

Ich denke mir, dass ich eine Haustiertherapie gebrauchen könnte, und gebe Fluffster ein Zeichen, auf meinen Schoß zu springen. Das tut er, und ich fahre fort, sein Fell zu streicheln.

Wir sitzen so da, bis die Eingangstür quietscht und Felix in die Küche kommt.

»Spuck es aus«, sagt er.

»Es ist passiert, als ich das Gebäude betrat«, beginne ich und erzähle beiden von meiner Begegnung mit Baba Yaga.

»Ich frage mich, ob sie die Wahrheit gesagt hat, dass sie einen Kinderseher will. In einigen russischen Märchen – zweifellos nicht realen – verbringt sie ihre ganze Zeit damit, kleine Kinder zu essen«, sagt Felix, als ich fertig bin. »Außerdem gibt es in denselben Märchen oft jemanden, der ihr sein Erstgeborenes schuldet.«

»Was du nicht sagst.« Ich nehme mehr Wasser zu mir. »Gibt es Märchen, in denen die Prinzessin – und ich will die Prinzessin sein – wie eine Kuh für die Zucht genutzt wird?«

Er errötet und schüttelt seinen Kopf.

»Ich hasse es, das zu sagen, aber ich habe es dir gleich gesagt«, informiert Fluffster mich. »Hoffentlich wirst du jetzt auf mich hören und die lästige Gewohnheit aufgeben, das Haus zu verlassen.«

»Diesmal hast du gewonnen.« Ich nehme das zweite Glas in die Hand. »Ich bleibe zu Hause, bis ich das Problem gelöst habe.«

»Wirst du dich an Nero wenden?«, fragt Felix.

»Nein. Vielleicht.« Ich trinke das Glas aus und sage dann: »Wenn ich das tue, ist es der letzte Ausweg. Zuerst möchte ich mit Rose und Vlad sprechen.« Ich nehme mein Telefon heraus, rufe die Kalender-App auf und suche Vlads nächsten Mittagsbesuch heraus. »Er wird sie in drei Tagen besuchen. Ich wollte sowieso nach Vampirbeziehungen fragen, aber jetzt werde ich auch darüber mit ihm reden. Vielleicht können mir der Rat oder die Vollstrecker helfen.«

»Das bezweifle ich«, sagt Felix. »Das ist so wahrscheinlich wie Weltfrieden, oder dass Baba Yaga ein Gewissen entwickelt.«

»Wenn sie mir nicht helfen können, dann werde ich zu Hause bleiben, bis ich meine Kräfte beherrsche.« Ich stehe auf, lege die halb aufgetauten Erbsen wieder in den Gefrierschrank und gieße mir ein weiteres Glas Wasser ein. »Wenn ich lerne, das zu tun, was der Bannik getan hat, kann ich sagen, wann es sicher ist, rauszugehen, und wann nicht. Ich glaube, ich kann meine Kraft nutzen, um für meine Feinde fast unsichtbar zu werden.«

»Das ist kein schlechter Plan«, sagt Felix. »Soll ich dir etwas zu essen machen?«

»Ja, bitte«, sage ich dankbar. »Etwas mit vielen Elektrolyten.«

Felix macht uns beide mit Spargel und Schinken gefüllte Kartoffeln, und ich schlinge das Abendessen herunter, bevor ich mich meiner Erschöpfung hingebe und ins Bett gehe.

DIE NÄCHSTEN ZWEI Tage verbringe ich in der Wohnung – hauptsächlich damit, Lebensmittel online zu bestellen, fernzusehen und zu meditieren.

Leider führt keiner meiner Meditationsversuche zu einem Leerraum.

Aber wenigstens werde ich immer besser darin, einen freien Kopf zu bekommen.

Ich entwickele auch eine Technik, die nützlich sein sollte, wenn meine Kräfte zurückkehren.

Jedes Mal, wenn ich daran denke, überprüfe ich die Uhr meines Telefons, ähnlich wie bei einer Zwangsstörung.

Mein Gedanke ist folgender: Wenn ich das dauernd mache, werde ich, wenn ich irgendwann Visionen bekomme, wo ich meinen Körper habe, immer wissen, wie spät es ist – weil dieses zukünftige Ich aufs Telefon schauen wird.

Ich bin in nur zwei Tagen sehr gut darin geworden. Es gibt jedoch einen negativen Nebeneffekt.

Das ständige Überprüfen der Zeit hat die zwei Tage zu Hause noch langsamer vergehen lassen.

Am dritten Tag schlafe ich fast bis Mittag, stolpere in die Küche und überprüfe die Uhr meines Telefons als Teil meiner neuen zwangsstörungsartigen Routine. Als ich keine Überreste von Felix' Essen finde, bereite ich unwillig die Pfanne vor und hole ein paar Eier aus dem Kühlschrank.

»Hallo, Schlafmütze«, sagt Fluffster in Gedanken, als er hereinkommt.

»Hey.« Ich schaue zu ihm hinunter. »Ist Ariel gestern Nacht nach Hause gekommen?«

»Nein«, antwortet er besorgt. »Nicht ein einziges Mal diese Woche.«

Ich presse meine Lippen zusammen und schlage wütend ein Ei in die brutzelnde Pfanne.

Wenn Ariel irgendwann auftaucht, werden wir uns unterhalten müssen.

Fluffster fragt, während ich esse, nach meiner vergeblichen Arbeitssuche, und als ich fast fertig bin, klingelt das Telefon in Ariels Zimmer.

Ich springe auf und stolpere fast, während ich zur Quelle des Lärms eile.

Vielleicht hat Ariel bemerkt, dass sie ihr Telefon hiergelassen hat, und will mich jetzt erreichen, indem sie sich selbst anruft.

Angst überkommt mich, als ich mir den klingelnden Apparat schnappe.

Ich kenne diese Nummer.

Es ist die von Baba Yaga.

Ich lehne den Anruf ab, aber der Anrufer hinterlässt keine Nachricht auf der Mailbox.

Baba Yaga hat sich mich also noch nicht aus dem Kopf geschlagen. Das überrascht mich nicht.

Ich nehme Ariels Telefon mit, während ich die Küche aufräume, bevor ich zurück in mein Schlafzimmer gehe und mir ein repräsentativeres Outfit anziehe.

Laut meinem Kalender ist heute der Tag, an dem Vlad in Roses Wohnung ist, also gehe ich dorthin.

»Hast du im Flur deine Kräfte?«, frage ich Fluffster, als ich meine Waffe nehme und entsichere. »Ich habe Angst, dass jemand darauf wartet, dass ich die Wohnung verlasse.«

»Nein«, sagt er. »Ich wurde einmal fast von dieser höllischen Katze gefressen, als ich den Fehler machte, mich hinauszuwagen.«

»Dann muss das reichen.« Ich schwenke mit der Waffe. »Ich werde die Tür angelehnt lassen, damit ich, falls jemand auf mich wartet, ich ihn erschießen und gleich wieder zurückkommen kann.«

Während ich das sage, hole ich mir ein riesiges Lehrbuch zur »Weltwirtschaft« aus dem Regal, das ich als Türstopper verwende.

»Ich werde hierbleiben«, sagt Fluffster und macht es sich am Eingang bequem. »Und denk dran, wenn du schreist, wird Vlad dich wahrscheinlich hören.«

Ich nicke, atme dann beruhigend durch und verlasse die Wohnung.

KAPITEL 21

NIEMAND BELÄSTIGT MICH, während ich zu Roses Wohnung renne.

Ich klingele und verstecke die Waffe.

Die Tür öffnet sich und gibt den Blick auf Roses lächelndes Gesicht frei.

»Sasha.« Ihr Make-up ist besonders sorgfältig aufgetragen, und ihr Sommerkleid sieht aus, als käme es aus dem neuesten Modemagazin. »Bitte komm rein.«

Ich trete ein. Das Apartment riecht nach Chanel-Parfum, frischen Blumen und exotischem Tee.

Rose führt mich ins Wohnzimmer.

Vlad steht am Fenster. Die Sonnenstrahlen, die auf seine Haut fallen, zerstreuen einen weit verbreiteten Vampirmythos – ihre UV-Lichtempfindlichkeit.

Es sei denn, er hat Lichtschutzfaktor 5 000 aufgetragen.

»Hallo, Sasha.« Die Winkel seiner tiefschwarzen

Augen legen sich bei seinem angedeuteten Lächeln in Falten, bevor es sofort wieder verschwindet und die übliche mürrische Maske hinterlässt.

Luzifer hebt ihren Kopf von dem großen Kissen auf dem Sofa. Ihr flaches Gesicht zeigt eine Mischung aus mürrisch und schläfrig. Sie scheint sagen zu wollen: »Du? Was ist los mit diesen Bauern, die das zehnte königliche Nickerchen unserer Majestät stören?«

Ich ignoriere den bösen Blick der Katze, gehe zum Sofa und setze mich neben ihr Kissen.

Sie vibriert gefährlich, als ich es wage, sie unter dem Kinn zu kraulen.

Können Katzen vor Entrüstung schnurren?

»Also«, Rose setzt sich mit einer Tasse Tee in der Hand neben mich, »in welche Schwierigkeiten hast du dich diesmal gebracht?«

Ich ziehe meine Augenbrauen hoch. »Du kannst mir das ansehen?«

Vlad grunzt etwas Unverständliches, während Rose mich nur ohne zu blinzeln anschaut.

Seufzend erzähle ich ihnen von meinem erzwungenen Besuch in Baba Yagas Banja.

»Du musst dich mit Nero versöhnen«, sagt Vlad, als ich fertig bin. »Er kann dem ein Ende setzen.«

»Nero und ich sind unversöhnlich«, sage ich mit Nachdruck. »Ich hatte gehofft, dass es eine Art Cogniti-Polizei gibt, die mir stattdessen helfen könnte.«

Ich schlage unschuldig mit meinen Wimpern, so als hätte ich vergessen, dass Vlad der Kopf der

Vollstrecker ist – einer Gruppe, die definitiv nach Polizei klingt. Oder vielleicht nach Sondereinsatzkräften. Oder sind sie eher die Art von Geheimpolizei, die Diktatoren einsetzen?

»Ich fürchte, der Rat würde sich nicht mit deinen Problemen befassen«, sagt Vlad und klingt wirklich bedauernd. »Besonders angesichts der Tatsache, dass Baba Yaga in der Vergangenheit Ratsmitglied in Sankt Petersburg war und Ambitionen hat, in den Rat von New York zu kommen, wenn ein Platz frei wird.« Er zuckt bedauernd mit den Schultern. »Ich befürchte, du bist auf dich allein gestellt.«

»Obwohl wir dir natürlich gerne inoffiziell helfen«, sagt Rose und wirft Vlad einen strengen Blick zu.

»Natürlich«, sagt er, etwas zu schnell. »*Inoffiziell* helfe ich dir gerne. Ich weiß nur nicht, wie.« Er sieht aus, als würde er gleich fermentierte Kakerlakenlarven schlucken müssen, als er anbietet: »Vielleicht kann ich dich zur Einführung begleiten?«

»Ariel kann mir *dabei* helfen«, möchte ich sagen. Aber dann erinnere ich mich an ihre ständige Abwesenheit und beschließe, dass es an der Zeit ist, dass ich mehr über Vampirbeziehungen lerne, also platze ich stattdessen damit heraus: »Was ist eine Bluthure?«

Tee spritzt aus Roses Mund, und Vlad sieht aus, als hätte er die Kakerlakenlarven geschluckt.

»Chester hat Ariel im Earth Club so genannt«, erkläre ich schnell. »Ich glaube, er hat sich auf ihre Beziehung zu Gaius bezogen.«

»Oh«, sagt Vlad, die mürrische Unlesbarkeit ist zurück auf seinem Gesicht. »Ich verstehe.«

Auch Rose gewinnt ihre Fassung zurück. »Sasha hat mich nach Vampirbeziehungen befragt, und ich habe sie gebeten, vorbeizukommen, wenn du hier bist, damit wir es zusammen besprechen können«, erklärt sie Vlad.

»Und meine Nachfrage ist gerade noch viel dringender geworden.« Gedankenverloren streichele ich Luzifers fast chinchillaweiches Fell und verliere dabei überraschenderweise keine Finger. »Wir haben Ariel seit Tagen nicht mehr gesehen. Ihr Verhalten davor war unberechenbar. Sie …«

»Gaius hat sich vor einigen Tagen beurlauben lassen.« Vlad geht langsam zu einem Stuhl und nimmt mit steifem Rücken Platz. »Er wollte etwas in Russland erledigen. Vielleicht hat er sie mitgenommen?« Es klingt nicht so, als ob er glaubt, dass die Antwort Ja sei.

»Ich denke, Ariel würde mir sagen, wenn sie verreist, besonders wenn das Reiseziel so exotisch ist wie Russland«, entgegne ich.

Rose starrt Vlad vielsagend an.

Er zieht widerwillig sein Handy heraus und versendet so ultraschnell eine Nachricht, wie es nur Vampire und Teenagermädchen zu können scheinen.

Die Antwort erfolgt sofort.

»Ariel ist nicht bei Gaius.« Vlad schaut Rose in die Augen, und ich frage mich, ob er fluffsterähnliche Fähigkeiten hat und ein geheimes, telepathisches Gespräch mit ihr führen kann. »Gaius sagt auch, dass sie keine Beziehung führen.« Er schaut auf sein Telefon. »Er sagt, und ich zitiere: ›Es ist nur ein lockeres, für beide Seiten vorteilhaftes Arrangement. Sie bedeutet mir nichts‹.«

Roses Gesichtszüge verdüstern sich.

»Sie sind beide erwachsen«, meint Vlad entschuldigend zu ihr.

»Gaius lügt.« Ich kämpfe gegen den Drang, aufzustehen, mir Vlads Handy zu schnappen und diesem selbstgefälligen Arschloch einige ausgewählte Beleidigungen zu schreiben. »Ariel hat die ganze letzte Zeit mit ihm verbracht.«

»Jemandem wie ein Welpe zu folgen macht keine Beziehung aus«, sagt Vlad und schaut dann auf Roses noch wütenderes Gesicht. »Es tut mir leid, aber es ist die Wahrheit.«

»So etwas passiert mit einigen, die Vampirblut probieren.« Rose blickt auf Vlad, als ob sie eine Bestätigung haben wollte. Als er nickt, sagt sie: »Die Erfahrung ist … außergewöhnlich.«

»Also … was? Willst du damit sagen, dass Ariel von Gaius ›außergewöhnlichem‹ Blut abhängig ist?« Ich schaue auf Rose, dann auf Vlad.

Beide weichen meinem Blick aus.

Meine Sorge verstärkt sich. »Ist sie wie eine Heroinabhängige oder so?«

»Eher eine Sexsüchtige als eine Drogensüchtige.« Vlad erwidert endlich meinen Blick.

»Es sollte eine eigene Kategorie sein«, sagt Rose leicht errötet. »Aber es genügt, zu sagen, dass man ungeheure Willenskraft braucht, wenn man eine so starke Substanz zu sich nehmen will. Es hilft auch, wenn man in einer liebevollen Beziehung zu seiner Lieblingsdroge ist.« Sie wirft Vlad einen so erhitzten Blick zu, dass ich halb erwarte, dass sie auf die Füße springt und vor mir mit ihm rummacht. Wieder einmal.

»Das gefällt mir nicht.« Ich streichele die Katze weiter. Lautes Schnurren und mein Fortbestehen sind die Belohnung. »Könnte es sein, dass Ariel einen anderen Vampir gefunden hat, um Blut zu bekommen?«

Vlad schüttelt den Kopf. »Sie hat von Gaius getrunken«, sagt er. Als ich ihn verständnislos anschaue, erklärt er: »Sein Geruch wird sie wochenlang umgeben. Er ruiniert anderen den … Appetit.«

»Ach so, ihr wollt keine schlampigen abgelegten Lover von einem anderen Vampir.«

Rose verschluckt sich an ihrem Tee, und Vlad schüttelt einfach wieder den Kopf.

»Wenn sie nicht bei einem anderen Vampir sein kann, habe ich keine Ahnung, wo sie sein könnte«, sage ich.

»Sie könnte in einem menschlichen Krankenhaus sein.« Vlad massiert seinen Nasenrücken und runzelt die Stirn tiefer als sonst. »Je nachdem, wie viel sie zu sich genommen hat, könnten die Entzugserscheinungen sehr stark sein.«

»Entzug?« Ich unterdrücke den Drang,

Obszönitäten zu schreien. »Ihr habt gesagt, es sei wie Sex.« Fast hätte ich »Ich habe seit zwei Jahren keinen mehr bekommen, und ich habe keine Entzugserscheinungen, abgesehen von gelegentlicher Verschrobenheit« hinzugefügt, aber das wäre zu viel der Information gewesen.

»Sie könnte sich selbst in die Reha eingewiesen haben«, sagt Rose beruhigend. »Es gibt eine ausgezeichnete Einrichtung auf Gomorrha, die sich auf alle Arten von bekannten Abhängigkeiten spezialisiert hat.«

»Das glaube ich nicht.« Frustration sickert in meine Stimme. »Würde sie mir nicht sagen, wenn sie zum Entzug geht?«

»Sie könnte sich vielleicht geschämt haben«, sagt Rose. »Aber du hast recht. Sie würde zumindest eine Geschichte erfinden, um ihre Abwesenheit zu erklären.«

Vlad steht auf. »Kannst du mir ein paar Haare von ihr bringen? Es ist an der Zeit, diese Frage zu beantworten.«

»Haare?« Ich starre ihn an. »Die könnten schwer zu finden sein.«

»Ich könnte ihren Aufenthaltsort bestimmen, wenn ich genetisches Material von ihr hätte«, erklärt Vlad widerwillig. »Das ist etwas, was meine Art tun kann.«

Ich erinnere mich an die Haarlocke, die Gaius bei unserem ersten Treffen von mir genommen hat, und wie er mich dann nach dem Kampf mit Beatrice in Vegas gefunden hat. So hat er das also geschafft – und deshalb bestand Ariel darauf, dass er die Haare zurückgibt.

Als ich an diese Ereignisse denke, werde ich von Schuldgefühlen überflutet. Meine unglücklichen Erlebnisse sind der Grund, warum sie zum ersten Mal Gaius' Blut getrunken hat.

Ich verbanne diese nicht hilfreichen Gedanken aus meinem Kopf und konzentriere mich auf die praktischen Auswirkungen von Vlads Offenbarung. Ich erinnere mich jetzt verschwommen, dass ich darüber nachgedacht hatte, meinen Kopf zu rasieren, als ich von diesem Haarzeug erfuhr, aber Gaius' Bezirzen muss mich alles darüber vergessen lassen haben.

Nicht, dass ich mir wirklich den Kopf rasieren würde, aber vielleicht könnte ich so eine Zwangsstörung wie Ariel bekommen, was das Herumliegenlassen von Haaren betrifft.

Aber sie hat vielleicht keine Zwangsstörung. Ihr Haar könnte auf Grund ihrer Superkraft weder abbrechen noch ausfallen.

»Ich bezweifle, dass ich etwas finden werde«, sage ich und erkläre Ariels Haarsituation. »Aber ich werde nachsehen. Es kann jede beliebige DNA sein, oder?«

Ich stelle mir vor, wie Vlad ein gebrauchtes Damenhygieneprodukt hält, und es fällt mir schwer, ein ernstes Gesicht zu behalten.

»Ja, es kann alles sein.« Vlad geht zum Fenster und starrt nach unten auf den Park.

»Okay.« Ich stehe auf. Etwas zu tun zu haben gibt

mir einen kleinen Energieschub. »Gebt mir einen Moment.«

Rose bringt mich zur Tür.

»Ich bin gleich zurück«, flüstere ich ihr zu. »So schnell wie möglich.«

»Ich sorge dafür, dass Vlad hierbleibt, bis du zurückkommst.« Sie drückt beruhigend meine Hand und öffnet die Tür.

»Danke«, sage ich und verlasse die Wohnung.

»Kein Problem.« Rose lächelt und schließt die Tür.

Da sie Ariel nicht so gut kennt, bin ich sehr dankbar, dass sie Vlad um Hilfe gebeten hat.

Ich gehe auf meine Wohnung zu, als ich den Aufzug kommen höre.

Mist.

In meiner Sorge um Ariel habe ich meine eigene verletzliche Lage völlig vergessen.

Die Fahrstuhltüren öffnen sich.

Ich ziehe die Waffe heraus.

KAPITEL 22

»SASHA.« FELIX' Gesicht ist bleich, seine Augen treten hervor. »Richte das nicht auf mich.«

Ich verstecke die Waffe schnell.

Diese Situation macht mich zu nervös. Wenn an Felix' Stelle ein Nachbar gekommen wäre, hätte er vielleicht nach so einem Auftritt die Polizei gerufen – und ich glaube nicht, dass es mir Spaß machen würde, Vlad anzuflehen, mich mit seinem Bezirzen aus diesem Debakel herauszuholen.

»Alles in Ordnung?« Felix steigt aus dem Aufzug.

»Lass uns in der Wohnung reden«, sage ich und eile zur Tür.

Felix folgt mir.

Ich gehe im Wohnzimmer hin und her, während ich ihm und Fluffster erzähle, was ich gerade erfahren habe.

»Das Blut muss ihr geholfen haben, mit ihrer PTBS fertig zu werden«, sagt Fluffster in Gedanken, als ich fertig bin. »Muss besser gewirkt haben als die Drogen, die sie gelegentlich nimmt. Zumindest bedeutet das, dass sie nicht bipolar ist.«

»Ja«, sagt Felix und schaut zu Fluffster. »Blutabhängigkeit erklärt eine Menge. Ihre Stimmungsschwankungen. Ihr Verschwinden.«

»Aber ihr letztes Verschwinden ist anders.« Ich schaue Felix an. »Kannst du mir bitte helfen, Haare von ihr oder irgendetwas anderes mit ihrer DNA für Vlad zu finden?«

Ich erzähle ihm nichts von meiner früheren vergeblichen Haarsuche. Es könnte Felix dazu bringen, zu leicht aufzugeben, und außerdem ist es nicht so, dass ich besonders gründlich war.

»Das werde ich tun.« Felix geht zum Sofa und schaut in die Ritzen. Über seine Schulter sagt er: »Ich denke, dass du in der Zwischenzeit versuchen solltest, deine Kräfte zu nutzen. Tu dein Bestes, um eine Vision von Ariel zu bekommen.«

»Ich weiß nicht, ob ich mich gerade konzentrieren kann.« Ich ertappe mich dabei, wie ich an meinen Nägeln kaue, und höre auf.

»Du kannst nicht davon ausgehen, dass du für deine Visionen immer eine entspannte Atmosphäre haben kannst.« Felix dreht ein weiteres Kissen um. »Ich bin mir sicher, du wirst es hinbekommen. Für Ariel.«

»Gut«, sage ich. »Ich bin dann in meinem Zimmer. Bitte stört mich eine Weile nicht.«

»Ich helfe Felix beim Suchen«, sagt Fluffster.

»Nur eine Sekunde«, sage ich, hebe ihn hoch und umarme ihn wie einen Teddybären.

Ein Teil meiner Spannung scheint von seinem himmlischen Fell absorbiert zu werden, bevor ich ihn wieder absetze und in mein Zimmer gehe.

Sind seine beruhigenden Effekte eine Domovoi-Macht, oder ist jedes Chinchilla so?

Als ich in mein Zimmer komme, taucht etwas in meinem Kopf auf, was Jaroslaw, der Bannik, gesagt hat. Ein Gedanke, der auf einen ruhigen Moment gewartet hat, in dem etwas nicht schiefläuft.

Meditation ist nur ein Mittel zum Zweck. Der Schlüssel zum Erreichen des Leerraums ist eine spezielle Art von Fokus.

Bedeutet das, dass ich die Meditation umgehen und direkt in diesen speziellen Fokus springen kann?

Es scheint unwahrscheinlich zu sein.

Dann löst das Wort »Fokus« einen weiterer Gedanken aus.

Kurz bevor ich herausfand, dass ich zu den Cogniti gehöre, hat Nero mich eine Firma namens Rapid Rabbit Biotech und ihr angekündigtes Produkt, ein Medikament namens Focusall, untersuchen lassen. Obwohl sich meine Präsentation dieses Unternehmens auf der Alpha One-Konferenz in eine ohnmächtige Katastrophe verwandelte, kam aus dieser ganzen Angelegenheit vielleicht etwas Gutes heraus.

Schließlich habe ich noch einige Proben des Medikaments – und es hat das Wort »Fokus« ja quasi in seinem Namen.

Je mehr ich darüber nachdenke, desto aufgeregter werde ich.

Mit Focusall konnte ich meine Arbeit in einem Bruchteil der Zeit beenden, die ich normalerweise brauche, und was noch wichtiger für den Leerraum ist, egal was ich tat oder unter welchem Druck ich stand, ich war so konzentriert wie ein Zen-Mönch.

Ich durchsuche meine Schreibtischschublade nach der Probe.

Mit zittriger Hand schlucke ich eine der grünen Tabletten.

Nach Angaben der Firma dauert es etwa zwei Stunden, bis die Wirkung dieses Medikaments eintritt, aber in meinen Experimenten mit ihm hatte ich sie früher gespürt.

Da ich nicht bereit bin, meine Zeit mit Warten zu verschwenden, nehme ich meine Meditationspose ein und versuche, die Informationen, die ich brauche, auf altmodische Weise zu erhalten.

Ich achte auf meinen Atem und versuche, nicht an all die verschiedenen Möglichkeiten zu denken, wie ich versagen könnte. Zum Beispiel könnten meine Kräfte immer noch wegen dieser langen Vision vom Spielen mit Felix aufgebraucht sein. Oder Ariel könnte in Schwierigkeiten stecken und ernsthaft verletzt werden, während ich darauf warte, dass das Medikament wirkt. Oder Focusall hilft mir vielleicht nicht, in den Leerraum zu kommen; es wurde nicht dafür entwickelt. Oder …

Ich verbanne alle negativen Gedanken aus meinem

Kopf und bemühe mich übermenschlich, nur auf meine Atmung zu achten.

Nach ein paar Minuten ist mein Kopf wieder klar.

Ich schätze, all das Meditationstraining, das ich gemacht habe, zahlt sich jetzt aus.

Nach einer weiteren Minute bin ich schockiert, als ich spüre, dass meine Handflächen wärmer werden.

Auf keinen Fall kann das schon die Wirkung von Focusall sein.

Ich bin das allein.

Natürlich lässt die Aufregung über die Erwärmung der Handflächen das Gefühl sofort wieder verschwinden.

Ich verdoppele meine Anstrengungen, leere meinen Geist wieder vollständig und atme.

Meine Handflächen erwärmen sich, und der Blitz trifft schließlich meine Augen.

ICH BIN WIEDER KÖRPERLOS im Leerraum.

Ich ignoriere die sicheren Formen um mich herum und denke an nichts anderes als Ariel, während ich vorwärtswandere.

Ich folge einem Instinkt, der für dieses Reich einzigartig ist, und halte an, als ich einen Haufen warmer, violetter, rundlicher Oktaeder mit Popcorngeschmack erreiche.

Leider ist die Musik, die von diesen Formen

kommt, die unheilverkündendste von allen, die ich bis jetzt gehört habe.

»Ich verlasse den Leerraum nicht, bis ich das sehe«, sage ich in Gedanken, obwohl ich mir nicht sicher bin, wem ich dieses Ultimatum stelle.

Aber bevor ich überhaupt versuche, diese Vision zu sehen, muss ich eine wichtige Entscheidung treffen.

Wie lange sollte die Prognose am besten dauern?

Wenn diese Form wirklich Licht in die Situation von Ariel bringt, möchte ich, dass die Vision zur Aufklärung so lang wie möglich ist. Aber wenn es bei dieser Vision *nicht* um Ariel geht, dann möchte ich vielleicht, dass sie extra kurz ist, damit ich in naher Zukunft wieder den Leerraum betreten kann.

Könnte ich tatsächlich zwei Visionen an einem Tag haben, wenn ich eine davon so kurz wie möglich mache?

Diese Vision mit meinem Namen auf Russisch war kurz, aber ich konnte später am selben Tag trotzdem nicht mehr in den Leerraum gelangen – allerdings fing ich da aber gerade erst an. Meine Kräfte sind seither vielleicht gewachsen, und zwei Versuche wären definitiv besser als eine längere Vision.

Nachdem ich mir das überlegt habe, fange ich an, die Formen immer wieder zu vergrößern.

Angesichts meiner bisherigen Erfahrungen mit dem Zoomen wird diese Vision bestenfalls ein paar Sekunden dauern.

Vorausgesetzt natürlich, es passiert überhaupt

etwas. Ich konnte noch nie Formen aktivieren, die *so* beängstigend waren.

Metaphysisch knirsche ich mit meinen nicht existierenden Zähnen und greife nach der Form.

Es funktioniert nicht.

Ich versuche es noch einmal.

Und noch einmal.

Und noch einmal.

Und zwanzig weitere Male.

Fließt die Zeit in der realen Welt normal, während ich im Leerraum existiere? Wenn ja, könnte die Focusall wirken, sollte ich das lange genug probieren.

Aber würde das hier drin überhaupt helfen?

Unwahrscheinlich, entscheide ich.

Andererseits ist die Vorstellung, dass die Zeit *draußen* normal vergeht, während ich hier schwebe, auch unwahrscheinlich. Die paar Male, die ich gesehen habe, wie andere Seher eine Vision hatten, geschah das in einem Moment. Sie sahen höchstens vorübergehend abwesend aus.

Also versuche ich beharrlich weiter, die Form zu berühren.

Immer wieder.

Bei meinem wahrscheinlich millionsten Versuch gibt endlich etwas nach, und die Form saugt mich heftig in sich hinein.

———

ICH LEGE meine Handfläche auf den Türknauf.

Bevor ich hineingehe, kann ich nicht anders, als wie besessen noch einmal mein Handy zu überprüfen. Vielleicht war es doch nicht die beste Idee, diese Gewohnheit zu entwickeln. Na ja. Wenigstens weiß ich jetzt, dass es 15.24 Uhr ist.

Die Zwangshandlung ausgeführt, öffne ich die Tür und trete ein.

Der fensterlose und karge Riesenraum wird von Halogenlampen von einer über zehn Meter hohen Decke beleuchtet.

Eine Frau sitzt in der Mitte des Raumes auf einem Stuhl. Obwohl eine Pilotenbrille den Großteil ihres Gesichts verdeckt, habe ich keinen Zweifel daran, dass das Ariel ist. Niemand sonst hat diese perfekten Wangenknochen.

Sie hält eine Holzschale und einen passenden Holzlöffel in ihren Händen. Die dampfende Flüssigkeit erfüllt den großen Raum mit einem Geruch nach Hühnersuppe.

Mit unregelmäßigen, übertriebenen Bewegungen, die mich an eine Marionette erinnern, nimmt Ariel Suppe und führt den Löffel zu ihrem Mund.

Warum benimmt sie sich so? Könnte es ein Nebeneffekt ihres Entzugs sein?

»Ariel«, flüstere ich laut und mache einen Schritt nach vorne. »Ich bin's. Sasha.«

Ihre Halswirbelsäule knackt, als Ariel ihren Kopf ruckartig zu mir dreht.

Bevor ich über dieses neue seltsame Verhalten

nachdenken kann, räuspert sich jemand zu meiner Linken.

Mit rasendem Puls hebe ich meine Waffe, während ich mich umdrehe, um mich der neuen Gefahr zu stellen.

Ich erkenne ihn sofort.

Das ist Innokentiy, der Admiral.

Muskeln wölben sich unter seinem Feinrippunterhemd, während er mit seinem Messer in der Hand dasteht.

Der Ausdruck auf seinem Gesicht ist wild. Er muss verärgert sein über all die Schnitte, Beulen und Prellungen, die er meinetwegen bekommen hat.

Ich ziele mit der Waffe zwischen seine Augen und drücke den Abzug.

Ohne die Ohrenschützer explodiert der Knall in meinem Trommelfell.

Meine Treffsicherheit ist eindeutig scheiße. Anstatt in seinen Kopf dringt die Kugel in seine Schulter wie ein heißer Löffel in Eiscreme ein.

Er schreit etwas Unzusammenhängendes auf Russisch und lässt das Messer fast fallen, fängt es aber im letzten Moment mit der linken Hand auf.

Ich ziele wieder auf seinen Kopf.

Mit einem geübten Handgriff wirft er das Messer auf mich.

Ich drücke den Abzug, aber es ist zu spät.

Sein Messer tritt irgendwo direkt unter meinem Kinn ein.

Der Schmerz ist zuerst wie das Schlucken von

Pfefferspray. Dann ist es eher wie das Ersticken an Magma.

Ich versuche zu schreien, aber am Ende spucke ich mit einem schrecklichen Glucksen Blut.

Der Admiral beugt sich mit einem sadistischen Grinsen über mich. Er greift nach dem Messergriff und reißt die Waffe heraus.

Ich falle auf die Knie und umklammere die Blutquelle an meinem Hals, während er immer wieder in mich sticht.

KAPITEL 23

ICH KOMME KEUCHEND ZU MIR.

Kein Wunder, dass diese Vision im Leerraum von so viel Angstmusik umgeben war.

Während ich meine Atmung beruhige, sitze ich still da und lasse die Auswirkungen und Offenbarungen in meinem Kopf explodieren.

Ariel war in einem Lagerhaus – mit dem Admiral.

Sie muss entführt worden sein.

Natürlich. Deshalb war sie in den letzten Tagen nicht zu Hause.

Und angesichts der Anwesenheit des Admirals muss man kein Sherlock Holmes sein, um herauszufinden, wer dahintersteckt.

Baba Yaga.

Das ergibt so viel Sinn.

Einige der Dinge, die die Hexe in der Banja zu mir gesagt hat, passen jetzt zusammen.

»Druckmittel sind weit besser als Vertrauen«, hatte

sie gesagt. »Du weißt, dass sie tun wird, was ich will, wenn ich es ihr sage.«

Sie muss von Ariel gesprochen haben. Ich wollte ihre Drohungen nicht hören und tat so, als würde ich nachgeben, und sie muss gedacht haben, dass ich Ariels Lage aus einer Vision kenne.

Deshalb sagte Koschei auch: »Ich bin mir nicht sicher, ob sie ihren Freunden gegenüber überhaupt loyal ist.«

Das war keine generelle Beleidigung. Sie war sehr konkret.

Ich schlage mir auf die Stirn, als ich mich an etwas anderes erinnere, was er gesagt hat: »Ich muss gehen, um mich um unseren Gast zu kümmern.«

Ich wette, er meinte Ariel.

Und Baba Yaga antwortete mit so etwas wie »Apropos Gäste« – und versuchte, mir etwas auf ihrem Handy zu zeigen.

Es war wahrscheinlich ein Bild von Ariel. Sie war der Schlüssel zum »Angebot, das du nicht ablehnen kannst«.

Jetzt, wo ich es weiß, kann ich nicht glauben, dass ich es in der Banja nicht erraten habe.

Zu meiner Verteidigung war ich gerade mit wer weiß was für einer Chemikalie ausgeknockt worden und war außerdem voller Adrenalin.

Oder war ich vielleicht absichtlich blind? Denn wenn ich gewusst hätte, dass Ariel in Schwierigkeiten steckt, wäre es unentschuldbar feige gewesen, wenn ich allein geflüchtet wäre.

Nein.

Ich war nicht absichtlich begriffsstutzig.

Dennoch kann eine kleine Stimme in meinem Hinterkopf nicht anders als sich zu fragen: Wenn ich von Ariels Lage gewusst hätte, hätte ich mich von Baba Yaga zwingen lassen, ein Kind zu bekommen und es ohne mich aufwachsen zu lassen?

Damit sich meine Geschichte mit *meinem* Kind wiederholt?

Dann merke ich, dass ich mir selbst eine Pause gönnen sollte.

Meiner Vision nach zu urteilen werde ich tapfer sein. Ich habe eindeutig versucht, Ariel zu retten, als ich den ultimativen Preis bezahlte.

Ich ignoriere die existentielle Angst, die dieser Gedankengang erzeugt, und springe auf meine Füße, um Felix zu suchen.

»Geht es dir gut?«, fragt er, als ich ihn in Ariels Zimmer neben einem sehr staubigen Fluffster finde. »Du siehst aus wie ein Geist.«

»Bitte sag mir, dass du Haare von Ariel gefunden hast.« Meine Nachfrage kommt heiser heraus.

Felix schüttelt den Kopf. »Ich habe überall siebenmal gesucht.«

»Ich habe unter den Betten nachgeschaut«, sagt Fluffster mental. »Erfolglos. Und ihr solltet wirklich gründlicher staubsaugen.«

Ich ignoriere diesen Seitenhieb, stürme ins Badezimmer und durchsuche den Müll dort.

Nichts mit DNA. Nicht einmal etwas Ekelhaftes.

Ich schaue mich im Raum um, und der Hauch einer Idee formt sich in meinem Hinterkopf, während meine Augen über das Waschbecken gleiten, aber dann legt jemand eine Hand auf meine Schulter.

Mein darauffolgendes reflexartiges Kreischen ist sehr unladylike.

»Es tut mir leid.« Felix zieht seine Hand zurück, als ob er sie verbrannt hätte. »Ich wollte dich nicht erschrecken.«

»Das ist in Ordnung. Ich bin nur nervös. Ich hatte eine Vision in meinem Zimmer.« Ich fühle mich ein wenig schwach, schließe den Toilettendeckel und setze mich darauf. »Baba Yaga hat Ariel entführt.«

Menschliche und Nageraugen starren mich verblüfft an, also erzähle ich ihnen zögernd von meiner Vision.

»Es gibt eine gute Seite.« Felix platziert seinen Hintern auf dem Badewannenrand. »Wir wissen, dass sie im Moment noch am Leben ist. Und sie wird es auch um 15.24 Uhr noch sein.«

»Wir wissen auch, dass du irgendwie herausfinden wirst, wie du sie finden kannst«, fügt Fluffster mental hinzu. »Sonst hättest du in der Zukunft nicht bei ihr sein können.«

Ich nicke.

»Hast du zufällig das GPS auf deinem Handy angeschaut, als du in der Vision warst?«, fragt Fluffster. »Wenn ja, dann werden wir den Ort vielleicht herausfinden können.«

Bevor ich meinen Kopf schütteln kann, sehe ich,

wie Felix seinen schüttelt. »Ich bezweifle, dass sie den Ort auf Grund einer Vision herausgefunden hat«, sagt er. »Das wäre eine Zeitschleife.«

Fluffster sieht ihn verständnislos an.

»Ein Prädestinations-Paradoxon?«, versucht Felix es erneut, aber der Gesichtsausdruck von Fluffster bleibt unverändert.

»Erlaube mir, es dir zu erklären«, sagt Felix mit spöttischer Geduld. »Wenn die Vision Sasha sagt, wo sie sein soll, aber der einzige Weg, wie Sasha erfährt, an welchem Ort sie sein muss, eine Vision ist, bekommt man die Information aus dem Nichts. Eine Art Paradoxon.«

»Bitte hör auf.« Ich reibe mir die Stirn. »Ich habe mir das GPS *nicht* angesehen, also ist das ein fraglicher Punkt.« Die Erinnerung an meine neue Gewohnheit zwingt mich, mein Handy herauszuziehen und die Uhrzeit zu überprüfen. Nach der Zwangshandlung sage ich: »Ich sollte es mir wahrscheinlich zur Gewohnheit machen, auch meinen Standort zu überprüfen – Paradoxa hin oder her.«

»Also haben wir keine Ahnung, wo Ariel ist?«, fragt Fluffster.

»Nicht unbedingt.« Ich stehe auf und widerstehe dem Drang, mir den Hintern zu massieren. Der Toilettendeckel ist generell nicht die bequemste Sitzgelegenheit und ist ganz besonders eine Qual für jemanden mit einem verletzten Steißbein. »Da Ariel unter der Kontrolle von Baba Yaga steht, haben wir bereits zwei Möglichkeiten, wo sie sein könnte – das *Izbushka* und die Banja. Der Raum, in dem sie war, war wirklich groß und hatte riesig hohe Decken, aber vielleicht ist es ein Lagerraum an einem dieser Orte?« Ich bemerke Felix' zuckende Augenbraue und spreche aus, was er wohl schon denkt: »Kannst du dich in ihre Kameras hacken und schauen, ob du Ariel sehen kannst?«

Felix springt auf und eilt aus dem Badezimmer.

»Mach das Licht aus«, erinnert mich Fluffster, als ich Felix hinterhereile.

Ich murmele leise etwas über Fluffsters Prioritäten, aber tue trotzdem, was er sagt. Dann machen wir uns beide auf den Weg zu Felix' Zimmer.

Felix schreibt gerade auf seinem Laptop, als wir hineingehen.

»Nichts in der Banja«, sagt er und dreht den Laptop zu uns. Auf dem Bildschirm sind eine Reihe von Überwachungskameras zu sehen, die die Banja zeigen, aus der ich kürzlich entkommen bin.

Felix dreht dann den Laptop weg, zeigt auf den Bildschirm und leitet einen Strom von Magenta-Energie dorthin.

Er sieht zufrieden aus und bearbeitet die Tastatur mit der Begeisterung eines Fünfjährigen, der Whack-A-Mole spielt.

Um zu verhindern, dass ich vor Anspannung meine Nägel kaue, hebe ich Fluffster hoch und kraule ihn hinter dem Ohr.

»Nichts im Restaurant«, sagt Felix nach ein paar

sehr langen Sekunden und lässt uns dann die Ergebnisse sehen.

Genau wie zuvor gibt es eine Reihe von Sicherheitskamera-Feeds auf dem Bildschirm, aber Ariel in keinem von ihnen.

»Das ist kein Beweis«, sage ich und betrachte die Bildschirme genau. »Es könnte keine Kameras in dem Lagerbereich geben, in dem sie Ariel aufbewahren. Ich sehe zum Beispiel weder Baba Yagas Büro mit Holzhüttencharakter noch einige der Saunakabinen.«

»Du hast recht«, sagt Felix, und sein erhitztes Glühen nach dem Hacken kühlt spürbar ab. »Was auch immer sie in diesem Raum tun, sie würden wahrscheinlich keine aufgezeichneten Beweise wollen.«

Wir starren uns in unangenehmer Stille an, während sich jeder zweifellos Worst-Case-Szenarien darüber vorstellt, was mit Ariel passieren könnte. Schließlich ist sie mit dem Admiral und seinem Messer in einem Raum. Dann offenbart dieser Gedankengang einen logischen Fehler, also sage ich: »Leute. Ariel war in meiner Vision nicht gefesselt. Also warum hat sie nicht einfach ihre Superkräfte gegen den Admiral eingesetzt?«

Bevor jemand antworten kann, klingelt Ariels Telefon in meiner Tasche.

Ich schnappe mir das Gerät und starre es an.

Ich kenne diese 718er-Nummer.

»Es ist Baba Yaga«, zische ich Felix zu. »Kannst du diesen Anruf zu ihrem Standort zurückverfolgen?«

»Ja«, flüstert er – als ob sie uns belauschen könnte. »Nimm den Anruf an und rede mit ihr, bis ich fertig bin.«

Als ich auf den Bildschirm drücke, um den Anruf anzunehmen, schießt Felix einen Strahl seiner Magenta-Kräfte auf das Telefon und tippt dann wieder hektisch auf seinem Laptop.

»Das Telefon meiner Freundin hat fast keinen Akku mehr, also bitte schnell«, lüge ich und stelle das Telefon auf Lautsprecher. »Wer ist da?«

»Ich bin es«, sagt die Hexe mit ihrer androgynen Stimme. »Versuchst du, dich dumm zu stellen?«

»Baba Yaga?« Ich sage es so fröhlich wie möglich. »Bist du das? Koschei sagte mir, dass du nie telefonierst.«

»Ich habe eine seltene Ausnahme gemacht«, sagt sie ruhig.

»Sieht ganz so aus.« Meine Fröhlichkeit vorzutäuschen wird immer schwieriger, aber ich gebe mein Bestes, als ich sage: »Ich wusste nicht, dass du und Ariel euch kennt – aber jetzt rufst du ja auf ihrem Telefon an.«

Ein paar Sekunden herrscht Stille. Dann sagt Baba Yaga: »Also wusstest du es nicht?«

»Was wusste ich nicht?« Jemand sollte mir einen Oscar für die Unschuld geben, die ich vortäusche.

»Hier ist der Deal«, sagt Baba Yaga trocken. »Ich habe Ariel.«

»Du hast *was*?« Die Empörung in meiner Stimme *ist* echt.

»Sie ist mein Druckmittel«, sagt sie. »Ich dachte mir schon, dass du deinen Teil der Abmachung nicht einhalten würdest, und ich hatte recht.«

Ich winke mit der Hand vor Felix' Monitor. Er schaut nach oben, schüttelt den Kopf und tippt weiter.

»Moment«, sage ich empört. »Unsere Abmachung verlangte nach einer *Dienstleistung*. Dir Lebensmittel zu beschaffen ist eine Dienstleistung. Dir deine Post zuzustellen ist eine Dienstleistung. Was du verlangt hast ist weit, weit mehr als das.«

»Wortklaubereien«, sagt Baba Yaga. »Du hast zugestimmt, das zu tun, worum ich dich gebeten habe, und jetzt wirst du es tun.«

Felix ist immer noch beschäftigt, sonst würde ich der Hexe Obszönitäten an den Kopf werfen. So wie es ist, atme ich beruhigend durch und sage: »Bitte. Ariel hat damit nichts zu tun. Sie hat keine Deals mit dir gemacht. Du musst sie gehen lassen.«

»Das werde ich«, sagt Baba Yaga. »Sobald ich habe, was ich will.«

Ich finde es immer schwieriger, das Telefon nicht gegen die Wand zu schlagen, aber der verdammte Felix macht immer noch sein Ding. »Wir waren uns einig, dass, was auch immer die Dienstleistung wäre, sie legal sein muss«, sage ich und dehne die Worte aus. »Mich zu zwingen, gegen meinen Willen mit jemandem zu schlafen, ist illegal. Und der Verkauf von Babys auch.«

Es gibt einen Moment der Stille, in dem ich nur Felix' Finger höre, die auf seiner Tastatur tanzen.

»Amerikaner«, sagt Baba Yaga schließlich mit einem Seufzer. »So eine puritanische Nation.«

Ich schaue Fluffster an, und er zuckt mit den pelzigen Schultern. Felix hebt die rechte Seite seiner einzigen Augenbraue an, schreibt aber weiter.

»Danke für diese Erkenntnis«, sage ich. »Hast du noch mehr nützliche Kommentare über unsere Gesellschaft?«

»Ich werde deinen Sarkasmus ignorieren, weil ich dich mag«, antwortet Baba Yaga. »Habe ich das schon mal erwähnt?«

Die zweite Hälfte von Felix' Augenbraue geht nach oben, und Fluffster sieht verblüfft aus.

»Wenn du jemanden so behandelst, den du magst«, sage ich, »würde ich auf keinen Fall dein Feind sein wollen.«

»Das würdest du nicht«, sagt Baba Yaga, und obwohl es keine Bosheit in ihrer Stimme gibt, tanzt ein Kälteschauer über meinen Rücken. »Aber da ich dich mag, bin ich bereit, vernünftig zu sein. Sogar entgegenkommend.«

Ich erwidere die verwirrten Blicke von Felix und Fluffster und schweige, weil ich unsicher bin, was ich sagen soll.

»Anstelle des Koitus und der anschließenden Geburt und all dem werde ich dich nur bitten, mir eines deiner Eier zu spenden«, sagt Baba Yaga. »Ich kann dann die In-vitro-Fertilisation benutzen, um das zu bekommen, was ich will, und alle sind glücklich.«

Sprachlos beobachte ich einfach nur Felix'

Monobraue beim Breakdancen, während er weitertippt.

»Hallo?«, fragt Baba Yaga. »Hast du mein extrem großzügiges Angebot nicht gehört?«

»Ich bin noch dran«, schaffe ich gerade so zu sagen. »Du hast mich einfach mit deiner *Großzügigkeit* überrascht.«

»Offensichtlich würde eine Leihmutter das Kind austragen«, sagt Baba Yaga ruhig; sie hat die Anführungszeichen, die ich versehentlich um das Wort Großzügigkeit gemacht habe, offensichtlich nicht bemerkt. »Alles, was du tun musst, ist, ein paar Hormonspritzen zu bekommen und eine kleine Prozedur durchführen zu lassen, um das Ei herauszuholen.«

Meine momentane Benommenheit ist weg, und ich gebe einer boshaften Idee nach, für die ich mir das Telefon schnappe, in die Küche laufe und den Kühlschrank öffne.

»Also«, sage ich. »Nur um das völlig richtig zu verstehen. Ich gebe dir eines meiner Eier«, ich nehme ein Bioei von freilaufenden Hühnern und halte es in meiner Hand, »und wir wären quitt, richtig?«

»Das ist richtig«, sagt sie. »Allerdings könnte es sein, dass ich um ein paar Eier bitte, da IVF nicht immer beim ersten Versuch funktioniert.«

»Okay.« Ich greife in den Kühlschrank und nehme noch ein paar Hühnereier heraus. »Ich werde dir in Kürze geben, was du willst. Kannst du Ariel bitte schon einmal gehen lassen?«

»Für wie dumm hältst du mich?«, fragt Baba Yaga, als ich anfange, die Eier in Papiertücher zu wickeln.

»Ich dachte, es wäre eine nette Geste, wenn du sie gehen lassen würdest.« Ich verstaue die verpackten Eier in einem Plastikbehälter. »Wie gesagt, sie hat nichts damit zu tun.«

»Selbst wenn ich geneigt wäre, es zu tun, was ich nicht bin, glaube ich nicht, dass du wirklich willst, dass ich sie schon gehen lasse«, sagt Baba Yaga.

»Oh?« Ich lege die Eier in eine Schachtel aus einer unserer letzten Lieferungen und gehe zurück in Felix' Zimmer.

»Dein Mädchen hat immer noch große Entzugserscheinungen«, sagt die Hexe. »Sie wird eine Gefahr für dich und sich selbst sein, aber ich kann sie für die paar Wochen sauber halten, die sie braucht, um darüber hinwegzukommen.«

»Sicher« bin ich versucht zu sagen. *Der berühmte Baba-Yaga-Entzug. Mörderische Vergewaltiger als Angestellte und eine wahnsinnige Babydiebin als Verantwortliche. Wem würde es da nicht gleich besser gehen?*

Mit vor Wut federnden Schritten eile ich zurück in Felix' Zimmer.

Er schaut von seiner Arbeit auf, gibt mir ein lauwarmes *Daumen hoch* und macht die Geste fürs Auflegen.

»Oh Mist«, sage ich mit übertriebener Sorge. »Der Akku ist …«

Mit großer Freude lege ich auf. Als Zugabe entferne ich auch noch den Akku aus Ariels Handy und ziehe sogar in Betracht, das Gerät kaputtzutreten. Ich entscheide mich letztendlich dagegen, da das so etwas wie das Töten des Boten wäre.

Felix schaut mich mit einem seltsamen Gesichtsausdruck an.

»Wo ist sie?«, frage ich und widersetze mich dem Drang, ihm seinen Laptop wegzuschnappen.

»Die ganze Sache war eine Pleite.« Er schaut auf den kürzlich geschrubbten Boden hinunter. »Baba Yaga hat aus ihrem Restaurant angerufen, aber ich habe die Baupläne des Gebäudes überprüft, und es gibt dort keinen Raum mit so hohen Decken wie bei den Raum aus deiner Vision. Das Gleiche gilt für die Banja.«

Ich setze mich auf sein Bett und umarme mich selbst. »Es gibt immer noch eine positive Seite. Wenn Baba Yaga nicht dort ist, wo Ariel festgehalten wird, wird es die Rettung einfacher machen, nicht wahr?«

»Nur, dass wir nicht wissen, wo Ariel ist«, wirft Fluffster ein.

»Aber das werden wir«, sage ich. »Meiner Vision nach zu urteilen zumindest.«

Felix schaut mich wieder so seltsam an. Sammelt er den Mut, etwas Unangenehmes zu sagen?

»Ich muss dich etwas fragen«, sagt er und bestätigt meinen Verdacht. »Und bitte verstehe, dass ich hier nur den Anwalt des Teufels spiele, fast wörtlich.« Er atmet ein und sagt in einem Atemzug: »Hast du darüber nachgedacht, das zu tun, was sie verlangt?« Deutlich errötet fügt er hinzu: »Ich meine, wenn sie wollte, dass mein Sperma Ariel rettet, würde ich j…«

»Stopp.« Meine Hände ballen sich zu Fäusten, aber ich versuche, meine Stimme ruhig zu halten. »Alle meine Kinder *werden* ihre biologischen Eltern kennen. Sie werden nicht von der bösen Hexe aus einer russischen Legende aufgezogen werden. Sie werden nicht …«

»Es tut mir leid.« Felix sieht beschämt aus. »Bitte vergiss, dass ich überhaupt gefragt habe. Das war dumm von mir.«

»Das ist schon in Ordnung«, sage ich, obwohl ich nur schreien will, dass es untypisch dumm war. »Das ist ein schwieriges Thema für mich.« Ich atme tief durch und lasse es raus. »Wenn nichts anderes funktioniert, werde ich *so tun*, als ob ich den Plan von Baba Yaga in die Tat umsetze. Vielleicht kann ich meine Fingerfertigkeit nutzen, um die Hormoninfusion gegen eine Kochsalzlösung auszutauschen oder etwas anderes, um den gesamten Prozess zu stoppen, während wir nach Ariel suchen. Andererseits hat meine letzte Vision angedeutet, dass wir *heute* einen Weg finden, um Ariel zu retten, so dass ich all meine Hoffnungen darauf setze.«

»Und du machst dir keine Sorgen darüber, was mit *dir* in dieser Vision passiert ist?«, fragt Fluffster mental. »In den Hals gestochen zu werden ist nicht gerade das beste Ergebnis.«

»Unser Rettungsplan wird angepasst, um das zu verhindern.« Ich reibe meinen Hals mit meinen eisigen Fingern. »Zum Beispiel sollte es mir gut gehen, wenn ich nicht in diesen Raum gehe. Hoffentlich.«

»Klingt, als bräuchten wir wirklich diese DNA.« Felix schließt seinen Laptop. »Irgendwelche Ideen?« Er schaut von mir zu Fluffster und wieder zurück. »Vielleicht können wir dort anrufen, wo sie ihre Maniküre machen lassen hat? Wie gut stehen die Chancen, dass sie alte Nagelabfälle behalten?«

»Null«, sage ich. »Lass mich noch einmal in der Wohnung nach ihrer DNA suchen.«

Ich stehe auf und fahre alles mit meinen Augen ab, immer wieder.

Als die Natur ruft, gehe ich ins Badezimmer, erledige mein Geschäft und schaue auch dort zum x-ten Mal überall nach.

Nicht einmal ein verirrter Zehennagel oder ein schmutziger Q-Tip. Hat Ohrenschmalz überhaupt DNA?

Als ich mir die Hände wasche, fällt mein Blick auf das Waschbecken, und meine vage Idee von vorhin verfestigt sich.

Dort im Zahnputzbecher steht Ariels Zahnbürste. Das arme Ding ist wie immer ganz abgeranzt. Ist Ariels Superkraft so unerträglich für das Plastik, oder hat sie diese Zahnbürste wie eine Kuscheldecke seit ihrer Kindheit?

Eine Zahnbürste – besonders diese – entfernt Beläge im Mund, was so klingt, als sollte sie DNA aufweisen.

Andererseits … wäscht die Zahnpasta sie ab?

Ich nehme mein Handy heraus und überprüfe, ob eine Zahnbürste für DNA-Tests verwendet werden kann, und alle Websites antworten mit einem klaren *Ja*.

Natürlich kann keine der Quellen – und das schließt die verrücktesten Teile des Internets ein – bestätigen, ob ein Vampir jemanden mit einer gebrauchten Zahnbürste finden kann.

Ich schnappe mir eine Plastiktüte und Gummihandschuhe aus der Küche, um die Probe nicht zu verunreinigen, bevor ich zurück ins Badezimmer gehe und die Zahnbürste sichere.

Dann laufe ich in Felix' Zimmer, winke aufgeregt mit der Tüte und erkläre es ihm.

»Du bist ein Genie.« Felix schlägt sich mit einem hörbaren Klatschen auf die Stirn. »Warum habe ich nicht daran gedacht?«

»Ja«, sagt Fluffster in Gedanken. »In den Fernsehsendungen bekommen sie immer DNA, indem sie jemandem die Wange abschaben.«

»Ich gehe mit Vlad reden«, sage ich zu Felix. »Kannst du dich in der Zwischenzeit bitte auf einen Rettungseinsatz vorbereiten?«

»Natürlich«, sagt er.

»Und miete auch bitte mit niedrigster Priorität einen Fahrradkurier oder etwas ähnlich Schnelles, um ein Paket zuzustellen, das ich neben die Tür gestellt habe. Das sind meine Hühnereier für Baba Yaga«, sage ich. »Sie hat zugestimmt, dass wir quitt sind, wenn sie meine Eier bekommt.«

»Das wird sie nur verärgern«, sagt Felix.

»Das ist mir egal«, sage ich, vielleicht zu

nachdrücklich. Ruhiger füge ich hinzu: »Sobald Yaga die Eier bekommt, wird mein Gewissen rein sein.«

Ein kleines Lächeln zuckt an seinen Mundwinkeln. »Denn in deinem hinterhältigen Kopf wirst du deine Vereinbarung mit ihr erfüllt haben.«

Ich zucke mit den Schultern. »Sie hat gesagt, wir wären quitt, wenn ich ihr meine Eier geben würde. Es ist nicht meine Schuld, dass sie nicht genauer bei ihrer Wortwahl war.«

»Ich werde tun, was du möchtest«, sagt Felix. »Und ich werde den Feed von Baba Yagas Büro aufnehmen, wenn sie dein Paket bekommt. Ich bin mir sicher, dass du ihren Gesichtsausdruck sehen möchtest, wenn sie es öffnet.«

»Das ist genau die richtige Einstellung«, sage ich und gehe mit Fluffster an meinen Fersen aus dem Raum.

»Ich werde die Eingangstür wieder offen lassen«, sage ich dem Domovoi, während ich meine Worte in die Tat umsetze.

»Und wenn jemand da *ist*, schreist du so laut, dass Vlad es hören wird«, sagt Fluffster.

»Ja«, antworte ich, während ich meine Waffe herausnehme.

Werde ich mich jetzt immer so paranoid fühlen, wenn ich meine Wohnung verlassen will?

Na ja.

Ich gehe hinaus und renne zu Roses Tür.

KAPITEL 24

ICH ERREICHE Roses Wohnung wieder ohne Zwischenfälle.

Nachdem sie mich hereingelassen hat, erzähle ich ihr und Vlad von meiner Vision und Baba Yagas Anruf, bevor ich Vlad den Beutel mit der Zahnbürste reiche und erwartungsvoll meinen Atem anhalte.

Er packt den Beutel mit den Fingerspitzen, so wie eine zimperliche viktorianische Dame einen Frosch. Er schnüffelt am Inhalt und zieht die Nase in Falten, genau wie die oben genannte Dame und sagt: »Ja. Die kann ich benutzen.«

Dann wendet er sich ab, und alles, was ich sehe, sind ein paar Funken silberner Energie, die von seinen breiten Schultern und seinem Rücken blockiert werden.

Hat er sich die Zahnbürste in den Mund gesteckt? Meine Neugierde bringt mich um.

»Brooklyn.« Er dreht sich auf dem Absatz um, zieht

sein Handy heraus und klopft ein paar Mal auf den Bildschirm. »Hier.« Er tritt näher und zeigt mir eine GPS-App.

Der Pin, mit dem er einen Punkt auf der Karte markiert hat, befindet sich irgendwo im Sunset Park, Brooklyn, unweit von Costco.

Dieser Bereich wimmelt von Lagerhäusern, und obwohl einige im Rahmen der Renovierung von Industry City an trendige Unternehmen vermietet wurden, sind viele immer noch veraltet und würden einen perfekten Ort abgeben, um Opfer unterzubringen. Oder um ein Geheimgefängnis zu betreiben oder einen Folter-Porno zu drehen – falls man das möchte.

Natürlich. Das erklärt den riesigen Raum mit den hohen Decken.

Er ist in einem Lagerhaus.

»Wenn wir den Tunnel nehmen, können wir in fünfzehn Minuten da sein«, sagt Rose.

»Wir?« Vlad wirft die Zahnbürste zur Seite und runzelt die Stirn so stark, dass seine imposante Stirn von seinem Gesicht zu springen und jemanden zu erwürgen droht.

»Wenn Sasha allein gegen Baba Yaga antritt, ist sie so gut wie tot«, sagt Rose und legt ihre Hände auf die Hüften. Ihre Stimme ist überraschend ruhig.

Vlad starrt sie mürrisch an.

Sie starrt zurück, und ihr Gesicht ist für mich unlesbar – aber für Vlad muss es lesbar sein, weil sich sein Stirnrunzeln vertieft.

»Sasha gehört für mich zur Familie«, sagt Rose, und diesmal kann ich aus ihrem ruhigen Tonfall eine Drohung heraushören.

Vlad scheint zuerst auszuatmen, aber dann holt er tief Luft und sagt durch zusammengebissene Zähne: »*Du* gehst nicht.«

Rose macht einen Schritt in Richtung ihres Liebhabers. »Ich dachte, ich hätte mich klar …«

»Was ich meinte, ist, dass du nicht gehst, weil *ich* es tue«, sagt Vlad kurz angebunden.

»Aber …«

»Nein«, sagt Vlad. »Wenn du helfen willst, kannst du mir einen Boost geben.«

»Nur einen Boost?« Rose runzelt die Stirn. »Aber ich will mehr helfen.«

»Nach dem letzten Mal würde ich nicht einmal um einen Boost bitten, aber ich weiß, dass es der einzige Weg ist, um sicherzustellen, dass du nicht mitgehst.« Er seufzt. »Auf diese Weise weißt du, dass du sehr viel helfen wirst.«

»Schön«, sagt sie gereizt. »Wir haben keine Zeit zum Streiten. Komm her.«

Er geht auf sie zu.

Auch sie verringert den Abstand, und die beiden umarmen sich sinnlich.

Ich sehe Luzifer verwirrt an. Die Katze blickt mich mit einem Ausdruck an, der zu sagen scheint: »Wir wissen es, Vasall. Menschen sind ekelhafte, schmutzige Kreaturen, deren Verhalten für unsere Majestät unmöglich zu verstehen ist.«

Ich blicke zurück auf Vlad und Rose.

Anstatt mit dem Vampir rumzumachen, schießt Rose einen rosa Energiestrom auf ihn, und nach einem Augenblick bedeckt ihre Kraft Vlad von Kopf bis Fuß.

Er scheint ein paar Zentimeter zu wachsen – obwohl das auch eine optische Täuschung sein könnte.

Mit einem blendenden Blitz verschwindet die Energie wieder.

Rose sackt in Vlads Umarmung, also hebt er sie sanft auf und legt sie auf das Sofa.

»Lass uns allein«, sagt er, und bevor ich die Gelegenheit habe, etwas zu sagen, schneidet er sich bereits mit seinen plötzlich ausgefahrenen Fangzähnen ins Handgelenk und legt Rose das blutige Ergebnis auf den Mund.

Obwohl ich mich schnell auf den Weg in Roses Küche mache, kann ich mir leicht vorstellen, was als Nächstes passieren wird.

Rose wird sein Blut trinken. Sein heroinähnliches Blut, das sie mit Sex verglichen hat.

Ich schiebe meine Bedenken über ihre mögliche – und Ariels definitive – Sucht beiseite und konzentriere mich auf einen anderen Aspekt dessen, was ich gesehen habe.

Vlad nannte das, was Rose gerade für ihn getan hat, »einen Boost«.

Bedeutet das, dass sie seine Vampirkräfte verstärkt hat?

Während ich darüber nachdenke, betritt Vlad mit mürrischen Schritten die Küche.

»Geht es Rose gut?«, frage ich schnell.

»Ich werde keinen der Cogniti im Rahmen dieser sogenannten Rettung töten«, sagt Vlad, und sein Gesicht ist eine emotionslose Maske.

Ich blinzele. »Wer sagt, dass man jemanden töten muss? Kannst du mir jetzt bitte meine Frage beantworten?«

»Dass ich Anführer der Vollstrecker bin, setzt dem, was ich tue, zusätzliche Grenzen«, fährt er auf die gleiche automatisierte Art und Weise fort, auf die sich Kundendienstmitarbeiter unaufrichtig bei wütenden Anrufern entschuldigen. »Wenn meine Pflichten deine Ziele beeinträchtigen, wirst du *keine* Einwände erheben.«

»Verstanden«, sage ich. »Was ist mit Rose?«

»Wenn ich dich bitte, zu springen …«

»… dann werde ich fragen, wie hoch«, knirsche ich hervor. »In Millimetern. Ich habe es verstanden. Kannst du mir bitte einfach sagen, was mit Rose passiert ist?«

»Es geht mir gut.« Rose schlurft mit einem Gehstock in den Raum.

Die neue Blässe ihres Gesichts und die eingesunkenen Augen scheinen ihren Worten zu widersprechen.

Dann fällt mir etwas auf.

So sieht sie manchmal aus, an den schlechten Tagen, die ich früher ihrem Alter zugeschrieben habe.

Vlad schaut sie an, runzelt die Stirn und wirft mir einen schuldzuweisenden Blick zu. »Ich will, dass Rose in deiner Wohnung bleibt«, sagt er. »Dein Domovoi wird sie beschützen.«

»Natürlich«, sage ich. »Das ist eine großartige Idee.«

»Wenn ich gehe, muss Luzie mit mir kommen«, sagt Rose schwach.

»Muss sie wirklich?« Ich zucke zusammen, als ich mich daran erinnere, wie die Katze fast Fluffster gefressen hätte, als sie sich das erste Mal im Flur trafen. »Wir sind in höchstens ein paar Stunden wieder da. Kann sie nicht …«

»Wenn sie nicht geht, gehe ich auch nicht.« Rose streckt ihr Kinn nach oben.

Vlad wirft mir einen Blick zu, der zu sagen scheint: »Wenn Rose nicht geht, werde ich nicht helfen.«

»Schön«, sage ich, weil ich es eilig habe, die Rettungsaktion zu beginnen. »Nimm sie, und lass uns gehen.«

Vlad nimmt den Träger und geht ins Wohnzimmer, um die Katze zu holen. Ich höre Kampfgeräusche, und Luzifer zischt ein paarmal wie eine tollwütige Kobra, aber nach einer Minute kehrt Vlad mit der Katze in ihrer Box in die Küche zurück.

Luzifer sieht wütend aus. Mit einem tigerartigen Sprung krallt sie sich durch die Plastikstäbe an Vlads Handgelenk.

Seine Haut heilt sofort ab.

»Muss schön sein, ein Vampir zu sein«, murmele ich leise vor mich hin. Dann schaue ich Rose an. »Warum   ist   Vlad   nicht   der   designierte

Katzenwäscher?« Vlad erkläre ich: »Dass ich versucht habe, sie zu waschen, ist der Grund, warum ich die Narbe an meinem Arm bekam, die ich mit dem Tattoo der Herzdame bedecken musste.«

Vlad murmelt etwas Unverständliches als Antwort.

»Das arme Ding hat Angst vor ihm.« Rose schnappt sich den Träger von Vlad, und Luzifer beruhigt sich sofort. »Sie mag dich viel lieber.«

Ich schaue die Katze an und frage mich, wie sie sich verhalten würde, wenn sie mich *nicht* mögen würde.

Die Katze schenkt mir ihren üblichen bösen Blick, der zu sagen scheint: »Jeder, den unsere Majestät nicht mag, neigt dazu, um den barmherzigen Tod zu bitten.«

Ich schüttele den Kopf und führe Vlad und Rose zur noch offenen Tür meiner Wohnung.

Als ich eintrete, kommt Rose herein, aber Vlad hält vor der Tür an.

Ich debattiere darüber, ihn einzuladen, aber der Punkt ist hinfällig, da Felix und Fluffster bereits zur Tür kommen.

»Rose, warte«, fange ich an zu sagen, aber sie öffnet die Transportbox und lässt ihr tollwütiges Tier heraus.

Wie erwartet ist das Erste, was die verdammte Katze tut, in Fluffsters Richtung zu springen. Der Blick auf ihrem Gesicht scheint zu sagen: »Endlich. Das pelzige, edle Festessen, das zum Vergnügen unserer Majestät gezüchtet wurde.«

Diese Begegnung verläuft jedoch anders als ihre erste Begegnung mit Fluffster im Flur.

Da alle, die zusehen, Cogniti sind, ist der Domovoi

nicht an das Mandat gebunden und muss nicht vorgeben, ein Chinchilla zu sein. Noch wichtiger ist, dass er jetzt in seinem Zuhause ist.

In meinem Kopf ertönt ein mentales Kreischen, und Roses und Felix' Gesichtsausdruck nach zu urteilen auch in ihren Köpfen.

Für einen Moment erscheint dort, wo Fluffster steht, die schreckliche Monsterform, die Harper getötet hat – nur geringfügig kleiner, etwa so groß wie eine Deutsche Dogge.

Luzifer bricht ihre Jagd sofort ab, und die Gestalt verschwindet.

Die Katze wendet sich Rose mit einem Blick zu, der zu sagen scheint: »Unsere Majestät hat erkannt, dass übergroße Ratten wie diese Läuse haben könnten.«

Dann ignoriert die Katze Fluffster komplett und eilt an ihm vorbei, um die Wohnung zu erkunden.

Es ertönt ein Geräusch von Porzellan, das auf den Boden fällt.

Felix zuckt zusammen und murmelt: »Ich glaube, das war meine Lieblingsvase.«

»Ich besorge dir eine neue«, sage ich. »Wichtig ist, dass Vlad herausgefunden hat, wohin wir gehen müssen. Und er hat *angeboten*, mit mir zu kommen.«

»Mit *uns* zu kommen«, sagt Felix zuversichtlich.

Ich sehe ihn an, als würden Schnürsenkel aus seinen Nasenlöchern sprießen.

»Ich begleite dich«, sagt er, etwas weniger zuversichtlich.

Ich verschränke meine Arme. »Nein, das wirst du nicht.«

»Doch, werde ich.« Er spiegelt meine Haltung wider.

»Auf keinen Fall.«

»Auf jeden Fall.«

»Kinder«, sagt Rose, »die Zeit drängt.«

»Ja.« Felix fletscht seine Zähne. »Das, was sie gesagt hat, plus ›du brauchst mich‹.«

»Tun wir das?«, fragt Vlad vom Flur aus.

»Meine Kräfte könnten nützlich sein«, sagt Felix verteidigend. »Außerdem bringe ich Feuerkraft mit, die nur bei mir funktioniert.« Er nimmt seine futuristische Muskete beziehungsweise den Zerstörer heraus.

»Das solltest du nicht haben«, sagt Vlad und runzelt die Stirn.

Felix zuckt zusammen. »Richtig, tut mir leid. Ich werde es gleich danach entsorgen. Du wirst mich nicht beim Rat melden, oder?«

Vlads Stirnrunzeln vertieft sich. »Nein. Aber stell sicher, dass du es entsorgst.«

»Ja, Sir.« Felix salutiert elegant.

»Schön, du kannst mit uns mitkommen«, sage ich und betrachte zweifelnd die Gomorrha-Kanone. »Aber ich stimme nur zu, weil ich keine Zeit mehr mit Streiten verschwenden will.«

»Ich habe das für uns vorbereitet.« Felix holt ein Dutzend Ohrstöpsel aus seiner Tasche und reicht mir einen.

»Wir hören während der Rettungsaktion keine Musik«, sage ich. »Nicht einmal, wenn die Songs wirklich cool sind.«

»Nein, Dummerchen.« Er verdreht die Augen. »Ich habe sie in Kommunikationsgeräte umgewandelt.« Er steckt sich selbst einen ins Ohr. »Wie beim Geheimdienst.«

»Oh.« Ich nehme einen und sage: »Gib Rose auch einen. Sie bleibt zurück, und Vlad könnte es zu schätzen wissen, mit ihr in Kontakt bleiben zu können.«

Felix gibt Vlad und Rose jeweils einen Ohrstöpsel. »Wenn Rose zurückbleibt, habe ich eine Idee. Ich bin gleich wieder da.«

Er rennt in sein Zimmer, und ich nutze die Verzögerung, um in Ariels Zimmer zu laufen und ihr M9-Messer zu holen. Die Waffe passt gut in die versteckte Tasche, in der ich normalerweise die Pistole verstecke, und die Waffe selbst wandert im Gangster-Stil hinten in meinen Hosenbund.

Als ich zurückkomme, hält Felix ein Tablet in der Hand, und eine kleine Webcam ragt aus seiner Hemdtasche.

Er gibt Vlad und mir ähnliche Kameras, und wir befestigen sie ebenfalls an unserer Kleidung.

»Das«, er gibt Rose das Tablet, »wird dich sehen lassen, was wir sehen.« Er überzieht beide Geräte mit seiner Magie, spielt einen Moment lang mit dem Tablet, und die drei Videoaufzeichnungen aus dem

Raum, in dem wir stehen, erscheinen auf dem Bildschirm.

»Ich will auch einen Ohrstöpsel«, sagt Fluffster mental.

»Sicher.« Felix wählt den kleinsten aus und steckt ihn in das süße Ohr des Domovois. »Deine und Roses Ohrstöpsel sollten euch die Mikrofone in den Webcams in unseren Taschen hören lassen. Kannst du uns hören?«

»Ja«, sagt Fluffster. »Ich höre dich zweimal, einmal im Ohrstöpsel und noch einmal in der realen Welt.«

»Das ist in Ordnung. Wenn wir erst einmal weg sind, wird es nur noch dein Ohr sein«, sagt Felix zu ihm. »Denke aber daran, dass du nicht mit uns sprechen kannst – es sei denn, du kannst diese mentale Kommunikation über lange Strecken durchführen.«

»Keine langen Strecken.« Fluffster lässt seinen Kopf hängen.

»Ich werde deine Stimme sein«, beruhigt Rose ihn. »Ihr macht euch jetzt besser auf den Weg.«

»Rose hat recht«, sage ich und gehe zur Tür.

Vlad hat bereits den Aufzug gerufen, und Felix holt uns beide schnell ein.

Unsere schweigsame Fahrt im Aufzug ist so gemütlich wie das Schlafen ohne Decke auf einem nackten Steinboden, und sobald sich die Türen öffnen, geht Vlad auf den Parkplatz hinaus, ohne zurückzuschauen.

»Bilde ich mir das ein, oder verhält sich Vlad angepisst?«, flüstere ich Felix zu, als der Vampir seine übernatürliche Geschwindigkeit nutzt, um etwas mehr Abstand zwischen uns zu schaffen.

Anstatt etwas zu sagen, nimmt Felix sein Telefon heraus, schreibt etwas und zeigt es mir. Auf dem Handy steht: »Vampire haben ein super Gehör.«

»Hoppla«, sage ich ohne wirkliches Bedauern.

»Lasst ihn in Ruhe«, erklingt Rose durch den Ohrhörer. »Er mag diese Situation nicht.«

»Sie hat recht«, sagt Vlad, als wir ihn endlich einholen. Er starrt mich mit seinen Augen wie schwarze Löcher an und sagt: »Die Vollstrecker sollten sich nicht in alltägliche persönliche Streitigkeiten zwischen den Cogniti einmischen.«

»In Ordnung«, sage ich. »Wenn – oder sobald – Ariel getötet wurde, dann kannst du mit gutem Gewissen helfen.«

Vlad antwortet nicht. Stattdessen greift er in seine Tasche, reißt einen Schlüsselanhänger mit einem Schlüsselbund heraus, wählt etwas aus, was aussieht wie ein schwarzes Spielzeugauto, und drückt darauf.

Ein schwarzes Auto neben uns, das genauso aussieht wie das Spielzeug, piept.

»Du fährst einen Tesla?«, fragt Felix Vlad neidisch. Mir erklärt er: »Das ist ihr Spitzenmodell. Es fährt selbst, obwohl diese Funktion noch etwas eingeschränkt ist. Es hat eine ultrahohe Energieeffizienz, obwohl es …«

»Rein.« Vlad öffnet die DeLorean-ähnliche, sich nach oben öffnende Hintertür und gibt Felix und mir ein Zeichen, einzusteigen.

Nachdem wir prompt gehorchen, setzt sich Vlad hinter das Steuer, und das Elektroauto gleitet von seinem Parkplatz.

Wir teilen eine weitere unangenehme Stille und fahren die Straße hinunter.

»Warum elektrisch?«, frage ich, nachdem wir die fünfte Kreuzung passiert haben, hauptsächlich um herauszufinden, ob Vlad mit mir spricht.

»Besser für die Umwelt«, sagt Rose mir ins Ohr. »Vlad versucht, einen niedrigen CO2-Verbrauch zu haben.«

»Oh?« Ich schaue mir Vlads mürrisches Gesicht im Rückspiegel an, aber er ignoriert meine Frage. »Trinkst du auch nur Blut von Freiland-Menschen, die mit Gras gefüttert werden?«

Felix lacht auf, und obwohl Vlad immer noch nicht antwortet, denke ich, dass ich einen Hauch von Belustigung in seinen Augen entdecke.

»Langlebigkeit und Umweltschutz gehen Hand in Hand«, erklärt Rose. »Wenn du einmal gesehen hast, wie dein Lieblingswald verschwindet oder deine Lieblingsbärenart ausgestorben ist oder wenn du nur die Ansammlungen von Plastik betrachtest, die sich im …«

»Wir haben es verstanden«, sagt Felix. »Aber wir behalten uns immer noch das Recht vor, die Idee eines baumumarmenden Vampirs amüsant zu finden.«

»Ich frage mich, ob es das ist, worum es bei Neros Besessenheit vom papierlosen Büro geht«, sinniere ich leise. Lauter frage ich: »Wie alt ist Nero?«

»Alt«, sagen Vlad und Rose unisono.

»Wie alt muss jemand oder etwas sein, damit ihr beide es als »alt« betrachtet?« bin ich versucht zu fragen, aber bevor ich die Gelegenheit dazu bekomme, beginnen die High-End-Lautsprecher des Autos, eine laute Melodie zu spielen.

»Das ist ›The Future‹ von Leonard Cohen«, sagt Felix über den Lärm hinweg. »Wir haben es im Film *Natural Born Killers* gehört, den Ariel uns gezeigt hat.«

Ich erinnere mich an diese Nacht. Felix wurde durch das Blut auf dem Bildschirm ohnmächtig. Ich erinnere mich so gut daran, weil ich die Mitte von Felix' Augenbraue wachsen wollte, während er ohnmächtig war. Wir beschlossen letztendlich großmütig, auf diesen Streich zu verzichten, obwohl Ariel sagte, und ich zitiere: »Wir verschieben das und machen es davon abhängig, wie Felix sich in Zukunft benimmt.«

»Darian«, sagt Vlad und holt mich in die Gegenwart zurück. »Womit habe ich dieses Vergnügen verdient?«

»Ein reiner Höflichkeitsanruf«, sagt Darians Stimme über die Autolautsprecher, und sein britischer Akzent ist besonders stark, während er die Worte feierlich ausspricht. »Du warst noch nie einer von denen, die an der Nützlichkeit der Seher zweifeln, aber ich will dich trotzdem daran erinnern, wie nützlich wir sein können.«

»Du hast eine Vision gesehen, die mich betrifft?« Vlads Tonfall ist skeptisch.

»In der Tat«, sagt Darian. »Und deshalb habe ich beschlossen, dir ein paar warnende und weise Worte mitzugeben.«

Es herrscht eine lange Stille. Vlad, wie der Rest von uns, muss die angeblich weisen Worte hören wollen, während Darian die Situation eindeutig für die ganze Theatralik melkt, die er aus ihr herausquetschen kann.

Vlad räuspert sich hörbar.

»Also«, sagt Darian, »hier kommt es.« Seine Stimme nimmt eine Obi-Wan-ähnliche Qualität an, als er schwerfällig sagt: »Hüte dich vor dem roten Licht. Benutze die …«

»… Macht, Luke«, beenden Felix und ich den Satz gleichzeitig.

Vlad wirft uns über den Rückspiegel einen dunklen Blick zu, also spreche ich für uns beide. »Jetzt komm schon. Dieser britische Akzent und diese Vorlage …«

»Sasha.« Vlads Augenbrauen ziehen sich so eng zusammen, dass Felix' Monobraue eine Markenverletzung geltend machen könnte.

»Hast du ›Sasha‹ gesagt?« Darian klingt so besorgt, dass ich ihm einen Golden Globe dafür geben würde, weil er so tut, als wüsste er nicht, dass ich im Auto bin.

»Ja.« Vlad sieht verwirrt aus.

Darian legt mit einem lauten Klicken auf.

Vlad sieht noch verwirrter aus, als er auf eine breite Straße abbiegt.

»Nero hat Darian unter Todesstrafe verboten, mit mir zu sprechen«, erkläre ich nach einer Minute voller Schweigen. »Ich wette, Darian wusste, dass ich im Auto war, hat aber so getan, als sei das nicht der Fall.«

»Glaubhafte Bestreitbarkeit«, sagt Felix. »Clever.«

»Aber hätte er nicht gesehen, dass diese Episode genauso abläuft, wie sie gerade abgelaufen ist?«, fragt Rose über die Ohrhörer. »Fluffster fragt das übrigens gerade«, fügt sie hinzu.

»Genau«, sage ich. »Ich wette, es ist genau das passiert, was er wollte. Ich bin sicher, wir haben genug gehört, um uns zu helfen. Oder, wahrscheinlicher, genug, um *ihm* zu helfen, da dies zweifellos einer langfristigen Agenda von ihm zugutekommen wird.«

Was ich nicht hinzufüge, ist, dass die langfristige Agenda darin bestehen könnte, mit mir zusammenzukommen.

Ich bin abgelenkt von meinen Darian-plus-Sasha-Gedanken, als mein Verkehrsbewusstsein, Spidey, plötzlich kribbelt.

Wir fliegen auf eine große Kreuzung zu, und mein Angstanfall – oder was auch immer das ist – scheint sich auf die sich schnell nähernde Ampel zu konzentrieren.

Aber die Ampel ist grün, nicht rot.

In diesem Moment wird aus Grün Gelb.

»Dieses Seher-Zeug kann sogar einem Vampir Kopfschmerzen bereiten«, murmelt Vlad und drückt aufs Gas, um zu beschleunigen, damit er das gelbe Licht passieren kann, bevor es rot wird.

»Das ist eine gute Möglichkeit, einen Strafzettel zu bekommen«, beschwert sich Rose in unseren Ohren.

»Und Fluffster sagt«, fügt sie hinzu, »Vlad muss den Strafzettel bezahlen.«

Ein Ticket ist nicht der Grund, warum meine Intuition so rebelliert.

Es muss das aufkommende rote Licht sein.

»Aufhören!«, schreie ich panisch.

KAPITEL 25

EINES MUSS ich den Vampirinstinkten lassen; Vlad macht eine Vollbremsung, bevor ich etwas sagen kann.

Ich muss auch Elon Musk und den anderen Leuten von Tesla ein Kompliment machen. Das Auto hält an, während das Licht über uns rot wird, noch bevor wir den Zebrastreifen erreichen.

Ein riesiger Müllwagen schießt mit der Geschwindigkeit eines Rennwagens über die Kreuzung.

Ich atme einen Atemzug aus, von dem ich nicht wusste, dass ich ihn angehalten hatte. »Das muss der Grund für Darians Anruf gewesen sein.«

»Ja«, sagt Rose und klingt erschüttert. »Wenn du weitergefahren wärst, hätte dich der Truck angefahren.«

»Ich hatte ihn bemerkt«, sagt Vlad flach. »Wir hätten es geschafft.«

»Vielleicht«, sagt Rose. »Und *dir* wäre nichts passiert, wenn ihr zusammengestoßen wärt.«

Was sie nicht hinzufügen muss, ist, dass Felix und ich in menschliche Burger medium-rare verwandelt worden wären.

»Du würdest das überleben?« Felix schaut auf den schnell verschwindenden LKW und den dünnen PKW-Rahmen um uns herum. »Ich hätte nicht gedacht, dass selbst ein Vampir so etwas überleben kann.«

Ich möchte ihm sagen, dass Rose Vlad eine Art magischen Schub gegeben hat, aber entscheide mich dagegen; Vlad könnte wollen, dass diese Tatsache geheim gehalten wird.

Das Licht wechselt wieder auf Grün.

Vlad drückt seine Gefühle über den ganzen Rote-Ampel-Vorfall aus, indem er so plötzlich aufs Gas tritt, dass mich die Beschleunigungskräfte in den Sitz drücken.

Wir fahren schweigend auf den Highway.

Ich beschließe, die Anspannung auf meine bevorzugte Weise abzubauen, also sage ich: »Wollt ihr Jungs etwas Cooles sehen?«

»Einen Trick?«, fragt Rose aufgeregt. »Kannst du etwas tun, was ich durch die Kamera sehen kann?«

»Vlad«, frage ich und kämpfe gegen den Drang, Rose zu bestrafen, weil sie es ›einen Trick‹ statt ›einen Effekt‹ nannte, »willst du mitmachen?«

Vlad gibt als Antwort eine Mischung aus einem Grunzen und einem Brummen von sich, was ich als Zustimmung betrachte.

Ich greife in meine Tasche und hole ein Kartenspiel heraus. Ich lasse Felix' FELLATIO in der Verpackung, nehme die Karten heraus und übergebe sie Felix, damit er sie untersuchen und mischen kann, während ich die Hülle wieder in meine Tasche schiebe.

Als ich die Karten zurückbekomme, sage ich: »Dieser Effekt wird die Verbindung zwischen Vlad und Rose testen, um zu sehen, wie gut sie füreinander geeignet sind.«

Rose quietscht fröhlich, und selbst Vlad sieht im Rückspiegel interessierter aus.

»Wenn das funktioniert, bedeutet das, dass ihr beide immer füreinander bestimmt wart«, sage ich. »Aber wenn nicht, bedeutet es nur, dass ich mehr Übung brauche.«

Alle lachen.

»Lass mich sicherstellen, dass keine Joker mehr im Spiel sind«, sage ich und breite die Karten aus, um sie kurz durchzusehen.

»Jetzt«, sage ich, als ich die Karten hinlege. »Ich möchte, dass Rose eine Kartenzahl nennt, ohne Farbe.«

»Sieben«, sagt Rose.

»Großartig«, sage ich, und blinzele Vlad im Rückspiegel fast unmerklich zu. »Vlad, nenn mir eine Farbe.«

»Kreuz«, sagt Vlad, und es könnte meine Einbildung sein, aber ich denke, er zwinkert mir auch zu.

»Großartig.« Ich spreize meine Hände so weit

auseinander, wie es das Auto zulässt. »Seht euch das an.«

Ich winkele meine Hände so an, dass sie von Rose durch die Kamera gesehen werden können, und lasse die Karten von einer Hand in die andere sprudeln – ein klassischer Kartenzauber.

Die meisten Magier machen in dieser Situation einen »Wasserfall« – wo Karten mit Hilfe der Schwerkraft von oben nach unten fallen. Das Springenlassen der Karten – insbesondere meine Version – ist schwieriger, besonders in der Entfernung, in der ich meine Hände halte, aber ich bin *sehr* gut im Springenlassen von Karten. Angesichts dessen, wie viel von meiner Jugend ich in das Üben investiert habe – und wir sprechen von grausamem Üben, bei dem ich Karten vom ganzen Boden aufsammeln musste, wenn ich es vermasselt hatte –, sollte ich auch besser gut sein.

Ich bin mit dem Ergebnis zufrieden. Es gibt ein triumphierendes Rauschen, und jede einzelne Karte sieht aus, als hätte sie Superkräfte entwickelt, als sie sich von meiner rechten Hand mit einem schwerkraftabweisenden Sprung in meine linke bewegt.

Felix und Vlad sehen beeindruckt aus – was großartig ist, da der eigentlich beeindruckende Teil *als Nächstes* kommt.

»Bitte beachtet, dass ich nur eine einzige Karte in meiner rechten Hand habe«, sage ich und zeige ihnen, dass meine Aussage wahr ist.

In meiner rechten Hand halte ich eine Karte.

»Unmöglich«, murmelt Rose in den Kopfhörer.

Langsam drehe ich die fragliche Karte um, um zu enthüllen, dass es die Karte ist, die Vlad und Rose gemeinsam benannt haben – die Kreuz sieben.

Rose schreit etwas Unverständliches.

Obwohl er nichts sagt, sieht Vlad im Rückspiegel sehr zufrieden aus. Er muss den Beweis mögen, dass er und Rose eine starke Verbindung haben, auch wenn er weiß, wie ich das gerade gemacht habe – vorausgesetzt, ich habe recht damit, wenn ich denke, dass er es tut.

Felix starrt immer wieder auf die Karte. Sein üblicher selbstgefälliger Ich-weiß-wie-du-das-gemacht-hast-Ausdruck fehlt, was mich dazu bringt, vor Freude beinahe schrill aufzulachen.

»Das war toll«, sagt Rose. »Fluffster und ich denken das beide.«

»Ich auch«, sagt Vlad, als er vom Highway abfährt. In einem viel ernsteren Tonfall fügt er hinzu: »Wir sind fast da.«

Ich stecke die Karten ein, ohne mir die Mühe zu machen, sie wieder in die Box zu schieben. Ich nehme meine Glock schnell aus meinem Hosenbund heraus und überprüfe, ob sie geladen ist.

Nach meinem Vorbild spielt Felix mit den Bedienelementen seiner Gomorrha-Waffe.

Ein großer futuristischer Bildschirm erscheint über seiner Waffe – ein Bildschirm, der wie ein Hologramm aus einem Science-Fiction-Film aussieht.

Ich reibe meine Augen.

Der transparente Bildschirm schwebt weiterhin in der Luft.

»Wow«, sage ich. »Du hast keine Witze gemacht. Die Gomorrha-Technologie *ist* unserer weit voraus.«

»Ja.« Felix betrachtet seine Waffe so liebevoll, dass Maya eifersüchtig wäre.

»Hier ist es.« Vlad zeigt auf ein riesiges, heruntergekommenes Lagergebäude auf der rechten Seite.

Zwei große Kerle in Anzügen stehen neben dem Eingang. Sie sehen aus wie Klone der Jungs, die versucht haben, mich zu entführen, als Ariel und ich neulich vom Fitnessstudio nach Hause gingen.

Eigentlich könnten es die gleichen Leute sein.

Vlad biegt um die Ecke und parkt das Auto.

»Ich werde die Führung übernehmen«, sagt er, öffnet die Tür und legt los.

Mit übernatürlicher Geschwindigkeit verschwindet er um die Ecke, noch bevor Felix und ich überhaupt das Fahrzeug verlassen haben.

Ich steige aus und sprinte mit einem schnaufenden und keuchenden Felix auf den Fersen Vlad hinterher.

Ich biege gerade noch rechtzeitig um die Ecke, um zu sehen, wie sich Vlads Augen in reflektierende Quecksilberbecken verwandeln, während er die beiden Wachen anstarrt.

»Du wirst müde«, höre ich Vlad im Ohrhörer murmeln, und seine Worte tropfen von seiner Zunge wie Honig von einem Löffel. »Sehr müde.«

Ernsthaft? Hypnose ist ein Zweig des Mentalismus

den ich noch nicht erforscht habe, aber jeder kennt diesen Satz.

Vlads Bezirzungsvoodoo funktioniert reibungslos. Als ich ihn einhole, halten die beiden Jungs bereits ein Nickerchen auf dem Bürgersteig.

»Das könnte einfacher gehen, als ich dachte«, flüstert Felix und schaut enttäuscht auf seine Waffe.

»Sprich nicht vom Teufel«, flüstere ich zurück, aber bin selbst voller Hoffnungen.

Vielleicht ist alles, was ich tun muss, um die schreckliche Vision zu vereiteln, Vlad in den schicksalhaften Raum gehen zu lassen, damit er sich mit dem Admiral befasst.

Vlad klopft mit seiner flachen Hand leicht auf die scheinbar verschlossene Tür.

Die Tür fliegt auf, als wenn ein Sondereinsatzkommando sie mit einem Rammbock durchbrochen hätte.

Er geht hinein.

»Ich dachte, seine Art müsste eingeladen werden«, flüstere ich Felix zu, der mit den Achseln zuckt.

»Ich schätze, hier wohnt niemand, also ist es kein Zuhause.«

Wir folgen Vlad hinein.

Es gibt sechs weitere grün gefärbte Schläger im Inneren. Sie alle sehen uns schockiert an – bis Vlad ihren Blick auf sich zieht.

»Schlaft«, sagt er in dem gleichen hypnotischen Tonfall. »Jetzt.«

Die sechs Kerle werden sofort bewusstlos.

Das läuft definitiv gut.

Wir steigen über die schlafenden Wachen und gehen zu einer Tür, auf der steht: »ZUTRITT VERBOTEN«.

»Das ist so unlogisch«, murmelt Felix. »Der Sinn der Tür ist es doch, Zutritt zu erlauben.«

»Ja«, stimme ich ihm rundweg zu. »Diese faule Tür ist fast ein Fenster.«

Mit einem weiteren Schlag seiner Handfläche beweist Vlad der Tür, dass sie den Eintritt tatsächlich zulassen kann – zumindest wenn ein Vampir im Spiel ist.

Während die Tür aus den Angeln fliegt, leuchtet ein kleines rotes Licht über ihr auf, um uns den Unmut der Tür zu zeigen.

Abgesehen von diesem schwachen roten Schimmer ist dieser Raum dunkel.

Felix steckt klickend etwas auf seine Waffe, und der Hologramm-Bildschirm zeigt den Raum im ultrahochauflösenden Nachtsichtmodus.

Um uns herum gibt es zehn grün gefärbte Schläger. Sie sind mit Sturmgewehren bewaffnet und haben eine Nachtsichtbrille auf.

Sie müssen diese Ausrüstung angezogen und die Lichter ausgeschaltet haben, um uns überraschend zu erwischen.

»Wird die Dunkelheit oder die Brille Vlads Kräfte schwächen?«, flüstere ich zu niemand Speziellem.

»Das wirst du gleich sehen«, flüstert Rose zurück.

»Waffen runter«, fordert Vlad mit der gleichen bezirzenden Stimme.

Die Männer legen ihre Waffen nieder.

»Schlaft ein«, befiehlt Vlad, und sie kommen seinem Wunsch sofort nach und fallen mit zehn saftigen Schlägen um.

Vlad geht zu zwei großen Türflügeln, die nach oben gleiten, und tritt sie ein.

Die Türen fliegen auf, und Vlad geht hindurch.

Felix und ich tauschen einen beeindruckten Blick aus, während wir ihm folgen.

Der neue Raum ist auch dunkel, aber dank Felix' Waffe kann ich sehr gut darin sehen.

Zu sehen und zu verstehen, was ich sehe, sind jedoch zwei verschiedene Dinge.

Die dutzenden bewaffneten Männer hier sind nicht wie die, auf die wir bisher getroffen sind. Zum einen sieht kein einziger russisch aus. Stattdessen sind diese Kerle ein Schmelztiegel Krimineller, die man auf den Postern der meistgesuchten Verbrecher aus aller Welt sehen würde. Sie tragen auch keine formalen Anzüge – und was sie anhaben, ist der seltsamste Teil.

Sie tragen alle OP-Hemdchen. Also diese Krankenhausbekleidung für Patienten, die den Hintern frei lässt. Und sie haben nichts unter diesen Hemden, nicht einmal die üblichen Krankenhausschuhe.

Und dazu tragen sie alle eine Sonnenbrille. Nicht einmal coole Sonnenbrillen, sondern billig aussehende … in einem stockdunklen Raum.

Denkt sich der Science-Fiction-Bildschirm das aus?

»Lasst die Waffen fallen«, befiehlt Vlad ihnen.

Sie tun *nicht*, was er ihnen sagt.

Ich blinzele verwirrt.

Mit einer unheimlichen Choreographie heben diese schrägen Vögel ihre Gewehre – und richten sie auf Vlads Kopf.

KAPITEL 26

DURCH DAS ADRENALIN in meinem System ist mein Kopf hochkonzentriert. »Schieß!«, schreie ich Felix an und ziele mit meiner eigenen Waffe auf den nächsten im Krankenhemd gekleideten Typen – mit dem Codenamen Schürze eins.

Es ertönt ein entsetzter Schrei in meinem Ohrhörer.

Es ist entweder Rose oder eine Furie mit der Lungenkapazität eines Perlentauchers.

Ich tue mein Bestes, um den Lärm zu ignorieren, und drücke ab.

Alle Schürzen müssen gleichzeitig abgedrückt haben; das daraus resultierende Geräusch ist ohrenbetäubend.

Schürze eins fällt zu Boden, versucht aber zu kriechen. Ich scheine ihn nicht schwer verletzt zu haben. Dennoch ist es vielleicht keine so gute Idee, ihnen Nummern zu geben.

Zu meiner Erleichterung sieht Vlads Kopf nicht wie ein Pastasieb aus; er muss die Schüsse vorausgesehen haben, weil er sich blitzschnell auf dem Bildschirm von Felix' Waffe bewegt.

Ist Vlads Geschwindigkeit zu schnell, als dass die Nachtsichtkamera ihn gut aufnehmen kann, oder ist er wirklich so schnell wie *Flash*?

Vlad rennt zu der Schürze, die ihm am nächsten ist, und reißt ihr den Kopf ab, als würde er in einem *Mortal-Kombat*-Spiel einen *Finishing Move* ausführen. Dann stampft er auf den Kopf der noch kriechenden Schürze eins.

Das Knacken von brechenden Knochen ist das ekelhafteste Geräusch, das ich jemals gehört habe.

Jep. Ich werde ihnen definitiv keine Nummern geben. Wer auch immer diese vampirberzir-zungsimmunen Schürzen sind, ihre Köpfe sind genauso abreißbar und zerquetschbar wie die einer normalen Person.

Aber vielleicht auch nicht.

Die Schürze mit dem abgerissenen Kopf versucht immer wieder, Vlad anzugreifen, auch wenn Blut aus ihrem Hals sprudelt wie Wasser aus einem kaputten Hydranten.

Was ist das für ein Typ, der sich bewegen kann, nachdem er seinen Kopf verloren hat? Ein Zombie? Deshalb das OP-Hemd?

Nein. Die Zombies, denen ich begegnet bin, haben nicht so stark geblutet, und sie rochen sehr stark.

Oder ist es einfach ein biologisches Wunder? Es

gibt dieses sprichwörtliche Huhn, das mit angeblich abgeschnittenem Kopf herumläuft. Können Menschen das tun?

Die Furienschreie in meinem Ohrhörer werden lauter, und ich überlege, ob ich das Gerät herausnehme, um dem Geräusch zu entkommen.

Vlad wirft den kopflosen Johnny gegen eine Wand, und das beendet den verrückten Anblick, da der Typ als schlaffer Haufen nach unten rutscht.

Ich bin mir sicher, Felix wird gleich ohnmächtig.

Selbst ich, die ich normalerweise nicht zimperlich bin, fühle mich durch das Blutbad benommen.

Felix überrascht mich jedoch. Anstatt ohnmächtig zu werden, erschießt er eine der Schürzen, die auf mich zielt.

Die Gomorrha-Kanone gibt einen leisen Piepton von sich, scheint aber kein Projektil abzuschießen – obwohl so etwas wie ein Lichtstrahl auf dem holographischen Bildschirm erscheint und Felix' Ziel in die Brust trifft.

Das Flügelhemd bricht sofort zusammen, was interessant ist. Die Gomorrha-Kanone muss effektiver sein als eine Enthauptung.

In der Zwischenzeit wirbelt Vlad um fünf weitere Schürzen herum, um fünf weitere Köpfe abzureißen, bevor er damit fortfährt, die sich bewegenden kopflosen Körper auf den Boden zu schlagen.

Die Luft ist durchsetzt vom kupferroten Gestank von Blut und Tod.

Unsere Angreifer scheinen keine Cogniti zu sein.

Vlad sagte, dass er keine Cogniti töten würde, und diese Leute sind definitiv sehr tot.

Als sie feststellt, dass Vlad ein zu bewegliches Ziel ist, richtet eine Schürze in der Ecke des Raumes ihre Waffe auf Felix.

Wieder einmal scheint das Adrenalin in meinem Blut meiner Konzentration zu helfen.

Ich kann sehen, dass Vlad diesem Kerl nicht rechtzeitig den Kopf abreißen wird, also hebe ich meine Waffe an und drücke ab.

Der Schuss ist so laut, dass ich mich frage, ob wir gleichzeitig geschossen haben.

Das panische Heulen in meinem Ohrhörer wird durch etwas ergänzt, was wie eine verwundete Katze klingt.

Vielleicht sogar eine badende Katze.

Der Typ klatscht mit blutdurchtränktem Hemd auf dem Boden auf. Er versucht einen Moment lang, auf mich zuzukriechen, aber dann entspannt er sich für immer.

Ich muss sein Herz getroffen haben.

Ohne zu blinzeln, starre ich auf den Toten, und dann auf meine Hände, die die Waffe halten.

Das ist der erste Mensch, der durch meine Hände gestorben ist.

Vorausgesetzt, er *war* ein Mensch – obwohl das eigentlich egal sein sollte, denn jedes fühlende Wesen hat ein Recht auf Leben, und diese Kerle scheinen etwas zu fühlen.

Es ist schockierend, wie wenig Reue ich empfinde.

Betäubt mich das Adrenalin?

Was noch schlimmer ist, ist, dass ich mich tatsächlich bereit fühle, meine Freunde und mich selbst weiter zu verteidigen. Ich werde so viele töten, wie ich muss, um dieses Ziel zu erreichen.

War ich die ganze Zeit über heimlich ein Soziopath und habe es nie bemerkt? Oder ist es, dass ich die mit dem Krankenhaushemd bekleideten Typen in meinem Kopf zu Monstern gemacht habe? Auf einer rein logischen Ebene habe ich kein Problem mit dem, was ich getan habe – das war ein klarer Fall von Selbstverteidigung.

So oder so, es spielt keine Rolle. Wenn es sein muss, kann ich eine Therapie bei Lucretia machen, um das alles später zu klären. Das Ziel ist es, lange genug zu überleben, um diese Therapie in Anspruch zu nehmen.

Mit entsetzter Faszination beobachte ich, wie Vlad die restlichen Köpfe von den Schultern ihrer Besitzer reißt.

Felix schaut sich mit seinen Bildschirm im Raum um, so als wolle er sicherstellen, dass keine weitere Gefahr droht.

Alle Kerle mit Krankenhemden sind erledigt.

Roses Schreie in meinem Ohrhörer verstummen.

Felix schaut vom Bildschirm auf und bedeckt seinen Mund theatralisch mit seiner Handfläche, als ob er gleich kotzen würde. Dann fällt er ohne Vorwarnung auf den Boden.

Mein Herz rutscht mir in die Hose.

Hat die Kugel des letzten Kerls Felix doch getroffen?

KAPITEL 27

ICH NEHME mein Handy heraus und benutze es als Taschenlampe, um nach meinem Freund zu schauen.

Ich sehe kein Blut, sein Puls ist stark, und seine Atmung ist gleichmäßig.

»Er ist endlich ohnmächtig geworden«, flüstere ich erleichtert.

»Der Arme«, sagt Rose mit heiserer Stimme. »Vlad hat einen ganz schönen Scherbenhaufen hinterlassen.«

»Das ist die Untertreibung des Jahrhunderts«, sage ich und drehe mich zu dem Massaker um.

Ich richte meine Aufmerksamkeit wieder auf Felix und schlage ihm auf die Wange.

Er kommt nicht zu sich.

»Ich hätte Riechsalz mitnehmen sollen«, murmele ich leise.

»Oder ihn besser zu Hause gelassen«, entgegnet Rose.

»Lass es mich versuchen«, sagt Vlad und beugt sich über Felix.

Vlads Blick verspiegelt sich, dann zwingt er Felix' Augenlider auf und starrt in die zurückgerollten Augen meines Freundes.

»Hoch«, befiehlt Vlad.

Felix rührt sich.

»Gut gemacht«, sagt Vlad und steht wieder auf.

»Gebt mir einen Moment«, sagt Felix heiser. »Sasha, kannst du nachsehen, ob alle Feinde tot sind?«

Macht er Witze?

Wie könnte noch jemand am Leben sein?

Dann verstehe ich. Felix will wahrscheinlich einen Moment Privatsphäre, um Sabber wegzuwischen oder etwas anderes Peinliches zu tun.

Ich steige über abgetrennte Köpfe und Blutlachen und gehe zu dem einzigen Kerl, der keine offensichtlichen Wunden hat – demjenigen, der vor der Gomorrha-Kanone getroffen wurde.

Kein Puls, kein Atem.

Die Waffe aus Gomorrha muss einen Todesstrahl oder so etwas aussenden. Gruselig, aber vielleicht die perfekte Waffe für Felix' empfindliches Wesen.

»Geht es dir gut?«, rufe ich aus, ohne mich umzudrehen.

»Fit wie ein Turnschuh«, sagt Felix, und seine Stimme klingt kräftiger. »Wir sollten weitermachen.«

Ich drehe mich gerade noch rechtzeitig um, um zu sehen, wie Vlad seine helfende Hand von Felix' Schulter nimmt.

»Bist du sicher, dass du weitermachen willst?«, frage ich und gehe zu ihnen. »Wenn du mittendrin ohnmächtig wirst ...«

»Ich werde nicht noch einmal ohnmächtig«, sagt Felix und ballt seine Hände entschlossen zusammen. »Gehen wir.«

Er marschiert zur nächsten Tür.

Vlad und ich tauschen beeindruckte Blicke aus.

Felix rüttelt am Türgriff.

Die Tür bewegt sich nicht.

Felix tritt gegen sie, so wie Polizisten in Fernsehserien. Die Tür bleibt bösartig so, wie sie war, aber er schreit vor Schmerz auf und murmelt leise etwas, was russische Flüche sein müssen.

»Lass mich das machen«, sagt Vlad und klopft leicht dagegen, so wie er es die ganze Zeit getan hat.

Die Tür fliegt auf, als wäre sie von Anfang an nicht geschlossen gewesen.

»Bevor wir fortfahren ... kann ich nach dem schrecklichen Schreien in meinem Ohr fragen?«, frage ich. »Das war fast noch angsteinflößender als diese Schürzen.«

»Schürzen?« Vlad zieht eine Augenbraue in die Höhe.

»Ich wette, sie meint die Typen im Krankenhemd«, sagt Felix nervös – und versucht offensichtlich, nicht an das Massaker der besagten Schürzen hinter uns zu denken. »Krankenhemden werden auch Pflegehemd, OP-Hemd, Patientenhemd oder Flügelhemd genannt, obwohl sie eigentlich eher aussehen wie Malschürzen für Kinder, nur nicht so bunt …«

»Es tut mir leid, dass ich geschrien habe«, meldet sich Rose über den Ohrhörer. »Als ich die Schüsse hörte und sah …«

»Das war ein wenig irritierend, Liebes«, sagt Vlad sanft. »Besteht die Möglichkeit, dass du dich zusammennimmst?«

»Ich werde versuchen, mich zu beherrschen«, sagt Rose. »Ich habe sogar Luzie mit meinem Ausbruch erschreckt.«

Ich wusste, dass ich irgendwo mittendrin eine Katze gehört hatte.

»Tipp auf die Ohrstöpsel, um sie stummzuschalten oder einzuschalten«, schlägt Felix etwas zu nachdrücklich vor. »Ich werde auch die Mikrofone unserer Webcams stumm schalten, damit du die Schüsse nicht hörst.« Felix sendet Energiebögen an unsere Kameras. »Unsere Ohrstöpsel sind bereits stummgeschaltet.« Er klopft auf seinen, und es rauscht. »Versteht ihr?« Seine Stimme hallt im Raum und in meinem Ohr wider. Er klopft wieder auf seinen Ohrstöpsel, und das Rauschen verschwindet.

»Ich verstehe«, sagt Rose. Einen Moment lang höre ich ein Rauschen in meinem Ohr, und nach einer Pause wiederholt es sich.

»Habt ihr mich gerade gehört?«, fragt Rose.

»Nein«, sagt Felix. »Sieht so aus, als hättest du es raus.«

Das Rauschen wiederholt sich, und der Ohrstöpsel wird wieder herrlich stumm.

Vlad schaut mich mit einem Blick an, der zu sagen scheint: »Und du wolltest Rose mitnehmen.«

»Sie wollte von sich aus gehen« bin ich versucht zu antworten. Und: »Ich würde sie nie mitnehmen – besonders jetzt nicht mehr.«

Wir gehen in düsterer Stille in den neuen Raum, und ich fühle mich sofort unwohl.

Es gibt ein rotes Licht am Ende des Raumes.

»Noch eine faule Tür?«, murmelt Felix.

»Zu schade, dass die Münder mancher Leute keinen praktischen Stummschaltknopf haben«, flüstert Vlad.

Ich ignoriere sie, weil mein Gefühl der Vorahnung in die Stratosphäre eintritt und Adrenalin die Puzzleteile in einem Blitz der Erkenntnis zusammenpassen lässt.

»Auf den Boden«, zischte ich meinen Verbündeten zu. »Jetzt!«

KAPITEL 28

ICH LASSE meinen Worten Taten folgen und falle in einer Liegestützposition auf den Boden.

Vlad macht das Gleiche, allerdings sind seine Bewegungen so schnell, dass es wie ein CGI-Effekt aussieht.

Felix folgt unserem Beispiel und grunzt, als er auf den Boden fällt. Seine Landung war vielleicht nicht so anmutig wie meine.

Im selben Moment bricht ein Maschinengewehrfeuer wie Heavy-Metal-Trommeln aus der Hölle aus.

Gott sei Dank ist Rose gerade stummgeschaltet. Wenn *ich* schon schreien will, würde sie mit ihren panischen Schreien wahrscheinlich die Toten aufwecken.

Felix hält seine Waffe wie ein Periskop hoch. Der Bildschirm zeigt die Tür und die Wand hinter uns, die von Kugeln durchlöchert sind.

Ich schlucke mein Herz wieder in meine Brust hinunter und tausche einen grimmigen Blick mit Felix aus.

Wenn wir uns nicht rechtzeitig geduckt hätten, wären wir tot – und selbst Vlad würde sich zumindest belästigt fühlen.

Aber hätte ich dann tatsächlich hier sterben können, anstatt mit dem Admiralsmesser im Hals, wie meine Vision vorausgesagt hat?

Das ist möglich.

Indem ich allen von meiner Vision erzählt habe, hätte ich leicht einen weiteren dieser Schmetterlingseffekte erzeugen und die Zukunft verändern können, die ich vorausgesehen habe.

»Ich schnappe sie mir, wenn sie nachladen«, schreit mir Vlad über den Lärm ins Ohr. »Gib mir Deckung!«

Die Maschinengewehre schießen weiter, also muss ich Felix ins Ohr schreien. »Bereite dich darauf vor, Vlad zu decken, sobald …«

Die Schüsse verstummen.

Vlad setzt sich in Bewegung und verschwimmt vor Schnelligkeit vor meinen Augen.

Ich schieße in die Dunkelheit – und ziele hauptsächlich dorthin, wo Vlad nicht sein sollte.

Felix folgt meinem Beispiel und feuert seine Waffe in die vage Richtung unserer Feinde.

Bevor ich erneut schießen kann, höre ich das Geräusch von brechenden Wirbelsäulen, gefolgt vom Rauschen von Blut, das sich anhört wie ein Sprühstrahl aus der Wasserpistole eines übereifrigen Fünfjährigen.

Der ekelhafte metallische Geruch ist zurück, also schaue ich Felix an, um nach Anzeichen einer Ohnmacht zu suchen.

Statt der Ohnmacht nahe sieht er entschlossen aus.

»Der Weg ist frei«, sagt Vlad, der aus dem Nichts auftaucht.

Wir springen auf die Füße, laufen auf das schwache rote Glühen zu und betrachten das Blutbad.

All diese Kugeln kamen von mehr Schürzen. Den abgetrennten Körperteilen nach zu schätzen müssen es sieben gewesen sein – außer, einer der Köpfe ist ins Dunkel gerollt.

Was ich für Maschinengewehre gehalten hatte, entpuppt sich als AK-47-Sturmgewehre – nicht, dass sie uns weniger getötet hätten, wenn wir uns nicht auf den Boden geschmissen hätten.

»Deshalb hat Darian angerufen«, sage ich, als ich meinen Heureka-Moment von eben erkläre. »Das ist das rote Licht, vor dem wir uns in Acht nehmen sollten.« Ich zeige auf die Glühbirne über der Tür mit dem »ZUTRITT VERBOTEN«, die die Toten bewacht haben. »Der Teil mit ›Benutze die Macht‹ war ein Ratschlag für *mich*. Darian wollte, dass ich meiner Kraft als Seherin vertraue – die durch die Decke ging, als wir diesen Raum betraten.«

»Das passt«, sagt Felix, und seine Worte sind kaum hörbar. »Scheint so, als hätten wir an der roten Ampel keinen Unfall gebaut, genauso wie Vlad meinte.«

Es ertönt ein zischendes Rauschen. »Darian hätte einfach sagen können ›Nehmt euch vor den AK-47 in

Acht, wenn ihr diesen und jenen Raum betretet«, sagt Rose in meinem Ohr, und ihre Stimme klingt jetzt wie Sandpapier. »Das ist Fluffster, der sich beschwert, und ich stimme ihm zu.«

»Seher«, sagt Vlad verärgert, »Sie bringen mich zur Weißglut.«

Ich entscheide mich dafür, nicht beleidigt zu sein und denke stattdessen darüber nach, ob ich meine Waffe gegen ein Sturmgewehr tauschen sollte.

»Sie haben keine Munition mehr«, sagt Vlad, als ich ihm meine Idee mitteile.

»Mist.« Ich sehe das Gewehr neben meinen Füßen enttäuscht an. »Ich habe nur dieses eine Magazin.«

Vlad zuckt mit den Achseln, als ein zischendes Rauschen uns wissen lässt, dass Rose wieder stummgeschaltet ist.

Ich überschlage schnell etwas in meinem Kopf. Ich habe noch dreizehn von meinen fünfzehn Runden übrig, was nicht *so* schlimm ist.

»Musst du immer so ein Gemetzel verursachen?«, frage ich Vlad, vor allem, um die düstere Stimmung aufzuhellen. »Felix versucht, nicht in Ohnmacht zu fallen.«

Bevor Vlad antworten kann, werden im benachbarten Raum Halogenleuchten zum Leben erweckt.

Jemand hat entschieden, dass die Dunkelheit uns gegenüber kein Vorteil ist.

Wir tauschen grimmige Blicke aus und betreten vorsichtig den stadiongroßen, beleuchteten Raum.

»Was zum Teufel …?«, fragt Felix und spricht damit aus, was ich gerade denke.

Das Zimmer ist mit Krankenhausbetten gefüllt. Hunderten von ihnen. Auf jedem Bett ist eine Schürze an eine Infusion angeschlossen, mit einem Ernährungsschlauch in der Nase und einer Sonnenbrille, die ihre Augen bedeckt.

»Alles Männer«, flüstere ich. »Jemand ist kein gleichberechtigter Arbeitgeber. Vorausgesetzt, dass diese Schürzen tatsächlich für lebenserhaltende Maßnahmen angestellt wurden.«

Dann gibt es plötzlich Rauschen in meinem Ohrhörer. »Vielleicht bringt Baba Yaga hier ihre verwundeten Männer unter?«, schlägt Rose vor. »Obwohl das nicht erklärt, wie die, die auf dich geschossen haben, herumlaufen konnten.« Das Rauschen wiederholt sich.

»Wie groß müsste ihre Organisation sein, wenn sie im Rahmen ihres täglichen Betriebs so viele Verletzte aufweist?«, antwortet Felix. »Es sei denn, sie führen Krieg mit einem Haufen anderer Banden.«

Das Rauschen ertönt erneut. »Fluffster denkt, dass das Zimmer wie ein Krankenhaus aussieht, in dem sich die Verletzten eines Krieges zwischen einem Haufen *verschiedener* Banden befinden«, sagt Rose, »und ich stimme ihm zu.« Das Rauschen ertönt erneut, als Roses Ohrhörer auf stumm geschaltet wird.

Dieses Rauschen könnte so irritierend werden wie ihr Schreien.

Vlad hört auf zu gehen, starrt auf die hintere Ecke

des Raumes, und plötzlich spannt sich seine Haltung an.

Ein schlanker, gefährlich gutaussehender Mann rauscht auf uns zu – mit einer Geschwindigkeit, die der von Vlad entspricht. Sein schulterlanges, tiefschwarzes Haar weht hinter ihm, während er in unsere Richtung gleitet, und seine marmorgrünen Augen funkeln bösartig.

Ich halte abrupt inne. »Das ist Koschei. Er ist Baba Yagas Leutnant.«

Das Rauschen ertönt wieder. »Bist du sicher, dass er für sie arbeitet und nicht umgekehrt?«, fragt Rose. »Fluffster sagt, Koschei kommt in genauso vielen russischen Märchen vor wie Baba Yaga.«

»Ich weiß, wer und was das ist«, sagt Vlad grimmig und tritt vor uns. »Ihr müsst weglaufen. Jetzt.«

»Wohin?« Ich schaue mich im Raum um. Es gibt viele Türen in diesem riesigen Raum.

»Nutze deine Macht, um es herauszufinden.« Vlad bewegt sich in verschwommenen Bewegungen in Richtung Koschei.

Ich zögere, da ich nicht bereit bin, einen Verbündeten allein kämpfen zu lassen. Angesichts seiner Mandats-Aura ist Koschei eindeutig einer der Cogniti, und Vlad hat gesagt, er würde unsere Art nicht töten, was Koschei einen großen Vorteil in diesem Kampf verschaffen könnte.

Da ich kein solches Versprechen gegeben habe, ziele ich mit meiner Waffe auf Koschei und sehe aus dem Augenwinkel, dass Felix dasselbe tut. Wie ich muss auch Felix gemerkt haben, dass wir Koschei erschießen könnten, bevor Vlad sich um ihn kümmern muss. Ich hoffe nur, dass Felix auch weiß, dass wir Schwierigkeiten mit dem Rat bekommen werden, wenn es uns gelingt.

Ich schieße.

Rose schreit wie ein abgestochenes Schwein. Sie hat eindeutig vergessen, ihr Gerät auf stumm zu schalten.

Meine Kugel trifft Koschei in die Brust.

Der dünne Mann wird nicht einmal langsamer.

Felix schießt als Nächster.

Auf dem Bildschirm seiner Waffe trifft die Explosion Koschei in den Kopf, aber auch das hält ihn nicht auf.

Im nächsten Moment stehen sich Vlad und Koschei Brust an Brust gegenüber, wie zwei Hähne, die bereit für einen Kampf sind.

Ich nehme meine Waffe herunter; ich würde riskieren, Vlad zu erschießen, wenn ich weitermache.

Koschei schlägt Vlad in die Brust, und der Vampir gleitet von dem Aufprall ein paar Meter zurück, obwohl er auf den Füßen stehen bleibt.

Ich ziele auf Koschei, aber Vlad springt zu ihm zurück, bevor ich schießen kann.

Vlad bewegt sich wie ein Video im Schnelldurchlauf, kommt nah heran und schlägt seinem Gegner ins Gesicht.

Koscheis Kopf schnappt zurück, als ob ihn gleichzeitig die Fäuste von Mike Tyson und Muhammad Ali getroffen hätten – was nicht verwunderlich ist, wenn ich daran denke, was mit all den Türen passiert ist, die Vlad lediglich angetippt hatte.

Vlad bewegt sich noch schneller, rauscht hinter den benommenen Koschei und nimmt ihn in den Schwitzkasten.

Mit einem Knirschen dreht sich Koscheis Kopf in eine unnatürliche Richtung; wenn er wieder nach unten schauen könnte, würde er seinen eigenen Rücken sehen.

Vlad lässt seinen jetzt schlaffen Gegner los, und Koschei fällt wie ein Sack fauler Kartoffeln zu Boden.

»So viel dazu, dass du keine Cogniti töten würdest«, murmele ich, als ich Koscheis Aura flackern und verschwinden sehe.

»Was macht ihr noch hier?«, fragt Vlad, ohne seinen Blick vom Körper des Toten vor sich abzuwenden. »Ich habe euch doch gesagt, dass ihr verschwinden ...«

Ein Blitz violetter Energie umgibt Koschei, und als sie sich auflöst, ist seine Mandats-Aura wieder da.

KAPITEL 29

ICH WIDERSTEHE DEM DRANG, mir die Augen zu reiben.

Der Kopf, der erst vor einer Sekunde nach hinten gebogen wurde, beginnt, sich mit einem ekelhaften Knacken zurückzuwenden. Dann fällt eine Kugel aus Koscheis Brust und schlägt mit einem metallischen Klappern auf dem Boden auf.

»War das meine Kugel?«, frage ich ungläubig. »Und ist er gerade wieder zum Leben erwacht?«

»Sie nennen ihn aus gutem Grund Koschei den Unsterblichen«, flüstert Rose mir ins Ohr. »Ihr geht besser. Vlad könnte für eine Weile beschäftigt sein, und Ariel muss noch gerettet werden.« Diesmal ertönt ein Rauschen.

Gut. Sie hat sich daran erinnert, sich selbst stummzuschalten.

Bevor ich antworten kann, kommt Koschei wieder auf die Beine, und seine Bewegungen erinnern mich auf unheimliche Weise an den alten Film, in dem Nosferatu aus einem Sarg steigt.

Sollte es von den beiden nicht Vlad sein, der so etwas macht?

Sobald Koschei auf den Beinen ist, schwingt er eine Faust auf Vlad. Vlad weicht dem Schlag aus, greift nach dem Handgelenk seines Gegners und bricht seinen Arm in zwei Teile.

Etwas in meinem Augenwinkel erregt meine Aufmerksamkeit.

Einer der mit OP-Hemdchen bekleideten Schläger muss aus dem Koma erwacht sein, weil er aufrecht in seinem Bett sitzt. Mit ruckartigen, übertriebenen Bewegungen reißt er sich die Infusionskanüle aus der Vene. Dann, anscheinend ohne Rücksicht auf das Blut, das aus seinem Arm fließt, reißt er sich die Magensonde aus der Nase und schwingt seine nackten Füße auf den Boden.

Obwohl seine Augen durch eine Sonnenbrille verdeckt sind, scheint er in meine Richtung zu schauen.

In einem angrenzenden Bett tut ein anderer, ebenfalls nur mit einem Hemdchen bekleideter Kerl dasselbe, nur dass er, als er endlich steht, in Vlads Richtung läuft.

»Vlad, pass auf!«, schreie ich. »Felix, gehen wir.« Ich packe Felix am Arm und ziehe ihn mit mir, während ich anfange zu rennen.

Das Adrenalin in meinem Kreislauf scheint meine Intuition zu schärfen. Ich bin mir jetzt sicher, welche

Tür ich nehmen soll – auch wenn es leider eine der am weitesten entfernten ist.

Nackte Füße schlagen hinter uns auf dem Boden auf.

Ich drehe mich und sehe, wie der Erste, der wiederauferstanden ist, uns verfolgt, und schieße ihm in den Torso.

Er fällt, aber zwei weitere Schläger stehen vor uns aus ihren Krankenhausbetten auf, und ihre ungeschnittenen Zehennägel kratzen über den Betonboden.

Ich erschieße einen, und Felix kümmert sich um den anderen.

Ich werfe einen Blick auf Vlad und sehe, wie er ein Bein von seinem mit nur dem Hemd bekleideten Angreifer reißt und Koschei damit auf den Kopf schlägt.

Koschei taumelt, und Vlad springt auf ihn und reißt ihm das Herz heraus.

Buchstäblich.

Irgendwie hat der Typ, der sein Bein verloren hat, eine genügend hohe Schmerztoleranz und Immunität gegen Blutverlust, um zu versuchen, Vlad vom Boden aus anzugreifen. Vlad wirft Koscheis Herz nach ihm, und dann folgen ein paar verheerenden Tritte, die den Mann in einen Haufen blutiger Überreste verwandeln.

Zur gleichen Zeit schwindet Koscheis Aura, während sein Körper auf den Boden fällt.

Eine Sekunde später umgibt ihn wieder der violette Schimmer, und diesmal weiß ich, dass er nicht lange außer Gefecht gesetzt sein wird. »Schau nicht dorthin«, warne ich Felix und drehe mich selbst weg. »Vlad macht sein Ding.«

Felix schaut nirgendwo anders hin als zur Tür, während wir unser Tempo erhöhen.

Ein paar Schürzen mit nackten Hintern kommen uns in die Quere, und wir schießen fast gleichzeitig auf sie.

Felix' Schürze fällt zu Boden.

Derjenige, auf den ich geschossen habe, verliert einen Teil seines Gesichts, läuft aber weiterhin hinter uns her.

Ich schieße erneut auf ihn – und Felix auch.

Der Mann fällt um.

Was *sind* das für Typen? Und wenn sie menschlich sind, was war in diesen Infusionen? Reines Meth?

Felix springt über die beiden Körper, erreicht zuerst die Tür, zieht daran und stöhnt frustriert auf. »Sie ist verschlossen.«

Soll ich auf das Schloss schießen?

Ich habe noch neun Runden übrig, aber selbst ohne meine Kräfte vermute ich, dass ich jede einzelne brauchen könnte. Es gibt Hunderte von Krankenhausbetten allein in diesem Raum, und jeder Körper auf ihnen ist eine potenzielle Bedrohung.

»Gib mir Deckung«, sage ich zu Felix, und ohne abzuwarten, ob er sich daran hält, ziehe ich die Dietriche aus meiner Zunge und beginne mit der Arbeit am Schloss.

Die Tür gibt schnell nach, aber Felix muss

trotzdem, in der Zeit, in der ich das Schloss aufbreche, mit ein paar Angreifern fertigwerden.

Wir gehen durch die Tür und befinden uns in einem langen Flur.

Eine Schürze rennt hinter uns in den Flur, bekommt Felix' Todesstrahl in den Kopf und fällt um.

Ein anderer nimmt seinen Platz ein, und Felix und ich zielen auf ihn.

Die Tür am anderen Ende des Flurs kreischt auf, also lasse ich Felix sich um den anderen Angreifer kümmern und drehe mich auf dem Absatz um, um der neuen Bedrohung zu begegnen.

Wie ich befürchtet hatte, stürmt eine weitere Schürze von der anderen Seite des Flurs hinein.

»Rücken an Rücken«, befehle ich und drücke meinen verschwitzten Rücken an Felix' noch verschwitzteren.

Felix' Rückenmuskulatur spannt sich an, und die Gomorrha-Kanone piept leise.

Ich hebe meine Waffe.

Der Typ vor mir beschleunigt.

Ohne Zeit zum Zielen, zeige ich auf ihn und drücke ab.

Die Kugel trifft meinen Angreifer ins Auge. Was von seiner Sonnenbrille übrig ist, fliegt zur Seite und bringt etwas Seltsames zum Vorschein.

Das Auge, auf das ich geschossen habe, ist weg, was beunruhigend, aber verständlich ist. Ich kann mir jedoch keinen Grund vorstellen, warum das andere

Auge so aussieht, als sei es mit schwarzer Energie gefüllt. Es gibt überhaupt kein Weiß in diesem Auge.

Er läuft weiter.

Wie kann dieser Typ mit diesen kaputten Augen sehen, wo ich bin?

Und überhaupt, wieso läuft er immer noch?

Ich warte nicht darauf, dass das Universum antwortet, sondern schieße erneut.

Die Kugel trifft sein Bein.

Blut sprudelt aus der Wunde, aber mein Angreifer bewegt sich weiter vorwärts – jetzt mit einem Humpeln, das sein Vorankommen verlangsamt.

Ich drücke krampfhaft noch einmal den Abzug.

Diese Kugel trifft ihn in den Magen und reißt durch seine Eingeweide. Einige von ihnen quellen heraus, aber er kommt immer noch auf mich zu und hinterlässt dabei eine blutige Spur.

Ich atme aus und drücke den Abzug.

Keine neuen Wunden.

Adrenalin konzentriert meine ganze Aufmerksamkeit auf das Zielen der Waffe. Der Flur scheint sich in einen Tunnel zu verwandeln, während ich alle meine Schießübungen in diesem Schuss kanalisiere und die Waffe auf den Punkt richte, von dem ich hoffe, dass dort sein Herz sein wird.

Ich schieße noch einmal.

KAPITEL 30

ICH ERWARTE FAST, dass Roses stummgeschaltete Schreie den ganzen Weg von Manhattan nach Brooklyn ertönen. Vielleicht projiziere ich das aber auch nur. Ich würde mir gerne die Lunge aus dem Leib schreien, aber ich unterdrücke diesen Drang.

Die Schürze fällt mit einem neuen roten Fleck in der Mitte seines Hemdchens zu Boden.

Ich warte einen Moment, um zu sehen, ob er aufstehen wird, im Koschei-Stil.

Er bleibt tot.

Felix' Waffe piept wieder; er muss auf ein weiteres Ziel geschossen haben.

»Gehen wir!«, schreie ich ihm zu und eile den Flur hinunter.

Rücken an Rücken folgt Felix mir und hält nur dreimal an, um zu schießen.

Vom Flur aus betreten wir einen kleinen Raum.

Felix schlägt die Tür hinter uns zu, dreht sich um

und schießt auf die Schürze, die aus der südlichen Ecke des Raumes auf uns zuläuft.

Ohne zu zögern, bereite ich meine Dietriche vor und arbeite an der Tür, in der Hoffnung, dass das Abschließen einer Tür einfach das Gegenteil von dem ist, was man mit einem Schloss macht, um es zu öffnen.

Ein Körper schlägt dumpf auf dem Boden hinter mir auf.

Ich schaffe es, das Schloss zuzuschließen.

Sofort ertönt das Kratzen von Schürzes Nägeln auf der anderen Seite.

»Es wird nicht lange halten«, sagt Felix. »Wohin jetzt?«

Abgesehen von der Tür, die ich gerade abgeschlossen habe, gibt es noch drei weitere Türen.

Meine adrenalingeladene Intuition führt mich zu der, die am weitesten rechts liegt.

Felix folgt mir.

Gerade als ich die Tür erreiche, überschwemmt mich die Angst wie eine Flutwelle. Und das ist auch nicht die übliche Baba-Yaga-ruft-an-Angst. Sie ist zielgerichteter und steht in klarem Zusammenhang mit dem Raum hinter dieser Tür.

Ich verdränge das Gefühl für einen Moment und überprüfe die Tür, aber sie ist verschlossen.

Die Flurtür knarrt, als würde sie jeden Moment brechen.

Ich benutze meine Dietriche, um das Schloss zu besiegen, ohne Lärm zu machen. Während ich arbeite, fühlt sich mein Inneres durch die Nähe zur verdammten Tür wie ein unterirdischer Gletscher an.

Hier müssen sie Ariel eingesperrt haben, und die Angst muss auf meine Vision zurückzuführen sein.

Sie wird gleich wahr werden.

»Wenn ich in diesen Raum gehe, bin ich tot«, murmele ich, hauptsächlich für mich.

»Dann tu es nicht«, sagt Felix. »Wir werden zusammen reingehen. Du warst allein in deiner Vision; jetzt sind wir zu zweit.«

Sobald ich über seinen Vorschlag nachdenke, verringert sich die Intensität meiner Angst.

Bedeutet das, dass er recht hat?

Strategisch gesehen könnte es sinnvoller sein, Felix hier im Flur zu lassen, um die Feinde abzuwehren, die im Begriff sind, die Tür zu durchbrechen, aber seine Anwesenheit *würde* meine Vision verändern.

Doch etwas an seinem Angebot, zusammen hineinzugehen, fühlt sich nicht richtig an. Tatsächlich sagt mir eine Intuition ähnlich wie mein Straßenbewusstsein, dass es eine schreckliche Idee ist.

Da ich versuche, meinen Kräften zu vertrauen, kann ich solche Gefühle nicht ignorieren.

Aber wenn wir nicht zusammen gehen, was machen wir dann?

Soll Felix allein gehen?

Nein, das erzeugt eine noch schlimmere Angst.

Verdammt.

Die Unentschlossenheit bringt mich um.

Ariel steht direkt hinter dieser dummen Tür, und Vlad kämpft da draußen um sein Leben.

Wenn ich nur eine Vision hätte, um zu sehen, was passieren würde, sollten Felix und ich zusammen gehen – anscheinend unser bester Plan im Moment. Aber eine Vision zu bekommen würde erfordern, inmitten dieses ganzen Wahnsinns zu meditieren. Es könnte einfacher sein, mir einen Schwanz wachsen zu lassen.

Andererseits sagte der Bannik, dass es andere Möglichkeiten gibt, den notwendigen mentalen Fokus zu erreichen …

Genau dann trifft mich eine Erkenntnis wie ein Schlag von Vlad.

Die ständigen Anfälle von fokussierten Gedanken, die ich während dieser Rettung gehabt habe, diejenigen, die ich dem Adrenalin zugeschrieben habe, kamen nicht vom Adrenalin.

Oder zumindest nicht nur Adrenalin allein. Es ist Focusall – die Droge, die entwickelt wurde, damit man sich genauso fühlt wie ich gerade. Wenn ich einen Moment zum Nachdenken gehabt hätte, hätte ich es früher erkannt. Ich habe eine Pille genommen, und jetzt hat sie ihre volle Wirkung entfaltet.

Ich atme tief durch.

Hatte der Bannik recht? Gibt es andere Möglichkeiten, den für eine Vision notwendigen Fokus zu bekommen?

Noch wichtiger ist, kann ich den Fokus dieses Medikaments verwenden?

»Gib mir einen Moment«, sage ich zu Felix und schließe die Augen.

Indem ich all die Geräusche und Gedanken an mein bevorstehendes Ende aus meinem Kopf verbanne, kann ich meine Atmung beruhigen.

So viele Dinge könnten das vermasseln – wie die Tatsache, dass ich heute schon eine Vision hatte, wenn auch eine kurze. Ich konnte den Leerraum noch nie zweimal an einem Tag erreichen, aber ich ignoriere diese Tatsache und atme noch langsamer.

Jetzt, da ich weiß, dass ich danach suchen muss, kann ich die Droge in meinem Körper spüren. Die »Zentrierung«, die normalerweise viele Minuten der Meditation einnimmt, liegt an der Oberfläche meines Geistes.

Meine Handflächen werden sehr warm.

»Geht es dir gut?«, fragt Felix und vermasselt mein Vorhaben.

»Mann.« Ich widerstehe dem Drang, ihn zu erwürgen. »Ich brauche ein paar Sekunden Ruhe. Ich möchte eine Vision erzeugen, um zu sehen, was wir als Nächstes tun sollten, aber dafür brauche ich Ruhe – wenn es überhaupt klappen wird.«

»Es tut mir leid. Ich dachte nur, es sei offensichtlich, dass wir zusammen gehen.«

»Das werden wir«, sage ich. »Nachdem ich das getan habe. Je eher du mich mich konzentrieren lässt, desto eher können wir weitermachen.«

»Gut.« Er schaut auf sein Handy. »Du hast zwei Minuten.«

Ich ignoriere das, schließe noch einmal meine Augen und versuche, mich zu konzentrieren.

Meine Atmung wird wieder gleichmäßig, und mein Verstand klärt sich noch schneller, aber als ich diesen besonderen Fokus einige Sekunden lang suche, führt das zu nichts.

Ich entspanne meine Atmung weiter und lasse die Sorgen, dass wir scheitern werden, fallen.

Meine Handflächen werden warm, und bevor ich den Fokus verlieren kann, explodiert in meinem Blick ein Blitz.

KAPITEL 31

ICH SCHWEBE für einen Moment im Leerraum, so als würde ich meinen nicht existierenden Atem holen. Dann lenke ich meine Aufmerksamkeit auf die mich umgebenden Formen.

Es sind die vertrauten warmen, violetten, runden Oktaeder mit dem Popcorn-Geschmack, die mir meine Todesvision gezeigt hatten.

Wie nett von ihnen, genau dort zu sein, wo ich sie brauche.

Vielleicht hatte Felix recht, als er dachte, dass die Visionen, die ich brauche, die allerersten Formen sein könnten, die mir im Leerraum begegnen. Aber wenn ja, wie funktioniert das? Woher wissen sie, dass ich sie brauche?

Ich verschiebe meine Analyse der Leerraum-Metaphysik auf später und stelle fest, dass sich diese Formen subtil von den vorherigen unterscheiden.

Tatsächlich ist sogar ihre Musik etwas weniger Unheil verkündend als beim letzten Mal.

»Ich verlasse den Leerraum nicht, bis ich das gesehen habe«, sage ich mental, wie beim letzten Mal, falls ein Ultimatum irgendwie hilft.

Beim Gedanken an diese letzte Vision beschließe ich, dass ich eine Sehdauer bestimmen muss.

Wenn ich an einem Tag eine zweite Vision haben will, muss sie kurz sein. Aber wenn ich sie *zu* kurz mache, könnte sie so nutzlos sein wie die Vision, in der ich meinen Namen auf Russisch geschrieben sah, und sonst nichts.

Nein.

Die Vision muss mindestens so lang sein wie die, in der ich gestorben bin.

Als ich das entschieden habe, zoome ich die Formen immer wieder an.

Ich krempele meine imaginären Ärmel hoch, greife mit meinen nebulösen Gliedmaßen nach vorne und versuche, die nächste Form zu berühren.

Es funktioniert nicht, aber das kenne ich ja schon, also versuche ich es noch einmal.

Und noch einmal.

Und noch fünfzig Mal.

Habe ich doch schon mein Tageslimit erreicht?

Ich zoome noch einmal auf die Form. Vielleicht wird es doch funktionieren, wenn die Vision ein bisschen kürzer ist?

Ich greife zu.

Einmal.

Zweimal.

Bei meinem dritten Versuch bricht eine Art metaphorisches Eis, und ich stürze in die Form, wie Alice ins Wunderland.

FELIX LEGT seine Hand auf den Türknauf und öffnet entschlossen die Tür.

Ich lege eine Hand auf seine Schulter, um ihn davon abzuhalten, ohne mich zu gehen. Ich erinnere mich an die letzte Vision und überprüfe die Uhr auf meinem Handy. Es ist 15.27 Uhr. Das letzte Mal war es 15.24 Uhr, was gut ist. Je mehr Unterschiede zwischen Vision und Realität bestehen, desto besser.

Ich nicke Felix zu und lasse seine Schulter los.

Hinter uns ertönt das Geräusch einer Tür, die zersplittert. Wir blicken zurück und sehen eine Horde von Schürzen, die in den Raum strömt.

Wir ignorieren sie und stürmen in den Raum, den ich gerade geöffnet habe.

Felix schließt die Tür hinter uns ab, nachdem ich mich versichert habe, dass der fensterlose und karge Riesenraum tatsächlich derjenige ist, den ich in meiner Vision gesehen habe.

Und das ist er, einschließlich Ariel, die in der Mitte sitzt und Suppe isst.

Wir schenken ihr jedoch keine Beachtung und

richten unsere Waffen nach links – die Stelle, an der der Admiral sich in meiner Vision befand.

Mit angespannten Muskeln unter seinem Feinrippunterhemd steht der Admiral genau da, wo er stehen sollte.

Leider trifft das auch auf sein Messer zu.

Ich ziele mit der Waffe auf die gerunzelte Stirn des Admirals und drücke ab.

Ein Schimmer des Hologrammbildschirms informiert mich, dass Felix auch seine Gomorrha-Kanone auf den Admiral gerichtet hat.

Unser Gegner wirft sein Messer, während ich den Abzug drücke.

Felix' Waffe erzeugt dieses leise Piepen, was bedeutet, dass sie abgefeuert wurde.

Die Schulter des Admirals wird blutig und beweist einmal mehr, dass die Zukunft gerne bestimmten Mustern folgt.

Sie hat mich wieder dazu gebracht, auf genau die gleiche Weise an seinem Kopf vorbeizuschießen.

Diesmal schreit der Admiral jedoch nicht etwas Unzusammenhängendes auf Russisch.

Stattdessen fällt er tot um.

Strike. Felix' Waffe hat wieder zugeschlagen.

Was ist mit dem Messer?

Ich bin am Leben, also kann es nicht in meinem Hals sein.

Nein, Moment …

Ein schreckliches Glucksen ertönt neben mir.

Mein Herz fällt ins Bodenlose, als ich Felix ansehe.

Er umklammert die Quelle des Blutes, das aus seinem Hals fließt, während er auf die Knie fällt.

»Nein.« Ich lehne mich über ihn. »Das kann nicht sein ...«

KAPITEL 32

ICH BIN WIEDER in meinem Körper.

Mein Hals ist eng, und ich wünschte, ich wäre in der Meditationsposition.

Durch das Focusall in meinem Blut rasen meine Gedanken mit Überschallgeschwindigkeit, während ich analysiere, was ich gerade gesehen habe.

Ich hatte eine Vision, so viel ist offensichtlich.

Felix ist am Leben – auch das ist offensichtlich.

Was ich nicht verstehe, ist, warum der Admiral das Messer diesmal schneller geworfen hat. War es, weil wir einen Moment damit verschwendet haben, die Tür abzuschließen? Oder war es, weil er sich bedrohter fühlte, als er zwei Gegnern gegenüberstand und nicht einem? Vielleicht war er in meiner ursprünglichen Vision weniger vorsichtig bei mir, weil ich ein Mädchen bin?

Ich öffne meine Augen und starre auf Felix' besorgtes Gesicht.

Ich möchte ihn umarmen und schreien, wie froh ich bin, dass er lebt, aber ich widerstehe diesem Drang. Er könnte nicht auf meine Vision hören und darauf bestehen, mit mir in diesen Raum zu kommen.

Das würde ich an seiner Stelle tun.

Tatsächlich *ist* es irgendwie genau das, was ich tun werde.

Ich werde allein in diesem Raum dem sicheren Tod ins Auge sehen, anstatt Felix an meiner Stelle sterben zu lassen.

»Hattest du deine Vision?«, fragt er, und seine Augenbraue zieht sich von Sekunde zu Sekunde enger zusammen.

»Ja«, sage ich. »Sie war schräg – ich wusste von der vorherigen Vision, während ich in *dieser* Vision war, aber ich wusste nicht, dass ich gerade eine Vision *hatte,* was sie irgendwie realer erscheinen ließ.«

Der letzte Teil war eine Lüge.

Sein Tod war es, was sie allzu real erscheinen ließ, aber *das* werde ich ihm nicht sagen.

»Wow«, sagt er. »Das hört sich schräg an. Wenn du es jetzt noch einmal schaffst, müsstest du wissen, dass du eine Vision hast, die eine Vision hatte. Woher weißt du überhaupt, dass du *in diesem Augenblick* nicht in einer Vision bist?«

»Ich weiß«, sage ich, und ein Teil meiner Ehrfurcht ist keine Show. »Woher weiß ich, dass mein ganzes Erwachsenenleben nicht eine überlange Vision ist, die mein jugendliches Ich gerade auf dem Sofa hat?«

Felix' Augen werden groß. »Wir müssen das beim

nächsten Mal, wenn ich Psilocybin nehme, weiter besprechen. Jetzt ist nicht der beste Zeitpunkt.«

Das Kratzen und Klopfen an der Flurtür verstärkt sich, so als würde es die Worte von Felix unterstreichen.

»In Ordnung«, sage ich und benehme mich weiterhin so ungezwungen wie möglich. »Bleib hier und kümmere dich um die Schürzen, wenn sie die Tür aufbrechen.« Ich nicke zur Quelle des Lärms. »Ich werde gehen und …«

»Warte, wollten wir nicht zusammen gehen?«

»Das geht nicht. Erstens, wie ich bereits sagte, ist diese Tür im Begriff nachzugeben – ich habe das in meiner Vision gesehen. Zweitens, da ich wusste, dass ich die vorherige Vision in dieser Vision hatte, konnte ich den Admiral ohne Probleme besiegen.«

Felix runzelt die Stirn.

Kauft er mir meine Geschichte nicht ab?

Lügen ist eine notwendige Fähigkeit für einen Illusionisten, also bin ich sehr gut darin, aber Felix war schon immer ein schwieriger Zuschauer …

Die Tür zum Flur wird durchbrochen, wie in meiner Vision.

»Lass sie nicht in den Raum kommen!«, schreie ich Felix an. »Sonst ist meine letzte Vision nutzlos.«

Entschlossenheit ersetzt die Zweifel auf Felix' Gesicht, während er seine Waffe auf die Neuankömmlinge richtet.

Diesmal überprüfe ich mein Handy nicht.

Ich lege einfach meine Handfläche auf den Türknauf und öffne die schicksalhafte Tür.

KAPITEL 33

ICH STOLPERE WIEDER in den gleichen Raum.

Ich schätze, es war zu viel, zu hoffen, dass der Raum anders sein würde als in meinen Visionen.

Ich hebe meine Waffe und drehe mich nach links.

Das Messer ist in der Hand des Admirals. Wieder einmal.

Anstatt auf seinen Kopf zu schießen oder gar zu zielen, richte ich die Waffe auf seinen Oberkörper und drücke sofort den Abzug.

Anders zu handeln als in meinen Visionen ist meine einzige Hoffnung – wenn auch eine schwache.

Deshalb führe ich als Nächstes ein Manöver durch, das ich nur in Filmen gesehen habe – solchen, in denen ein Actionforce-Typ sich zur Seite wirft und rollt, um feindlichen Kugeln auszuweichen.

Das Messer des Admirals schneidet durch mein Ohr und zertrennt es fast in zwei Hälften.

Ich lande auf dem Boden, und die ganze Luft

entweicht aus meiner Lunge, während meine Sicht mit schwarz-weißen Flecken verschwimmt.

Das Einzige, was rollt, ist meine Waffe – weg von mir.

Ich gebe mein Bestes, um etwas Sauerstoff einzusaugen.

Der Admiral schreit wieder etwas Unzusammenhängendes auf Russisch.

Ich muss ihn angeschossen haben, wie in meinen Visionen, aber ich habe ihn nicht getötet. Wenn ich jemand wäre, der gerne wettet, würde ich wetten, dass die Kugel wieder seine Schulter getroffen hat – so stur wie die Zukunft ist.

Ich ignoriere das quälende Stechen und Brennen meines durchgeschnittenen Ohres und zwinge ein paar Atemzüge in meinen verletzten Brustkorb.

Das Atmen schmerzt schlimmer als mein Ohr. Meine Rippen müssen entweder angeknackst oder ganz gebrochen sein.

Ich beiße die Zähne zusammen und atme erneut ein.

Als die Flecken ihr Tanzen in meinem Sichtfeld verlangsamen, schaue ich auf den Admiral und stöhne frustriert – was meine Rippen wieder einmal zum Schreien bringt.

Das verletzte Arschloch kommt mit einem Messer auf mich zu, das er in seiner unverletzten linken Hand hält.

Ich hatte recht mit der Schulterverletzung.

Zuerst frage ich mich, ob dies ein zweites Messer

ist, aber dann sehe ich eine blutige Spur auf dem Boden. Er ist *dieses* Messer aufheben gegangen – was es irgendwie besonders unheimlich macht. Andererseits hat er wenigstens meine Waffe liegen lassen.

Dann erinnere ich mich daran, was mir Maya über seine Vorlieben für Frauen und Messer gesagt hat, und ich atme hastig einen weiteren qualvollen Atemzug ein.

Nein.

Ich habe meine ursprüngliche Scheißzukunft nicht besiegt, nur um nur etwas später und viel schmerzhafter durch das gleiche dumme Messer zu sterben.

Wenn ich sterben *muss*, wäre es mir lieber, wenn er mich erwürgt oder erschießt.

Ein verrückter Plan taucht in meinem Kopf auf, und ich tue so, als würde ich sanftmütig von ihm wegkriechen. In Wirklichkeit benutze ich die größere Bewegung des Kriechens, um die beiden kleineren Bewegungen meiner Hände zu verdecken, die in meine Taschen gleiten.

Mit meinem noch stechenden blutenden Ohr und meinen vor Schmerzen schreienden Rippen ist es extrem einfach, erbärmlich auszusehen.

Meine Leistung muss den Admiral beeindrucken. Bedrohlich grinsend, schwebt er mit ausgestrecktem Messer über mir, und seine Hose wölbt sich aus Gründen, an die ich lieber nicht denken möchte.

Ich krabbele noch einen Zentimeter und stöhne proportional zu meinem Schmerz.

Sein Grinsen wird breiter, während er sich tiefer

beugt und ein Hauch von Knoblauch meine Nasenlöcher trifft, als er mich umdreht.

Ich reiße meine Hände aus meinen Taschen und werfe die Karten in sein Gesicht.

Mein Schachzug funktioniert. Als die Karten wie auf Nektar hungrige Schmetterlinge in sein Gesicht fliegen, versucht er, sie wegzuschlagen.

Deshalb sieht er nicht, wie ich Ariels M9-Messer in seinen Arm, der die Waffe hält, ramme.

Mein Ekel vermischt sich mit Zufriedenheit, als das Messer durch fleischiges Gewebe und stramme Sehnen schneidet.

Der animalische Schmerzensschrei des Admirals ist Musik in meinen Ohren.

Als Nächstes steche ich ihm ins Bein und hebe danach mein Messer höher, um es in seinen Fuß zu rammen.

Er fängt an, auf mich zu fallen.

Nein, nicht fallen.

Trotz seiner Wunden versucht er, ein Wrestling-Manöver durchzuführen.

Meine Rippen rebellieren, als ich mich auf die Seite werfe.

Sein Ellenbogen landet einen Zentimeter von meinem Kinn entfernt.

Er grunzt, erholt sich aber überraschend schnell und greift mit seinen verletzten Händen nach meiner Kehle.

Wenn er absichtlich zu Boden gegangen ist, und

nicht, weil sein verletztes Bein ihn nicht halten konnte, war das ein strategischer Fehler.

Da er jetzt in Reichweite ist, steche ich mein Messer in seinen Oberkörper und weiche dabei seinen Händen aus.

Die Klinge dringt in etwas Weiches ein, und meine Zufriedenheit ist diesmal, als er vor Schmerzen schreit, sehr viel mehr mit Ekel durchsetzt als vorher.

Ich knirsche mit den Zähnen, als ich mich an das erinnere, was mit mir in meiner ersten Vision passiert ist, und steche erneut in den Admiral.

Sein Schreien hört auf, aber seine Hände zucken immer noch, so als würde er nach mir greifen.

Ich erinnere mich daran, was er Felix in meiner zweiten Vision angetan hat, steche erneut zu und treibe das Messer diesmal tiefer in ihn hinein.

Er erschlafft.

Ich ignoriere die qualvollen Schreie meiner Rippen und steche ihn ein letztes Mal, nur zur Sicherheit.

Eine Suppenschüssel knallt in der Ferne auf den Boden.

Zumindest nehme ich an, dass das Geräusch das ist, da Ariel in meiner Vision Suppe aß.

Haben das ganze Blut und die Messerstiche ihr den Appetit verdorben?

Ich lasse das Messer in der Brust des Admirals stecken, kämpfe mich auf die Füße und drehe mich zu meiner Freundin um.

Meine Rippen tun so sehr weh, dass mir von den Schmerzen schlecht ist und ich mich benommen fühle

– obwohl das auch der Blutverlust von meinem gespaltenen Ohr sein könnte.

Ariel kommt zügig auf mich zu, wobei ihr Gesichtsausdruck wegen der Fliegerbrille unleserlich ist.

»Was ist mit der Sonnenbrille?«, frage ich laut, auch wenn eine schreckliche Vorahnung in meinem Bauch wächst.

Sie antwortet nicht.

Stattdessen zieht sie ihr Tempo an und eilt auf mich zu, wobei ihre Bewegungen unregelmäßig und übertrieben sind, genau wie in meiner Vision.

»Ariel, bleib stehen.« Ich gehe ein paar Schritte zurück.

Sie bewegt sich noch schneller und kommt immer näher.

Als sie mich erreicht, schlägt sie ihre Handflächen mit all ihrer Superkraft auf meine Brust.

Während ich zurückfliege, informiert mich meine durch Focusall verstärkte Wahrnehmung, dass es das war.

Sobald ich mit dieser Geschwindigkeit auf dem Boden lande, bin ich tot.

ZUM ERSTEN MAL habe ich heute Glück.

Anstelle des Zementbodens fängt die blutige Leiche des Admirals meinen Sturz ab.

Meine schmerzenden Rippen lassen mich jedoch wünschen, ich hätte nicht so viel »Glück«.

Im nächsten Moment schwebt Ariel über mir.

Mein Überlebenstrieb setzt ein, und ich greife nach ihrer Brille, um sie von ihrem Gesicht zu reißen.

Ariels Augen sind mit der gleichen schwarzen Energie gefüllt, die ich im intakten Auge der Schürze im Flur gesehen habe.

Jetzt erinnere ich mich auch daran, wo ich sonst noch diese Art von Energie gesehen habe, und alle Teile dieses verdrehten Mosaiks setzen sich zusammen.

»Du brauchst mich lebendig«, sage ich auf einen Verdacht hin.

Selbst wenn meine Theorie richtig ist, habe ich

keine Ahnung, ob es funktionieren wird, mit Ariel zu reden.

»Das ist nichts Persönliches, Sasha«, sagt Ariel, und ihre normalerweise sexy trällernde Stimme klingt androgyn und altmodisch und hat einen starken russischen Akzent. »Das ist rein geschäftlich.«

Um diese Botschaft zu unterstreichen, greifen Ariels Hände nach meiner Kehle.

Noch jemand, der mich erwürgen will?

Habe ich das heraufbeschworen, als ich gedacht habe, dass ich lieber erwürgt als erstochen werden möchte?

Ich versuche, die würgenden Hände wegzuziehen, aber ich könnte genauso gut versuchen, Stahlrohre zu verbiegen.

»War das noch eines deiner Zitate aus *Der Pate*?«, frage ich, weil ich mir denke, dass sie vielleicht nicht zudrückt, solange ich mich mit ihr unterhalte. »Wenn es um die Eier geht, die ich mit dem Boten geschickt habe, tut es mir leid.«

Was ich nicht hinzufüge, ist, dass, wenn es um die Eier *ginge*, es persönlich sein *würde*.

»Ich darf nicht als schwach angesehen werden«, sagt mein Feind durch Ariels Mund. »Das kann in meiner Welt tödlich sein.«

»Mich am Leben zu lassen wird dich nicht schwach aussehen lassen«, sage ich, und soweit ich weiß, könnte das die Wahrheit sein.

»Du hast mich immer wieder zum Narren gehalten«, sagt sie, als sich ihre Finger an meiner Kehle zusammenziehen. Sie blickt auf den Admiral und murmelt: »Er war das menschliche Aushängeschild meiner Operation.«

»Du könntest mich schwängern lassen und mich für die Dauer der Schwangerschaft in einem komatösen Zustand halten, wie die Gangster, die du benutzt hast«, keuche ich, während ich weiterhin sinnlos an den würgenden Händen ziehe. »Denkst du nicht, dass das ein schlimmeres Schicksal wäre als der Tod?«

»Du bist eine gute Rednerin.« Sie drückt fester, während ich trete und, obwohl es sinnlos ist – und ich eine natürliche Abneigung habe, meiner Freundin wehzutun –, weiterkämpfe. Grinsend streckt sie meine tretenden Beine nach unten. »Zu schade, dass ich keine Geduld mehr mit dir habe.«

Ich möchte ihr sagen, dass der Rat nicht will, dass ich getötet werde, und dass Nero vielleicht auch etwas verärgert wäre, aber ich kann nicht antworten, da meine Sauerstoffversorgung jetzt komplett unterbrochen ist.

Vielleicht ist es gut, dass ich diesen Einwand nicht erhoben habe. Sie könnte sich dafür entscheiden, eine große Säuberungsaktion durchzuführen, wenn ich tot bin, und Vlad, Rose, Fluffster, Ariel und Felix als potenzielle Zeugen töten.

Und wenn sie das täte, könnte es funktionieren, dass Nero und der Rat vielleicht nie erfahren, was passiert ist.

Die Finger drücken härter zu, aber eindeutig nicht superstark, da das meinen Hals zerquetschen würde.

Versucht sie, meinen Tod zu verlangsamen?

Nichts Persönliches, von wegen!

Mein kämpfender Körper krampft, als ich nur noch weiß sehe und meine Lunge das Gefühl hat, dass sie gleich platzen wird.

Ich wehre mich stärker, auch wenn mein Körper schwächer wird.

Ein Geräusch ertönt hinter uns – obwohl es auch eine akustische Halluzination meines sauerstoffunterversorgten Gehirns sein könnte.

»Was machst du da?«, sagt oder schreit eine Stimme, die die Felix' sein könnte, in einem fernen Land.

Ariels Mund spannt sich an, und der Druck auf meinen Hals nimmt zu.

»Du wirst sie umbringen!«, ruft Felix. »Hör auf, jetzt!«

Das tut sie nicht.

Ich beginne das Bewusstsein zu verlieren.

Es ertönt ein entferntes Piepen, und die würgenden Finger lösen sich von meiner Kehle.

Ich atme qualvoll ein, als Ariel neben mir auf den Boden fällt und einen Blick darauf freilegt, wie Felix seine Gomorrha-Kanone mit zitternden Händen umklammert.

»Nein, du hast Ariel getötet«, will ich schreien, aber ich habe keinen Atem dafür.

KAPITEL 35

MEIN NÄCHSTES HEKTISCHES Einatmen schmerzt so sehr, dass es mich an die Zeit erinnert, als ich im New Yorker Hafenwasser eingeatmet habe. Ich ignoriere die körperlichen Schmerzen aber.

Der emotionale ist viel schlimmer.

Felix rennt zu mir, hockt sich neben mich und schaut mich besorgt an.

»Bitte lass es eine andere Vision sein«, möchte ich sagen, aber nichts kommt aus meinem geschwollenen Hals.

Ariel kann nicht tot sein.

Ich wäre nicht in der Lage, das zu ertragen.

Ich wünschte, ich könnte mir die Augen reiben, als ich einen weiteren qualvollen Atemzug einsauge und versuche, mich auf die Seite zu rollen.

Sollte so viel Schmerz nicht eine Vision kurzschließen?

Dem Alptraum ist das gleichgültig, und er geht unvermindert weiter.

Ich möchte schreien, kann es aber immer noch nicht.

Wie konnte Felix das tun? Zugegeben, es sah wahrscheinlich so aus, als würde Ariel mich töten – was auch so war –, also traf er eine schreckliche Entscheidung.

Ein Teil von mir will ihn bemitleiden, während ein anderer Teil wünscht, dass ich ihm ins Gesicht schlagen könnte.

»Warum hat sie das getan?«, fragt Felix, als ob er an meinen früheren Gedankengang anknüpft.

Seine Stimme klingt hohl, aber er scheint für die Schwere der Situation nicht erschüttert genug zu sein.

Ich ziehe einen weiteren qualvollen Atemzug ein.

Ein Teil meiner Benommenheit und Übelkeit nimmt ab, also verdoppele ich die Sauerstoffzufuhr trotz der Schmerzen.

»Wie konntest du nur?«, schaffe ich endlich herauszupressen. »Du hättest zulassen sollen, dass sie mich tötet. Alles ist besser als …«

»Wovon redest du da?« Er schaut mir in die Augen. »Sie ist nicht tot.«

Ich starre verständnislos zurück.

»Diese Waffe hat auch einen nichttödlichen Modus.« Felix hält mir eine Hand hin, und ich greife zu und zerquetsche sie wie eine Frau während der Wehen, während ich mich in eine sitzende Position kämpfe.

»Sie lebt noch?«

»Sie wird für ein paar Stunden außer Betrieb sein, aber dann wird sie zur Besinnung kommen und hoffentlich erklären, was zum Teufel sie mit ihren Händen um deinen Hals gemacht hat. Ist ihr Blutentzug so schlimm?«

»Nein.« Meine Atemzüge scheinen plötzlich weniger schmerzhaft zu sein. Das muss diese gute Nachricht sein, die meinen Körper mit den dringend benötigten Endorphinen überflutet. »Es war Baba Yaga, die das getan hat«, krächze ich hervor. »Erinnerst du dich, als ich dir erzählte habe, wie sie versucht hat, schwarze Energie zu benutzen, um meinen Verstand zu übernehmen, als ich mit Fluffster zu ihr ging?«

Felix nickt.

»Nun, damals war ich geschützt, aber Ariel nicht, also muss Baba Yaga diesen Trick bei ihr angewandt haben.«

»Das ergibt Sinn.« Immer noch meine Hand haltend, steht Felix auf und versucht, mich auf die Füße zu ziehen. »Diese Gangbanger in OP-Wäsche müssen im selben Boot sitzen.«

»Ich vermute das Gleiche.« Ich stehe wackelig auf und unterdrücke einen Schmerzensschrei. Nachdem ich wieder zu Atem gekommen bin, krächze ich heraus: »Sie begannen wahrscheinlich als Feinde der russischen Mafia, aber dann übernahm Baba Yaga und verwandelte die Feinde in verstandeslose Helfer.« Während ich spreche, schwanke ich auf meinen Füßen. Stehen ist machbar, aber nur knapp.

»Es macht jetzt alles Sinn«, fahre ich heiser fort.

»Die Brille versteckte den schwarzen Zauber in ihren Augen. Ich wette, es ist so, dass Baba Yagas menschliche Schläger nicht erkennen, dass ihre hirngeschädigten Diener ihr mit Hilfe übernatürlicher Mittel gehorchen; sie würde in diesem Fall das Mandat brechen.«

Ich lasse Felix' Hand los, um zu sehen, ob ich allein stehen kann.

Es funktioniert, aber es ist eine Qual.

Ich mache einen kleinen Schritt.

Nein.

Das ist eine Qual.

Meine Rippen scheinen ein heißes Eisen in die Schmerzzentrale meines Gehirns zu stechen, und meine Kehle fühlt sich an, als hätte ich ein fettleibiges Stachelschwein geschluckt.

»Das ist alles toll, aber wir verschwinden besser von hier.« Felix wirft der Tür, durch die er hereingekommen ist, einen paranoiden Blick zu.

»Stimmt«, krächze ich und mache noch einen vorsichtigen Schritt. »Wie machen wir das?«

»Du nimmst ihre Beine, und ich nehme ihre Arme«, sagt Felix und greift nach Ariels Handgelenken.

Soll ich ihm sagen, dass ich kaum stehen kann?

Zuerst sollte ich zumindest seinen Plan versuchen.

Ich beuge mich nach vorn und kann nicht anders, als vor Schmerzen aufzustöhnen.

Ich ändere meine Meinung wieder. *Das* sollte es auf die Liste der von der Genfer Konvention verbotenen Dinge schaffen.

»Alles in Ordnung?«, fragt Felix. »Ich kann …«

»Du kannst sie nicht alleine tragen.« Ich knirsche mit den Zähnen, stähle mich gegen eine Welle von übelkeitserregenden Schmerzen und schnappe mir Ariels Knöchel. »Gehen wir.«

Sobald ich mein Ende anhebe, muss ich mir auf die Zunge beißen, um zu schweigen.

»Wie ist der Plan?«, krächze ich heraus, als das Schlimmste der Schmerzen und des Schwindels nachlässt. »Bitte sag mir, dass du einen hast.«

»Wir bringen sie zum Auto?«, schlägt er unsicher vor. »Und dann überlegen wir weiter?«

»Was ist mit Vlad?« Ich beiße mir auf die Wangeninnenseite, lasse Ariel auf den Boden sinken und klopfe auf meinen Ohrstöpsel. »Vlad, wir haben Ariel. Wie läuft es bei dir?«

Ein zischendes Rauschen ertönt in meinem Ohr, gefolgt von einem Geräusch, das an Dantes fünften Höllenkreis erinnert – demjenigen, der dem Sumpf der zornigen Seelen gewidmet ist. Dinge knirschen und reißen, und Flüssigkeiten sprudeln am anderen Ende der Leitung, bevor Vlad sagt: »Ich bin beschäftigt. Holt sie raus. Dafür sind wir gekommen.«

»Du willst, dass wir dich zurücklassen?«, fragt Felix ganz blass von den höllischen Geräuschen.

»Wir lassen niemanden zurück«, sage ich entschieden.

»Geht«, sagt Vlad. »Das ist ein Befehl. Du sollst nur fragen ›wie hoch‹, erinnerst du dich?«

Ein weiteres Zischen kommt aus dem Ohrhörer.

»Vlad«, ertönt Roses Stimme, wobei sie klingt, als sei sie diejenige, die gewürgt wurde. »Du *musst* zu mir zurückkommen.«

»Das werde ich, meine Liebe.« Die Sanftheit von Vlads Ton steht im Kontrast zu den Geräuschen der pausenlosen Enthauptungen im Hintergrund. »Ich muss Baba Yagas Armee in diesem Raum festhalten, während Sasha und Felix fliehen. Sobald sie draußen sind, habe ich mehr Möglichkeiten.«

»In diesem Fall gehen wir.« Ich ignoriere mein wachsendes Bedürfnis, ohnmächtig zu werden, und hebe Ariels Beine wieder an. »Vlad, entschuldige die Verspätung. Ich werde diese Leitung offen halten, damit wir dir sagen können, dass wir draußen sind, sobald wir dieses verfluchte Lager verlassen haben.«

»Gut«, sagt Vlad, und ein Rauschen sagt mir, dass er sein Ende auf stumm gestellt hat.

Rose dämpft ihres auch; nicht, dass sie viel sagen könnte, nachdem sie ihre Stimmbänder mit all dem Geschrei beschädigt hat.

Mit schmerzhaften, schlurfenden Schritten mache ich mich mit dem Rücken zuerst auf den Weg zur Tür.

Der Raum ist übersät mit unbeweglichen Schürzen.

»Hast du den nicht-tödlichen Modus auch bei *ihnen* benutzt?«, frage ich, während ich über einen Körper mit einem nackten Po steige.

»Nein«, sagt Felix, ohne meinem Blick zu begegnen. »Nicht-tödlich verbraucht das Zehnfache des Akkus, und ich wollte sichergehen, dass mir nicht mittendrin der Saft ausgeht.«

»Wie kaltblütig«, krächze ich bewundernd und setze Ariel ab, um Luft zu holen. »Wohin gehen wir jetzt?«

Felix legt seine Seite von Ariel auf den Boden und zieht sein Handy heraus. Er klopft für ein paar Sekunden auf den Bildschirm, schießt dann seine Macht darauf und zeigt ihn mir.

Auf dem Bildschirm ist der Bauplan eines Lagers zu sehen.

»Ich denke, wir sollten diesen Weg nehmen«, sagt Felix, und eine rote Linie erscheint auf der Karte.

»Dann lass uns loslegen.« Ich beuge mich hinüber, um Ariels Beine wieder aufzunehmen.

Mein Ohrhörer rauscht, und Roses kaum hörbare Stimme sagt: »Beeilt euch.«

»Natürlich.« Ich packe Ariels Knöchel.

»Felix, was machst du da?«, murmelt Rose.

Meine Herzfrequenz beschleunigt sich, und ich schaue zu Felix auf.

Mit aufgerissenen Augen richtet Felix seine Waffe auf mich.

KAPITEL 36

EIGENTLICH ZIELT er auf etwas über mir, merke ich, als er den Abzug drückt und ich das Bewusstsein nicht verliere.

Ich drehe mich um und sehe, wie eine andere Schürze auf einen ohnehin schon riesigen Haufen von Leichen im Krankenhemd fällt.

Wir nehmen unsere Last und setzen unsere Flucht fort, wobei Felix vorangeht.

Die Tür, die er nehmen will, ist verschlossen, also setzen wir Ariel wieder ab, und ich öffne die Tür mit meinen Dietrichen.

Hinter uns ertönt ein Geräusch.

Wir drehen uns um und sehen, dass eine weitere Schürze in den Raum platzt.

Sie stolpert über die Leichen ihrer Kollegen und fällt um.

Felix beendet das Leben des Mannes, dann greift er

nach Ariels Beinen, als wäre es für ihn ein alter Hut, Angreifer abzuwehren.

»Wenn wir überleben, erinnere mich daran, Ariel zu sagen, dass sie etwas abnehmen soll«, murmelt er, als wir sie wieder anheben.

»Du würdest es nicht wagen, ihr so etwas zu sagen«, presse ich gespielt entsetzt hervor. »Außerdem ist sie perfekter in Form.«

»Das war ein Witz.« Felix hält neben einer anderen Tür an. »Kannst du die öffnen?«

»Das Gewicht einer Dame ist kein Thema für Witze.« Ich benutze meine Dietriche, um ein weiteres Schloss zu besiegen. »Genauso wenig wie ihr Alter.«

»Verstanden.« Felix packt Ariel, und wir gehen durch einen Flur, bis wir vor einem weiteren Schloss stehen.

Ich öffne auch diese Tür und schaue mich um

Mein blutendes Ohr hat eine makabere Spur hinterlassen.

Können die Schürzen – oder Baba Yaga – sie zu ihrem Vorteil nutzen?

Ich reiße einen Ärmel ab und wickele ihn um meinen Kopf, um die Blutung zu stoppen.

Dieser Schmerz sollte sich besser gelohnt haben.

Felix geht zuerst in den Raum und befreit ihn von ein paar Schürzen.

Wir setzen den Transport von Ariel fort, bis wir eine Tür erreichen, die ich öffne wie die anderen zuvor.

Zwei Räume, drei Flure, fünf Schlösser und sieben

tote Schürzen später stehen wir vor einer Tür, auf der in großen neongrünen Buchstaben »EXIT« steht.

»Das Auto ist da.« Felix zeigt mir den Bauplan auf seinem Bildschirm, mit einer gestrichelten Linie, die vom Parkplatz zur Tür führt, vor der wir gerade stehen.

»Du hättest das nicht abbilden müssen. Das sind nur ein paar Meter.«

Aber er hört nicht zu. »Hörst du das?«, fragt er mit einem tiefen Stirnrunzeln.

Ich strenge sowohl mein verletztes als auch mein unbeschädigtes Ohr an.

Es gibt ein Geräusch, das wie das Platschen von rennenden nackten Füßen klingt.

Es muss ein Haufen Schürzen sein, die sich uns nähern. Hat Vlad Schwierigkeiten, sie alle in diesem einen Raum festzuhalten? Vorausgesetzt, Vlad ist noch am Leben – ein schrecklicher Gedanke, den ich für den Moment verdränge.

»Lass uns verschwinden«, sage ich und öffne die Tür.

Die helle Nachmittagssonne tut meinen Augen kurzzeitig weh, und die Geräusche der sich nähernden Horde von Schürzen sind jetzt deutlicher zu hören.

Wir schnappen uns Ariel und schwingen unsere Hufe.

Während ich die kurze Strecke zum Parkplatz schnaufe und keuche, erreicht mein Schmerz das Niveau der Mandatszeremonie – nur diesmal kann ich es mir nicht leisten, ohnmächtig zu werden.

»Sollen wir Vlads Tesla nehmen oder einen von denen stehlen?«, keuche ich und zeige auf einen Haufen weniger ausgefallener Autos, die auf dem Parkplatz verteilt stehen.

»Es ist dir egal, dass diese der russischen Mafia gehören?«, keucht Felix zurück. »Einige von ihnen könnten gestohlen sein, und das Letzte, was wir brauchen, ist, von den Bullen angehalten zu werden.«

»Dann Tesla«, schnaube ich.

»Ja.« Felix saugt einen Atemzug ein. »Es wird auch für mich das Einfachste sein …«

Er hört auf zu reden, als der Ansturm der Schürzen aus dem Lagerhaus herausbricht wie hungrige Heuschrecken, die einen ungemähten Rasen angreifen. Ihre Hemdchen sind mit Blut bedeckt, was meinen Verdacht von vorhin untermauert, dass sie aus diesem schrecklichen Raum kommen, in dem Vlad gegen Koschei und den Rest der Schürzen kämpft.

Zumindest ihre Sonnenbrille passt jetzt zu ihrer Umgebung; ich könnte selbst eine gebrauchen.

Ein Bogen von Felix' magentafarbener Technomant-Energie trifft auf Vlads Tesla.

Nach Frankensteins Vorbild erwacht das Auto ruckartig zum Leben und hinterlässt Spuren auf dem Asphalt, als es auf die Schürzen zusteuert.

Felix' Gesicht sieht extrem konzentriert aus.

Die Schürzen verteilen sich wie ein Schwarm paranoider Wachteln, aber das Auto erwischt trotzdem einige von ihnen. Anstatt liegen zu bleiben, kriechen sie mit gebrochenen Gliedern auf uns zu.

Der Tesla macht eine scharfe, zwei weitere Schürzen zerstörende Wendung und rast auf uns zu.

Ich widersetze mich dem Drang, Ariel fallen zu lassen und wegzurennen, und stehe still, als das Auto beschleunigt und einen herzinfarktauslösenden Zentimeter vor uns anhält.

»Legen wir sie rein«, sagt Felix, und die Hintertüren des Tesla heben sich automatisch.

Einen bewusstlosen Freund in das Heck eines Autos zu bekommen ist schwieriger, als es klingt, und wir verschwenden ein paar wertvolle Sekunden, um sicherzustellen, dass wir Ariel nicht töten werden, nachdem wir uns all diese Mühe gemacht haben, sie zu retten.

Ich werfe einen Blick auf die verbliebenen Schürzen, die sich neu gruppiert haben und fast bei uns sind.

Felix springt auf den Beifahrersitz, also nehme ich die Fahrerseite.

Bevor ich mich anschnallen oder die Hände ans Steuer legen kann, ruckelt das Auto wie von selbst nach vorne – oder besser gesagt wie von Felix' Willen gesteuert.

Das Elektroauto ist unheimlich leise, wenn man bedenkt, mit welcher Geschwindigkeit wir vom Parkplatz rasen.

Ein Dröhnen von Motoren hinter uns bricht das Schweigen.

Da ich dieses Ding nicht wirklich fahre, schaue ich zurück.

Jedes Auto, das vorher auf dem Parkplatz stand, folgt uns jetzt mit mindestens einer Schürze.

Ich ignoriere Baba Yagas Puppen für einen Moment, tippe auf den Ohrhörer und sage: »Vlad, wir haben das Gebäude verlassen.«

Keine Antwort.

»Vlad?«, frage ich. »Rose?«

Ein zischendes Rauschen ertönt, und ich höre, wie Rose versucht, etwas zu sagen, aber ihre heiseren Worte sind mit dem Lärm unserer Verfolger und dem Dröhnen meines Pulses in meinen Ohren nicht zu verstehen.

»Übernimm das Fahren«, befiehlt Felix und schießt seine magentafarbene Energie auf den großen Bildschirm im Armaturenbrett.

»Warte!«, schreie ich, als unser Auto ins Schleudern kommt – und wir direkt auf die nahegelegene Straßenlaterne zuschießen.

KAPITEL 37

ICH UMGREIFE das Lenkrad so fest, dass meine Rippen vor Schmerzen schreien. Ich ziehe das Lenkrad ganz nach links und bremse.

Wir rutschen und verfehlen das Hindernis nur knapp.

Auf der Rückseite rollt Ariel vom Sitz mit einem lauten Schlag auf den Boden.

Ein Auto mit einer Schürze schlittert in die Straßenlaterne, der ich ausgewichen bin, und verwandelt sich in einen Pfannkuchen.

Ich bringe unser Auto unter Kontrolle, und als sich sowohl das Fahrzeug als auch meine Herzfrequenz beruhigt haben, sehe ich, warum Felix uns fast getötet hätte.

Er brachte die Übertragung von Vlads Webcam auf seinen Bildschirm, und sie sieht tatsächlich aus wie der fünfte Höllenkreis.

Koschei fehlen beide Arme, aber er versucht, Vlad

mit seinen Zähnen zu beißen – also schlägt Vlad ihn so fest, dass die Zähne in alle Richtungen fliegen. Koschei versucht dann, Vlad eine Kopfnuss zu verpassen, also reißt Vlad ihm den Kopf ab – obwohl es natürlich zu viel ist, zu hoffen, dass Koschei lange liegen bleibt. Mit geübter Fingerfertigkeit fährt Vlad fort, eine Reihe von angreifenden Schürzen zu töten, während Koschei wiederaufersteht.

Vlad muss das immer und immer wieder gemacht haben. Fetzen von Krankenhemdchen und verschiedene von Koschei- und Schürzen-Körperteilen bedecken jede Oberfläche und lassen das Schlachtfeld wie das Spielzimmer eines Serienmörder-Chirurgen mit einem Hang zur modernen Kunst aussehen.

Sogar die Decke ist mit Blut bedeckt.

Was ich von Vlads Armen durch die Kamera sehen kann, sieht auch nicht gut aus.

Seine Kleidung ist zerrissen und seine blasse Haut ist mit mehreren Schichten von Eingeweiden bedeckt – hoffentlich gehört nichts davon ihm.

Eine muskelbepackte Schürze versucht, hochnäsig zu werden, und packt Vlads Hemd, also reißt Vlad mit seinen Zähnen ihren Hals auf.

»Trinkt er mitten in diesem Chaos Blut?«, murmelt Felix, und sein Gesicht ist vor-ohnmächtig blass.

»Er braucht vielleicht die zusätzlichen Kalorien oder was auch immer die Vampire vom Blut brauchen«, antworte ich. »Schalt das aus, oder du wirst ohnmächtig.«

Felix schaltet die grausame Übertragung aus, sieht

aber trotzdem so aus, als könnte er jeden Moment das Bewusstsein verlieren.

»Wohin fahren wir?«, fragt er, wahrscheinlich, um sich abzulenken.

»Vlad hat offensichtlich damit gelogen, dass es einfach ist, aus diesem Raum zu entkommen, damit wir gehen.« Ich atme tief durch. »Also, obwohl ich es hasse, das tun zu müssen, sehe ich keine andere Wahl.« Ich werde langsamer und mache eine scharfe Kurve. »Ich werde Nero um Hilfe bitten.«

Felix atmet einen erleichterten Atemzug aus, und ich überlege, ob ich ihn einen verräterischen Nero-Sympathisanten oder einen …

Eine Schürze nutzt die Verringerung meiner Geschwindigkeit zu seinem Vorteil und fährt hinten in uns hinein, was meinem ohnehin schon erbärmlichen Nacken ein Schleudertrauma beschert.

»Tritt aufs Gas«, sagt Felix und schießt seine Energie auf die rote Ampel.

Ich tue, was er sagt, und die Ampel wechselt von Rot auf Grün.

»Sollte man nicht ›den Strom‹ in einem Elektroauto sagen?«, frage ich, vor allem, damit ich selbst nicht von den Schmerzen in meinen Rippen ohnmächtig werde.

»Der offizielle Begriff ist auch ›das Strompedal‹«, sagt Felix und lässt die Straßenbeleuchtung hinter uns rot werden.

Die Schürze, oder Baba Yaga, die sie kontrolliert, achtet nicht auf das Rotlicht und wird prompt von einem riesigen Truck aufgespießt, der wahrscheinlich zu den vielen Lagerhäusern um uns herum unterwegs war.

»Alter.« Ich werfe Felix einen besorgten Blick zu. »Verletze keine unbeteiligten Dritten.«

Mein Freund nimmt sein Handy heraus, benutzt ein wenig seiner Magie und sagt: »Dem Fahrer geht es gut. Er ist gut versichert. Wir können ihm auch später einen dicken Scheck schicken.«

»Gut«, sage ich. Dann gebe ich meinem eigenen Telefon widerwillig den verbalen Befehl »Videoanruf Nero«.

Felix ist so scharf darauf, dass ich mit Nero spreche, dass er meinen Anruf vom Telefon auf den Bildschirm des Armaturenbretts verlegt.

Das Telefon klingelt und klingelt.

Oh nein.

Als ich das letzte Mal in Neros Büro stürmte, sagte Venessa, er sei für ein paar Tage in Europa. Was ist, wenn er immer noch dort ist?

Als ich mir den Kopf für einen Plan B oder sogar C zerbreche, fällt mir rein gar nichts ein.

Das Motorengeräusch ist wieder da.

Ich gehe in volle Alarmbereitschaft und sehe zwei Schürzen in zwei verschiedenen Muscle-Cars, einen in jedem Rückspiegel.

»Benutze deine Waffe«, sage ich Felix. »Sie ist lautlos.«

»Aber tödlich«, sagt er und zieht seine Gomorrha-Waffe heraus.

Ich trete das Strompedal durch.

Felix fährt sein Fenster herunter.

Eine Schürze versucht, uns auf der rechten Seite zu treffen.

Felix' Waffe piept.

Der Todesstrahl muss die ganz rechte Schürze treffen; sein Jaguar knallt in eine Reihe von geparkten Leihfahrrädern.

»Ducken!«, schreit Felix.

»Wie kann ich mich ducken und gleichzeitig fahren?«, möchte ich sagen, aber stattdessen folge ich seiner Anweisung.

Die linke Schürze stößt gegen unsere Seite.

Wird mich Vlad für den Schaden an seinem schicken Auto töten, wenn wir das alles überleben?

Felix' Waffe piept wieder.

Ich hebe meinen Kopf und werfe einen Blick auf die linke Schürze. Sie fällt auf das Lenkrad, und ihre Sonnenbrille ist weg.

Das fahrerlose Auto dreht durch und fliegt auf uns zu.

Ich beschleunige.

Ein Quietschen von Metall und Plastik ertönt, als es an unserer hinteren Flanke entlangschabt.

Jep. Vlad wird nicht erfreut sein.

Ich fliege auf die Autobahnauffahrt und weiche einem Toyota Camry aus, während ich auf die mittlere Spur wechsele.

»Ich werde vorerst das Fahren übernehmen«, sagt

Felix mit gedämpftem Ton. »Du solltest vielleicht auch mit deinem Mentor reden.«

Ich bin froh, dass Felix das Fahren übernimmt, denn was ich auf dem Armaturenbrett sehe, lässt mich vor Schreck das Lenkrad loslassen.

Es ist Nero, und sein Gesicht ist dunkel vor Wut.

»Du blutest«, sagt er mit einer Stimme, die an einen übellaunigen, hungrigen Tyrannosaurus erinnert.

»Schlimmer als nur bluten«, krächze ich hervor. »Ich brauche Hilfe.«

»Eins nach dem anderen.« Ist das die Sorge auf Neros Gesicht? Ich muss eine Gehirnerschütterung haben. »Beschreibe mir deine Verletzungen.«

»Meine Rippen schmerzen«, presse ich heraus. »Mein Ohr ist eingeschnitten und mein …«

»Das reicht«, sagt Nero. »Wo bist du?«

»Ich fahre auf der I-278 East.«

»Lass es mich umformulieren«, sagt Nero ungeduldig. »Wohin fährst du und wann wirst du dort sein?«

»Unsere Wohnung, und wir sind etwa fünfzehn Minuten entfernt, je nach Verkehr«, sagt Felix. »Aber wir könnten auch …«

»Fahrt nach Hause. Ich treffe euch dort«, sagt Nero streng. »Und macht zehn Minuten draus.« Er blickt Felix in die Augen.

»Ja, Sir«, antwortet Felix sofort. Er konzentriert sich für einen Moment sichtlich, und das Auto schießt nach vorne.

»Ich muss ein paar Dinge besorgen«, sagt Nero.

»Ich rufe zurück, sobald meine Vorbereitungen getroffen sind.«

»Warte …«, beginne ich zu sagen, aber der Anruf ist bereits beendet.

»Bring uns nicht um«, flüstere ich Felix zu, während ich die anderen Autos und die Bäume beobachte, an denen wir vorbeifliegen.

Ich ignoriere das stechende Gefühl in meinen Rippen und schnalle mich an.

Felix wird nicht langsamer. Welche Bedrohung er auch immer in Neros Augen gesehen hat, muss ihn mehr erschreckt haben als die Aussicht auf einen Autounfall.

Wenigstens ist die Straße frei, sonst würden wir mit Sicherheit einen Unfall bauen. So wie es ist, haben wir nur eine Chance von fünfundneunzig Prozent, einen Unfall zu bauen – mehr oder weniger. Eher mehr.

Als wir vor dem Tunnel an der Mautstation vorbeirasen, erwarte ich voll und ganz, dass ich in eine der Kabinen knalle, aber Felix schafft es irgendwie, an ihnen vorbeizukommen.

Im Rückspiegel sehe ich einen Sportwagen mit drei Schürzen, die die Station passieren, ohne zu bezahlen.

Leider hält sie niemand auf – obwohl der Besitzer des Autos ein saftiges Ticket mit der Post bekommen wird.

»Ich kann sie im Tunnel abhängen«, sagt Felix und schießt erfolglos mit der Gomorrha-Kanone auf die Verfolger.

Mein Telefon klingelt. Es ist ein Videoanruf von Nero, und ich nehme ihn an.

Felix bringt den Anruf wieder auf den Bildschirm.

»Hallo?«, sagt Nero. »Sasha?«

»Wir sind im Tunnel«, sage ich. »Die Verbindung könnte jeden Moment abbrechen.«

»Sasha?« Nero spricht lauter. »Sag mir, wie du verletzt wurdest. Wen soll ich …«

Er wird unterbrochen, also habe ich keine Ahnung, ob er im Begriff war, »töten« oder »anrufen« oder »danken« zu sagen.

»Baba Yaga«, antworte ich, nur für den Fall, dass er mich noch hören kann. »Bist du weg?«

Nero antwortet nicht. Sein Videobild ist verpixelt und auf dem Bildschirm eingefroren.

Dem Bild des Videos nach zu urteilen befindet sich Nero in einer Limousine mit zwei Personen: einem Mann und einer Frau. Der unbekannte Mann ist blass und trägt schwarze Kleidung und eine Sonnenbrille, die ich mit Vlads Vollstreckern assoziiere.

Bringt Nero einen Vampir mit, um das Chaos zu beseitigen?

Die Frau hingegen kommt mir bekannt vor, aber all das Adrenalin macht es mir schwer, mich daran zu erinnern, wo ich diese bezaubernde exotische Schönheit schon einmal gesehen habe.

Dann geht mir ein Licht auf. Sie ist die Ärztin – oder vielleicht Krankenschwester –, die während der kostenlosen Cholesterinwertmessung und anderer präventiver Gesundheitsmaßnahmen, die die

Personalabteilung von Nero regelmäßig organisiert immer zum Fonds kommt. Ich habe sie immer im Kittel gesehen, anstatt des Cocktailkleides, das sie trägt, aber sie ist es trotzdem, auch wenn ich sie deshalb nicht sofort erkannt habe.

Das letzte Mal, als ich sie sah, war während eines Bluttests vor einigen Monaten.

Hat sie zufällig Blut für Vampire gesammelt?

»Übernimm für eine Sekunde das Fahren«, sagt Felix und bringt mich zurück in die Realität unserer Hochgeschwindigkeitsverfolgung. »Ich will sie uns vom Hals schaffen.«

Schon das Ergreifen des Lenkrads tut meinen dummen Rippen weh, aber ich ignoriere den Schmerz und hefte meinen Blick auf die Straße vor mir.

Felix richtet seine Waffe hinter uns und flucht.

Im Rückspiegel sehe ich das Auto mit den drei Schürzen hinter einem Minivan.

Wir werden langsamer, obwohl ich die Bremse nicht berührt habe.

Ich schätze, Felix hat mir nur das Steuer übergeben.

Die Schürzen beziehungsweise Baba Yaga müssen wissen, was Felix vorhat, denn sie verlangsamen und lassen noch eine Limousine zwischen uns.

Felix richtet seine Waffe auf sie, beschleunigt uns und wartet.

Die Schürzen werden wieder langsamer und lassen ein weiteres Auto zwischen uns.

»Gut«, sagt Felix. »Wir werden sie dann einfach verlieren.«

Der Tacho droht zu zerspringen, als wir mit NASCAR-Geschwindigkeit vorwärtsschießen.

Meine Straßenintuition kapituliert, und ich korrigiere meine frühere Crashwahrscheinlichkeitsschätzung auf 99,999999 Prozent.

KAPITEL 38

FELIX überholt auf wundersame Weise jedes Auto vor uns, ohne einen Unfall zu bauen.

Ich sehe das Licht am Ende des Tunnels – außer natürlich, wir hatten den Unfall bereits, und das ist das *andere* Licht am Ende eines Tunnels.

Wir rauschen im Nullkommanichts aus dem Tunnel.

Felix signalisiert eine Rechtskurve und verlangsamt auf das Fünffache der Höchstgeschwindigkeit.

Wir fliegen um die Kurve und fahren im gleichen rasanten Tempo eine Straße hinunter.

Mit einem aufheulenden Motorengeräusch erscheint das Auto mit den drei Schürzen zu unserer Rechten.

Mein Telefon klingelt wieder.

Felix schießt mit seiner Waffe auf unsere Gegner, und einer der drei fällt in das Auto – aber es ist nicht der Fahrer.

Ich sage meinem Telefon ohne hinzuschauen, dass es den Anruf annehmen soll.

»Sasha«, sagt Neros Stimme vom Bildschirm. »Was …«

Ich verpasse, was Nero als Nächstes sagt, weil uns die Schürzen von rechts rammen.

Die Kraft des Aufpralls wirft mich in meinen Sitz, und meine Rippen brechen an einigen neuen Stellen.

Lieblingsepisoden aus meinem Leben wirbeln durch mein adrenalinüberschwemmtes Gehirn.

Felix und ich müssen uns die Kontrolle über das Lenkrad teilen; das ist der einzige Weg, zu erklären, warum wir nicht von der Straße abkommen.

Die Schürzen rammen uns erneut.

Die Fenster auf der Beifahrerseite zerbrechen in kleine Stücke.

Nero schreit nicht hilfreiche Flüche und gruselige Drohungen aus den Lautsprechern.

Mit Gummi und herunterfallenden Tesla-Stücken rasen wir auf unsere Straße.

Die Schürzen folgen.

Felix beschleunigt.

Sollte Vlad Mordgedanken wegen des Zustands seines armen hegen, könnte er vielleicht niemanden mehr haben, an dem er die Wut auslassen kann.

Das Motorengeräusch des Autos der Schürzen wird immer lauter.

Wir sind einen halben Block vom Eingang unseres Gebäudes entfernt, als die nicht fahrende Schürze anfängt, aus der Heckscheibe seines Autos zu klettern – das, welches uns am nächsten ist.

Der Windwiderstand bläst seine Sonnenbrille weg, aber Baba Yaga ist das egal, also klettert sein Körper weiter heraus.

Dann reißt der Fahrer das Steuer herum, und meine Straßenintuition – oder der gesunde Menschenverstand – sagt voraus, was gleich passieren wird.

Er wird gleich …

Die Fahrer-Schürze rammt uns wieder, was, wie ich befürchtet habe, dazu führt, dass die Stunt-Double-Schürze von ihrem Autofenster durch das fliegt, was von unserem noch übrig ist.

Sie landet auf dem Rücksitz unseres Autos, und Felix dreht sich um, um den Neuankömmling zu erschießen.

Die Schürze schnappt sich ein verbogenes Stück Metall, das die kaputten Fenster trennt, und zeigt keine Anzeichen von Schmerz, als es seine Hand bis zum Knochen einschneidet.

»Felix, duck dich!«, schreie ich, aber es ist zu spät.

Die Schürze schneidet mit dem scharfen Trümmerstück in Felix' Waffenhand.

Felix lässt die Waffe fallen, und die Schürze schneidet in sein Gesicht.

Felix schreit vor Schmerzen und greift nach der blutenden Wunde.

Als Nächstes wendet sich die behelfsmäßige Klinge

der Schürze meinem Hals zu und verfehlt ihn um ein Haar.

Mir wird klar, dass ich bereits vor ein paar Sekunden angefangen habe zu schreien, also schreie ich einfach lauter.

»Wer auch immer du bist, hier spricht Nero Gorin.« Die Stimme meines ehemaligen Chefs überdröhnt unser Schreien. Das Adrenalin muss meinem Verstand Streiche spielen, denn Neros Tonfall wirkt beängstigender als unsere Lage. »Du wirst deine Aggression gegen mich und die meinen *sofort* einstellen.«

Die Schürze erstarrt.

Seine schwarz gefüllten Augen starren aufmerksam auf Neros Bild auf dem Display; dann schreit Baba Yaga etwas auf Russisch durch die Lippen des Mannes.

Nero bellt etwas zurück – auch auf Russisch.

Ich lenke das Auto zu unserem sich schnell nähernden Wohnhaus und bekämpfe den Drang, jemanden zu fragen, warum und wieso Nero Russisch spricht.

Baba Yagas Worte werden schneller; sie klingt entgegenkommend, aber entschlossen.

Neros anscheinend fließende Antworten sind so beängstigend wie die Aussicht auf den Unfall.

Baba Yaga sagt etwas Herausforderndes.

Neros nächste Antwort ist kürzer, und diesmal dämpft er die Gewalt in seiner Stimme um einen kleinen Bruchteil.

»Gut«, sagt Baba Yaga auf Englisch, als die Schürze

mich ansieht. »Sieht so aus, als hättest du es geschafft, mir doch noch nützlich zu sein.«

Bevor ich etwas antworten kann, veranlasst sie die Schürze, sich mit ihrer Behelfswaffe die Kehle durchzuschneiden.

Die Bremsen seines Kollegen kreischen, und gleichzeitig rauscht mein Ohrhörer.

»Sie haben alle aufgehört zu kämpfen«, sagt Vlad in einem verwirrten Tonfall. »Sogar Koschei. Was auch immer ihr getan habt …«

Ich höre den Rest von Vlads tollen Nachrichten nicht, weil ich einen zehnjährigen Jungen sehe, der direkt vor uns auf die typische New Yorker Art und Weise ohne hinzuschauen die Straße überquert.

Ich versuche, zu bremsen und bemerke, dass ich das nicht kann.

»Felix, bremse!«, rufe ich.

Das tut er nicht.

Ich erspare mir einen Blick auf ihn. Er ist ohnmächtig geworden, entweder durch seinen Blutverlust oder durch den Anblick des erwähnten Blutes.

Ich drehe das Lenkrad so weit nach links, wie es meine Rippen erlauben – was uns auf eine Spur bringt, die uns mit den Türen unseres Wohnhauses kollidieren lässt.

Ich trete auf die Bremsen.

Nichts.

Ich schreie, damit Felix aufwacht.

Nichts.

Nero ruft angsteinflößende Drohungen für den Fall, dass Felix jetzt nicht bremst – aber selbst das funktioniert nicht.

Der Vordereingang meines Hauses wird immer größer, bis er mein ganzes Universum ist.

Gebrochenes Metall, Kunststoff und Glas regnen wie eine Dusche auf uns hinab, als wir gegen die Türen prallen.

Mein Kopf wird vom Aufprall nach vorne geschleudert, als der Airbag mir ins Gesicht schlägt und der Sicherheitsgurt meine schmerzenden Rippen zerquetscht.

Die zum größten Teil verglaste Tür hält uns jedoch nicht auf, und unser Fahrzeug rast wie eine Rakete durch die Lobby, direkt in die Wand mit der Aufzugstür.

Der Klang von zusammengepresstem Metall und Kunststoff ist apokalyptisch laut.

»Das kann man nicht überleben« würde ich in diesem letzten Moment sagen, wenn ich noch reden könnte.

Stattdessen verliere ich das Bewusstsein.

KAPITEL 39

EINE ARMEE von Nägeln krallt sich an eine planetengroße Tafel.

Träume ich, oder sind das die Geräusche, die man im Jenseits hört?

Maskuline Finger streicheln sanft mein Gesicht.

Das fühlt sich nicht sehr wie Leben nach dem Tod an, aber wer weiß.

Eine angenehme Energie fließt durch mich hindurch, und ich fühle, wie meine gebrochenen Knochen beginnen, sich zusammenzufügen.

Dann werden meine Schnitte und Prellungen mit einem vertrauten Gefühl ausradiert.

Ich habe diese Art von warmer Energie verspürt, nachdem ich gegen Beatrice gekämpft hatte – als mich ein anonymer Heiler wiederherstellte, damit ich vor den Rat treten konnte.

Mein Ohr wächst wieder zusammen, und meine

Nackenprellungen und Rippenbrüche sind nur eine ferne Erinnerung.

Die angenehme Entspannung breitet sich in jedem reparierten Muskel aus, und ich atme einen erleichterten Atemzug aus.

»Genau so«, sagt Nero sanft und beruhigend in meiner Nähe. »Isis wird sich um dich kümmern.«

ISIS? Wie die Terroristen? Will Nero damit sagen, dass meine lange Abstinenz mich wieder in eine Jungfrau verwandelt hat und dass ich im Himmel bin, um die Belohnung eines ISIS-Mitglieds zu werden? Macht das diesen Himmel nicht zu einer Hölle für mich? Und warum sollte jemand überhaupt Jungfrauen im Himmel wollen? Wenn meine Version von Himmel vierzig Sexobjekte beinhalten müsste – was ein großes *Wenn* ist – müssten es heiße Kerle mit sehr viel Erfahrung sein, aber ohne Geschlechtskrankheiten und mit …

Mein verwirrter Verstand wird klarer. Es ist, als hätte ich eine Massage bekommen, eine Banja besucht – eine, die nicht Baba Yaga gehört – und dann fünfzig Stunden geschlafen, alles in Sekundenschnelle.

Die Finger auf meinem Gesicht tragen zu einer Reihe angenehmer Empfindungen bei, da sie prickelnde Schauer durch meinen Körper senden.

Ich seufze genüsslich.

Jemand räuspert sich.

Ich öffne meine Augen und sehe Nero, der neben mir hockt und jetzt seine Hand wegzieht.

Er war derjenige, der mein Gesicht gestreichelt hat?

Ich nehme es zurück. Es war doch nicht so angenehm, wie ich dachte.

Es hat mich nicht angemacht. Nein.

Ich drehe meinen Kopf leicht und sehe die Krankenschwester oder Ärztin aus Neros Limousine. Sie hat eine Mandats-Aura und schießt einen Bogen goldener Energie auf mich.

Sie muss eine Cogniti-Heilerin sein, so wie diese Energie mich fühlen lässt.

Der Vollstrecker aus der Limousine ist auch hier, aber bei der Sonnenbrille und dem wie aus Stein gemeißelten Gesicht kann ich nur schwer sagen, was er über all das denkt.

Während ich mich in der strahlenden Heilkraft bade, schaue ich mich um.

Ich sitze immer noch auf dem Fahrersitz, angeschnallt, aber es ist kein Auto mehr um mich herum. Stattdessen sieht das, was von dem Tesla übrig geblieben ist, wie ein Papier aus, das von einem Spion, der sicherstellen wollte, dass die geheimen Informationen nie das Licht der Welt erblicken würden, immer wieder durch einen Schredder geschoben wurde.

Tatsächlich habe ich schon einmal solche zerfetzten Materiebrocken gesehen – nur war es damals Ork-Fleisch anstelle von Tesla-Resten.

Hat Nero sein Reißende-Klauen-Ding gemacht, um an mich heranzukommen? Waren das die Geräusche, die mich geweckt haben?

Bevor ich ihn fragen kann, fällt mein Blick auf

Felix, und die angenehme Entspannung verpufft, als sie von einer arktischen Kälte in meinem Bauch ersetzt wird.

Felix, der genau wie ich immer noch auf seinem Sitz angeschnallt ist, ist mit Blut bedeckt, und seine Gliedmaßen stehen in seltsamen Winkeln ab.

Wenn er sich jetzt sehen könnte, würde er definitiv ohnmächtig werden.

Ich vergesse Nero und die goldene Energie, die noch auf mich geschossen wird, öffne meinen Sicherheitsgurt und springe hoch, um nach Felix zu sehen.

Seine flache Atmung verlangsamt sich mit jedem schwachen Einatmen.

Mein panischer Blick fällt auf Ariel, die im Schutt hinter den Sitzen liegt.

Ohne einen Sicherheitsgurt, der sie festhält, ist sie in noch schlechterer Verfassung als Felix – und dass sie überhaupt noch in einem Stück ist, ist wahrscheinlich die beeindruckendste Leistung ihrer Superkraft.

»Kann ich aufhören?«, fragt die Frau Nero.

»Ja«, sagt er. »Sie sieht viel besser aus.«

Die heilende Energie hört auf, über mich zu fließen – und trotz meines Stresses fühle ich ihren Verlust.

Ich wende mich hektisch an die Frau. »Bitte mach das Gleiche für meine Freunde.«

Anstatt auf mich zu hören, blickt sie auf Nero.

»Eine Sekunde, Isis«, sagt er ruhig. »Sasha und ich müssen uns erst einigen.«

Die Heilerin – Isis – nickt, fährt mit ihrer zarten

Hand durch ihr glänzendes schwarzes Haar und sieht vage gelangweilt aus.

»Heil sie!«, schreie ich sie an, da mich ihre Gleichgültigkeit verblüfft. »Sie sterben sonst.«

Isis schaut wieder Nero an, also drehe ich mich zu ihm um.

Sein Ausdruck ist unleserlich, aber die Limbi in seinen Augen sind besonders dunkel und dick.

»Ihr Schicksal liegt in deinen Händen.« Seine Stimme ist leise und tief, als er auf mich zukommt.

Ich unterdrücke einen Strom gewalttätiger Triebe und erlaube mir nur die eine Fantasie, in sein manipulatives Gesicht zu schlagen.

Es ist offensichtlich, was er will: wieder der Herr über seine sashaförmige goldene Gans sein. Und ich habe keine andere Wahl, als nachzugeben. Ich würde alles tun, um meine Freunde zu heilen, sogar einen Deal mit dem Teufel selbst machen.

Andererseits sagt niemand, dass ich das nicht zu meinen Bedingungen tun kann.

Ich drehe meinen Körper so, dass Isis und der Vollstrecker-Vampir nicht sehen können, was ich vorhabe, gehe auf Nero zu und starre ihn an.

Er erwidert meinen Blick fest – was gut ist, weil er dadurch nicht sieht, wie meine Hand in meine Tasche gleitet und mit dem FELLATIO-Gerät in der Hand herauskommt.

»Ich komme wieder zur Arbeit«, sage ich ihm. »Und du kannst wieder mein Mentor sein – selbst wenn das bedeuten sollte, dass du noch mehr Orks schickst, um mich aufzumischen.«

Sein Mund spannt sich an, und seine Augen verengen sich gefährlich.

Gut. Ich habe seine Aufmerksamkeit.

»Soll ich einen Eid leisten?« Ich halte in einem Kussabstand zu seinem Mund an und sage leise: »Oder gab es mehr, was du wolltest … *Chef*?«

Ohne auf eine Antwort zu warten, greife ich mit beiden Händen in seinen Leistenbereich.

Sein Körper spannt sich wie der eines Raubtieres an, das kurz davor ist, auf seine Beute zu springen.

In der Hoffnung, dass er abgelenkt genug ist, lasse ich das Gerät mit der Handfläche vorsichtig in seiner Hosentasche verschwinden und setze die Bewegung fort, indem ich sehr sanft über seinen Schritt streiche.

Autsch. Mein Atem wird schnell, und Hitze überflutet meine Wangen.

Da ist eine Wölbung, die ich bis jetzt nicht gesehen hatte.

Ich reiße meine Hände wie von einer giftigen Schlange weg.

Einer sehr *großen* Schlange.

Einer Python vielleicht? Moment, die sind nicht giftig.

Er ergreift meine Handgelenke, bevor ich sie wegziehen kann. Seine Finger sind warm und unglaublich stark, und sein Griff ist unzerbrechlich.

Er lehnt sich nach vorn, und sein heißer Atem

strömt über meinen Hals, während er knurrt: »Der Status quo ist alles, was von dir verlangt wird.«

Ich erwarte, dass er ein »vorerst« hinzufügt, aber er lässt meine Handgelenke los und tritt aus meiner Reichweite.

Ich ziehe mich zurück und starre ihn an, während ich versuche, Luft zu holen. Meine Handgelenke spüren immer noch den geisterhaften Abdruck seiner Berührung, und mein Puls ist viel zu schnell.

Es war alles eine Scharade, also warum ist ein Teil von mir enttäuscht, dass er sich zurückgezogen hat?

Glücklicherweise will der Rest von mir diesem Teil auf den Kopf schlagen, bevor er ihn einem Gesundheitscheck unterzieht und eine Auszeit und eine kalte Dusche verordnet.

»Mach weiter«, sagt Nero zu Isis und dem Vampir.

Isis zeigt mit der Hand auf Felix, und der Vampir schneidet sein Handgelenk mit seinen Reißzähnen auf.

»Warte«, sage ich. »Kein Vampirblut für Ariel.«

Beide schauen Nero an, und er nickt.

Isis konzentriert ihre Energie auf Ariel, und der Vampir geht auf Felix zu.

»Ich bin mir auch nicht sicher, dass ich will, dass Felix dieses Gift trinkt«, sage ich.

»Ich bin fast leer«, sagt Isis zu Nero. »Es werden neunhundert für beide sein.«

»Du willst mir ein Extra berechnen?« Nero zieht eine Augenbraue in die Höhe. »Findest du nicht, dass das zu saftig ist? Du wirst sowieso ziemlich leer sein.«

»Aber nach zweien werde ich mich beschissen fühlen«, sagt Isis. »*Das* kostet extra.«

»Gut«, sagt Nero. »Beeil dich, bevor einer von ihnen stirbt.«

Während sie reden, schließt sich das Handgelenk des Vampirs.

Isis seufzt demonstrativ, bevor sie mit der rechten Hand auf Ariel und der linken auf Felix zeigt.

Die goldene Energie strömt über meine beiden Freunde.

Fast sofort schließen sich ihre schweren Wunden, und ihre gebrochenen Gliedmaßen richten sich.

Isis' gesunder olivgrüner Hautton verblasst, und einige graue Haare tauchen aus dem Nichts an ihren Schläfen auf.

Felix' Kehle lässt ein verstörendes Stöhnen ertönen, und Isis beendet die Behandlung mit einem wissenden Grinsen.

Felix schießt nach oben und schaut sich mit wilden Augen um.

»Alles in Ordnung?«, frage ich ihn.

»Ja.« Er klingt unsicher. »Du?«

»Rosig«, sage ich mit so viel Sarkasmus, wie man in den Namen einer Blume legen kann.

Er nickt, und wir beide starren Ariel an.

Sie sieht wieder heil aus, aber sie bewegt sich nicht und macht keine Geräusche.

Isis stoppt die Heilenergie, schüttelt ihre rechte Hand ein paarmal, um die Durchblutung zu verbessern, und beschießt Ariel dann wieder.

Ariel kommt immer noch nicht zu sich.

»Sie wurde damit außer Gefecht gesetzt«, sagt Felix und zieht seine verstümmelte Gomorrha-Kanone aus den Trümmern. »Ich bin mir nicht sicher, ob du sie *daraus* herausholen kannst.«

»Bringen wir sie erst einmal in ihre Wohnung und sehen dann weiter.« Nero schaut sich das an, was früher der Eingang zum Wohnhaus war.

Als ich seinem Blick folge, sehe ich, dass sich Einsatzfahrzeuge versammeln.

Hat jemand den Notruf gewählt?

Das ist wahrscheinlich. Nach all dem …

Kräftige Arme packen mich ohne Vorwarnung.

»Hey«, schreie ich Nero an, der mich wieder wie eine frisch gebackene Braut hält, so wie das eine Mal, als ich während meiner Präsentation auf seiner Konferenz ohnmächtig wurde. »Ich kann gehen.«

»Du bist immer noch schwach von der Behandlung«, sagt er und ignoriert meine ineffektiven Abwehrversuche, während er auf die Treppe zusteuert.

Felix und Isis folgen uns, und der Vampir trägt Ariel so, wie Nero mich trägt.

Okay. Wie dem auch sei. Der Aufzug ist wahrscheinlich durch die Kollision kaputt, und ich will mich nicht unbedingt die ganze Treppe hochschleppen. Dennoch ist dies keineswegs das ideale Szenario.

Ich mag es nicht, wie gut es sich anfühlt, von dieser starken Armen gehalten zu werden. Ich mag nicht, wie unangemessen lecker Nero riecht, oder wie …

Nein. Ich muss an etwas anderes denken.

Noch etwas anderes.

Wie viel wird das alles Nero kosten?

Ja, genau. Es gibt ein Thema, das nicht sexy ist.

Angesichts Neros Reaktion auf Isis' Preis von »neunhundert« kann ich davon ausgehen, dass sie nicht »Dollar« gemeint hat. Solche Summen trägt Nero als Kleingeld in seiner Hosentasche mit sich herum. Außer, wenn sie über eine Währung der Cogniti gesprochen haben, muss sie »neunhunderttausend« gemeint haben – fast eine Million Dollar. Viel teurer als jedes Krankenhaus.

Außerdem besitzt Nero dieses Wohnhaus, was bedeutet, dass die irrsinnige Rechnung für die bevorstehenden Renovierungen auch sein Problem sein wird.

Na ja. Mitgefangen, mitgehangen – oder eben mitbezahlt in diesem Fall.

»Kannst du Vlad einen Ersatz-Tesla kaufen?«, frage ich dreist, als Nero mit der Geschwindigkeit eines olympischen Sprinters den vierten Stock erreicht. »Das Auto, das ich zerstört habe, ist seins, und er war …«

»Sonst noch etwas?« Seine Augen leuchten mit dunkler Belustigung.

»Ja, bitte«, antworte ich. »Kannst du Isis dazu bringen, Roses Stimme zu heilen, und kannst du Vlad anrufen, um zu sehen, ob es ihm gut geht?«

»Ich habe bereits mit Vlad gesprochen«, sagt Nero. »Er ist auf dem Weg – aber sein Auto wird von deinem nächsten Bonus abgezogen.«

Ich danke ihm fast, dass er wieder die alte

Nervensäge ist. Das macht es viel einfacher, die prickelnde Wärme in meinem Körper zu ignorieren, die nichts mit Isis' neuer Behandlung zu tun hat, sondern nur mit meiner unangemessenen Nähe zu dem kräftigen Körper meines Chefs.

Vielleicht sollte ich Schafe zählen, wie beim Versuch, einzuschlafen.

Nein. Das lässt mich an das Schlafen mit Nero denken, und ich will *nicht*, dass meine Gedanken in diese Richtung abschweifen.

Zu meiner Erleichterung erreichen wir meine Etage.

Die Tür zu meiner Wohnung ist offen, und Rose steht da und fächelt sich mit ihrer Hand Luft zu.

Sie versucht zu sprechen, aber ein ungesundes Zischen kommt anstelle von Worten aus ihrem Hals.

Wie laut hat sie geschrien?

»Isis«, sagt Nero über seine Schulter. »Rose könnte deine Dienste benötigen.«

»Sieht so aus, als wäre meine Rechnung eine runde Zahl«, sagt Isis mürrisch und schießt einen kleinen Pfeil ihrer Kräfte auf Rose.

»Sie wird dir hunderttausend berechnen, um Roses Stimme zu reparieren?«, flüstere ich.

Nero zuckt mit den Achseln, tritt über Fluffster und trägt mich hinein.

»Du bist zurück«, schreit Fluffster in meinem Kopf. »Ich habe mir solche Sorgen gemacht.«

»Es geht mir gut«, flüstere ich Fluffster zu. »Ich wurde bereits geheilt.«

Was ich wissen will, aber nicht laut fragen kann, ist: Warum hatte Nero keine Angst vor Fluffster? Gaius, Pada und Vlad waren alle vorsichtig, als sie den Domovoi zum ersten Mal sahen, aber Nero verhält sich, als wäre Fluffster wirklich das kleine pelzige Nagetier, das er vorgibt zu sein.

Fluffster dagegen scheint seine Tapferkeit praktischerweise vergessen zu haben. Ich erinnere mich deutlich an seinen Vorschlag, Nero einzuladen, damit er ihm »Manieren beibringen« kann.

Nero beugt sich nach unten und setzt mich vorsichtig in einen Sessel.

Dann geht er und kommt mit Ariel zurück – und ich bin überhaupt nicht eifersüchtig auf die sanfte Art und Weise, wie er sie hält.

Nein. Überhaupt nicht.

»Ich bin so froh, dass es dir gut geht«, sagt Rose, als sie in den Raum läuft, und ihre Stimme ist eindeutig wieder die alte. »Aber warum ist Ariel bewusstlos?«

Isis kommt herein, und hinter ihr folgt Felix mit schleifenden Füßen und keuchend wie ein dehydrierter Hund.

Er lässt sich auf den Stuhl neben mich fallen und beschwert sich: »*Ich* hatte niemanden, der mich getragen hat. Aber selbst wenn Maya hier wäre …«

»Beende diesen Satz nicht«, sage ich. »Ich habe nicht das Geld, um Isis zu bezahlen, um dich wieder zusammenzusetzen, wenn …«

Isis räuspert sich, und als wir aufhören zu reden, geht sie zu Ariel und untersucht sie gründlich.

»Ihre Vitalwerte sind in Ordnung«, sagt sie. »Lasst sie sich einfach ausruhen, und sie wird bald wieder zur Besinnung kommen.«

»Sasha sollte sich auch ausruhen«, sagt Nero zu Isis und schaut dann auf Felix. »Er auch.«

Die Heilerin seufzt demonstrativ und zeigt mit ihren Händen wieder auf uns.

»Warte eine Sekunde«, beginne ich, aber die heilende Energie lässt mich in seliger Schläfrigkeit ertrinken, und ich verliere das Bewusstsein.

KAPITEL 40

ICH WACHE von dem Geruch nach Bergamotte auf und öffne meine Augen.

Rose reicht dem bereits wachen Felix eine Tasse von dem, was Earl Grey sein muss.

»Hallo.« Ich strecke mich und merke, wie erstaunlich gut ich mich fühle. »Wie geht es allen?«

»Felix scheint so gut wie neu zu sein«, antwortet Rose.

»Was ist mit Vlad?«, frage ich.

Als ob Vlad auf meine Frage antworten wollte, betritt er den Raum.

Das Einzige, was mit Vlad nicht stimmt, ist seine Bekleidung. Ich hätte nicht gedacht, dass er ein *Matrix*-Fanboy ist oder dass er Film-T-Shirts trägt.

»Ich hoffe, das ist okay«, meint Rose zu Felix. »Ich habe einige Kleidungsstücke von dir genommen, um seine blutigen Lumpen zu ersetzen.« Sie erblasst bei der Erinnerung.

»Kein Problem. Ich habe zehn davon, also kannst du das behalten«, sagt Felix und betrachtet Vlad ein wenig neidisch.

Wenn Felix denkt, dass dieses T-Shirt an ihm noch nie so gut ausgesehen hat wie an Vlad, dann hat er recht. Das geliehene Outfit scheint maßgeschneidert für Vlads breitere Schultern zu sein.

Ich schaue auf das Sofa.

Ariel ist immer noch nicht zu sich gekommen.

»Möchtest du eine Tasse Tee?«, fragt Rose mich.

»Ja, bitte«, antworte ich. »Ich hätte gerne einen Tee.«

Rose ergreift Vlad am Ellbogen und zieht ihn weg.

Die Eingangstür schlägt zu. Sie muss den Tee der Einfachheit halber in ihrer eigenen Wohnung zubereitet haben.

Das, oder sie und Vlad konnten die Hände nicht voneinander lassen und sind zu ihrer Wohnung gegangen, um ein Schäferstündchen einzulegen.

Fluffster kommt in den Raum und schaut uns an.

»Das war extrem stressig«, sagt er. »Macht das nie wieder.«

»Auf keinen Fall«, antwortet Felix. »*Das* ist der Grund, warum wir nie wieder so eine Höllenbrut bekämpfen werden – um sicherzustellen, dass *du* nicht zu viel Stress hast.«

»Gut«, sagt Fluffster und ignoriert entweder den Sarkasmus oder bekommt ihn nicht mit. »Ich denke, dass ich jetzt auch ein Nickerchen machen werde. Weckt mich, wenn Ariel aufwacht.«

»Machen wir«, erwidere ich.

Das Chinchilla geht weg, und ich schaue Felix an. »Wo ist Nero?«

»Er war nicht da, als ich aufgewacht bin. Warum? Vermisst du ihn schon?«

Er zwinkert mir zu.

»Wenn du nicht gerade durch die Hölle gegangen wärst, würde ich dir in dein selbstgefälliges Gesicht schlagen«, antworte ich nur halb scherzhaft.

»Rose hat gesagt, dass er und die anderen weggegangen sind, sobald wir eingeschlafen sind.« Felix pustet auf seinen Tee.

Ich teste, ob ich auf meinen Füßen stehen kann.

Das funktioniert gut.

Noch besser als gut. Ich glaube, ich kann ein oder zwei Marathons laufen.

»Wusstest du, dass Nero Russisch spricht?«, frage ich Felix, der sich zurücklehnt.

»Nein.« Er schlürft gierig seinen Tee. »Aber wie ich dir schon gesagt habe, ist das bei dem Nachnamen Gorin keine große Überraschung.«

»Über was haben er und Baba Yaga gesprochen?« Ich schaue mich um, da ich das Gefühl habe, dass Nero im Schatten lauern könnte.

»Ich war nicht in der besten Verfassung, um zuzuhören.« Felix erschaudert bei der Erinnerung. »Ich habe aber den Kern ihrer Unterhaltung verstanden.«

»Und? Jetzt sag schon.«

»Zuerst klang Nero wie Liam Neeson in *96 Hours*«,

beginnt er animiert. »Er erinnerte Baba Yaga daran, dass er, und ich sage das jetzt mit eigenen Worten, eine ganz besondere Art von Fähigkeiten hat, die ihn zu einem Alptraum für Menschen wie sie machen – genauso wie für alle anderen.« Er lacht trocken auf. »Baba Yaga ist wirklich verrückt, denn sie hat nicht sofort nachgegeben. Deshalb begann Nero mit der Drohungen.« Felix' Begeisterung schwindet bei dieser Erinnerung. »Der Teil war übel. Er sagte, er würde wie Keyser Soze auf sie losgehen – wenn auch nicht mit genau diesen Worten. Er sagte, er würde sie und den Rest ihrer Mafia verfolgen und sie langsam töten. Dass – und ich erinnere mich nicht an alles wörtlich – er die Kinder ihrer Leute, ihre Frauen, ihre Eltern und die Freunde ihrer Eltern töten würde. Er würde das Restaurant Izbushka abfackeln und …«

»Alter, ich habe *Die üblichen Verdächtigen* gesehen«, sage ich. »Was hat Baba Yaga zu all dem gesagt?«

»Sie ist eine harte Lady«, sagt Felix. »Sie sagte, wenn sie sterben würde, würde sie lieber ruhmreich sterben und dabei ihren Mann stehen. Oh, und dass sie sich einen Dreck darum schert, was mit allen anderen passiert, nachdem sie weg ist.«

»Und was hat Nero dazu gesagt?«

»Er hat sie gefragt, was sie will. Aber so, wie er es sagte, klang es, als ob Baba Yaga um das Falsche gebeten hat und die Keyser-Soze-Reaktion noch nicht vom Tisch wäre.«

Aus irgendeinem Grund lässt Stolz meine Brust anschwellen. Ich schätze, ich mag die Vorstellung von

Nero, wie er die alte Frau in ihre Schranken verweist – zumal er es für mich getan hat, ein bloßes Zahnrad in seiner Geldmaschine.

»Baba Yaga sagte, sie will, dass Nero sie für ein Jahr in Ruhe lässt«, sagt Felix. »Aus keinem Grund hinter ihren Leuten her ist oder sie selbst verfolgt, egal, was sie tut – vorausgesetzt, sie lässt *dich* in Ruhe.«

»Und?«, frage ich, als Felix innehält, um Luft zu holen.

»Er sagte, wenn sie sich an ihr Wort hält und sich auch sonst aus seinem Geschäft heraushält, haben sie einen Deal. Dann hat er gesagt, dass er von ihren Ambitionen für den New Yorker Rat weiß und sich einen Dreck darum schert – was sie zu freuen schien.«

»Also bin ich vor ihr sicher?«, frage ich nach. »Ich hatte Angst, dass ich für den Rest meiner Tage über meine Schulter schauen oder zu Hause bleiben muss.«

»Du bist in Sicherheit«, sagt Felix. »Solange du dich von ihr und generell Brighton Beach fernhältst, hält sie sich auch von dir fern. Es wurde sogar erwähnt, einen entsprechenden schriftlichen Vertrag abzuschließen, und niemand bricht diese, sobald sie existieren.«

»Großartig«, sage ich mit einem Grinsen. Dann verdüstert sich meine Stimmung, als ich mich an die Kosten dieses Arrangements erinnere – ich bin wieder Neros Sklavin.

Oder seine Dienerin.

Ja, genau. Das hat einen weniger sexuellen Beigeschmack.

Uff. Ich muss meine dumme Enthaltsamkeit

beenden. Wie sonst kann man erklären, dass ein Teil von mir den Gedanken an »Neros Sklavin« pervers erregend findet?

»Erde an Sasha«, sagt Felix, und ich danke Gott, dass seine Superkraft nicht Telepathie ist. Wenn er den letzten Gedanken gesehen hätte, müsste ich jetzt einen guten Freund töten.

»Tut mir leid«, sage ich. »Zurück zum Geschäft … Hattest du die Chance, endlich in Neros System einzudringen?«

»Ob ich was hatte?« Felix erstickt an seinem Tee.

»Oh, vielleicht habe ich vergessen, es dir zu sagen«, fahre ich fort. »Ich habe FELLATIO in seine Hosentasche gesteckt.«

»Du hast *was*?«, ruft er aus. »Wann? Wie?«

»Bevor du geheilt wurdest«, sage ich und ignoriere sowohl die Frage nach dem Wie als auch die Rückblenden an meine Gefühle über die »Schlange«.

»Nun«, sagt Felix in einem viel ruhigeren Ton. »Selbst wenn du es mir gesagt hättest, wann hätte ich die Gelegenheit gehabt, das zu tun? Hast du gesehen, dass ich einen Computer berührt habe? Ist Nero überhaupt schon wieder zurück in seinem Büro? Ich brauche ihn neben seinem …«

»Kein Grund, so gereizt zu sein«, sage ich. »Du kannst ab jetzt damit anfangen, sozusagen sofort. Da wir erfahren haben, dass Nero Russisch spricht, könnte das, was ich in meiner Vision gesehen habe – mein Name in kyrillischen Buchstaben – doch sein Passwort sein.«

»Du hast recht.« Felix springt auf die Füße und verschüttet die Hälfte des Tees. »Lass mich meinen Laptop holen und …«

Auf dem Sofa stöhnt Ariel und beginnt mit ruckartigen, unruhigen Bewegungen zu sich zu kommen.

KAPITEL 41

ICH SPRINGE AUF, und wir laufen zum Sofa.

Ariel rudert mit den Armen, öffnet die Augen und schaut sich um, wobei ihre Pupillen erweitert sind und ihr Blick benebelt.

»Wie fühlst du dich?«, frage ich sie beruhigend.

»Gaius?«, fragt sie, und obwohl sie mich ansieht, habe ich das Gefühl, dass sie mich nicht erkennt.

»Gaius ist nicht hier«, sage ich mit einer beruhigenden Stimme. »Entspanne dich.«

»Gaius«, sagt sie noch einmal, und auf ihrer Stirn bricht Schweiß aus. »Ich brauche ihn.«

»Er ist in Russland«, sage ich.

»Ohne ihn bist du sowieso besser dran«, murmelt Felix und sagt, was ich freundlicherweise nicht ausgesprochen habe.

»Nein.« Sie beginnt zu zittern. »Ruf ihn an. Bring ihn her.«

»Wenn dieser Vampir es wagen würde,

hierherzukommen, würde Fluffster sicherstellen, dass es das Letzte ist, was er tut.« Felix' Tonfall ist untypisch bedrohlich. Dann wird sein Blick weicher, als er das Elend auf Ariels Gesicht wahrnimmt. »Es tut mir leid, aber so oder so, ich glaube nicht, dass er sich genug für dich interessiert, um zu deiner Rettung zu eilen, besonders nicht aus Russland.«

Ariel beginnt, unberechenbar um sich zu schlagen, und Felix und ich tauschen besorgte Blicke aus.

»Ariel.« Ich berühre sanft ihre Schulter. »Bitte st...«

Mit einer krampfartigen Bewegung schlägt Ariel meine Hand weg und renkt mir dabei fast die Schulter aus. »Ich brauche es«, keucht sie und wirft ihren Kopf von Seite zu Seite. »Enthaltet es mir nicht vor.«

Ich erinnere mich an etwas, was Baba Yaga am Telefon sagte – etwas, was mir damals wie eine Übertreibung vorkam. »Dein Mädchen hat immer noch große Entzugserscheinungen«, hatte sie gesagt. »Sie wäre im Moment eine Gefahr für dich und sich selbst, aber ich kann sie für die paar Wochen sauber halten, die sie braucht, um darüber hinwegzukommen.«

Ariel lehnt sich über das Sofa und erbricht Suppe über Felix' Schuhe.

Er und ich tauschen noch einmal Blicke aus, da aus unserer Sorge Panik geworden ist.

Ariel erbricht weiter, stöhnt und schlägt auf die Couch.

Ich greife nach meinem Telefon, um Nero anzurufen, und zu sehen, ob er vielleicht helfen kann.

Zumindest sollte er von Isis eine Teilrückerstattung verlangen. Ihre Heilkräfte sind eindeutig unzureichend.

Ein Quietschen im Flur kündigt an, dass unsere Wohnungstür geöffnet wird.

Ariel sieht plötzlich wach und hoffnungsvoll aus. Denkt sie wirklich, dass Gaius gerade gekommen ist?

»Vlad und Rose«, errät Felix einen Moment, bevor diese den Raum betreten.

Ariel schnüffelt wie ein Hund durch die Luft und starrt die Neuankömmlinge mit tränenden Augen an.

»Ich habe deinen T…«, fängt Rose an zu sagen, aber dann schaut sie Ariel an und wird leichenblass.

»Bitte«, sagt Ariel und streckt ihre zitternden Arme nach Vlad aus. »Bitte …«

Vlads Augen verengen sich.

Ariel setzt sich auf und schwingt ihre Füße auf den Boden.

»Ariel«, sagt Felix. »Was ist …«

Sie bewegt sich mit wahnsinniger Geschwindigkeit, schiebt Felix zur Seite und eilt auf Vlad zu.

Mit der Tasse in der Hand fliegt Felix ein paar Meter weit und knallt in einen anderen Stuhl, wodurch die Teetasse auf den Boden fällt und er mit Tee überschüttet wird, als die Tasse zersplittert.

Stöhnend rollt er sich auf den Boden, und ich zucke, als ich seine Handfläche auf einer der Scherben aufkommen sehe. Er schreit und hebt sie zu seinem Gesicht, und ich befürchte, dass er durch den Anblick des Blutes ohnmächtig werden könnte.

Ariel erstarrt mitten im Lauf, da der Anblick von Felix' Blut sie aus ihrem Suchttrübsinn herausgerissen hat. »Ist das … Habe ich das getan?« Ein Hauch von Vernunft kehrt in ihre Augen zurück, und sie beginnt, mit ausgestreckter Hand auf Felix zuzugehen, so als ob sie ihm helfen wollen würde.

Dann zittern ihre Schultern krampfhaft, und sie stoppt.

Ihre Augen wandern wieder zurück, und sie dreht sich um, um Vlad mit zombieartiger Entschlossenheit anzustarren.

»Was tust du da?«, schreit Rose, aber Ariel springt bereits auf Vlad zu.

Sie ist jedoch nicht die Einzige mit guten Reflexen. Der Vampir fängt sie in der Luft ab und wirft sie sehr sanft wieder auf das Sofa zurück.

Etwas Hölzernes zerbricht mit einem Knacken in der Couch, aber Ariel sieht nicht so aus, als hätte sie die Landung überhaupt bemerkt.

Sie rutscht von den Kissen auf den Boden und beginnt, auf allen vieren in Vlads Richtung zu kriechen.

»Bitte«, stöhnt sie, ihr Blick richtet sich sklavenartig auf ihn. »Nur einen Schluck.«

»Du musst zur Reha gehen«, sagt Vlad. »Du befindest dich in der schlimmsten Phase der Entzugserscheinungen und …«

»Nur ein bisschen.« Ariels Kriechen nimmt Fahrt auf. »Ich tue alles, was du willst.«

Rosa Energie tanzt auf Roses Handfläche, und sie richtet ihre Hand wütend auf Ariel.

»Nimm ihr nicht die Kraft, meine Liebe«, sagt Vlad zu Rose. »Sie wird sie brauchen.«

Rose senkt widerstrebend ihre Hand, und die rosa Energie verschwindet.

Ariel ist jetzt neben Vlad, und ihr Kopf ist bedenklich nahe an seinem Schritt.

»Was immer du willst«, sagt sie, und obwohl ich denke, dass sie den Satz verführerisch sagen wollte, klingt er stattdessen gruselig. »Ich brauche es.«

Sie greift nach Vlads Reißverschluss und murmelt nicht jugendfreie Versprechungen.

Vlad fängt ihr Handgelenk ab und zieht sie kräftig auf ihre Füße.

Sie sieht für einen Moment hoffnungsvoll aus, aber dann packt er ihr Haar in seinem stählernen Griff und zwingt sie, Felix anzusehen – der immer noch auf dem Boden liegt, seine blutende Handfläche umfasst und wegen Ariels abscheulichem Verhalten weit aufgerissene Augen hat.

»Du wirst jeden verletzen, den du liebst«, sagt Vlad. »Ist es das, was du willst?«

Ein Hauch von Verständnis erscheint auf Ariels Gesicht.

Sie versucht, wegzuschauen, aber Vlad lässt sie nicht.

»Es tut mir leid«, schluchzt sie halb und murmelt sie halb. »Bitte. Bitte. Ich brauche es. Ich brauche es so sehr.« Sie wischt sich ihre laufende Nase ab. »Ich brauche ... Ich brauche Hilfe.« Der letzte Teil ist so schwach, dass er kaum hörbar ist.

Vlads Augen werden wieder zu Quecksilberbecken, und er zieht Ariels Kopf zurück, damit sie ihn ansieht.

»Ich *werde* dir helfen«, sagt er in dieser hypnotischen Stimme. »Du wirst in der Entzugseinrichtung in Gomorrha bleiben, bis du deine eigenen Entscheidungen treffen kannst.«

»Ich werde in der Entzugseinrichtung in Gomorrha bleiben«, sagt Ariel mit hohler Stimme.

Vlad lässt sie gehen, und sie steht gerade und wartet auf weitere Anweisungen.

»Du hast sie bezirzt?« Felix setzt sich unter Schmerzen auf. »Ich hätte nicht gedacht, dass es bei unserer Art so gut funktionieren kann.«

»Blutsüchtige sind noch anfälliger dafür als normale Menschen«, sagt Vlad, und sein Mund wird zu einer dünnen Linie. »Jetzt bringen wir sie besser nach Gomorrha.«

»Wie lange wird sie noch so unter deinem Bann stehen?«, frage ich und strecke meine Hand aus, um dem offensichtlich erschütterten Felix beim Aufstehen zu helfen.

»Einige Stunden lang, es sei denn, das Bezirzen wird wiederholt«, sagt Vlad. »Aber sie haben in der Entzugseinrichtung bessere Methoden, um sie ruhigzustellen – und deshalb bringen wir sie jetzt sofort dorthin.«

»Ich komme mit«, sagt Felix und schwankt auf seinen Füßen, als ich seine Hand loslasse.

»Geht es dir gut?« Ich greife wieder nach seinem Arm.

»Ja.« Er wischt seine blutige Handfläche an seinem Hemd ab, als ich ihn loslasse. »Es war eher beängstigend als schmerzhaft.«

»Mach dich frisch, während ich ein Taxi zum Flughafen besorge«, sage ich ihm.

Felix geht weg, und ich ziehe mein Handy heraus, um einen Wagen zu rufen.

»Das Auto wird in fünf Minuten hier sein«, sage ich einen Moment später und versuche, Vlads Blick auszuweichen. Ich fühle mich schuldig, dass er in einem Ford Fusion statt in seinem glänzenden Tesla fahren muss.

»Ich bleibe hier bei Fluffster«, sagt Rose und beugt sich nach unten, um die Splitter von Felix' Becher aufzuheben. »Geht und helft Ariel.«

Vlad treibt Ariel zur Wohnungstür, wo wir auf Felix treffen, der jetzt ein Shirt trägt, das identisch mit dem ist, das Vlad sich geliehen hat, und der ein Pflaster auf seiner Handfläche kleben hat.

»Der Aufzug funktioniert wahrscheinlich noch nicht«, sage ich und führe die Gruppe zum Treppenhaus.

»Wann hat Baba Yaga dich erwischt?«, frage ich Ariel und schaue dann zu Vlad. »Kann sie in diesem Zustand sprechen?«

Er fängt Ariels Blick auf und befiehlt: »Antworte.«

»Ich war an jenem Samstag auf dem Heimweg«, sagt sie monoton. »Ich hatte gerade Gaius für seine

Reise nach Russland zum JFK begleitet, als Koschei mich überfallen hat. Zuerst dachte ich, ich hätte ihn zuerst getötet, aber …«

»Haben sie dir wehgetan?«, fragt Felix, und es ist klar, dass er Angst vor der Antwort hat.

»Ich weiß nicht«, sagt Ariel. »Mein Gedächtnis ist leer, seit Baba Yaga ihre Energie bei mir eingesetzt hat.«

Wir gehen den Rest des Weges schweigend, und sehen alle, mit Ausnahme von Ariel, besonders düster aus, als wir an der Ruine vorbeikommen, die früher die Lobby gewesen war.

Wenigstens hat jemand die zerbrochenen Teile des Tesla entfernt. Vlad sieht sowieso schon wütend genug aus.

Als wir in das Taxi steigen, habe ich das Gefühl, dass die Schuldgefühle mich ertränken.

Ich hatte vermutet, dass Gaius nicht gut für Ariel war, aber ich habe nichts dagegen getan.

Ich hätte auch wissen müssen, dass Ariel vor so vielen Tagen entführt worden ist. Ich habe nicht einmal den Hinweis von Baba Yaga verstanden, als sie mir sagen wollte, dass sie Ariel in ihren Klauen hat.

Zum Teufel, wenn wir noch tiefer graben, hätte ich schon lange Ariels Wunsch ignorieren sollen, sie wegen der PTBS, die sie angeblich nicht hat, nicht zu nerven. Sie nimmt schon seit einer Weile Medikamente, von denen ich wusste, dass sie nicht gut für sie sein können, aber ich habe nie entschlossen genug gehandelt, sondern nur vorsichtige Ratschläge gegeben. Jetzt frage ich mich, ob ihre traumatischen Erfahrungen in der Armee der Grund dafür sind, warum sie besonders anfällig für die Vampirsucht war.

Oh, und nicht zu vergessen, dass sie das erste Mal Gaius' Blut getrunken hat, nachdem sie verletzt wurde, als sie *mir half.*

Auf halbem Weg zum JFK breche ich meine selbstzerstörerischen Überlegungen ab, um davon zu träumen, Gaius für das, was er meiner Freundin angetan hat, auszulöschen. Es ist möglich, dass ich ihn derzeit mehr hasse als Baba Yaga.

Meine düsteren Grübeleien setzen sich fort, während wir aus dem Taxi aussteigen und durch geheime Korridore zum Drehkreuz mit den Toren gehen.

Felix muss meine Stimmung spüren, weil er mich in Ruhe lässt und sich dafür entscheidet, mit Vlad in einem lauten Flüsterton auf Russisch zu sprechen.

Ich lebe leicht auf, als ich das Tor sehe, das nach Gomorrha führt – und fühle mich deswegen schuldig.

Meine Freundin geht in eine Entzugseinrichtung, nicht in den Urlaub.

Als wir jedoch das Tor auf der Gomorrha-Seite verlassen, zieht mich der Blick auf den Himmel aus meinen selbstgeißelnden Überlegungen.

Wie bei meinem letzten Besuch hier unterscheidet sich die Uhrzeit von der zu Hause. Wir haben JFK gegen Abend erreicht, aber hier ist es schon spät in der Nacht. Allerdings ist der Nachthimmel so spektakulär, wie ich ihn in Erinnerung habe, mit einem majestätischen feuer- und schwefelartigen Nebel anstelle eines Mondes.

Ebenso wie bei meinem letzten Besuch, nimmt mir die Größe der Stadt den Atem. Es ist wie ein platonisches Ideal einer Megapolis, das jede riesige Stadt zu erreichen versucht.

Wir benutzen die schnellen Aufzüge, um wieder herunterzukommen, und obwohl ich sie schon einmal gesehen habe, starre ich die museumsartige Lobby des Gebäudes an.

Das Gestarre setzt sich fort, während wir die Straße entlanggehen. Das letzte Mal haben wir sie nur überquert, um zu Neros Earth Club zu gelangen, also sollte dieser längere Spaziergang ein absolutes Highlight sein.

»Es ist wie alle Science-Fiction- und Fantasy-Filme in einem«, flüstere ich und starre auf die exotisch futuristische Kleidung verschiedener Arten von Cogniti auf der Straße.

Wir gehen an einem grünen Ork-Mann in einem hautengen, glänzenden Outfit vorbei, dann an einem blauhäutigen Wesen unbestimmten Geschlechts, das sowohl ein schönes Dekolleté als auch eine Beule in seiner rosa Lederhose hat. Als ich die ein Meter achtzig große bärtige Zwergin anglotze, verengt sie ihre Knopfaugen und zeigt mir den Mittelfinger.

Da ich mich wie ein dummer Tourist fühle, richte ich meine Aufmerksamkeit auf unsere unbelebte Umgebung.

Die ungewöhnlichen Schaufenster um uns herum

strahlen holographische Anzeigen von lebensgroßen Supermodels auf den Bürgersteig und geben mir einen kleinen Einblick in die lokale Kultur. Offensichtlich besagt die unrealistische Erwartung der Modeindustrie von Gomorrha, dass ein weiblicher Ork etwa die Größe eines Linebackers haben muss, während die Modelle für Elfen-Frauen sogar ihre magersüchtigsten menschlichen Pendants fettleibig erscheinen lassen.

Wir biegen um die Ecke, und ich starre auf eine Glaskonstruktion, von der ich denke, dass sie ein Parkhaus ist.

Wow. Das schäbigste Auto hier – ganz zu schweigen von denen auf der Straße – würde Vlads verstorbenen High-End-Tesla aussehen lassen wie eine dieser alten Kisten, die sie in Kuba fahren.

Bevor wir das Gelände betreten, nimmt der Wind zu, und der köstlichste Duft, den ich je gerochen habe, weht aus einem kleinen, glänzenden Fahrzeug, das wie eine gelandete fliegende Untertasse aussieht. Es muss die Version eines hiesigen Food Trucks sein.

»Ich hole euch etwas zu essen«, sagt Vlad, als er meinen Blick bemerkt.

»Danke«, sagt Felix.

Vlad geht auf das Gerät zu und tut etwas, was ich nicht erkennen kann.

Dann kommt er mit drei Paketen aus einer Art Papier zurück.

»Iss im Auto«, sagt er, als Felix ihm ein Paket aus den Händen reißt. »Gehen wir.«

Wir betreten die Glasstruktur, und Vlad geht

schnell zu einem der geparkten Autos hinauf, scheinbar zufällig. Ich verstehe nicht, was er zum Auto sagt, aber es muss ihm gefallen, denn es öffnet automatisch seine runden Türen.

Wir sitzen alle auf dem Rücksitz, also muss das Ding selbstständig fahren. Vlad befiehlt »Entzugseinrichtung«, und das Auto schließt die Türen und fährt aus dem Gebäude heraus.

Die Straßen, auf denen wir entlangfahren, wimmeln von mehr Arten von Cogniti in schrägen Outfits, und mein früheres Gefühl, in einem futuristischen Fantasy-Film zu sein, verstärkt sich.

Und das nachts. Wie NYC scheint diese Stadt nie zu schlafen. Sogar der Times Square ist um diese Zeit nicht so überfüllt. Tagsüber müssen sich die Menschen hier stapeln.

»Probier das Essen«, sagt Felix und öffnet seinen Leckerbissen.

Vlad reicht mir und Ariel die beiden restlichen Pakete, und ich probiere meines, während sich Ariel ihres roboterartig in den Mund stopft.

Lecker. Obwohl das Essen eine Teigtasche ist, die einem Knish oder einer Pirogge ähnelt, erinnert der konzentrierte würzige Geschmack an meine japanischen Lieblingsumamigerichte – alle zu einem zusammengerollt.

Tatsächlich ist das Essen so gut, dass ich unsere Umgebung kurzzeitig vergesse – aber nur kurz, weil wir nach einem Augenblick in eine so wunderschöne Gegend fahren, dass ich weiter herumstarre.

Das, was ihr von der Erde am nächsten kommt, könnten die Gardens by the Bay in Singapur sein, nur ist das hier viel größer und mit einer Reihe von Wolkenkratzern, die mit Pflanzen überzogen sind und im Nachthimmel verschwinden.

Ich behalte im Hinterkopf, dass ich tagsüber hierher zurückkommen muss; es muss dann noch majestätischer sein.

Wir gleiten auf einen Parkplatz neben dem grünsten der Gebäude und verlassen das Auto.

Als Vlad uns hineinführt, bin ich so abgelenkt von allem, dass Felix mich an der Hand hinterherziehen muss.

»Gleich fliegt dir etwas in deinen Mund«, meint er zu mir.

Ich schließe meinen weit geöffneten Mund, nur um kurz darauf meinen Kiefer wieder fallen zu lassen.

Wenn dies die Entzugseinrichtung ist, sollte ich vielleicht auch eine Sucht entwickeln.

Wenn ein Spa ein Kind mit einem ausgefallenen Resort hätte und es auf die Größe eines Themenparks gewachsen wäre, könnte das Ergebnis wie diese Einrichtung aussehen.

Trotz der späten Stunde wimmelt es auch hier von Menschen. Ich kann die Patienten nicht vom Personal unterscheiden; es gibt alle Arten von Cogniti, die sich miteinander vermischen und ein Comic-Con-Gefühl erzeugen.

»Wartet hier«, sagt Vlad und führt Ariel fort.

»Wir hätten uns verabschieden sollen«, sage ich zu

Felix, als mein Schuldgefühl sich niederträchtig zurückmeldet.

»Das ist in Ordnung. Sie ist nicht sie selbst«, sagt Felix und schaut sich abgelenkt um.

»Stimmt. Übrigens, wie sollen wir Ariels Aufenthalt hier bezahlen? Dieser Ort sieht teuer aus.«

»Hier auf Gomorrha gibt es ein universelles Gesundheitssystem«, sagt Felix und sucht immer noch nach etwas. »Alles, was mit Gesundheit zu tun hat, ist kostenlos, auch für Cogniti wie uns, die nur zu Besuch sind.«

»Cool«, sage ich. »Haben sie hier auch Heiler, wie Isis? Ich dachte, man verliert seine Macht, wenn man bleibt.«

»Ich glaube, sie werben einige als Besucher an«, sagt er, und sein Kopf schwenkt von einer Seite zur anderen. »Die Cogniti mit praktischen Fähigkeiten, insbesondere die Heiler, sind hier sehr gefragt, da sie bei schwierigen Fällen helfen können, die selbst die modernste Technologie noch nicht heilen kann.«

»Suchst du jemanden?«, frage ich, als ich seine Zwangshandlung nicht mehr ertragen kann.

Er blickt entschuldigend zu mir zurück und seufzt. »Ich habe eine alte Freundin, die hier arbeitet. Ich hatte gehofft, sie zu treffen und sie zu bitten, ein Auge auf Ariel zu haben.«

»Gibt es hier keine Anmeldung, oder eine andere Möglichkeit, deine Freundin zu finden?«

»Dafür müsste ich dich allein lassen«, sagt er.

»Ich komme schon klar.«

»Wenn du dir sicher bist …«

»Ich bin mir sicher.«

»Dann bin ich gleich wieder da.« Er eilt in die gleiche Richtung wie Vlad und Ariel.

Ich fahre für ein paar Minuten mit dem Gestarre fort, bis sich mir eine Frau mit einem breiten Lächeln auf dem Gesicht nähert.

Ich kenne sie, wird mir schockiert klar.

Sie ist Ratsmitglied Kit – die hinterhältige Formenwechslerin, die sich bei meinem Jubiläum in Nero verwandelt und versucht hat, mich zu verführen.

»Sasha«, sagt sie in ihrer unverwechselbaren Anime-Stimme. »Das ist ja aufregend. Ich wusste nicht, dass du auch hier bist.« Sie schlägt entweder ihre kleinen Handflächen zusammen oder reibt sie wie ein Überbösewicht; ich kann nicht sagen, was. »Was ist *dein* Laster?«

»Ich bin nur hier, um einen Freund zu begleiten«, sage ich, als ich meine Sprache wiederfinde. »Was ist mit dir?«

Meine Vermutung ist die Sucht nach Hotdogs aus Dackelwelpen, aber das sage ich nicht laut.

»Glaub es oder nicht, ich bin sexsüchtig«, sagt Kit und sieht düster aus – ein Ausdruck, der auf ihrem winzigen, lebhaften Gesicht fehl am Platz aussieht.

»Das hätte ich nie gedacht«, lüge ich. »Du und sexsüchtig? Unglaublich.«

Abgesehen von der Nummer mit mir habe ich sie auch dabei erwischt, wie sie den gleichen Trick bei Darian probiert hat – und damals hatte sie sich in mich verwandelt, um zu bekommen, was sie wollte. Also kann ich nicht nur leicht glauben, dass sie sexsüchtig ist, ich denke auch, dass sie darüber hinaus einige Fetische hat – aber hey, leben und leben lassen.

»Und doch bin ich hier«, sagt sie, und ich gratuliere mir selbst dazu, wie gut ich im Lügen bin. »Ich weise mich selbst in diese Einrichtung ein, wenn mein Zustand ein wenig außer Kontrolle gerät.«

Wow, okay. Wenn die beiden Episoden, die ich gesehen habe, ihre Normalität sind, will ich nicht wissen, wie es ist, wenn sie »außer Kontrolle« gerät.

»Also, wer ist der Freund, den du begleitest?«, fragt Kit. »Ist es Felix?« Sie lässt sich wie er aussehen. »Oder ist es die köstliche …«

»Sasha«, sagt Vlad von hinten, und ich zucke zusammen. »Wo ist Felix?«

»Er hat eine Freundin, die hier arbeitet«, sage ich und wende mich zu Vlad.

Was zum Teufel …?

Vlad schaut Kit an, als wäre er bereit, ihr den Kopf abzureißen – etwas, was ich mir jetzt nur allzu leicht bildlich vorstellen kann.

Ich drehe mich um und sehe, warum. Kit lässt sich selbst wie Rose aussehen, aber mit Mitte zwanzig – oder zumindest so, wie ich mir Rose in diesem Alter immer vorgestellt habe.

»Ratsmitglied«, sagt Kit mit ihrer eigenen Stimme.

»Kit.« Vlad entspannt seine Fäuste. »Unverbesserlich wie immer.«

»Hallo«, sagt Felix und betrachtet Kits Junge-Rose-

Erscheinung verwirrt, als er sich nähert. »Haben wir uns schon mal getroffen?«

»Wir haben uns beim Jubiläum getroffen.« Kit verwandelt sich zurück in sich selbst und leckt sich lüstern die Lippen. »Du bist Felix, richtig?« Sie betrachtet Felix und Vlads identische *Matrix*-T-Shirts. »Spielt ihr beide, Zwillinge zu sein? Weil das ein Spiel ist, das ich …«

»Es tut mir leid, Ratsmitglied«, sagt Vlad, als sie ihr Oberteil in eine dritte Version von Felix' Lieblingsoberteil verwandelt. »Wir haben es eilig.«

Ohne uns einen weiteren Blick auf Kit werfen zu lassen, treibt Vlad uns aus dem Gebäude heraus, ohne das flotte Tempo zu verlangsamen, bis wir in ein anderes futuristisches Auto steigen.

»Haben wir Zeit, uns ein wenig Gomorrha anzuschauen?«, frage ich, sobald wir losfahren. »Dieser Ort ist unglaublich.«

Felix räuspert sich. »Hast du das Computerprojekt vergessen, das ich versprochen habe für dich zu Hause zu erledigen? Ich dachte, du hättest es eilig damit.«

Er hat recht.

Nero könnte das Gerät in seiner Tasche entdecken, und nicht nur, dass wir dann keine Chance hätten, ihn zu hacken, es könnte auch Konsequenzen für Felix haben.

»Egal«, sage ich schnell. »Konntest du mit deiner Freundin reden?«

»Ja«, sagt Felix und sieht erleichtert aus. »Sie hat

versprochen, sich um Ariel zu kümmern. Sie ist eine Traumwandlerin, also sollte es wirklich helfen.«

Vlad scheint davon beeindruckt zu sein, also frage ich: »Was ist eine Traumwandlerin, und wie behält sie ihre Macht, wenn sie an diesem Ort arbeitet?«

»Traumwandler können in die Träume anderer Menschen eindringen und sogar kontrollieren, was passiert – so wie in *Inception*, nur cooler«, sagt Felix. »Es ist eine seltene, sehr praktische Kraft, und ich glaube, sie hält sie mit häufigen Reisen in andere Welten aufrecht.«

Ich nicke nachdenklich. »Weißt du, das könnte Ariel bei diesen Alpträumen helfen, die sie nie zugibt.«

Sowohl Felix als auch ich haben Ariel im Schlaf schreien hören, aber sie behauptete am nächsten Tag immer, sich an nichts zu erinnern – und vielleicht tut sie das auch nicht, aber ich bezweifele es.

»Nicht nur bei Alpträumen«, sagt Felix. »Meine Freundin hat einen Haufen Therapien entwickelt. Sie ist sehr gefragt. Zum Glück sind wir schon sehr lange befreundet.«

»Klingt toll«, antworte ich. »Es gibt nur eine Sache, um die ich mir noch Sorgen mache – Vampire auf Entzug.«

»Darum habe ich mich gekümmert«, sagt Vlad, und Felix und ich schauen ihn beide an und warten darauf, dass er uns mehr erzählt.

Das tut er nicht.

»Hoffen wir einfach, dass Ariel sich von Kit fernhält«, sage ich nach einer unangenehmen Stille.

Niemand antwortet darauf, also setze ich mein Herumstarren bis zum Torgebäude fort.

Auf der Rückfahrt von JFK reden Vlad und Felix wieder auf Russisch, und ich schlafe ein.

Als wir nach Hause zurückkehren, schnappt sich Rose Vlad, und sie rennen mit der ganzen Begeisterung junger Liebender, die ein Jahr getrennt waren, in ihre Wohnung zurück.

»Du bist gegangen, ohne mit mir zu reden. Rose hat mir etwas von dem erzählt, was passiert ist«, sagt Fluffster mürrisch, als wir das jetzt fleckenlose Wohnzimmer betreten – wahrscheinlich mit freundlichen Grüßen von Rose. »Du hättest mich aufwecken sollen.«

»Geh an deinen Computer und hacke Nero«, sage ich Felix. Zu Fluffster sage ich: »Ich werde dir jetzt alles erzählen.«

Das Chinchilla sieht beschwichtigt aus, also beginne ich mit meiner Geschichte, während Felix geht und kurz darauf mit seinem Laptop zurückkehrt, sich dann auf das Sofa plumpsen lässt und anfängt, auf die Tastatur zu hauen.

»Also das Passwort *ist* dein Name«, ruft er aus, als ich meine Geschichte beendet habe.

Fluffster und ich sehen ihn an. Als er auf etwas auf seinem Bildschirm starrt, werden seine Augen größer, und die Monobraue schwingt hin und her, wie eine betrunkene Raupe.

»Was ist los?«, frage ich und setze mich neben ihn. »Was hast du gefunden?«

»Es ist eines dieser Dinge, die man sehen muss, um sie zu glauben«, sagt er und reicht mir ehrfürchtig den Laptop.

Ich starre auf den Bildschirm.

Es gibt eine Reihe von Dokumenten, die von einer Papierversion eingescannt worden zu sein scheinen. Da muss Neros Besessenheit mit dem papierlosen Büro wieder zugeschlagen haben.

Als ich jedoch das allererste dieser Dokumente näher betrachte, starre ich es ungläubig an.

Was *ist* das?

Mein Gehirn fühlt sich wie ein Computer aus Fleisch an, der gleich abstürzt.

KAPITEL 42

DAS IST mein Zeugnis aus der ersten Klasse.

Meine Ergebnisse waren perfekt, bis auf ein einsames B in »Teilnahme und Verhalten«. B steht für »Befriedigend« oder für »meine Lehrerin ist so ein ›Biest‹, weil sie diese Note wegen einiger harmloser Streiche gesenkt hat«.

Wieso hat Nero es, und warum?

Sogar meine Mutter, eine Hamsterin von sentimentalem Müll, besitzt meine Zeugnisse von vor der Mittelstufe nicht.

Verwirrt schließe ich das Zeugnis und wähle eine andere Datei nach dem Zufallsprinzip aus.

Das ist etwas, was meine Mutter *hat*. Es ist ein Bild von meinem Schulabschluss, wo ich vorgab, ein unschuldiger Engel zu sein, der ich nicht war.

Nochmal – warum hat Nero das? Dieses Bild könnte der Öffentlichkeit aus dem Schularchiv oder Ähnlichem zur Verfügung stehen, so dass es nicht so seltsam ist, dass Nero an eine Kopie gekommen ist, aber es ist trotzdem ziemlich seltsam.

Als Nächstes kommt ein Aufsatz, den ich in der zehnten Klasse in Englisch geschrieben habe. Ich musste jemanden auswählen, den ich bewundere, und es war eine schwierige Wahl zwischen Houdini und Criss Angel. Ich entschied mich für Houdini, da er der Berühmtere der beiden war und weil ich in meinem Essay nicht Dinge wie »Ich sabbere, wenn ich ihn im Fernsehen sehe« sagen wollte.

Woher hat Nero eine Kopie davon und zu welchem Zweck? Ich weiß, dass Hedgefonds Hintergrundüberprüfungen bei potenziellen Mitarbeitern durchführen, aber das ist ein Maß an Gründlichkeit, das die Grenze zu gruselig überschreitet und weit hinter sich lässt.

Dann schaue ich mir das Nächste auf dem Bildschirm an und merke, dass der gruselige Teil gerade erst anfängt.

Dies ist ein Brief der Columbia University an das Upper East Penthouse von Nero.

In dem Brief bedankt man sich bei Nero Gorin für seine großzügige Spende, will noch einmal sichergehen, dass er wirklich nicht will, dass das Gebäude nach ihm benannt wird, und informiert ihn, dass Sasha Urban gemäß seiner Anfrage angenommen wurde.

Was zum …?

Ich hebe meine Augen an und begegne Felix' Blick.

Er sieht so verstört aus wie ich mich fühle.

Nero hat mich an die Columbia gebracht?

Warum?

Woher wusste er damals überhaupt von mir?

Und … ich wurde nicht wegen meiner eigenen Leistungen angenommen? Meine Noten waren fantastisch. Ich war so stolz, als sie mich akzeptierten. Wurde ich die ganze Zeit über meine Fähigkeiten getäuscht?

Ich blinzele ein paarmal und versuche zu verstehen, warum Nero so etwas tun würde, aber alles, was mir einfällt, ist, dass das hier offensichtlich viel mehr ist als eine Hintergrundüberprüfung.

Es sieht eher danach aus, jemanden vorzeitig auf eine bestimmte Rolle vorzubereiten.

Aber das ist verrückt.

Ja, Nero ist ein Kontrollfreak, aber die Ausbildung eines zukünftigen Dieners persönlich zu überwachen ist nichts, von dem ich je gehört habe – vor allem nicht ohne Bedingungen.

Mit einem entsetzlichen Gefühl über das, was ich als Nächstes finden könnte, minimiere ich den Spendenbrief und öffne ein anderes Bild.

Dieses hier scheint nicht zu den anderen zu passen.

Es ist ein Bild von einem Mann, der ein Mädchen küsst. Ein sehr junges Mädchen, ein Teenager.

Denkt Nero, dass ich dieses Mädchen bin?

Weil ich es nicht bin.

Außer Criss Angel wollte ich in diesem Alter nie einen älteren Mann küssen, geschweige denn, dass ich so etwas getan hätte.

Dann erkenne ich den Mann.

Es ist der Polizist, der mich auf einer Party erwischt hat, auf der ich an meinem ersten Jahr auf der Columbia war.

Er erwischte mich dabei, wie ich den einzigen Joint hielt, den ich jemals während meiner College-Karriere geraucht habe, nahm mich mit aufs Revier und schüchterte mich ein, indem er mir androhte, mit einer Verhaftung meine bislang weiße Weste zu beschmutzen.

Moment mal.

Diese Episode hat für mich nie ganz einen Sinn ergeben, denn nachdem sich der Polizist die Mühe gemacht hatte, mich zum Revier zu bringen und mich stundenlang dort festzuhalten, ließ er mich auf mysteriöse Weise mit einer Verwarnung gehen.

Er hat nicht versucht, mit mir zu flirten oder etwas in der Art zu unternehmen, sondern murmelte einfach etwas darüber, keine Steuergelder für unwichtige Dinge wie mich zu verschwenden – weshalb ich mich frage, warum er sich überhaupt die Mühe gemacht hatte, mich dorthin zu schleppen.

War mein Glück auf dieses Bild zurückzuführen?

Hatte Nero mit Hilfe von Erpressung eingegriffen?

Er hat gutes Geld gezahlt, um mich an die Columbia zu bringen – eine Tatsache, die ich immer noch nicht verarbeitet habe –, also habe ich Glück gehabt, dass er sich danach um diese Investition kümmerte.

Aber wie?

Er hätte das Foto vor meinen Problemen haben müssen – oder es extrem schnell auftreiben müssen.

Er hätte auch wissen müssen, dass ich in Schwierigkeiten geraten werden würde, was bedeutet, dass er mich zu diesem Zeitpunkt beobachtet hatte – ein Gedanke, der bei all diesen neuen Enthüllungen logisch, aber extrem beunruhigend ist.

Ist es möglich, dass Nero Erpressungsmaterial über alle Polizisten in der Stadt aufbewahrt? Oder kennt er einfach eine düstere Person, die das tut?

Apropos, hat er auch Erpressungsmaterial über Personalabteilungen in den ganzen USA? Hat er mich so davon abgehalten, einen neuen Job zu bekommen?

Aber warum nicht den Polizisten bezirzen? Hatte Nero in dieser Nacht keinen Vampir zur Hand? Bezirzen hätte genauso gut funktioniert, es sei denn, der Polizist wäre einer der Cogniti.

Nun, wie dem auch sei, ich hoffe, dass Nero bei seiner Erpressung nicht nur verlangt hat, mich gehen zu lassen, sondern dass der Kerl auch danach seine gierigen Hände von allem, was jünger als achtzehn Jahre alt ist, fernhielt.

Ich minimiere das Polizeibild und betrachte noch ein paar weitere Dokumente.

Das ist mein Mietvertrag – okay. Ihm gehört das Gebäude, in dem wir leben.

Es gibt einen Scan meiner Unterlagen der Führerscheinstelle – gruselig.

Dann sehe ich eine andere Datei voller Text, also fange ich an, sie anzuschauen.

Dies ist ein privates Gespräch mit Ariel, das jemand aufgeschrieben hat.

Oh ja. Ich hatte es fast vergessen. Nero hat mich mit dem Firmentelefon ausspioniert – und das muss eine der Millionen daraus resultierenden Dateien sein.

Da ich nun weniger Dokumente auf dem Bildschirm habe, kann ich den zugrunde liegenden Ordner erkennen.

Er heißt »Sasha« und ist wie das Passwort in kyrillischen Buchstaben geschrieben.

Ich klicke zufällig auf eine Datei in diesem Ordner.

Es ist eine Kopie der Notizen des Therapeuten meiner Mutter. An diesem bestimmten Tag hatte Mama kurz nach ihrer Scheidung ihre Gefühle darüber besprochen, Verabredungen mit Männern zu haben.

Meine Brust wird enger. Er hat meine *Eltern* ausspioniert?

Obwohl ich versucht bin, die Notizen zu lesen, schließe ich die Datei. Meine Mutter verdient ihre Privatsphäre – ein Konzept, das Nero eindeutig fremd ist.

Warum sollte er das haben wollen?

Was ist mit ihm los?

Verzweifelt durchsuche ich den Ordner nach etwas noch Schlimmerem.

Es gibt eine Videodatei.

Ich spiele sie ab.

Es zeigt mich, wie ich in der Nacht, in der ich in dem Restaurant, in dem ich gearbeitet habe, Darian kennengelernt habe, einen Dollar vor seiner Nase schweben lasse.

Es sieht so aus, als hätte Nero auch meinen magischen Auftritt beobachtet.

Das nächste Video ist zunächst ganz neblig, dann zoomt die Kamera hinein, und ich sehe, wie ich Nero inmitten eines tiefen Nebels küsse.

Mein Gesicht brennt.

Das ist die Aufnahme von mir, wie ich Kit an diesem Abend meiner Initiation geküsst habe – was bedeutet, dass Nero weiß, dass ich ihn geküsst habe.

Nun, nicht *ihn*, sondern eine Sexsüchtige, die zufällig genauso aussah wie er.

Nach allem anderen sollte ich nicht ausgerechnet wegen dieser Sache so wütend sein. Wir *waren* in seinem Fonds, als das aufgenommen wurde. Aber ich fühle mich durch dieses Video verletzter als durch die meisten anderen Beweise für seine Spionage.

Warum sollte er von dem Kuss wissen, aber sich so verhalten, als täte er es nicht?

Andererseits *hat* er sich vielleicht so verhalten, als wüsste er es. Vielleicht heuert er immer Orks an, um Frauen anzugreifen, von denen er denkt, dass sie ihn küssen wollen.

Wütend schaue ich wieder Felix an.

Hat er das gesehen?

Er starrt mich an, und sein Gesicht ist nervtötend leer.

»Sag etwas«, verlange ich. »Sag mir, dass das für dich irgendeinen Sinn ergibt.«

»Es sieht so aus, als hätte er auf dich aufgepasst, seit du klein warst«, sagt Felix und blickt zu Fluffster, als ob er um Hilfe bitten würde. Als nichts kommt, fährt er fort. »Außerdem … spricht er Russisch.«

»Das tut er.« Ich lege den Laptop weg und massiere meine Schläfen.

»Und er hat dir geholfen«, sagt Felix, als ob da etwas bei mir klick machen sollte. Das tut es nicht. »Er hat auf dich aufgepasst«, fährt er fort. »Er hat dich beschützt.«

»Dein Verständnis für das Offensichtliche ist großartig«, schnippe ich. »Erzähl mir etwas, das ich nicht weiß.«

»Wir wissen, dass mindestens ein Elternteil von dir russisch ist.« Sein Tonfall ist äußerst geduldig, auch wenn die rechte Seite seiner Monobraue weiter nach oben gezogen ist, als ich es je gesehen habe.

»Nein.« Ich höre auf, meine Schläfen zu massieren und starre Felix mit einem so weit aufgerissenen Mund an, dass mein Kiefer schmerzt. »Du kannst es nicht ernsthaft meinen, was ich denke, was du sagst.«

»Es ist möglich«, sagt Felix und schaut Fluffster nach Unterstützung suchend an – wieder erfolglos.

»Nein«, sage ich. »Es ist *nicht* möglich.«

»Wovon redet ihr beide?«, fragt Fluffster in Gedanken. »Ich kann euch überhaupt nicht folgen.«

»Könnte Nero Sashas Vater sein?«, spricht Felix den Gedanken aus.

»Mein Vater?« Ich springe auf die Beine, ohne zu wissen, warum. »*Nero?*«

Meine Beine tragen mich zur Tür, während mein Herz unregelmäßig in meiner Brust schlägt.

Menschen- und Chinchillafüße folgen mir, aber ich ignoriere sie.

»Wohin gehst du?«, fragt Felix besorgt.

»In sein Büro.« Ich ziehe mir meine Stiefel über die Füße.

»Nero verlässt gerade sein Büro«, sagt Felix. »Ich habe die Kameras überprüft, bevor ich FELLATIO in seiner Tasche zerstört habe.«

»Dann gehe ich zu seinem Penthouse«, knirsche ich hervor, und bevor jemand antworten kann, bin ich aus der Tür.

Ich eile die Treppe hinunter, als ob ein Zombie mich verfolgt, laufe durch die Trümmer der Lobby und springe in das erste Taxi, das ich finde.

Während wir zur Upper East Side fahren, brauche ich meine ganze Übung mit dem meditativen Atmen, um mich genug zu beruhigen, um halbwegs zusammenhängende Gedanken zu formen.

Könnte Felix vielleicht recht haben?

Könnte Nero irgendwie mein Vater sein?

Ein großer Teil von mir will das nicht wahrhaben.

Würde ich das nicht wissen? Würde ich es nicht fühlen, wenn es so wäre?

Hätte ich nicht etwas gespürt, als wir uns das erste Mal trafen?

Nun, wenn ich ehrlich bin, habe ich etwas gespürt, als ich Nero zum ersten Mal traf – aber Lust ist das

Gegenteil von dem, was eine Tochter für ihren Vater empfinden sollte.

Ist es nicht so?

Mein Kopf fühlt sich an, als könnte er explodieren, also nehme ich ihn zwischen meine Handflächen.

Wenn sich das als wahr herausstellen würde, bedeutet das, dass ich wie Ödipus im griechischen Mythos dafür sorgen muss, dass ich erblinde? Oder …

Der Taxifahrer räuspert sich, und ich merke, dass wir bereits vor Neros schickem Gebäude stehen.

»Ich werde erwartet«, lüge ich den Wachmann an, als ich hereinstürme. »Mein Name ist Sasha, und ich bin hier, um mit Nero Gorin zu sprechen.«

Der übergewichtige Mann blättert eine Liste auf seinem Schreibtisch durch und sagt: »Sasha Urban?«

Ich blinzele ungläubig. »Ja.«

»Sie stehen auf der VIP-Liste«, sagt er. »Darf ich Ihren Ausweis sehen?«

In einem Nebel zeige ich dem Kerl meinen Führerschein, und er sagt mir, welcher Fahrstuhl mich zum Penthouse bringen wird.

Mein Herzschlag galoppiert, und mein Verstand ist den ganzen Weg bis zu Neros Wohnungstür leer.

Ich kanalisiere meine aufgewühlten Empfindungen und klopfe so fest an die Tür, dass meine Handfläche brennt.

Keine Antwort.

Ich ersteche die Türklingel mit meinem Finger.

Nada.

Ist er noch nicht zu Hause?

Oder beobachtet er mich durch eine versteckte Kamera und weigert sich, sich mir zu stellen?

»Ich gehe nicht ohne eine Erklärung«, schreie ich um der hypothetischen Kamera willen und ziehe die Dietriche aus meiner Zunge.

Neros ausgefallenes Schloss widersteht einige Sekunden länger als sonst, bis ich es besiege, aber ich besiege es.

»Sieht so aus, als ob das Einbrechen und unbefugte Betreten von Privatbesitz in dein schickes Dossier über mich wandern können«, sage ich zu Neros hypothetischen Abhörgeräten. »Ob du willst oder nicht, ich komme jetzt rein.«

KAPITEL 43

NIEMAND BEGRÜSST MICH, als ich eintrete, also betrachte ich meine Umgebung.

In Neros großem Foyer gibt es eine Art spartanischen Reichtum. Trotz der modernen Kunst an den Wänden verleihen die über fünf Meter hohen Decken dem Ort eine Atmosphäre wie in einer Kathedrale.

Ich fange an, wahllos in eine Richtung zu gehen.

Jedes der Möbelstücke, an denen ich vorbeikomme, sieht so aus, als würde es mehr als ein Jahrzehnt meines Gehalts kosten und als sei es von den besten Innenarchitekten handverlesen.

Ich folge meiner Intuition, als ich in den linken Flur biege und mich in einem Kunststudio wiederfinde.

»Also malst du doch«, flüstere ich den versteckten Mikrofonen zu, während ich auf die verschiedenen atemberaubenden Öl-auf-Leinwand-Landschaften starre.

Dann sehe ich es.

Mich.

Oder besser gesagt eine Zeichnung von mir – nur sehe ich im wirklichen Leben nicht so strahlend aus.

Ich stehe an einem weißen Sandstrand und trage einen knappen Badeanzug, den ich kurz nach dem College in den Ruhestand geschickt habe.

»Das ist von meiner Reise nach Grand Cayman«, sage ich. »Eine Reise, die ich gemacht habe, *bevor* wir uns das erste Mal getroffen haben.«

Keine Antwort aus den geheimen Lautsprechern oder Mikrofonen.

Ich betrachte das Bild genauer.

Die Detailarbeit, die der Künstler meinem Körper gewidmet hat, wäre nicht angemessen, wenn dieser Künstler mein Vater wäre. Ich habe auf dem Bild mindestens eine Körbchengröße mehr, und mein Taillen-Hüft-Verhältnis ist viel näher am Ideal als meine tatsächlichen Proportionen.

Das bin ich durch die Augen eines Mannes aus Fleisch und Blut mit einer Lustbrille, nicht eines Vaters.

Ich schüttele den Kopf, in der Hoffnung, ihn freizubekommen, und lasse mich von meiner Intuition weiter in die Tiefen des Penthouses führen, bis ich ein kleines Büro mit einem Hochsicherheitssafe im Inneren erreichte.

Selbst ohne meine Sehermacht ist mir klar, dass in diesem Safe etwas Wichtiges ist, also untersuche ich ihn eingehend.

Es gibt kein Schloss, das ich knacken kann, und leider habe ich mich noch nie mit dem Knacken von Safes als Teil einer Illusion beschäftigt.

Ich habe auch nichts über solche Hightech-Tresore gelesen.

Ich berühre den LCD-Bildschirm an der Tresortür.

Er leuchtet auf, und ein seltsames Alphabet erscheint.

Als ich ein verkehrtes »R« und »N« sehe, merke ich, dass ich wieder auf kyrillische Schrift schaue.

Interessant.

Das digitale Master-Passwort von Nero war mein Name auf Russisch. Würde er hier dasselbe verwenden?

Ich suche einen Buchstaben, der wie ein »c« aussieht, dann »a«, dann einen seltsamen Buchstaben, der mich an ein abgeflachtes »w« erinnert, und schließlich ein weiteres »a«.

Der Safe öffnet sich nicht, aber es gibt eine Leertaste auf dem Bildschirm, so dass das Passwort immer noch mein voller Name sein könnte.

Ich tippe das Leerzeichen und konzentriere mich auf das zweite Wort. Ein Y-ähnlicher Buchstabe, gefolgt von »p«, dann einer, der aussieht wie »6«, dann das »a« und schließlich derjenige, der aussieht wie ein großes H, das in einer kleinen Schrift geschrieben ist.

Der Safe piept.

Ich halte den Atem an und ziehe am Griff.

Die Tür geht auf.

In seinem Inneren gibt es einen Haufen Ordner,

aber meine Hände springen zu dem, auf dem »Саша Урбан« steht, mein Name auf Russisch.

Meine Hände zittern ein wenig, als ich den Ordner öffne.

Es ist ein vollgeschriebener, vergilbender Zettel darin, komplett auf Russisch.

Ich schaue mir das nächste Blatt an.

Ein weiteres altes Dokument in russischer Sprache.

Ich blättere die Seite um und finde ein weiteres altes russisches Dokument.

Was zum Teufel …?

Was hat das mit mir zu tun?

Ich nehme mein Telefon heraus, mache Fotos von den drei Blättern, schicke sie per E-Mail zu Felix und wähle seine Nummer.

»Sasha, wo bist du?«, sagt er, als er abnimmt. »Fluffster und ich sind …«

»Schau in deine E-Mails«, sage ich eilig.

Etwas in meiner Stimme muss wichtig klingen, denn ich höre, wie er etwas macht, bevor er einen schockierten Atemzug ausatmet.

»Felix?«

»Ich traue meinen Augen nicht.« Er klingt zu gleichen Teilen ehrfürchtig und verängstigt – eine Kombination, die mich beunruhigt. »Das ist unglaublich.« Er räuspert sich. »Ich weiß nicht einmal, was ich sagen soll.«

»Du findest besser Worte und zwar schnell.« Ich umgreife das Telefon fester.

»Eines ist eine russische Geburtsurkunde für ein

Mädchen namens Alexandra Rasputina«, rattert er heraus. »Das ›a‹ am Ende des Nachnamens macht es zur weiblichen Version des Nachnamens Rasputin. Und Alexandra ist natürlich die formale Version von Sasha. Das Geburtsdatum ist Dienstag, 31. Oktober 1916. Nur der Vater ist aufgeführt – Grigori Rasputin.«

»Du denkst, das ist meine Oma?«, frage ich mit zittriger Stimme. »Oder Mutter? Wurde ich nach ihr benannt?«

»Nein.« Felix klingt stark gedämpft. »Du verstehst es nicht. Lass mich dir etwas über den Rest der Dokumente erzählen.«

»Ja, hör auf, Zeit zu verschwenden.«

»Okay, aber das hier macht keinen Sinn, es sei denn, es ist eine Fälschung«, sagt er. »Es ist auf antiquiertem Russisch geschrieben, also könnte ich es falsch interpretieren, aber es scheint eine Reihe von Prophezeiungen von Rasputin zu sein.«

»Oh?«, sage ich, unsicher, was das mit mir zu tun hat, aber ich vertraue Felix, dass er es mir irgendwann sagt.

»Ja«, sagt er. »Es ist auch auf 1916 datiert und umfasst die hundert Jahre seit damals.«

»Was?« Ich schaue auf mein Telefon und überlege, ob ich Felix mit einem Videoanruf zurückrufen sollte, um zu sehen, ob er so verrückt aussieht, wie er klingt.

»Ich weiß. Er hat das alles vorhergesagt.« Er spricht schneller. »Die russische Revolution ein Jahr später. Der

Zweite Weltkrieg und die Nazis. Pearl Harbors genaues Datum und Uhrzeit. Sputnik und der erste Mensch im All – und auch auf dem Mond.« Er atmet laut ein. »Es zieht sich durch die ganze Geschichte – jeder Krieg, der Aufstieg und Fall von Großunternehmen mit bestimmten Daten und Aktienkursen, die Dotcom- und die Immobilienblasen, der 11. September und so weiter.«

»Dieses Dokument muss eine Fälschung sein«, sage ich, und mein Innerstes gefriert. »Etwas, das jemand kürzlich zusammengestellt hat. Ich kenne mehrere Methoden, wie man …«

»Das könnte sein«, sagt Felix. »Aber andererseits sagen Legenden, dass Rasputin ein mächtiger Seher war, also könnte er theoretisch eine Vision gehabt haben, die sogar eine so lange Zeitspanne abdeckt – obwohl er, deinen Erfahrungen nach zu urteilen, danach eine sehr lange Zeit, wenn nicht für immer, seine Seherfähigkeiten verloren haben muss.«

»Schön«, sage ich und bekämpfe den Schwindel, der mich überkommt, als ich mir vorstelle, hundert Jahre in einer Vision zu leben, wie es Rasputin getan haben müsste. »Was hat das mit mir zu tun? Bin ich der Höhepunkt einer seiner Prophezeiungen?«

»Hier kommt das dritte Dokument ins Spiel«, sagt Felix. »Dieses ist noch schwerer zu entziffern, weil es nicht nur auf antiquiertem Russisch, sondern auch in eine Art Juristensprache geschrieben ist.«

»Was steht drauf?«

»Ich werde versuchen, es so gut wie möglich zu

übersetzen«, sagt er. »Das ist noch viel schwerer zu glauben als das vorherige.«

»Ich werde dich umbringen, wenn du nicht sofort aufhörst, mich hinzuhalten«, knirsche ich durch meine zusammengebissenen Zähne. »Im Ernst.«

»Gut«, sagt Felix. »Es geht los.«

KAPITEL 44

ICH KLEMME das Telefon schmerzhaft gegen mein Ohr, weil ich keinesfalls auch nur ein einziges Wort verpassen möchte.

»Was folgt, ist ein Vertrag zwischen Grigori Rasputin und einem Mann, der fortan als Nero Gorin bekannt sein wird«, beginnt Felix.

»Was?« Ich starre auf die drei vergilbten Seiten, weil ich mir nicht sicher bin, welche er gerade übersetzt. Mein Verstand bleibt an einem zufälligen Leckerbissen hängen. »Hatte Nero davor einen anderen Namen?«

»Du hast Rose und Vlad gehört. Auch *sie* betrachten ihn als alt. Er muss im Laufe seines Lebens Tonnen von Identitäten gehabt haben«, sagt Felix. »Und jetzt lass mich weitermachen.«

»Tut mir leid«, sage ich. »Mach weiter.«

»Der erste Teil ist die Geheimhaltungsklausel«, sagt Felix. »Er ist voll von juristischem Fachjargon, aber ich denke, er besagt, dass die Parteien, die dieses Dokument unterschreiben, niemandem aus gar keinem Grund irgendwelche Details des Dokuments offenlegen dürfen. Es gibt außerdem eine Liste von Themen, von denen beide sich verpflichten, nicht darüber zu reden.«

»Darauf können wir später zurückkommen«, sage ich. »Geh zum nächsten Abschnitt – und der ist besser das Kernstück des Dokuments.«

»Die beiden Parteien tauschen Dienste aus«, sagt Felix mit einer Stimme, die ich in einem Gerichtssaal erwarten würde. »Grigori Rasputin wird Nero Gorin eine hundertjährige Prophezeiung geben, die Nero Gorin zum reichsten Cogniti macht, der jemals auf dem Otherland namens Erde gelebt hat.« Felix holt Luft. »Im Gegenzug soll sich Nero Gorin um Grigori Rasputins Tochter, Alexandra – fortan bekannt als Sasha – Rasputina kümmern, wenn sie zu Beginn des neuen Jahrtausends nach der örtlichen Zeitmessung auf dem Otherland namens Erde erscheint.«

Der Raum um mich herum dreht sich.

Obwohl Felix die Wörter ins Englische übersetzt hat, will mein Gehirn ihre Bedeutung nicht registrieren.

»Es gibt da noch mehr«, sagt Felix leise. »Nero Gorin soll sicherstellen, dass Sasha Rasputina von der Menschenfamilie Urban adoptiert und gut behandelt wird. Er soll auch ihre Ausbildung überwachen und ihren Übergang in die Erdengesellschaft erleichtern.«

»Nein.« Ich schüttele den Kopf. »Das kann nicht

wahr sein. Wie könnte ich vor über einem Jahrhundert geboren worden sein? Als meine Eltern mich fanden, war ich noch ein Kind.«

»Rasputin hätte dich in ein anderes Land bringen können, wo die Zeit sehr langsam vergeht«, sagt Felix. »Dann hätte er warten und dich zur Erde bringen können, nachdem Jahrzehnte vergangen waren. Welcher Gefahr er auch immer entkommen ist, bis dahin könnte sie sich beruhigt haben, oder vielleicht hatte er eine Vision, die ihm sagte, wann und wohin er dich bringen sollte.« Felix klingt nervtötend rational. »Das ergibt irgendwie Sinn. Deine Adoptiveltern fanden dich in JFK, in der Nähe des Drehkreuzes. Wovor Rasputin auch immer auf der Erde Angst hatte, er musste nur ein paar Minuten hierbleiben.«

Ich höre nicht mehr zu.

Wie ein heftiger Sturm verändert ein neues Paradigma alles, was ich je erlebt habe.

Alle Fakten passen jetzt.

Die russische Verbindung. Fluffsters letzter Besitzer. Ich wurde am Flughafen JFK zurückgelassen. Nero hat mich mein ganzes Leben lang im Auge behalten.

Als ich das erste Mal von Rasputin hörte, dachte ich, dass er ein Vorfahre von mir sein könnte, aber er ist so viel mehr.

Er ist mein *Vater*.

Könnte er noch am Leben sein? Wegen der Zeitdifferenzen zu anderen Otherlands und der längeren Lebensdauer der Cogniti ist das durchaus möglich.

Aber wenn ja, wo ist er dann? Warum hat er mich aufgegeben?

»Sasha?«, fragt Felix. »Bist du da?«

»Ich bin am Verarbeiten«, sage ich. »Es klingt, als hätte Nero alle Antworten. Wenn er meinen Vater gekannt hat, kannte er vielleicht auch meine Mutter. Er könnte mir vielleicht sagen, wo …«

»Ich fürchte, das ist nicht so einfach«, sagt Felix. »Wenn du mich bei dem Abschnitt mit der Geheimhaltungsklausel nicht unterbrochen hättest, hätte ich es dir gesagt. Nero kann überhaupt nicht mit dir über dein Erbe sprechen.«

»*Was?*« Ich kann kaum meinem Drang widerstehen, mein Handy gegen die Wand zu werfen.

»Atme, Sasha«, sagt Felix beruhigend. »Du hast heute viel erfahren. Ich denke nur …«

»Lass uns später reden«, sage ich. »Ich will Fotos von den anderen Dokumenten machen.«

»Warte mal … Woher hast du diese Dokumente?«

»Von der Quelle. Was hast du gedacht?«

»Du bist in Neros Wohnung, stimmt's?«, flüstert Felix.

»Und deshalb muss ich weitermachen«, sage ich. »Die Zeit könnte begrenzt sein und so.«

»Mr. Gorin, Sir, ich hatte nichts damit zu tun«, sagt Felix laut. »Als Sasha mich anrief, hatte ich keine Ahnung. Bitte töten Sie mich nicht …«

Ich lege auf und schaue mir das nächste Blatt Papier an.

Es sieht aus wie ein seltsamer Hybrid zwischen einer Karte und einem Mengendiagramm. Ich werde später herausfinden müssen, was es ist und was es mit mir zu tun hat.

Ich schaue mir das nächste Dokument an.

Es ist ein exaktes Duplikat meines Highschool-Abschlusses.

Ich schaue mir die nächsten an, und es stellt sich heraus, dass es alle Aufsätze, jedes Diplom und jedes Zertifikat ist, das ich je bekommen habe. Jemand hat sich bemüht, die Beweise zu erbringen, dass er seinen Teil der Abmachung einhält.

Ich blättere immer weiter durch die Papiere.

Neros Sammlung ist viel gründlicher als die meiner Mutter.

Das letzte Papier im Ordner ist der Arbeitsvertrag, den ich unterschrieben habe, als ich anfing, für Nero zu arbeiten.

Ich lache freudlos.

Mein dummer Job ist der Höhepunkt der Ereignisse, die seit über hundert Jahren im Gange sind.

Und Nero hat alles benutzt, um obszön reich zu werden.

Dann dämmert es mir.

Er versucht immer noch, reich zu bleiben.

Als sein hundertjähriger Spickzettel 2016 abgelaufen war, muss er sich entschieden haben, *mich,* die Tochter eines mächtigen Sehers, zu benutzen, um das Geld weiterfließen zu lassen.

Dieser Schuh passt Aschenputtel gut.

Ich schnappe mir den Ordner und starre auf meinen auf Russisch geschriebenen Namen.

Habe ich diese Sprache in meinen frühen Jahren gesprochen? Da die meisten Babys im Alter von einem Jahr anfangen zu reden, muss ich einen kleinen russischen Wortschatz gehabt haben, den ich jetzt vergessen habe. Es sei denn, meine Mutter sprach Englisch.

Ich weiß noch nichts über *sie*.

Dann trifft mich ein Gefühl von Déjà-vu.

Ich habe schon einmal genau an dieser Stelle gestanden und auf diesen Ordner gestarrt.

Natürlich.

Diese superkurze Vision, in der ich meinen Namen auf Russisch sah.

Damals ertönte ein Geräusch hinter mir.

Mein Herz springt bis in meinen Hals, und ich drehe mich um, als ich wieder das gleiche Geräusch höre.

Es war die Tür, die so hart aufgeschlagen wurde, dass sie fast aus den Angeln geflogen ist.

Mit einem Gesichtsausdruck, der eine Maske der Wut ist, betritt Nero den Raum.

KAPITEL 45

WIR SEHEN uns in die Augen.

Seine Wut verwandelt sich in Verwirrung.

Ich dagegen bemerke, dass er nur ein Handtuch trägt, und das Blut stürmt tückisch in mein Gesicht.

Das erklärt, warum er die Tür nicht geöffnet hat.

Er war unter der Dusche.

Hat sich eingeseift. Sich geschrubbt. Sich abgespült.

Ich schlucke.

Laut.

Es gibt kein Gramm Fett auf seinem breitschultrigen, einzigartig männlichen Körper. Jeder Muskel sieht aus wie aus einem festen Eisblock geschnitzt, und ich will plötzlich einen Eiszapfen lecken.

Nero seinerseits scheint genauso fassungslos zu sein, mich zu sehen, denn seine blau-grauen Augen wandern mit Unglauben und etwas anderem über mich.

Etwas beunruhigend Erhitztem.

Das heißt, bis sein Blick auf den Ordner fällt, den ich noch in der Hand halte.

Er beginnt, sich zu bewegen.

Zu schnell für meine Augen zieht er mir den Ordner aus den Händen, stopft ihn in den Safe und schließt ihn ab.

Ich weiche zurück, tiefer ins Büro, mein Mund wird trocken wie die Sahara.

Er hat während dieser Supergeschwindigkeitsaktion sein Handtuch verloren.

Heilige Scheiße. Gott sei Dank sind wir nicht verwandt. Obwohl ich sagen muss, selbst wenn er mein Cousin zweiten Grades wäre …

Nein, stop. Das ist Wahnsinn.

Ich zwinge meine wackeligen Gliedmaßen, sich zu bewegen, und schaue auf den Ausgang.

Er tritt vor mich und blockiert mir den Weg. »Wie viel hast du herausgefunden?« Er scheint seine mangelnde Bekleidung glorreich zu vergessen – aber ich definitiv nicht.

Ich schlucke erneut. *Eigentlich schlucke ich trocken.* »Alles. Ich weiß, wer ich bin – und alles über deine Einmischung und Spionage.«

Sein Kiefer spannt sich an. »Schön. Aber das ändert nichts.« Seine Stimme wird leiser und hypnotisch, seine Augen schauen in meine, als ob er versucht, meine Seele zu röntgen. »Ich hoffe, das ist dir klar.«

Ich befeuchte meine trockenen Lippen. »Es ändert alles.«

Sein Blick richtet sich auf meinen Mund und folgt aufmerksam der Bewegung meiner Zunge. »Wir haben einen Deal.« Seine Stimme ist leise und tief, als er mir unmöglich nahe kommt. »Du wirst für mich arbeiten, und du wirst mein Mentee bleiben.«

Ich nicke, und mein Atem bleibt mir im Hals stecken. Ich kann im Moment nicht diskutieren, weil ich zu sehr von der Reaktion in der Region abgelenkt bin, die vorher durch das Handtuch bedeckt war.

Eine sehr starke, sehr *große* Reaktion.

Das ist quasi eine Taktik unter der Gürtellinie.

Ich schaffe es irgendwie, mich an einen Funken Vernunft zu erinnern. »Ich sollte gehen. Ich werde … dich bei der Arbeit sehen.« Ich versuche, um ihn herumzugehen, aber das ist unmöglich.

Er nimmt den ganzen Raum ein, stiehlt die ganze Luft.

»Ja, das solltest du«, stimmt er leise zu, aber er bewegt sich nicht.

Mein Puls pocht in meinen Schläfen, und mein Gesicht fühlt sich an, als würde es gleich Blasen bilden, als sein Blick wieder auf meinen Mund fällt, so als ob er darauf wartet, dass ich meine Lippen noch einmal lecke.

Und ich bekämpfe den Drang, genau das zu tun.

Stattdessen sage ich: »Du hast einen Deal mit meinem Vater gemacht. Du solltest … dich um mich kümmern.«

Seine Nasenlöcher beben. Er beugt seinen Kopf nach unten und knurrt: »Ich weiß.«

Sein Gesicht ist jetzt direkt über meinem, und ich könnte seine Lippen berühren, wenn ich mich auf Zehenspitzen stellte, aber ich will weglaufen und schreien.

Oder den Abstand verringern.

Vielleicht beides zur gleichen Zeit, so unmöglich das auch sein mag.

Ich fühle mich, als wäre ich in zwei Hälften gerissen, von seinen Machenschaften abgestoßen und doch zu ihm hingezogen … ohne guten Grund.

Am schlimmsten ist, dass er, dem Puls an seinem Hals nach zu urteilen, an demselben Wahnsinn leidet.

Er beugt seinen Kopf um einen weiteren Bruchteil nach unten.

Meine Absätze lösen sich vom Boden.

Es ist, als hätten wir superstarke seltene Erdmagnete in unserem Mund, die uns zusammenziehen.

Ein Muskel tickt in seinem Kiefer, als sich seine Augen verdunkeln und seine Pupillen sich ausdehnen, bis sie sich mit seinem Limbus vermischen.

Unsere Lippen berühren sich fast. Ich spüre den warmen Hauch seines Atems und rieche den minzigen Duft nach Zahnpasta.

Das kann ich nicht.

Ich sollte nicht.

Und dann drücken sich meine Lippen auf seine, weil mein Körper sich auf Zehenspitzen stellt, während meine Arme sich um seinen Hals legen.

Seine Reaktion ist genauso heftig wie

augenblicklich. Seine mächtigen Arme schließen sich um mich und drücken mich gegen seinen stahlharten Körper. Sein Mund verschlingt mich, vertieft den Kuss, verstärkt ihn, und ich erwidere ihn atemlos und kanalisiere all meine Verwirrung, Wut und Frustration in die Bewegungen meiner Zunge.

Etwas Hartes drückt gegen meinen Bauch, und ich erzittere mit dem wachsenden Bedürfnis, meine verfluchte Abstinenz zu beenden. Die Achterbahn der Gefühle blendet mich, und der Wunsch, mir die Kleider vom Leib zu reißen, ist überwältigend. Diese dummen Dinge sind zwischen uns, und ich will, dass alle diese Hindernisse beseitigt werden.

Ein Knurren ertönt tief in seiner Kehle, seine Hände streifen mit zunehmendem Hunger über meinen Körper, und ein Schimmer von Vernunft erwacht irgendwo ganz hinten in meinem lustgetränkten Kopf.

Was mache ich hier?

Das ist Nero.

Mit einer Willenskraft, die Stahl verbiegen könnte, schiebe ich ihn weg – im gleichen Moment, in dem Nero mich gehen lässt.

Ich stolpere zurück, keuche und sehe, wie sich seine Brust in einem ähnlich schnellen Rhythmus bewegt.

»Geh«, knurrt er, und seine großen Hände ähneln plötzlich Krallen.

Was zum Teufel …?

Schmerzhafte Rückblenden der Orks erschüttern meinen Atem auf eine ganz neue Art und Weise.

Er tritt zur Seite, zittert sichtlich vor der Anstrengung, sich zurückzuhalten, und ich entkomme meiner lustvoll-panischen Lähmung.

Ich drehe mich auf dem Absatz um und flüchte erst aus dem Raum, dann aus der Wohnung, dann aus dem Gebäude.

———

DIE TAXIFAHRT nach Hause verläuft verschwommen, und ich erinnere mich kaum, wie ich es zu meiner Wohnung geschafft habe. Felix und Fluffster warten drinnen auf mich, aber ich ignoriere ihre Fragen, als ich ins Badezimmer eile, um kaltes Wasser auf mein brennendes Gesicht zu spritzen.

Nero hat mich geküsst.

Eigentlich habe ich *ihn* geküsst.

Was es bestätigt.

Ich bin definitiv verrückt.

Ich mache die Dusche an, stelle sie auf kalt, ziehe mich aus, trete unter den Strahl und zittere unter dem eiskalten Wasser, bis die unwillkommene Hitze in mir nur noch eine ferne Erinnerung ist.

Ich habe vielleicht gerade eine Menge Antworten bekommen, aber nichts davon ergibt wirklich Sinn – besonders nicht das Rätsel Nero.

Vielleicht bin ich einfach zu müde, um alles zu analysieren?

Ja, das ist es. Der erschütternde Kuss hat nichts damit zu tun.

Nach einer langen Nacht voller Schlaf werde ich sicher in der Lage sein, morgen alles ganz genau zu verstehen.

Frierend stolpere ich in mein Schlafzimmer und schließe die Tür ab, bevor ich mich auf mein Bett stürze und mich in meine Decke einwickele.

Ich werde jetzt schlafen. Traumlos, wenn ich Glück habe. Und morgen werde ich irgendwie die Kraft finden, Nero gegenüberzutreten.

Durch seinen Vertrag mit meinem Vater und meinem eigenen Deal mit ihm sind wir aneinandergebunden.

In guten wie in schlechten Zeiten.

Vielen Dank, dass Sie dieses Buch gelesen haben! Ich hoffe, Ihnen gefällt Sashas Geschichte! Ihre Abenteuer gehen weiter in *Kopfkino (Sasha Urban Serie: Buch 4)*. Um benachrichtigt zu werden, wenn es erscheint, besuchen Sie bitte www.dimazales.com/book-series/deutsch/ und registrieren Sie sich für meinen Newsletter.

Möchten Sie über meine Neuerscheinungen informiert werden? Melden Sie sich für meinen Newsletter auf www.dimazales.com/book-series/deutsch/ an!

Möchten Sie meine anderen Bücher lesen? Sie können wählen aus:

- *Gedankendimensionen* – die actionreichen Urban-Fantasy-Abenteuer von Darren, der die Zeit anhalten und Gedanken lesen kann.

- *Mensch++* – die spannende Science-Fiction-Geschichte von Mike Cohen, dessen neue Technologie unser Gehirn und die Welt verändern wird.
- *Die letzten Menschen* – die futuristische und dystopische Science-Fiction-Geschichte von Theo, der in einer Welt lebt, in der nichts so ist, wie es zu sein scheint …
- *Der Zaubercode* – die epischen Fantasy-Abenteuer des Zauberers Blaise und seiner Schöpfung, der schönen und mächtigen Gala.

Und jetzt blättern Sie bitte um, für einen spannenden Auszug aus *Mindmachines (Mensch++: Buch 1)*.

AUSZUG AUS MINDMACHINES

Mit Milliarden auf meinem Konto und meiner eigenen Risikokapitalgesellschaft bin ich der lebende amerikanische Traum. Mein einziges Problem? Nach einem Autounfall leidet meine Mutter an Gedächtnisproblemen.

Brainozyten, eine neue Technologie, die unser Gehirn verändern kann, könnten die Antwort auf alle meine Probleme sein – aber ich bin nicht der Einzige, der ihr Potenzial sieht.

Als ich in eine kriminelle Unterwelt gerate, die düsterer ist als alles, was ich mir jemals vorgestellt hätte, droht meine lebensrettende Technologie, mein Tod zu werden.

Mein Name ist Mike Cohen, und das ist die Geschichte, wie ich mehr als menschlich wurde.

———

»Ein Heilmittel gegen Demenz und Alzheimer?« Onkel Abes graue Augen funkeln vor Erregung, genau so, wie Mutters es oft tun.

»Es ist nicht wirklich ein Heilmittel«, erkläre ich im gleichen Moment, in dem Ada meint: »Es ist eher eine Behandlung der Symptome.«

»Wie niedlich«, sagt Abe auf Russisch. »Dein Mädchen beendet schon deine Sätze.«

So als würde sie Russisch verstehen, erhellt sich Adas Gesicht mit einem verschmitzten Grinsen.

»Wir sind nicht zusammen«, sage ich Onkel Abe auf Russisch.

»Noch nicht?« Er zwinkert mir wissend zu.

»Es ist nicht höflich, vor Ada Russisch zu sprechen«, erwidere ich auf Englisch.

»Das stört mich nicht«, meint Ada. Jetzt ist der Schatten ihres Lächelns nur noch in ihren Augenwinkeln zu sehen, und sie sieht aus wie eine punkige Version der Mona Lisa.

»Trotzdem tut es mir leid«, sagt ihr Onkel Abe, wobei sein Akzent die Buchstaben T und R weicher klingen lässt.

Während wir den Flur im Krankenhaus entlanggehen, übernimmt Ada die Führung. Sie ist eine typische New Yorkerin, immer unruhig und mehrere Dinge auf einmal erledigend. Ich schaue sie verstohlen von oben bis unten an, und meine Augen bleiben an dem hängen, das ich an ihr am liebsten mag – diese spezielle Stelle zwischen den Sohlen ihrer Doc Martens und den Spitzen ihrer stacheligen Haare.

Ada blickt über ihre Schulter, und ihre braunen Augen treffen einen Augenblick lang auf meine. Hat sie gerade gespürt, dass ich sie angestarrt habe? Bevor mir das peinlich sein kann, bleibt sie vor einer grauen Tür stehen und sagt: »Das ist das Zimmer.«

Wir drei treten ein.

Im Gegensatz zu meinem Traum ist es kein OP. Es ist ein geräumiger Raum mit großen Fenstern und fröhlich blühenden Blumen auf den Fensterbänken. Auf den ersten Blick erinnert er mich an mein stylishes Loft in Brooklyn – wenn der feuchte Traum eines verrückten Wissenschaftlers die Inspiration für die Inneneinrichtung gewesen wäre.

Angestellte von Techno, meinem Portfolio-Unternehmen, das die Behandlung entwickelt hat, warten bereits im Hintergrund. Meine Mutter sitzt mit einem weißen Krankenhauskittel bekleidet auf einem OP-Stuhl, und eine Unmenge von Kabeln verbindet sie mit unzähligen hochmodernen Überwachungsapparaten. Ihre Aufmachung wird durch ein Headset vervollständigt, das aussieht, als käme es direkt aus dem alten Film *Die totale Erinnerung – Total Recall*. Das muss die »neueste Entwicklung in der tragbaren neuronalen Scantechnologie« sein, die J. C., der Vorsitzende von Techno, mir gegenüber erwähnt hat. Ich nehme mir vor, ihn *tragbar* definieren zu lassen.

Aus der hintersten Ecke des Raumes höre ich ein

»Hallo«. Die Person, die spricht, muss hinter der Wand aus Servern und riesigen Monitoren versteckt sein. Die anderen Angestellten von Techno arbeiten schweigend, auch wenn ich nicht weiß, ob sie nicht gehört haben, dass ich eingetreten bin, oder ob sie sich einfach gerade unsozial verhalten.

Es würde so einigen Mitarbeitern von Techno nicht schaden, an ihren sozialen Kompetenzen zu arbeiten. Ein Psychiater würde einige von ihnen vielleicht sogar als leichte Autisten abstempeln. Ich persönlich finde solche Stempel lächerlich. Psychiatrie kann manchmal genauso wissenschaftlich und hilfreich wie Astrologie sein – an die ich, nur um keine Zweifel aufkommen zu lassen, nicht glaube. Ein Psychiater in der High-School wollte mich auch zum Autisten erklären, weil ich »zu wenig Freunde« hatte. Er hätte auch genauso leicht zu dem Entschluss kommen können, dass ich Tourette hätte, nachdem ich ihm gesagt hatte, wohin er sich seine Diagnose stecken könne. Aber vielleicht bin ich auch nur deshalb schlecht auf Psychiatrie und Neuropsychologie zu sprechen, weil sie so wenig für meine Mutter getan haben. Eigentlich ist das einzig Gute, was ich über Psychiatrie sagen kann, dass die Lobotomie nicht länger als Behandlung benutzt wird.

Ich schaue mich im Raum nach J. C. um. Ich kann ihn nirgendwo finden, also muss er sich in einem ähnlichen Raum mit einem anderen Teilnehmer der Studie befinden.

Meine Mutter dreht ihren Kopf zu uns, was sie offensichtlich trotz ihrer Kopfbedeckung noch kann.

Mein Herz zieht sich vor Angst zusammen, so wie immer, wenn meine Mutter und ich uns nach mehr als einem Tag Trennung wiedersehen. Wegen des Unfalls, der das Gehirn meiner Mutter beschädigt hat, ist es möglich, dass sie mich eines Tages ansehen, aber nicht erkennen wird.

Heute erkennt sie mich definitiv, da sie mir eines ihrer Lächeln schenkt, bei denen ihre Grübchen zum Vorschein kommen – ein Lächeln, das wir gemeinsam haben. »Hallo kleiner Fisch«, sagt sie auf Russisch. Dann blickt sie ihren Bruder an. »Abrashkin, Hase, wie geht es dir?«

»Meine Mutter hat gerade nicht übersetzbare russische Tiernamen für uns benutzt«, flüstere ich Ada laut zu und winke den immer noch nicht interessierten Mitarbeitern im Hintergrund zur Begrüßung zu.

Meine Mutter schaut Ada an, ohne sie zu erkennen, und ich seufze innerlich. Sie sind sich schon zweimal begegnet.

»Wer ist dieser Junge?«, fragt mich meine Mutter auf Englisch. »Ist er ein Praktikant bei Techno?«

»Sie ist kein Junge, und ihr Name ist Ada«, antworte ich und versuche angestrengt, mich nicht so anzuhören, als würde ich mit jemandem reden, der eine Behinderung hat, da mir meine Mutter das sehr übel nehmen würde. »Sie ist keine Praktikantin, sondern eine derjenigen, die diese Nanozyten programmiert haben, die dir helfen werden.«

»Es freut mich, Sie kennenzulernen, Nina

Davydovna«, sagt Ada, so als hätte sie das nicht schon mehrmals getan.

Meine Mutter zieht ihre Augenbrauen in die Höhe, entweder wegen des kindlichen Klangs Adas glockenheller Stimme, oder weil Ada den russischen Vatersnamen richtig benutzt hat. Sie erholt sich allerdings schnell, genau wie das letzte Mal, und sagt, ebenfalls genau wie das letzte Mal: »Nennen Sie mich Nina.«

»Gerne. Danke, Nina«, erwidert Ada.

Mir wird klar, dass Ada meine Mutter absichtlich so förmlich anspricht, um ihren Stress zu lindern, und ich nicke Ada dankbar zu. Natürlich hätte Ada, wenn sie gewollt hätte, auch noch weitergehen und andere Kleidung tragen oder ihre Frisur verändern können, um die Verwirrung meiner Mutter über Adas Geschlecht zu verhindern. Aber die Verwirrung meiner Mutter könnte genauso gut auf ihren Zustand zurückzuführen sein, da Ada für mich trotz der Lederjacke und des schwarzen Kapuzenpullis die personifizierte Weiblichkeit ist.

»Ist sie seine Freundin?«, fragt meine Mutter Onkel Abe verschwörerisch auf Russisch. »Bin ich ihr schon begegnet?«

»Ich bin mir nicht sicher, Schwesterherz«, antwortet Onkel Abe. »So wie er sie ansieht, vermute ich, dass es nur eine Frage der Zeit ist, bis sie zusammen sind.«

»Ach ja?« Meine Mutter lacht. »Denkst du, dass sie Jüdin ist?«

Blut rauscht in meine Wangen, und das nicht nur wegen dieses »Jüdin oder nicht«-Dings. Das ist etwas, was für meine Mutter erst nach dem Unfall wichtig geworden ist – außer natürlich, es hat ihr schon immer etwas bedeutet, aber sie hat erst angefangen, es anzusprechen, nachdem die Gehirnschädigung ihre Hemmungen etwas abgebaut hat. Meine Großeltern haben viel über derartige Dinge gesprochen und sind sogar so weit gegangen, die Situation mit meinem Vater der Tatsache zuzuschreiben, dass er kein Jude war – etwas, was ich als umgekehrten Antisemitismus ansehe.

Das ist bedauernswert, aber ihre Einstellung wurde damals in der Sowjetunion geprägt, in der Juden als ethnische Gruppe angesehen wurden, was ihre Diskriminierung auf Regierungsebene rechtfertigte. Da die ethnische Zugehörigkeit in der berühmten fünften Spalte aller Pässe angegeben werden musste, war Diskriminierung normal und unvermeidbar. Meine Mutter wurde von den ersten Universitäten, an denen sie sich bewarb, abgelehnt, weil diese ihre »3-Juden-Quote« bereits erreicht hatten. Sie hatte es außerdem schwer, einen Job in den Ingenieurswissenschaften zu finden, bis mein Vater ihr geholfen hatte, um sie später sexuell zu belästigen und sie dann zu verlassen, so dass sie mich allein aufziehen musste. Diese negative Einstellung hatte sogar Auswirkungen auf mich, bevor wir wegzogen. Als meine Klassenkameraden in der siebten Klasse aus der Schülerzeitung von meinem

Glauben erfuhren, bemerkten sie, dass ich mit meinen blauen Augen und blonden Haaren (die im Laufe der Zeit nachgedunkelt sind, bis sie braun waren), überhaupt nicht wie ein Jude aussehe. Auch wenn sie den abwertenden russischen Begriff dafür verwendeten, war die Bemerkung als dickes Kompliment gemeint.

Was dieses Thema besonders eigenartig macht, ist, dass wir in Amerika, wo das Judentum eher als eine Religion als eine ethnische Zugehörigkeit betrachtet wird, auf einmal gar nicht mehr so jüdisch waren. Ich meine, wie könnten wir das sein, wenn ich erst im Teenageralter von Hanukkah erfahren und gestern Abend einen sehr nicht koscheren, mit Schinken umwickelten gegrillten Hummerschwanz gegessen habe.

Ja, ich habe die Bedeutung von koscher auch erst im Teenageralter erfahren.

Mir könnte Adas Judentum also nicht egaler sein – auch wenn sie, nur um es einmal erwähnt zu haben, mit dem Nachnamen Goldblum wahrscheinlich Jüdin ist. Ich weiß auch nicht, was ihr dieser Begriff bedeutet, da sie genauso weltlich ist wie ich. Ich denke, dass mein größtes Problem mit der Frage meiner Mutter ist, dass ich es einfach hasse, ganze Gruppen von Menschen in Schubladen zu stecken, besonders in solche Schubladen, die so viel Verantwortung mit sich bringen.

»Das ist schwer zu sagen«, antwortet Onkel Abe, nachdem er Adas zierliche Nase betrachtet, und dabei besonders auf ihr Piercing geachtet hat. »Mit diesem Haar ist sie definitiv keine Russin.«

Und schon wieder eine Schublade. Für meine Großeltern war der Begriff Russe ein Synonym für Goi oder Nichtjude, aber ich denke nicht, dass mein Onkel ihn gerade in diesem Sinn gebraucht. Auch wenn wir in Russland Juden waren, hier in den USA sind wir Russen – genauso wie alle, die aus der ehemaligen Sowjetunion kommen und Russisch sprechen. Ich nehme an, dass mein Onkel sagen will, dass Ada nicht so aussieht, als sei sie aus der ehemaligen Sowjetunion, da damit normalerweise eine bestimmte Art sich zu kleiden und sich zu frisieren verbunden ist, zumindest bei neueren Zuwanderern.

Ich beschließe, dieses Gesprächsthema abzubrechen, aber bevor ich die Gelegenheit bekomme, ein Wort zu äußern, sagt meine Mutter: »Als ich jung war, hießen solche Haarschnitte ›Explosion in der Nudelfabrik‹.«

Beide lachen, und auch ich kann mich nicht zurückhalten. Ich kenne den Haarschnitt, auf den sich meine Mutter bezieht, und es ist eine Frisur aus den Achtzigern, die entfernt mit dem verwandt sein könnte, was auf Adas Kopf passiert. Mit den gebleichten, spitzen Stacheln sieht sie aus wie ein Ameisenigel mit einem Irokesenschnitt – ein Eindruck, der durch ihren stacheligen Humor verstärkt wird.

Die Tür des Zimmers öffnet sich, und eine Schwester kommt herein.

Mein Blutdruck steigt an, als ich ihre OP-

Bekleidung sehe, auch wenn ich mir nicht sicher bin, ob es sich dabei um das normale Weiße-Kittel-Syndrom oder einen Flashback zu meinem Albtraum handelt. Wahrscheinlich Ersteres. Als ich aufwuchs, wurden in der sowjetischen Zahnmedizin keine Betäubungsmittel verwendet, weshalb ich eine konditionierte Reaktion auf alles habe, was einem Zahnarztkittel gleicht. Jeder in einem weißen Kittel löst in mir etwas Ähnliches aus wie die Reaktion, die eine Person mit Coulrophobie – irrationale Angst vor Clowns – haben würde, sähe sie eine Dokumentation über John Wayne Gacy oder den Film *Es*.

Die Schwester geht zu meiner Mutter und greift nach der großen Spritze, die still und heimlich neben dem Stuhl meiner Mutter liegt.

Die Angestellten von Techno im Hintergrund halten geschlossen die Luft an.

Die Schwester scheint den glücklichen Anlass nicht zu verstehen. Sie sieht aus, als wolle sie hier fertigwerden, um sich danach etwas Interessanterem zuwenden zu können, wie zum Beispiel eine Dauerrede auf C-SPAN zu verfolgen. Auf ihrem Namensschild steht »Olga«. Diese Tatsache in Kombination mit ihrem Haarschnitt aus den späten Achtzigern, dem Make-up und diesen slawischen Wangenknochen aktivieren meinen russischen Radar – in Kurzform Rudar. Das ist wie ein Homodar, nur zum Aufspüren von Menschen, die Russisch sprechen.

Ich wette, meine Mutter ist beleidigt, dass ihr das Krankenhaus diese Schwester zugeteilt hat. Es lässt den

Gedanken durchblicken, dass sie Hilfe bräuchte, um sich auf Englisch zu verständigen. Da meine Mutter mit Mitte dreißig, nachdem sie in die USA gezogen war, ihren Bachelorabschluss in Elektrotechnik gemacht hat, ist sie zu Recht stolz auf ihre Beherrschung der englischen Sprache – eine Fähigkeit, die durch den Unfall nicht beeinträchtigt wurde.

In der Stille kann ich das flache Atmen meiner Mutter hören; ihre Angst vor medizinischem Personal ist um einiges schlimmer als meine.

Olga ergreift die Spritze und hebt ihre Hand.

––––––––

Mindmachines ist jetzt erhältlich. Falls Sie mehr darüber erfahren möchten, besuchen Sie bitte meine Homepage www.dimazales.com/book-series/deutsch.

ÜBER DEN AUTOR

Dima Zales ist ein *New-York-Times-* und *USA-Today-* Bestsellerautor von Science-Fiction- und Fantasyromanen. Bevor er Schriftsteller wurde, arbeitete er in der Softwareentwicklungsbranche in New York als Programmierer und Führungskraft. Von Hochfrequenz-Handelssoftware für Großbanken bis hin zu mobilen Apps für Publikumsmagazine hat Dima alles entwickelt. Im Jahr 2013 verließ er die Softwarebranche, um sich auf seine Schreibkarriere zu konzentrieren, und zog an die Palm Coast, Florida, wo er derzeit lebt.

Bitte besuchen Sie www.dimazales.com/book-series/deutsch/, um mehr zu erfahren.